Historia de las pasiones

Colección
Cristal del tiempo

Silvia Vegetti Finzi
(COMPILADORA)

Remo Bodei - Adriana Cavarero -
Maríateresa Fumagalli Beonio Brocchieri - Nadia Fusini -
Mario Galzigna - Sergio Moravia - Antonio Prete -
Elena Pulcini - Mario Vegetti

Historia de las pasiones

Losada

Título original italiano
Storia delle passioni
© 1995, Gius. Laterza & Figli

© Editorial Losada, S.A.
Moreno 3362
Buenos Aires

1ra. edición: marzo 1998

Traducción:
Antonio Bonanno

Cubierta:
Toda la edición
sobre un proyecto del
Departamento de producción

Ilustraciones:
Caballos de Neptuno, 1892
Walter Crane

Fotografía: *M. Bot*, 1990

ISBN: 950-03-7183-9
Queda hecho el depósito que marca la ley 11723
Impreso en España - Printed in Spain

Introducción

Silvia Vegetti Finzi

¿Por qué un libro sobre las pasiones? Rara vez una época se ha sentido tan «desapasionada» como la nuestra. Las pasiones, que por siglos han constituido la base de la afirmación del yo y un poderoso nexo entre el individuo, las relaciones privadas y la vida pública, parecen haber agotado su función. Las elecciones se producen más por cálculo de conveniencia que por un ímpetu apasionado, como si la fuente de las emociones se hubiera secado y nadie creyera ya en la posibilidad de cambiar lo existente. La retórica de las pasiones resulta ya inadecuada para describir las vicisitudes de nuestra vida, y los gestos vulgares con que se expresan tienen más que ver con el teatro que con la realidad.

No obstante, aun cuando afirmamos la muerte de las pasiones utilizamos, si bien de manera negativa, su potencial expresivo. En cierto sentido, nos resulta imposible pensarnos fuera de su horizonte por cuanto nosotros mismos y el mundo en que vivimos somos un producto de las pasiones, y las llevamos inscritas en el código genético de nuestra cultura. En el bien y en el mal, en la forma de la presencia o de la ausencia, de la afirmación o de la negación, ellas todavía orientan la reflexión y el accionar humano.

Por lo tanto, antes de bajar el telón sobre su representación milenaria, conviene recuperar sus residuos, individualizar los elementos de permanencia que tal vez aún subsistan en un contexto sin duda cambiado. La ausencia de las pasiones del escenario del mundo, al menos en la condición de protagonistas, es un acontecimiento tan importante que merece que se lo investigue con la mayor atención: tal vez se hayan trasladado a otra parte, encontrado otros intérpretes, quizá sigan tramas diferentes, luzcan trajes nuevos. El hecho de que siempre representaran un espejo donde la humanidad se reflejaba hace que su opacidad constituya una pérdida de identidad que obstaculiza la evaluación del presente y la proyección del futuro. Para saber qué es lo que se debe buscar es necesario recorrer su historia, reconstruir los cambios que, al concatenarse, provocaron el eclipse actual, partiendo justamente de la pasión que inaugura nuestra civilización: la ira de Aquiles.

La investigación se ve favorecida por el carácter indiciario de las pasiones. Contrariamente a otros modos de la afectividad, como las pulsiones y las emociones, las pasiones son inseparables de sus representaciones más o menos evidentes. La experiencia pasional nunca es mera interioridad, sino un sistema de signos que será descrito por Sergio Moravia y declinado, en el tiempo, por los otros autores. La decisión de encarar el universo pasional en una perspectiva diacrónica se basa en una pregunta de fondo que desearía explicitar aquí: ¿por qué las pasiones se han vuelto inhallables? ¿Qué condiciones han desaparecido para que pudieran representarnos, fuera y por lo tanto dentro de nosotros?

El sujeto mismo percibe sus pasiones mediante aquellas que ha sabido suscitar en los otros y las descodifica basándose en sus reacciones. El iracundo es tal en función del temor que induce, el enamorado mide la fuerza de su deseo sobre el del objeto, aun en la forma negativa del rechazo. En todo caso, no existe pasionalidad sin alteridad, sin un contexto de relacion mental o real.

Pero no hay tampoco pasión sin gestualidad, aunque sea la gestualidad contenida y negada de las pasiones frías que se encierran, como el odio, en una inexpresividad de todos modos cargada de efectos comunicativos. La turbación informe de la pasión en el estado naciente se organiza en «discurso» a medida que el impulso inicial se canaliza en una gramática preexistente. En este sentido, también las expresiones fisiológicas de las emociones, como el rubor, el temblor, la transpiración, asumen un significado interactivo.

Es imposible imaginar a un individuo apasionado que esté totalmente aislado, completamente solo. Las pasiones, como el juego, requieren compartir, coparticipar, un horizonte de valores y de reglas comunes. Pero dentro del juego pasional, no todos experimentan los mismos afectos. Mientras el amor es tendencialmente especular, la ira produce temor, la avaricia envidia, los celos mentiras.

De todos modos, el que entra a formar parte del círculo halla su puesto y, por así decir, su verdad. Sí, porque la pasión nos dice dónde y quiénes somos, así como dónde desearíamos estar y quiénes ser.

En las pasiones hay un componente instintivo que expresa, de manera más o menos directa, las grandes corrientes vitales de supervivencia y de reproducción. No obstante, a diferencia de lo que sucede en el mundo animal, el deseo humano siempre está atemperado por la mediación de la palabra. Lo que pide el sujeto pasional es que se reconozcan sus instancias, que siempre revisten un estatuto abstracto, simbólico. Por eso tiene necesidad del otro, de un semejante con el cual instaurar una situación comunicativa, donde la apuesta en juego es en esencia el reconocimiento. El rey Lear les pide a las hijas que lo amen mediante una declaración retórica, como si una vida vivida juntos no tuviera significado alguno frente al grado de verdad del enunciado. Sin embargo, sabemos que la falsedad es inherente al decir que en cierto sentido es su sombra inelimiable.

Pero el diálogo de la pasión posee una característica que lo distingue: supone siempre, aparte de los dos interlocutores, la presencia de un tercero, de una comunidad que garantice la palabra dada. En la tragedia griega, esa dimensión está representada por el coro. El coro expresa el punto medio, la normalidad, la tradición, la conciencia del límite según el cual se mide el exceso pasional, revelando así su carga transgresora y destructiva. El coro no está nunca dentro del juego de las pasiones, implicado en el choque de los deseos, pero siempre puede comprender su semántica compleja, captar los gestos, las palabras, los silencios, los actos de los héroes que, en nombre de una intención irrenunciable, se confrontan y chocan.

Es así que al hablar de pasiones aparece, casi inadvertidamente, el término «héroe», evocando a su alrededor el espacio de la realeza. El ámbito imaginario de las grandes pasiones es el palacio real, como aún lo testimonia la escenografía onírica del sueño. Es cierto que, según Aristóteles, el lugar de la tragedia es la familia. Pero no creo que este reconocimiento extensivo tenga que ver con la dimensión de la cotidianidad y del cuidado sino, antes bien, con el residuo de grandeza real que conserva cada familia en el «escudo heráldico» que la constituye.

No sólo ocurren en la familia las vicisitudes esenciales de nacer y morir, sino que cada uno recibe de esa primera ubicación su identidad y su lugar en el mundo. La definición de sí mismo en la trama de las relaciones generacionales es decisiva en la sociedad del estatus, donde la pregunta «¿de quién eres hijo?» establece las coordenadas de la subjetividad. Pero en nuestra sociedad, que se basa no tanto en la posición como en la función social, el interrogante pasa a ser: «¿quién eres?». El pasaje de una pregunta a la otra es decisivo para el régimen de las pasiones. En el primer caso, dado que la sucesión ocurre simbólicamente y de hecho con la muerte del padre, la jerarquía generacional alimenta un conflicto de poder real. En cambio en el segundo, como al menos teóricamente las posibilidades de autorrealización son abiertas e ilimitadas, el conflicto genealógico se traslada al plano fantasmagórico.

En el interior del mundo precapitalista, estructuralmente estático, cambiar el juego de las partes requiere una fuerte inversión emotiva, el gusto acre de la provocación y del riesgo. El movimiento imprevisto de cualquier peón amenaza al tablero entero, así como a la posibilidad misma de seguir jugando. Una vez lograda su realización, el ímpetu pasional no deja nada invariado: antes bien, de las ruinas de lo existente surge a veces un nuevo orden. Dado que nadie puede sentirse a salvo de sus efectos subversivos, en ese contexto no existe una pasión privada, personal. En cada momento, la comunidad garantiza las relaciones sociales de las que domina el código, el sentido y la medida. En el mundo moderno, en cambio, no existe un todo social directamente implicado en las vicisitudes de sus miembros.

En efecto, la sociedad burguesa se basa en una contraposición entre público y privado que desestructura la escena trágica en la cual se han consumado las grandes pasiones de Occidente. La intimidad, la reserva, la prudencia, el decoro, son valores destinados a poner sordina a las pasiones que, por su naturaleza, tienden al clamor, al compartir, a la desestructuración violenta de los equilibrios existentes.

Si Aristóteles habla de «catarsis», es decir, de purificación por medio del agotamiento de los furores pasionales, significa que hay en ellos algo impuro, sacrílego, que debe ser reconducido al espacio de la racionalidad y de la polis. Así entendidas, las pasiones atestiguan un alejamiento del sujeto pasional de la dimensión del *nomos* y del *logos*, un *páthos* que ha perdido el sentido pero que lo puede recuperar en la función misma de sufrir, cuando haya destruido sus escorias.

Un sufrimiento, hemos dicho, que requiere que se lo atestigüe, que encuentre una definición convalidada por el asentimiento de los otros, a los cuales el sujeto de la pasión parece pedirles confirmación, no sólo de los propios actos sino también de las propias intenciones. Pero no por ello hay dependencia o rendición incondicional a la otredad. El sujeto pasional clásico puede actuar, posee la facultad, en tanto de una u otra manera posee un poder.

Antígona, si bien mujer, en realidad muchacha, está en condiciones de contraponer la propia ley a la de Creonte porque es escuchada: su poder coincide con su audiencia, tendencialmente extendida también a la ciudad. La palabra pasional cuenta con el apoyo de la autoridad de quien la pronuncia; puede ser equivocada pero no será nunca desatendida porque preexiste una condición de espera: alguien está ya ahí, pronto a acogerla o rechazarla, a sufrirla de alguna manera.

Si la pasión es ante todo comunicación, la soledad es su antídoto más eficaz. En nuestra vida, como sabemos, han desaparecido los vínculos comunitarios. Ya tampoco existen los lugares de la escenografía trágica: el palacio, la plaza, el bosque, el naufragio, la sala del trono, el campo de batalla. El sujeto moderno está desesperadamente solo aunque viva entre los otros. Cuando al término de la infancia trata de pronunciar una palabra que quiebre los equilibrios preconstituidos, que diga de él algo inesperado, no encuentra una audiencia sino una respuesta preconstituida. Cada nota que se salga del coro se verá obligada a modularse de nuevo según el tono básico por una serie de mecanismos que funcionan de manera casi automática.

Como nadie estaría ya en condiciones de captar la pregunta propia de la actitud pasional, cada uno permanece aferrado a su verdad, sin darse cuenta de que esa verdad en general coincide con su interés inmediato.

La desaparición de la espera priva a la pasión del espacio en el cual podría manifestarse. Es así que el impulso pasional es vuelto hacia atrás, reintroyectado, aun antes de que pueda adquirir noción de sí mismo. El sentido trágico de la vida ha sido sustituido por lo que Freud denomina «infelicidad común»: un mal oscuro, un dolor sordo, una intolerancia desprovista de objeto, un malestar que no halla palabras para decirse, una culpa, como narra Kafka, sin pecado y sin castigo. ¿Malestar de la civilización? Tal vez, ¿pero de qué civilización se trata, dado que el cambio de las pasiones podría constituir el hilo rojo de nuestra historia? Si deseáramos reconstruir para cada época las expresiones de las pasiones, no haríamos otra cosa que componer un catálogo universal de la cultura. Pero una vez llegados al tiempo contemporáneo descubriríamos que hemos perdido la punta de la madeja porque ya no logramos entrever los cursos del destino, las trayectorias del deseo que orientan los movimientos pasionales a lo largo del eje del tiempo. No sólo se ha perdido la intencionalidad: las mismas manifestaciones emocionales, expulsadas de la escena del mundo, han sido secuestradas por el teatro trágico. Resuenan en nuestro inconsciente pero ya no pertenecen a la economía de nuestro cuerpo ni a la retórica de nuestro lenguaje. Su lugar ha sido ocupado por los sentimientos, también ellos compuestos por una mezcla de pensamientos y de afectos, pero más domesticados, más aptos para escoltar las energías pulsionales en las frágiles relaciones privadas y despotenciar sus cargas destructivas y sus expresiones excesivas. Mientras las pasiones siempre son gritadas, aun cuando la represión las amordaza, a los sentimientos corresponde el susurro. Las primeras persiguen el cambio, los segundos la comprensión.

Si bien las expresiones pasionales utilizan los recursos expresivos que cada época pone a su disposición, de todos modos presentan resultados no preestablecidos, rasgos sorprendentes, elementos creativos. Los sentimientos, en cambio, después de la gran elaboración de la cultura romántica, tienden a ser formulados en los códigos analíticos de las ciencias humanas, que los prevén y los «hablan» aun antes de que sean vividos directamente. La psicología y la sociología resultan normativas en tanto descriptivas, aunque no sea ésa su intención. El hecho de que el psicoanálisis no contemple en su léxico el término «pasión» nos da la medida de la distancia que nos separa del período clásico. Una distancia que el psicoanálisis ha registrado pero también, como sostiene Derrida, producido e incrementado. En las relaciones cotidianas, la construcción semántica más utilizada para describirnos es ya la de «personalidad», donde el temperamento, las intenciones y la biografía constituyen un bloque inmóvil, opuesto por completo a la dinámica plástica de las expresiones pasionales.

Sin embargo, no es posible hablar de ese universo como de un hallazgo paleontológico.

Cada uno de nosotros cree poseer recursos pasionales, pero ya no sabe hacia qué dirigirlos. Desprovistos de motivo y de incisividad, esos recursos se mantienen ociosos, disponibles para una inversión que, para muchos, no se producirá nunca.

La gran narración de la novela, que se basa en el sentido individual y colectivo del destino, parece haberse agotado. Nuestras vidas, como nos muestra la literatura minimalista, tienden a disponerse según una secuela ocasional de fragmentos que no convergen nunca en una secuencia narrativa completa. Mientras la trama clásica posee un desarrollo casi orgánico, por lo que se puede decir que nace, se desarrolla y muere, la de la modernidad tardía sólo conoce sobresaltos esporádicos. Si el suceso trágico nada deja sin cambios, el guión de la comedia moderna tiende más bien a la estática expresividad de las lápidas. Su forma predominante, el monólogo, resuena como un epitafio de la pasión. El yo que habla tiende a coincidir con el yo que escucha una vez que el espacio de la tragedia quedó privado de su héroe, el sujeto que desea, y el espacio de la comedia de su protagonista, el individuo que siente. No es que hayan desaparecido el desear y el sentir, antes bien se ha agotado la confianza en sus capacidades transformadoras. Tanto el grito heroico como el susurro confidente recaen, como un eco, sobre sí mismos.

En otra parte, Remo Bodei hablaba del presente como de una «laguna del tiempo», y parece justamente que la contracción del tiempo y del espacio hubiera acallado las manifestaciones pasionales. ¿Qué puede suceder en un mundo que se siente en el final de la propia historia?

Sin embargo, nuestro siglo ha conocido las grandes narraciones de Thomas Mann, de Musil, de Proust, de Joyce. Tal vez esas obras hayan celebrado el fin de las pasiones interactivas, o mejor, su transformación en movimientos del alma, en emociones tenues, en un modo de sentir que pide atención, cuidado, tiempo para la lectura y la reflexión, espacio reservado para compartir. Una condición aristocrática que ya no existe en la civilización de los consumos masivos, donde todo debe poder ser gozado por todos, fácilmente y deprisa, sin residuos.

Hasta las grandes pasiones políticas que perturbaron la primera mitad del siglo XX se apagaron sin llegar a su realización, dejando tras de sí banderas ideológicas emotivamente neutras. Será difícil explicar a las nuevas generaciones el *páthos* evocado por sus colores. ¿Quién hubiera podido decir que el muro de Berlín se derrumbaría bajo reflectores, en el fragor de un gran concierto?

Y sin embargo el silencio, o mejor, el rumor que siguió a tanto clamor, no es efecto de catarsis tanto como de frustrada elaboración. La confianza iluminista en el progreso de la historia se perturbó profundamente por el surgimiento de arcaísmos que ya se consideraban superados. Se busca la identidad colectiva cada vez con mayor frecuencia en el pasado antes que en el futuro, en símbolos de alto índice de emotividad como la fe, la sangre, la etnia. Símbolos que por ahora separan en lugar de unir, que sirven para definir al enemigo más que al amigo. Frente a la extensión de los conflictos destructivos, desprovistos de la correspondiente movilización ideológica, ¿podemos hablar todavía de pasiones? Sí, en lo que concierne a las fuerzas concurrentes, a las energías vitales que de todos modos se expresan, aunque sea de manera tan mortífera. No, si pensamos en cambio en un horizonte común de referencia, en un código expresivo, en un espacio de espera colectivo.

En estos momentos, la realidad histórica parece dominada por el odio que separa, fragmenta, contrapone hasta pulverizar las experiencias en gestos que el flujo de los medios masivos refleja y transmite en sus circuitos de rápida sustitución. El exceso de violencia, dolor, felicidad, riqueza, miseria, vida y muerte ha quemado los códigos comunicativos de las emociones, por lo que permanecemos indiferentes frente al ensamblaje casual de los cadáveres martirizados con los cuerpos eternamente jóvenes y triunfantes de los *spots* publicitarios. Una contaminación que debería resultar profundamente perturbadora si el umbral de la participación emotiva no se hubiera vuelto ya tan alto que nos protege de una inútil movilización cotidiana.

También las pasiones civiles que animaron las décadas de 1960 y 1970 parecen haber perdido el ímpetu inicial. Los sujetos colectivos, que se habían constituido en el clima de las grandes luchas por la emancipación y la liberación individual y colectiva, perdieron la esperanza utópica que los unía. La imaginación no ha tomado el poder. Cada uno de aquellos que de una u otra manera fueron protagonistas de esas luchas conservó para sí un fragmento de los proyectos iniciales, pero sin perseguir un propósito completo, transformándolos más bien en una cuestión de estilo, en un índice de resistencia respecto de la homologación extensiva. Pequeños rasgos distintivos, signos de diferencia, son todo lo que queda, al menos en la superficie, de un esfuerzo ideológico que fue pensado en términos universales.

Sin embargo, el rasgo que nos distingue no es la insensibilidad, sino la desorientación. De hecho, sufrimos nuestras alternativas no menos que en otro tiempo. La soledad, el desamor, la competitividad, el temor, la vanidad nos queman por dentro como siempre lo han hecho. Los libros y los espectáculos que le hablan al corazón siguen teniendo peso en nosotros, no obstante el cinismo aparente. Sentimos que somos iguales a aquellos que nos han precedido, y al mismo tiempo muy diferentes. Por eso consideramos posible una historia de las pasiones que no se reduzca a un legado testamentario.

El término «felicidad» aún es capaz de evocar grandes emociones, aunque probablemente no tenga para nosotros el mismo sentido que le atribuía Epicuro. Del mismo modo, nos afectan las vicisitudes de los héroes trágicos, aunque sepamos que nunca podrán ser las nuestras. Los acontecimientos que nos tocan son muy pequeños, a menudo casuales y, sobre todo, no le interesan a nadie. No existe a nuestro alrededor un espacio de espera, una disposición al acontecimiento. Como observa Castel en *El psicoanalismo,* somos la única sociedad que paga a las orejas para que escuchen. Hemos tratado de exaltar el narcisismo como última pasión, pero también ella recayó en la indiferencia general. Juventud, belleza, riqueza están siempre en otra parte: en el espacio virtual construido por los medios de comunicación masiva. Les toca a los protagonistas de las telenovelas vivir, en un tiempo paralelo al nuestro, las grandes pasiones que fueron atribuidas a los dioses del Olimpo.

Nosotros, que seguimos en la Tierra, nos sentimos oprimidos entre un oscuro deseo de pasión y la incapacidad de apasionarnos en primera persona. En *La voluntad del saber*, Foucault muestra cuántas trampas le tendió el siglo XIX al régimen de las pasiones. La familia, el colegio, el tribunal, el hospital psiquiátrico han constituido lugares de escucha de las experiencias pasionales, así como en una época lo había sido el confesionario. Pero mientras la Iglesia ha organizado y resuelto su falta de homogeneidad en el registro del pecado y de la penitencia, la cultura laica ha realizado más bien una fragmentación ulterior de ese registro. Una serie de «expertos», creados *ad hoc*, han separado las representaciones de las energías pasionales. Las primeras han sido reemplazadas por léxicos especializados normativos, mientras las segundas han sido dirigidas a fines sociales útiles.

No obstante, la mayor devastación del humus pasional fue el producto no tanto de la restricción como de la confusión de lenguajes que ha sustituido la semántica multisecular de las emociones, del mandato de «hablar para no decir» a «escuchar para no oír». Aun en el caso de que alguno de nosotros pudiera hallar la audiencia que necesitan las pasiones, de todos modos le faltaría una adecuada retórica emocional. Desde hace tiempo los gestos, los lamentos, las posturas, la mímica, las tramas conservadas en el patrimonio literario, teatral, iconográfico, mediante los cuales las emociones se traducían en pasiones, han sido relegados al archivo histórico del pasado. Nuestro cuerpo se ha vuelto inexpresivo debido a mandatos minuciosos que transforman las manifestaciones gestuales en expresiones verbales y estas últimas en fórmulas estereotipadas. Si alguien deseara reactivar los repertorios de otro tiempo, fácilmente podría ser diagnoticado como loco, aunque en la terminología más blanda de la depresión, de la neurosis, de los núcleos psicóticos o autistas, así como de las fórmulas bioquímicas de la farmacología.

Respecto de la función antipasional de la religión y de la moral política, el enfoque médico ha sido la modalidad predominante con que nuestra sociedad controla los residuos «irracionales» que todavía perturban una normalidad cada vez más exigente. Dado que se trata de un enfoque médico de la mente, las pasiones tienden a constituir un estado interior más que una forma de vida, mientras que las palabras para expresarlas se tornan cada vez más especializadas y se pierden los constructos metafóricos de la cultura mitopoyética. En esta perspectiva, el movimiento antipsiquiátrico puede considerarse la última revuelta desesperada de las pasiones contra su segregación institucional, como el intento, sofocado prematuramente, de hacer circular la energía vital de la irracionalidad por las venas exangües de la sociedad capitalista tardía, destinada a la producción y el consumo.

Se tiene la impresión de que en la lucha multisecular entre pasiones y exigencias han vencido las segundas, aunque con algún foco residual de resistencia. Y como la historia la escriben siempre los vencedores, es significativo que la genealogía de nuestra civilización se organice predominantemente sobre el eje de la represión pasional, sobre la interiorización y el control de las emociones, contrapuesto a su expresión libre y espontánea. En particular, la teoría de Freud interpreta el civilizarse como remoción progresiva de los representantes pulsionales, es decir, de los pensamientos que alimentan las pasiones, sofocados así aun antes de que vengan al mundo. Una teoría que será retomada por la Escuela de Francfort en términos particularmente ásperos de crítica a la sociedad y a la cultura y, como hemos visto, por Foucault de modo mucho más complejo, como entrelazamiento inextricable entre impulsos pasionales y antipasionales, donde dolor y placer, actividad y pasividad, se alternan y se confunden.

No obstante, las pasiones nunca se extinguen: no mueren sino que se transforman, se desplazan, se reformulan.

La pregunta que se formula, respecto del presente, concierne entonces a la individualización de los lugares donde se manifiestan las pasiones o más bien se ocultan, continuando de manera clandestina su insuprimible existencia. La palabra «pasión» contiene tal sedimentación de experiencias que evoca mucho más de cuanto creemos saber.

Y es precisamente en el intento de recuperar ese patrimonio a la vez vital y cultural que diez estudiosos, de diferente pertenencia disciplinaria, se han reencontrado en una empresa común: decir, en un determinado ámbito histórico y cultural, cómo se ha expresado la pasión o las pasiones dominantes, cuál ha sido el elemento que caracterizó ese período, el factor de transformación respecto de la época precedente y lo que queda en la sucesiva. Hallamos en el libro expresiones y reflexiones que adquieren una extraordinaria actualidad una vez que se las extrae del archivo histórico, cargadas de una inquietud que no pretende negarse en nombre de una abstracta objetividad. Dentro de un marco unificador, cada autor se ha sentido con libertad para explicitar las propias opciones, para seguir los cursos de una reflexión estrechamente ligada a un patrimonio personal de razón y de pasión.

La secuencia de contribuciones se abre, como ya se ha anunciado, con el ensayo de Sergio Moravia, que se hace cargo de la pregunta más inmediata, pero también más difícil: «¿Qué es la pasión?». Su respuesta se opone a la pregunta misma, porque demuestra que la pasión nunca es reductible a un hecho, a una «cosa». Antes bien, se la debe entender como una construcción mental que selecciona y organiza los acontecimientos en función de un sentido más o menos evidente. Esta definición, que desplaza el ámbito de la investigación de la ontología a la hermenéutica, produce una compleja fenomenología de las pasiones en la cual converge, reanimada, la reflexión moral del pensamiento moderno. Intolerante respecto de todo reductivismo, atento a preservar la estructura polimorfa y dinámica de su objeto, Moravia delinea una pluralidad de perspectivas y formula una serie de cuestiones voluntariamente abiertas, que son retomadas, en contextos diferentes, en los ensayos sucesivos.

El primero, escrito por Mario Vegetti, redacta un catálogo de las pasiones antiguas en el cual la ira ocupa un puesto predominante, particularmente funcional para la construcción del sujeto heroico. En el mundo clásico, desprovisto de grandes instituciones como el estado, la iglesia, la escuela, el gobierno de las pasiones, consideradas potencialmente disgregadoras, es asignado de manera predominante a estrategias de la interioridad que se disponen a lo largo de tres ejes principales: religioso, político y médico. El primero persigue el ascetismo, el segundo el autocontrol, el tercero la salud. Cada uno de ellos organiza un modelo antropológico que presenta elementos de continuidad y discontinuidad, soluciones y aporías, perspectivas realizadas o potenciales. Reactivar ese patrimonio de experiencia y de saber nos permite pensar en el presente y en el futuro de nuestra sociedad en un abanico de opciones posibles, antes que en términos de obviedad y de necesidad.

La capacidad de estructurar la subjetividad, que el mundo clásico atribuía ante todo a la cólera, en el Medioevo corresponde al amor. Una pasión que, en la reconstrucción de Mariateresa Fumagalli Beonio Brocchieri, proyecta sobre el objeto amado la experiencia del absoluto elaborada en relación con lo divino. Por medio de la leyenda de Tristán e Isolda y la historia de Abelardo y Eloísa, podemos descubrir los efectos de valoración del individuo y de la relación hombre-mujer que produce el amor terrenal cuando a la afectividad vertical de la fe religiosa se le pone al lado, con igual vigor, el universo emotivo de las interacciones humanas.

Si el sujeto medieval se define en relación con la pasión por el otro, el del periodo renacentista tardío, representado por Hamlet, halla más bien en sí mismo los elementos de la propia constitución. En el ensayo de Nadia Fusini, la pasión se coloca en el lugar que más le conviene: el teatro. En un periodo histórico que descubre «otras leyes a la naturaleza, otros principios a la pasión», la figura de Hamlet se vuelve emblemática de una nueva relación del hombre consigo mismo y con el mundo. Mientras la introspección radica al Yo en la propia interioridad contradictoria, el *páthos,* energía que propulsa la acción, constituye una fuerza vital impersonal que, en su proceder irrefrenable, aleja al hombre de sí mismo. El resultado es un sujeto dividido y contradictorio en el que podemos entrever, bajo el aspecto del héroe trágico, la fragilidad del individuo moderno.

En efecto, de las ruinas de la cosmología medieval surge una subjetividad inestable y desorientada que busca en sí misma el propio fundamento y lo halla en el amor propio, la pasión en que Elena Pulcini (que trata los siglos XVII y XVIII) reconoce la cifra de la modernidad, ya no sólo fundada en el derecho divino sino en el reconocimiento de los derechos individuales. El problema del hombre moderno pasa a ser el de conciliar la legítima expresión del amor a sí mismo, sea que se lo entienda como autoconservación o vanidad, como deseo de poder o ansia de aprobación, como egoísmo o búsqueda de la felicidad, con las exigencias de un orden social y político que halla en las pasiones humanas al mismo tiempo el propio fundamento y un potencial factor de disolución. El absolutismo de Hobbes y el individualismo propietario de Locke, la confianza espinoziana en el perfeccionamiento de la vida emotiva y la condena pascaliana del Yo, la aprobación del egoísmo como mecanismo de progreso y de riqueza en la filosofía social de Mandeville y Smith, así como el optimismo moral de los *philosophes,* constituyen respuestas diferentes a ese problema. Pero la idea de un sujeto capaz de conciliar, si bien de modo conflictivo, pasiones y orden, entra en crisis con Rousseau, cuando surge la imagen narcisista de un Yo replegado sobre sí mismo e indiferente al vínculo social, la misma que veremos luego curvarse hacia el yo de la pasión romántica.

Antonio Prete no se limita a describir tal pasión *mediante* la literatura sino que la hace vivir *en la* creación poética, la única capaz de eternizar la inefable precariedad del sentir amoroso.

Se establece así un nexo esencial entre amar y escribir, entre lengua del amor y amor por la lengua. En este espacio «transicional» grandes románticos, como Goethe, Leopardi, Keats, Stendhal, Pushkin, formulan un discurso de y sobre el amor que capta sus manifestaciones inestables y conflictivas hasta alcanzar el fondo de imposibilidad hacia el cual convergen tanto la pasión como sus formas expresivas.

Mientras el héroe romántico «funambulesco, narcisista, teatral, melancólico», corre el riesgo de disolverse en sus contradicciones, Mario Galzigna, con un paso atrás, mediante la figura del libertino del siglo XVIII, recupera una coexistencia difícil pero no imposible de los opuestos. Sustrayéndose al rígido dualismo cartesiano, el libertino valora, tanto en sí como en la relación, el cuerpo y el espíritu, la pluralidad y la singularidad, la precariedad de todo amor y la inextinguibilidad del amar. Su pasión, que encuentra en Diderot la más alta expresión, será quebrada por Sade, «el vivisector», que entrega la disolución libertina, privada de sus componentes sentimentales, al tratamiento hospitalario de la medicina decimonónica. Después de Pinel, la pasión será fragmentada e inmovilizada en la nosografía psiquiátrica: sus deseos transformados en perversiones y sus gestos en síntomas. Así se presentará a Freud, a su capacidad para interrogarse.

La relación, por cierto no explícita, entre el psicoanálisis y el universo pasional es individualizada por quien escribe en la «pasión por el conocimiento», captada en tres «estados» diferentes pero destinados a coordinarse en la vida y en la obra de Freud.

Pasión *activa* la del saber hermenéutico, totalizador, transformador de la cábala, que inspira los aspectos más peculiares de la empresa psicoanalítica. Pasión *pasiva*, en el sentido etimológico del «padecer», la de la histérica, cuyos síntomas enigmáticos guiarán la excavación analítica hasta las fuentes pasionales inconscientes del conflicto edípico. Pasión *excesiva* la que inspira la última gran obra de Freud, *Moisés y la religión monoteísta,* donde se prefigura la intolerancia de la mediación y del límite que actualmente distingue la investigación técnico-científica.

La intolerancia femenina, que el psicoanálisis ha conducido a la dimensión del discurso, se repropone ahora como «pasión por la diferencia». En el análisis de Adriana Cavarero, el esfuerzo de las mujeres por redefinir el propio sexo se configura en primer lugar como el rechazo de reconocerse en las imágenes predispuestas por la cultura androcéntrica, expresión del deseo masculino enmascarado bajo las formas de la necesidad natural. En esta empresa, con alto riesgo de dispersión, el Yo corpóreo se convierte en el perno de la experiencia pasional, el núcleo originario en torno del cual se puede organizar una nueva configuración de la feminidad. El objetivo, de manera análoga a lo que sucede en la experiencia mística medieval, requiere un esfuerzo paradójico, que basa en la anulación del Yo la afirmación de sí hasta alcanzar, como explicita la poética de Lispector, el tejido presubjetivo de la vida. De ahí, donde lo finito surge de lo indiferenciado, se pone en marcha la parte propositiva de la pasión por la diferencia sexual, la que compromete a cada una a «construir una subjetividad que es punto de intersección entre esfera física y simbólica, entre memoria y proyectación, entre condición social y apuesta a la libertad».

Por último, Remo Bodei encara las modernas pasiones políticas, entendidas como papel tornasol de la vida civil. Identificadas según su simbolismo cromático, ellas delimitan áreas existenciales donde el sentir individual se entrelaza con el colectivo, el saber teórico con las expresiones del sentido común. Mediante el análisis de las pasiones rojas (del socialismo), negras (del nazifascismo) y grises (de la democracia liberal), Bodei construye un inédito mapa político de Occidente donde cada región es distinta de las otras pero inseparable del conjunto. En lugar de limitarse a aproximar superficies cromáticas diferentes, su cartografía las anima con las tensiones profundas de los instintos, con los impulsos de los deseos, con la creatividad de lo imaginario, con la fuerza de la violencia y de la persuasión, con las pulsiones de vida y de muerte que se disputan la historia.

En el choque entre pasiones rojas y negras todo parece diferente, salvo la intensidad con que fueron vividas. Intensidad que parece atenuada en los deseos moderados del «materialismo honesto», en las promesas incumplidas del consumismo de masas.

Pero aun con su aparente desaparición, las pasiones no dejan de interrogarnos, de provocarnos, como lo demuestra este mismo libro.

Dado el alto índice de perturbación que las distingue, su evocación por cierto no puede traducirse en una reconstrucción sistemática. La narración procede, antes bien, por puntos de intensidad, por saltos de potencial, por desplazamientos inesperados. Todo autor ha activado los interrogantes que más le interesaban, robusteciendo con sus propias pasiones el material pasional indagado. Los estilos son voluntariamente distintos, los niveles de investigación no siempre comparables, los cursos heterogéneos. Lo que une a las diversas contribuciones es sobre todo el rechazo de lo obvio, la práctica del interrogante, el gusto por el descubrimiento y la provocación, el coraje de la propuesta.

Lo que se intenta es la comprensión de aquello en que nos hemos convertido, en las formas actuales de nuestra cultura y de nuestra experiencia y, lo más importante, la búsqueda de las energías y de los horizontes que podrían permitirnos diseñar, una vez más, un futuro posible y deseable.

Existencia y pasión

Sergio Moravia

a Simona

La pasión como aparato significante

Creo que la primera reacción de quien es llamado a hablar de las pasiones es una especie de desaliento. En efecto, pronto se comprende que al decir «pasión» se designa una gama notablemente extendida y genérica de referentes. Con el agravante de que muchos de esos referentes se sitúan en las mismas fuentes primarias, arquetípicas, de la tradición intelectual de Occidente. Como el *logos*, el cuerpo y el alma, la pasión ha atravesado toda esa tradición, modulándose –y modulándola– en los términos más diversos. Ha estado presente cuando la cultura oficial la acogió y la legitimó, así como cuando fue devaluada, censurada y condenada. Aun en este último caso, alguna necesidad o algún punto oscuro del sentir humano la acogieron secretamente, y ella, huésped a menudo invisible, siguió presente, obligando a toda experiencia a confrontarse con sus instancias. Una de las consecuencias de ello es la imposibilidad de hablar de la pasión en términos realmente libres. Quien presume de decir la pasión de manera «absoluta», es decir, independiente de todo vínculo, sin duda se equivoca. Ignora toda la sedimentación doctrinaria y emotiva que le ha transmitido el pasado y que ya forma parte de él mismo y de ciertos presupuestos de sus discursos, aun los más racionales y científicos.

Pero en el marco de los errores preliminares, se equivoca también y en particular el que desee hablar de la pasión como *hecho*. Muchos piensan que la pasión es una realidad *objetiva* a su modo, con la única peculiaridad (a menudo vivamente desaprobada) de habitar dentro del complejo universo del *sujeto-hombre*. No es cierto: la pasión no existe. Quiero decir, no existe en el modo en que existe una «cosa», aunque se trate de una «cosa» interna en nosotros. Nunca nadie ha captado exhaustivamente la pasión explorando al ser humano con instrumentos técnicos, por sofisticados que sean. Y en verdad, eso sorprende muy poco. Pronto, muy pronto, nos damos cuenta de que la «pasión» es, en una primera aproximación, una *palabra*, un *concepto*. Más exactamente, es una *construcción teórica*, relacionada con matrices y fines múltiples, que el hombre aplica a una determinada área de lo vivido para poner en evidencia ciertas características y darle un significado, una voz. Si se reflexiona bien, esta adquisición de ningún modo es estéril o banal. Decir que la pasión es una palabra/concepto antes que una cosa implica el desplazamiento de nuestra investigación del plano de la ontología al plano de la hermenéutica. Implica susituir la pregunta «¿qué *cosa* es la pasión?» por la pregunta «¿de qué cosa *habla* la pasión?». O bien, «¿qué clase de acontecimientos y de sentidos intenta expresar la figura de la pasión?». Y, sobre todo, «¿por qué, es decir, según qué motivos y cuáles objetivos elabora el hombre una parte de la propia experiencia en relación con la noción de pasión?».

Según esta perspectiva, la pasión (en realidad, no sólo ella) es en esencia un gran *aparato significante*. Y también, para retomar una metáfora cara a Richard Rorty, cierto «vocabulario». Un vocabulario, atención, que no se considera el único en condiciones de describir o juzgar determinados referentes, y que no pretende un estatuto privilegiado. Pero de todos modos un vocabulario que, en circunstancias determinadas, es preferido respecto de los disponibles. Evidentemente, el modo en que él dice nuestra experiencia parece más pertinente a exigencias y finalidades más relevantes para nosotros que otras en ese momento. Un vocabulario, en fin, que a su vez se correlaciona con presupuestos muy precisos exteriores a ese léxico. En el caso que nos interesa, son presupuestos psicológicos, antropológicos, sociológicos, filosóficos. Como decir que, si uso cierto vocabulario, tácitamente ya he adoptado cierta preinterpretación de mi *self* interior, de mi accionar social y de las oportunidades que tienen mi ser/accionar de dar sentido a una parte de mundo, o de modificar la percepción mía y de otros.

Una primera implicación de este enfoque de la pasión es el asunto de su naturaleza íntimamente *semántica,* o semantizadora. Una segunda implicación, que me importa todavía más, es el asunto de su metamórfica *historicidad*. A pesar de los lábiles indicios en el sentido contrario, no existen pasiones universales-eternas. Cuando hablamos de ellas en términos de ese tipo, solemos realizar vertiginosas abstracciones y generalizaciones, que dicen demasiado y demasiado poco al mismo tiempo sobre las pasiones a las que nos estamos refiriendo efectivamente. En verdad, si es innegable que los lenguajes cambian, de manera igualmente innegable cambian los lenguajes de las pasiones (o las pasiones como lenguaje). Por ello, salvada la legitimidad de asegurar la invariabilidad relativa de algunas pasiones, parece crucial examinar las razones y los modos de su cambio. No sólo para mostrar ese mismo cambio, y la transformación subterránea de los modelos psicoantropológicos que las inspiran, sino también con el fin de evidenciar que las pasiones, justamente, *se modifican*. Que están entrelazadas con nuestro destino de hombres mutables «que buscan siempre» (para emplear la bella expresión de Robert Nozick), implicados en un destino histórico que, al transformar nuestros criterios y necesidades, del mismo modo transforma nuestros deseos y pasiones. Que por lo tanto no son, estas últimas, habitantes absolutas de un lejano Hiperuranio. Que sólo si se las capta en su devenir abierto, imprevisible, más allá de los puntos de llegada estáticos del bien y del mal, conservan su cifra sublevadora (pasión como emoción y, justamente, sublevación) y su carácter humano, muy humano, que nos gusta.

La corporeidad de las pasiones y su «más allá»

Lo anterior muestra, entre otras cosas, que la perspectiva definida como hermenéutica está bien lejos de desear simplificar el problema de las pasiones. Antes bien, trata de evitar un enfoque reductivo y monocorde de tal problema. La interpretación de la pasión como aparato significante relacionado con intereses y finalidades múltiples estimula, en efecto, a admitir y a realizar *lecturas diferentes* de las pasiones mismas, lecturas que si bien intentan decir la verdad sobre las pasiones, no presumen decir *la única verdad*. El interrogante más propio del procedimiento hermenéutico es del tipo: »¿por qué se habla de un determinado argumento de un modo determinado?». Y también: «¿qué nos dice este modo de hablar del sujeto que así habla, y de sus presupuestos y creencias generales?».

A la luz de tal premisa, el estudioso debería reexaminar las principales preguntas/respuestas sobre el carácter de las pasiones, sea para captar su sentido y sus implicaciones, sea para entender qué se expresa en ellas que sea más general y profundo (relativo, por ejemplo, a una determinada autointerpretación del hombre y del saber que le concierne). Imposible, como es obvio, realizar aquí un reconocimiento sistemático de este tipo. Desearía limitarme a indicar una interpretación de la pasión que denominaré, de manera ampliamente aproximativa, fisicalista. Para ella, la pasión se inserta toda, sin residuos de ninguna clase, en la dimensión corpórea del hombre. Correlativamente, el único saber legitimado para expresar rigurosamente las pasiones es el constituido por las neuro y las biociencias. En cuanto a las primeras, reconozcámoslo, el cuadro teórico en que se inserta tal interpretación parece difícilmente contestable. ¿Acaso no es cierto hoy, en la época de la secularización y de la ciencia digna de ese nombre, que el hombre es fundamentalmente corporeidad? ¿Que todos sus presuntos componentes «otros» (alma, psiquis...) han sido relegados al armario de las viejas especulaciones metafísicas? ¿Y que entonces la pasión debe ser repensada en el contexto de esa imagen corpórea de lo humano?

Es cierto, alguien podría observar que las premisas que acabamos de expresar son más deudoras de cuanto parece apropiado del modo de pensar metafísico que se había deseado rechazar. Ese «cuerpo» y ese «no cuerpo» del que hablan, ¿no son, tomados de por sí, abstracciones demasiado dudosas? ¿No pertenecen a un modo de pensar por dicotomías y *universalia* con los que la «verdadera» Ciencia –y con ella también la «buena» Filosofía– no saben qué hacer? Pero dejemos a un lado esas cuestiones (que aún aguardan una respuesta). En cambio, subrayemos que la lectura de la pasión que acabamos de expresar no debe suscitar un rechazo categórico. En efecto, podría tratarse de una interpretación lícita y también fructífera. Hoy nadie niega seriamente la estrecha relación entre cuerpo y pasión. Esta última, antes bien, parece ser la manifestación más inmediata del primero: la expresión que salta las mediaciones y los *détours* construidos en otro ámbito para expresar directamente las «voces de dentro» que laten en nosotros. No obstante, aun admitiendo todo ello (y cuanto se podría agregar con tal propósito), muchos piensan que todo este asunto se debe abordar con mayor cautela.

Si se lo piensa bien, lo que vivimos y denominamos como pasión no *se identifica* por completo con ninguna porción de corporeidad: con ningún proceso neuropsicológico y/o bioquímico. Es cierto que si alteramos tales procesos también la pasión lo denota (crece, decrece, cambia, se anula). Pero es igualmente cierto que si alguien deseara captar la pasión amorosa con instrumentos exclusivamente físicos, captaría no tanto esa pasión, con sus connotaciones y sus sentidos específicos, sino una determinada situación neuropsicológico-bioquímica, una situación que de por sí no revela la efectiva identidad psicológica, antropológica, relacional de tal pasión, así como las *promesses de bonheur* (o *de malheur*) que también, en nuestra experiencia concreta, forman parte no accesoria sino constitutiva de ella. Eso no implica en modo alguno, atención, la reintroducción en el discurso sobre la pasión de elementos espirituales o metafísicos. En tiempos recientes, no fue un metafísico sino un científico como el neurobiólogo Jean-Didier Vincent el que propuso una interpretación de las pasiones en términos fisicalistas no reductivos. Para Vincent, las pasiones no implican sólo la existencia de un activo *milieu intérieur,* un sistema de glándulas dedicadas a la producción de equilibrios siempre nuevos y «fluctuantes» dentro del organismo humano (este modelo del «hombre glandular» se contrapone de manera convincente al modelo mucho más simplificado y determinista de «hombre neuronal» propuesto por Jean-Pierre Changeux). Ellas implican también la existencia de un conjunto de referentes que Vincent denomina «extracorpóreos». Este último término puede no gustar, y puede generar algún equívoco. En realidad, basta con leer atentamente la obra del estudioso francés (titulada, atención, *Biologia delle passioni)* para constatar que él está bien lejos de desear construir ontologías binarias o triádicas a la manera de un Popper-Eccles. Siguiendo sus indicaciones, podríamos denominar «extracorpóreo» el universo de esos correlatos intencionales, contextuales, simbólicos, normativos, sin los cuales determinados fenómenos son meras pulsiones físico-somáticas, desprovistas de toda efectiva connotación pasional.

Tómese, en el ámbito de la vida que nos obstinamos en llamar psíquica, el caso de la creencia. Indudablemente, su génesis y su desarrollo están ligados a la activación de determinados agentes de tipo físico. Pero la creencia real, la creencia tal como la esperamos concretamente, nunca es sólo eso. Por ejemplo, esperamos la creencia como la creencia *en algo,* como estado a referir a cierto orden de *criterios* y de *fines,* como condición indisolublemente entrelazada con *acontecimientos* y *preguntas otras* (en particular, con la pregunta sobre la *corrección* de la creencia). Ahora bien, un discurso análogo vale también para la pasión. Cuando el sociobiólogo Edward O. Wilson sostiene que la competitividad (una pasión fortísima, como todos saben) es el producto de un gen determinado, sentimos que la tesis es insatisfactoria. Cierto, es posible que toda vez que se produce un estado competitivo exista detrás (o «dentro») la acción de ciertos genes. Pero es igualmente cierto que la competitividad no me parece tal fuera de una precisa red de referencias de comportamiento, éticas, axiológicas, relacionales. Pero si indudablemente esa red no impone la existencia de principios/valores espirituales, de manera igualmente indudable no coincide con acontecimientos y procesos estrictamente físicos. Remite, en cambio, a un contexto *lato sensu* cultural. Es sólo dentro de una interpretación históricamente determinada del ser/accionar humano, y de un sistema de normas igualmente determinado, que se hace posible hablar de competitividad: tanto es así que, con el acuerdo de ciertos bioantropólogos y de ciertos etólogos, lo que es dado captar realmente no es *la* competitividad *en sí* sino *diversas formas* de comportamientos competitivos, precisamente relacionados con premisas y criterios sumamente diferenciados (por lo cual una conducta que se percibe como competitiva en cierta área sociocultural puede percibirse de modo completamente diferente en otra área).

Todo ello tiene un relieve crucial en el análisis de cualquier acto o estado perteneciente al universo humano, en él incluidas las que denominamos pasiones. Será no tanto la cosa misma (el acto, el estado) como el particular *interés cognitivo* con el que la abordemos lo que nos llevará a acentuar éste o aquél entre los diversos componentes −en realidad inextricables− que cooperan en lo que intentamos examinar. En un plano general, lo que nos consentimos a propósito del tema del que hemos partido («corporeidad» y «extracorporeidad» de los constituyentes de las pasiones) es sólo la sugerencia de que genes, sinapsis neuronales, procesos bioquímicos y todo lo demás son en esencia *condiciones necesarias* para la verificación de los estados pasionales: necesarias en el sentido intenso de que son indispensables, y que concurren activamente a tal producción. Por otra parte, no son *condiciones suficientes* en el sentido de que, al menos dentro de determinados programas de investigación, parecen igualmente necesarios otros *referentes calificativos*, objeto de indagaciones no coincidentes con las de tipo físico.

En efecto, también la comprensión del deseo y del proyecto más elemental (¿pero existen deseos y proyectos realmente «elementales»?) requiere que se capten esquemas axiológicos-intencionales que actúan tanto en la historia subjetiva como en la dimensión contextual del individuo que desea y proyecta. Del mismo modo, el análisis de la pasión por cierto no puede agotarse en el análisis, por riguroso que sea, de determinadas excitaciones nerviosas. El análisis reclama en cambio la captación de una gama muy compleja de disposiciones, motivos, constelaciones de significados disponibles en la *Lebenswelt* del individuo apasionado, y por este último mezclados según modalidades difícilmente compendiables en catálogos invariables *a priori*. En suma, nada de cuanto se manifiesta en el orden de los signos pasionales visibles se cierra semánticamente en ese mismo orden. Detrás/dentro de él hay una gran actividad de componentes que nos obliga a incluir en la interpretación del universo pasional muchas referencias por así decir metanaturales: referencias que se suelen denominar, de modo un tanto genérico, «culturales».

La interpretación fisicalista: razones teóricas y genealogía histórica

A algún estudioso le ha parecido que la orientación aquí evocada rápidamente perfila un enfoque de la pasión abierto a fructíferas interpretaciones amplias, estimulantes, de la pasión misma. En cambio, es un hecho que la orientación que hemos denominado fisicalista ha asumido una postura muy diferente respecto del tema que nos interesa. Para condensarlo en una fórmula por cierto *tranchante* pero no inexacta, se trata de una postura inspirada en el principio definido (y criticado) hace varios años por un filósofo estadounidense de la mente como principio de la *nothingbutness*: el principio del «nada más que». Digamos para aclarar que es la tesis según la cual el enunciado «la pasión es *X*» no significa (como podría) «la pasión es, entre tantas otras cosas, *también X*», sino «la pasión es *nada más que X»*. En otra parte he indicado en tal tesis uno de los fundamentos de una «epistemología en *singular»:* en el universo del conocimiento no se da más que *una* verdad, no se da más que *un* aserto verdadero (verdadero, atención, con independencia de los contextos interrogativos y de los programas de investigación referentes al objeto de estudio). La ulterior característica de la orientación criticada por mí es que tal interpretación «singularista» suele declinarse en términos materialistas. En este punto, la fórmula «la pasión es *X*» parece traducible a la ulterior fórmula «la pasión es *nada más que* un hecho físico-material».

A tal posición, si bien modulada de manera diferente, han llegado los científicos más diversos. No es, como ya se ha indicado, una posición carente de ciertos soportes factuales y de lógica: es sólo, repitámoslo, una posición sumamente reductiva, que restringe la mucho más compleja fenomenología de la pasión dentro de carriles demasiado estrechos. Frente a la perentoriedad de esta orientación parece necesario no sólo recordar todos los otros «hechos» que en tal perspectiva se ignoran peligrosamente, sino también reasumir, en un plano más general, una postura hermenéutica, y plantearse preguntas de este tipo: ¿cuál es el significado total de la opción singularista-materialista evocada anteriormente? ¿A qué necesidades profundas trata de responder? ¿A qué objetivos finales tiende, aun inconscientemente?

La respuesta, aun al coste de inevitables simplificaciones, puede resumirse del modo siguiente. Detrás del *modus operandi* de la opción fisicalista se perfila ante todo un deseo de *control* de las pasiones: el deseo no tanto de eliminarlas (sería una utopía abstracta e inútil) sino de «urbanizarlas», para retomar un concepto-metáfora de Habermas bien conocido. En efecto, la pasión es en primerísimo lugar un elemento de *perturbación,* en realidad es el Perturbador por excelencia. Perturba y asusta por su complejidad y potencia, y aun más por su renuencia a que se la mantenga vigilada o dentro de una secuencia razonable de causas-efectos. O bien ese control, esa urbanización se realizan re(con)duciendo todo lo posible la dimensión pasional dentro del cauce que parece el más tranquilo, el más *rule-governed*. Nos referimos al cauce, al universo de la fisicidad. Por razones más históricas que teóricas (ningún destino ha impuesto a la humanidad de Occidente que realice ciertas elecciones) tal universo ha sido percibido y conceptualizado según los metacriterios de la visibilidad, del orden, de la norma. Es un universo que, abordado según determinados procedimientos, exhibe regularidades seguras, obedece a leyes relativamente estandarizadas. Si esto es cierto, ¿qué nos puede resultar más tranquilizador que insertar la pasión en el universo físico expresado, en el caso de especie, por la corporeidad humana?

La pasión, en este punto, se convierte en un componente relativamente familiar de nuestra experiencia. Resulta sobre todo visible (o al menos así parece). Se hace también cuantificable. Se torna, sobre todo, algo gobernable y manipulable, como todos los entes físicos. Muy lejos de ser excedente, exceso, anomalía, la pasión se configura como una variable, aunque a veces un tanto insólita, de un sistema de acontecimientos de los cuales se conocen desde hace tiempo el ser y el devenir. La pasión abadona su antigua fisonomía de emoción subjetiva para entrar en el número de determinados dinamismos objetivos. Separada del sujeto pasional, se convierte justamente en un *objet:* un *objet* situado dentro del arco de mundo (o de lo vivido) vigilado por el *Logos*.

Este *Logos* no es una figura abstracta. Es aquel *Homo cogitans* y *calculans* que apareció con prepotencia en el escenario sobre todo a partir de la época de la revolución científica. No es que para tal hombre no existiera la pasión. Se deseaba *(él* deseaba) simplemente que existiese de cierto modo: de un modo respetuoso, inofensivo. De un modo al menos consonante con las funciones del Pensamiento y del Cálculo. Por esto, repitámoslo, la pasión del siglo XVII no fue negada. En cambio, fue racionalizada. Se la separó de ciertas matrices consideradas demasiado ajenas e incomprensibles: matrices de frontera, matrices nómadas, matrices rebeldes. Se trató de limitarla dentro de precisas arquitecturas anatómicas, o dentro de procesos de los cuales se creía conocer por anticipado reglas y desembocaduras (y si algunas pasiones imponían su excepcionalidad, ¿acaso no es cierto que la excepción confirma la regla?). También en el ámbito artítico-literario, la pasión del siglo XVII posee a menudo una *allure* serio-trágica: pero casi con igual frecuencia (no siempre, claro) ese *esprit de sérieux* y *de tragique* se incluye, directa o indirectamente, en categoremas ético-psico-antropológicos –denominémoslos los categoremas del Clasicismo– que moderan, deformándolo, su *pathos* auténticamente pasional.

Pero es sobre todo en el ámbito filosófico que la pasión del siglo XVII sufre su neutralizacion más radical, o su más alta sublimación (los dos cursos, en realidad, son semejantes en muchos sentidos: su objetivo, en mi opinión, es un sustancial exorcismo de la pasión). Para el primer caso pienso en Descartes, para el segundo en Spinoza. En *Passioni dell'anima,* el que gustaba llamarse filósofo «enmascarado» nos ofrece, por decirlo de un modo un tanto rudo, todo cuanto es irrelevante, o instrumental, o «vectorial» en la pasión. El aparato técnico para el ejercicio de la vida pasional nos es ofrecido con gran abundancia de detalles (incidentalmente, equivocados por completo; pero por cierto que no es ésa la principal *faute à Descartes).* En cambio, lo que falta es la pasión misma: falta el elemento realmente peculiar, diferencial, inquietante, de riesgo, de la vida apasionada. Gracias a *Passioni dell'anima* alguien considera haber finalmente domado (domado fisicalizándolas) las pasiones. Que puede seguirlas paso a paso, y en cada una de sus alternativas, mediante un *Logos* observador-analítico al que nada escapa, y que todo sabe reconducir del plano de ciertas semejanzas cargadas de sentidos múltiples y ambiguos a una física cinemática *more geometrica explicata*. En realidad tal enfoque, que parece exhaustivo y riguroso, aferra no tanto las pasiones en ese poco o mucho que operan en nuestra experiencia vivida, sino (en la mejor de las hipótesis) meros simulacros, modelos ideales de las pasiones. Modelos que en realidad, en lugar de expresar los efectivos *qualia* pasionales, son poco más que la proyección, sobre una determinada pantalla representativa, del mismo Logos que representa la parte, *in corpore physico*, de la pasión. Pero la verdadera pasión, naturalmente, es otra, está en otra parte.

El discurso sobre las pasiones en Spinoza debería desarrollarse según un curso muy diferente de aquel que apenas es seguido por Descartes, porque Spinoza, en este ámbito, entre otras cosas, es infinitamente más rico y *nuancé* que el autor de *Passioni dell'anima*. Sin embargo, para los fines particulares que aquí nos interesan, no cambian al menos algunos resultados. Una vez más nos hallamos frente a un cuadro de la vida pasional que indudablemente no se debe dejar de lado por completo, pero que de manera igualmente indudable es muy reductivo. Pasiones reducidas, de nuevo, a expresiones de un *Logos*. Pasiones como clavicémbalos bien templados. Pasiones como apariencias y vehículos de una armonía que nos trasciende, y nosotros deberíamos dejarnos guiar por ella sin atender a nuestras «voces de dentro», tan disonantes y diferentes. En suma, en el siglo XVII el Orden reina sobre las pasiones. Apetitos, pulsiones, instintos, tendencias irresistibles hacia lo otro y lo ultra intramundano son a menudo ignorados, silenciados o interpretados según perspectivas diversamente idealizadas. Una de las tesis que recurren más o menos subterráneamente es que la pasión es otra cosa que lo que parece: no una fuerza oscura de complejos orígenes y de no menos complejas implicaciones, sino una fuerza virtualmente objetivada y objetivable, delimitada, bajo control y, sobre todo, inserta en un *système* que todo lo racionaliza o justifica en relación con determinados principios preconstituidos.

El carácter cultural de la pasión

Naturalmente, aquel al que podríamos denominar el paradigma de las pasiones del siglo XVII no sólo admite muchas excepciones sino que nos sirve, esencialmente, por cuanto sugiere tendencias y necesidades mucho más cercanas a nosotros en el tiempo. El punto es que aún hoy la exigencia de visibilizar, cuantificar, normalizar tambien el mundo psico-antropológico parece absolutamente central. Tratamos, hoy como ayer, de tranquilizarnos. De imaginarnos una regularidad también, y sobre todo, allá donde parecen reinar la complejidad y el caos. Y tratamos de realizar esa regularidad reinterpretando los agentes de tal caos/complejidad –a partir de las pasiones– como componentes completamente naturales de nuestra experiencia. Es evidente que la naturaleza tranquiliza más que la cultura.

Pero no somos sólo los herederos de la revolución científica. Hemos leído otros textos, vivido otras experiencias, sufrido dudas y crisis profundas. Una reflexión más fina y penetrante nos ha hecho conscientes de que la pasión podría ser algo infinitamente más problemático de cuanto había estimado la narración precedente. Entonces hemos querido recorrer el universo pasional según una nueva perspectiva, según nuevos interrogantes y nuevos criterios.

En primer lugar, vista la fuerza de la *trend* naturalista, dos palabras sobre el carácter «cultural» de la pasión. En verdad, ya se han dado algunas indicaciones en este sentido, y por lo tanto el discurso podrá ser muy breve. La pasión es sin duda naturaleza, y por cierto (se lo ha dicho) voz, lenguaje del cuerpo: pero no es sólo eso. No se debe confundir *pasión* con *pulsión*. Esta última es expresión inmediata del organismo somático: de sus apetitos y necesidades instintivos. La primera, en cambio, es el producto de una *elaboración* compleja, enigmática, relativamente imprevisible: la elaboración de una necesidad que tiende a un determinado fin seleccionándolo entre varias ofertas disponibles. En efecto, no nos apasionamos por *n'importe quoi*. La pasión es en gran medida el fruto de una elección realizada en las profundidades de nuestro ser. Se trata de una elección al menos inicialmente inconsciente, pero que luego, al crecer, adquiere una intencionalidad consciente cada vez mayor. El sujeto apasionado constituye, define, fabula de modo cada vez más activo (y arbitrario) su *objet de passion*. Y es a partir de esa fase que intervienen los elementos «culturales». Ellos se relacionan con el hecho de que el sujeto en cuestión no desarrolla su pasión en una especie de vacío neumático. Por el contrario, la pasión crece y se determina en una realidad densamente poblada. Sus habitantes son, precisamente, habitantes «culturales»: signos, símbolos, recuerdos, esperas, reglas, valores. Muy lejos de poder proceder de modo autopoyético, la pasión debe poder atravesar esa realidad, debe encontrarse y chocar con esos habitantes. Antes bien, es por la experiencia con ellos que la pasión adquiere esa fisonomía cada vez más neta a la que aspiraba secretamente. Así, por ejemplo, la pasión amorosa se precisa al entrelazarse con múltiples «estilos» que la tradición cultural pone a nuestra disposición (se ama, ante todo, según una inclinación personal, pero también, y más de cuanto se pueda imaginar, por influencia de varios modelos: el «modelo Petrarca», el «modelo Sade», el «modelo Proust»...). También la pasión civil asume su rostro más maduro al abrevar en las diversas fuentes ofrecidas, una vez más, por la tradición cultural. Es como si el individuo apasionado se sintiera irresistiblemente instado a confrontarse con las ocasiones, las potencialidades pasionales propuestas por el contexto de pertenencia. Es también por esto que en la genealogía de la pasión, «naturaleza» y «cultura» (vale decir, pasionalidad subjetiva *statu nascenti* y objetividad de ideales pasionales codificados de cualquier manera) se median de modo orgánico e indisoluble.

La pasión como compromiso y como transgresión

¿Qué se capta al remontarse, más allá del soma y de la psiquis, a las primeras fuentes de esta genealogía? Creo que se capta ante todo no tanto una «cosa» como una «no cosa», no tanto una presencia como una ausencia. En efecto, la pasión parte de una situación de carencia, de necesidad, aunque muy *sui generis*. Es la carencia/necesidad del que, aun careciendo de algo, de todos modos logra perseguirla, poseyendo de ella una especie de precomprensión que, al desarrollarse la vicisitud pasional, se ilumina en medida creciente. Cree en un otro, en un más allá, en un mejor. Obviamente, no es necesario atribuir a estos términos significado trascendente alguno. Pero con igual certeza, el apasionado confía en darse una alteridad en grado de realizar, para él, una forma de completud. La pasión es siempre pasión por, o en, *X:* como decir que el apasionado advierte la existencia de una cosa –un valor, una figura, una condición– diferente de sí, y por él deseada intensamente según modalidades en gran medida personales. He aquí, tal vez, la primera paradoja con que nos encontramos: el apasionado es, al mismo tiempo, un sujeto fuertemente absorbido por su sentir/desear individual –entonces por su yo, por su ser– y un sujeto también fuertemente absorbido por una alteridad que no es él.

No basta. En determinadas fases del proceso pasional (la pasión casi nunca es un mero *coup de foudre:* antes bien, es una historia llena de recodos y de golpes de escena) la pasión tiende a exaltar tal alteridad. Son las fases en las que parece como si en el apasionado estuviera sólo la presencia invasora de una determinada realidad otra, objetiva, que se le ofrece *ut sic* y que es deseada de modo inmediato. Pero luego algo cambia. Es como si el apasionado en alguna medida fuera adquiriendo autonomía del sujeto/objeto de la propia pasionalidad. Eso no tanto en el sentido de separación propiamente dicha de aquello de lo que se ha apasionado, como en el de una incrementada capacidad de inversión afectiva personal, de una acrecentada voluntad de vivir una determinada elección emotiva de modo libre y propio.

Es en ese punto que la pasión se convierte en pasión en una de las acepciones más peculiares de la palabra. Es entonces, en efecto, que ella se vuelve iniciativa anticonformista y creativa, desconstrucción de mitos e *idées reçues,* transgresión de vínculos y reglas, constitución de condiciones o sentimientos o estados alternativos. Tampoco se debe creer que en tales situaciones sólo la realidad está descompaginada. También y sobre todo el *self* registra en sí mismo una descompaginación y, al mismo tiempo, el secreto deseo de que él vaya, por así decir, hasta el fondo: que implique una radical renovación de la propia identidad y el despertar de energías hasta ayer latentes y cuya existencia solo ahora él intuye, turbado.

La pasión y el redescubrimiento moderno de la sensibilidad

Esta última observación nos lleva a desplazar el foco de nuestra atención de la pasión al «apasionado». ¿Qué es la pasión *a parte subjecti*? También aquí, es inútil decirlo, se trata no tanto de decir cómo están «objetivamente» las cosas, y mucho menos expresar respecto de ellas la única interpretación autorizada. Se trata, antes bien, de relevar aquellas características de la fenomenología de la pasión en el sujeto apasionado que hoy, en nuestro contexto y dados nuestros presentes intereses, nos parecen las más significativas.

La primera relación que se debe establecer es aquella entre la pasión y el sentir. La pasión es ante todo un *sentimiento* variadamente intenso, tenaz, profundo. Pero el sentir, si por cierto pertenece a una especie de conjunto de elementos arquetípicos del hombre, no por ello es una función siempre activa y disponible, o siempre activa y disponible del mismo modo. Se trata, por el contrario, de una facultad sumamente delicada, que justamente por su naturaleza está sometida a cambios –refuerzos, exaltaciones, pero también debilitamientos y contracturas– muy fuertes. En suma, el sentir puede imponerse como fuerza hegemónica, pero también puede restringirse, contraerse, casi desaparecer. Correlativamente, la pasión es también una condición discontinua, precaria, que puede existir pero también puede hallarse en la imposibilidad de ser. El hombre moderno (volveremos a esto) ha amado el sentir y la pasión de un modo mucho más ambiguo y reductivo de cuanto se cree comúnmente. Su ideal supremo, como se ha indicado, era antes bien el *Logos*. Había puesto sus energías más ambiciosas en la constitución de una civilización gobernada por la Razón y el Conocimiento. El sentir, en cambio, con frecuencia ha sido mirado con recelo: considerado un nivel apenas auroral de la *Bildung* humana, ámbito de funciones inferiores y fácilmente desviables del recto camino *de claritate in claritatem*. Expresión extrema del sentir, la pasión ha sufrido como consecuencia el peso de una sospecha, si no de una condena, muy severas: pasión como disipación, pasión como descuido del *Logos*, pasión como digresión o transgresión respecto de la conducta racional-equilibrada.

Pero el sentir no siempre ha sufrido pasivamente las devaluaciones o las subvaluaciones, y tanto menos las sospechas o las condenas antes mencionadas. A veces, en realidad, ha redescubierto sin complejos la irreductible centralidad de sus funciones. A fines del siglo XVIII, un modesto *médecin-philosophe* francés, Pierre-Georges Cabanis, presentaba una tesis que de hecho ponía en discusión el principio más célebre de toda filosofía cartesiana. Al *cogito* de Descartes, Cabanis contraponía (o tal vez, más precisamente, yuxtaponía) la *sensibilité*. Y al asunto con el cual Descartes relacionaba la dimensión de la existencia con la manifestación del pensamiento, el exponente de los *ideologues* parecía decidido a sustituirlo con una relación muy distinta: aquella entre *existencia* y *sensibilidad*. Como expresaba con mucha firmeza en su *Rapports du physique et du morale de l'homme*, «c'est du moment que nous *sentons* que nous *sommes*». Una frase de conmovedora simplicidad (como, por otra parte, la de Descartes), al punto que es dable preguntarse si Cabanis era consciente del alcance revolucionario de sus palabras.

Porque, en verdad, de revolución se ha tratado. Con independencia de que Cabanis deseara criticar o no en cierta sede el racionalismo cartesiano, es un hecho que nadie antes de él había propuesto con idéntica determinación una imagen psico-antropológica del hombre fundada en la sensibilidad, en el *sentir*. Una concepción, téngase en cuenta, que resultaba tanto más innovadora y disruptiva por cuanto tal sentir se anclaba, explícita y sistemáticamente, a la viviente materialidad de la *organisation physique,* es decir, de la *corporeidad*. El delineado por Cabanis es un hombre en el cual las funciones del *âme* se resuelven, sin residuos, en los procesos fisiológicos-instintivos del *corps*. Por otra parte, es un hombre que poco o nada tiene que ver con el neomecanicismo un tanto simplista de quien, como por ejemplo La Mattrie, había identificado al *homme* con una *machine*. El modelo antropológico de Cabanis nos parece extraordinariamente moderno porque no delinea un hombre-máquina sino un hombre-organismo, habitado por instintos, pulsiones, apetitos, entre los cuales la sensibilidad es la energía primaria, la fuerza fundante del vivir.

Por cierto no faltan las consecuencias relativas a nuestro tema inscritas en estas posiciones. El *homme sensitif* de Cabanis es, por eso mismo, *homme de désir*. La *sensibilité* genera necesidades, anhelos, relaciones. Sobre todo, genera pasiones. Profundamente persuadido de la identidad entre fuentes del vivir y fuentes de la sensibilidad, el autor de *Rapports* examina las pasiones con un espíritu profundamente nuevo: el de quien ya no está dispuesto a descubrir meros *dérangements* del «justo» orden natural, tanto menos los *vices* psicológicos-éticos, porque capta en cambio manifestaciones particularmente intensas del ser vital. Bastaría ver, a tal fin, el modo en que Cabanis reexamina las pasiones amorosas, antes bien, las pasiones del sexo. Cualquier autocensura, cualquier *pruderie* en tal ámbito –advierte nuestro *médecin-philosophe*– estarían absolutamente fuera de lugar. El sexo es cuerpo: y es un componente esencial de la vida y de su reproducción. La pasión sexual es simplemente el lenguaje por el cual el cuerpo expresa algunas de sus exigencias inderogables. Si tal pasión debiera manifestar algún aspecto anómalo o inesperado, el saber debe estudiar con calma el problema. Por otra parte, *savoir, philosophie* y *bon sens* acogen la pasión en cuestión dentro del ámbito de una vida sana y articulada. Sin pasión, parece decir Cabanis, la vida ya no es verdaderamente vida. Tal vez no sea siquiera supervivencia.

El heredero en la tradición intelectual europea de este legado teórico de Cabanis es, como bien saben los franceses, Stendhal. Lector entusiasta (según su propio testimonio) de *Rapports*, Stendhal no habría escrito sus páginas *De l'amour* ni nos habría dado algunas sugestivas anatomías de la pasión sin la revolución cabanisiana. Pero no es el caso de que nos detengamos aquí en el autor de *Le rouge et le noir*. Lo esencial, en el contexto presente, era subrayar adecuadamente el momento histórico-teórico en que la pasión abandona el campo rarefacto de la reflexión ética para hacerse acoger en el muy diferente campo de la reflexión antropológica. En ese campo en el cual la pasión atestigua la inherente intramundanidad de su ser, su coincidencia con las energías que alimentan la vida, su pertenencia a un horizonte situado más allá del bien y del mal.

El perturbador pasional: sujeto, relación, contexto

Por cierto, la pasión moderna no es toda y solamente realidad doméstica: la dócil súbdita de un saber que sólo se ha emancipado de los estrechos carriles de la tradición ético-metafísica y del engañoso *clarté* racionalista-mecanicista del cartesianismo. No es tampoco mera *régenération* indolora de un organismo psicofísico decidido, precisamente, a renacer con el impulso vivificante de las *forces* pasionales. En realidad, la pasión es a menudo algo infinitamente más complejo y perturbador, y las características que más atraen nuestra atención son especialmente estas últimas.

La pasión es ante todo, para retomar una tesis ya presentada anteriormente, un sentir natural que incluye muchos elementos metanaturales: intencionales, simbólicos, *goal-oriented*. En efecto, es un sentir que apunta a un fin, y que apunta de modo fuerte, perentorio, unilateral. La pasión posee, efectivamente, algo de absorbente, de monocéntrico, que a veces desemboca en la obsesión o en la manía (por eso a tantos les parece un estado patológico, y en ciertos casos tal vez lo sea).

Posee, correlativamente, un carácter de tendencia totalizante: la pasión nos invade y penetra de un modo imperioso que está ausente en todos los otros sentimientos. Esa invasión poco a poco desconcierta, desordena los arreglos psíquicos constituidos. Si por un lado anima y vivifica, por el otro lado la pasión descompone y destruye. Puede modificar todo el ser/actuar del sujeto apasionado. Por ello, como ya se ha indicado, es el Pertubador por excelencia. Por ello, sobre todo, es (también) sufrimiento. Tomada en su estado más intenso, la pasión es una mezcla explosiva de felicidad y de dolor: felicidad relacionada con el percibirse atravesados por una tensión que da un nuevo sentido a nuestra existencia; dolor relacionado con el compromiso a menudo espasmódico de la condición pasional. Dolor relacionado también con la hipersensibilidad con que el apasionado advierte su estado, gozando momentos de arrojo y de éxtasis, pero sufriendo más de lo normal los momentos opuestos de la estasis y la crisis. El individuo afectado por la pasión descubre dentro de sí una determinación, una tenacidad que le eran desconocidas (la «fidelidad» a la propia pasión), pero también descubre una debilidad, una fragilidad que nunca hubiera soñado tener.

Cortocircuito de contrarios, la pasión es al mismo tiempo *pasividad* y *actividad:* en la pasión «nos dejamos ir», nos entregamos a algo que sentimos absolutamente dominante e irresistible. Pero en la pasión también se responde positivamente a una llamada: se responde con una movilización general de nuestras energías. Es un accionar que casi no conoce horarios, ni vacaciones ni prudencias. Aun cuando parece durmiente, la pasión está incansablemente en acción, una acción que a menudo nos sorprende y nos desconcierta. En vano tratamos de asignarle un espacio y una función dentro de una experiencia de alguna manera estructurada. La mayoría de las veces, la pasión se rebela a esa delimitación: la cuestiona. Cuestiona hasta los paradigmas generales de su posible «normalización». Antes bien, tiende a superar el *ordo* de las funciones psicoconductuales habituales, persiguiendo equilibrios nuevos y precarios, los que a menudo cuestan precios muy altos. No es que las pasiones sean todas tempestades (las celebradas por el *Sturm und Drang)*. Naturalmente, existen pasiones más tranquilas y razonables, pasiones que mantienen buenas relaciones con el *Logos* (y sería conveniente, aunque aquí me faltan el tiempo y la ocasión, examinar también esta tipología pasional). No obstante, al menos hoy, cuando se dice pasión se piensa sobre todo en una condición de *élan vital*, de vida al cuadrado, de asunción de una directriz de pensamiento/acción que se impone por su intensidad a las otras, modificando con frecuencia todo un cuadro existencial. La pasión, entonces, como elección radical, como punto de inflexión de un espíritu, como perseguimiento obstinado de un objetivo determinado.

Por otra parte, la pasión parece ser no tanto el efecto de una partenogénesis interna como la reacción a una seductora figura externa, a menudo impalpable, invisible. Un sentimiento, una idea, un valor se asoman al campo de nuestra experiencia y suscitan misteriosas sintonías, imprevisibles correspondencias. El sujeto se siente capturado cuando, en cierto sentido, es demasiado tarde para batirse en retirada. Por otra parte, se trata de una captura por así decir consciente. Es como si la seducción, la atracción, se hiciera sentir entre funciones ya en espera de ser suscitadas, de fuerzas que esperan que las activen, y bien dispuestas a ello. La atracción resuena, el objeto de deseo se perfila en el horizonte, y el burgués pequeñito sale de sus horizontes habitualmente desprovistos de pasión y se lanza a una empresa que suele ser más grande que él. Naturalmente, el éxito no está garantizado, pero acaso tampoco el fracaso. La pasión, en efecto, cuando no es proyecto perseguido colectivamente con tenacidad de la mente y del corazón (aquí aludo a un tipo de pasión del que no tengo modo de hablar) es sobre todo una *aventura*, una aventura abierta no sólo a imprevisibles resultados finales, sino también a transformaciones parciales igualmente imprevisibles que se producen en el curso de la aventura misma.

La referencia a la aventura indudablemente valora el *côté* subjetivo de la pasión. Con él se relaciona estrechamente *la dimensión antagónica, transgresiva* de la pasión misma. En toda pasión fuerte existe, en efecto, un elemento de revuelta personal respecto de una situación determinada. Se trata de un componente de relieve crucial, ya que si por un lado enfatiza el aspecto activo, crítico, casi beligerante del apasionado (que es siempre, de alguna manera, un «hombre contra» algo), por el otro y por contraste llama la atención sobre la dimensión de la pasión *a parte objecti*.

En efecto –y esto me parece un punto de gran importancia– la pasión se configura en esencia como la resultante de una relación dialéctica propiamente dicha entre un sujeto y su contexto. La pasión, ya se lo había señalado anteriormente, no se genera ni se desarrolla de manera autopoyética. Nace y crece mediante una confrontación cerrada, dramática, casi siempre conflictiva entre el apasionado y el referente de su pasión, o el mundo al que él pertenece. La pasión, que nunca es sólo pasividad, a menudo es sufrimiento precisamente porque su objeto es siempre una alteridad nunca del todo aferrable. Y es, aun más, lucha y dolor por cuanto la alteridad misma con frecuencia no corresponde al requerimiento pasional de las maneras en que se desearían; por el contrario, a veces se niega, se rehúsa al requerimiento en cuestión. Una primera conclusión de todo ello es que la pasión no parece nunca concebible en un aislamiento abstracto. Siempre está anudada a una *Umwelt* circunstante, diferente si no directamente hostil. Llamamos a esa *Umwelt* el campo de la norma, de la normalidad, de la vida que desea proceder sin sacudidas y sin fatigosas problematizaciones. Y correlativamente definimos la pasión como la (relativa) anormalidad, la excepción, la confusión, la emergencia del problema. En este sentido, la pasión se genera sólo por efecto de un contraste y de un desafío respecto de un mundo íntimamente refractario a los «desórdenes» pasionales. Pero sin ese mundo sordo y «normalizado», a la pasión, repitámoslo, le costaría nacer y crecer, al menos en los modos que le son más propios.

La pasión y su sujeto agente/sensible

Hasta ahora he hablado esencialmente de la pasión. Pero respecto del tema de las precondiciones, en realidad de las condiciones necesarias para su generación, me he referido demasiado poco a aquel que, en último análisis, es el verdadero protagonista de la pasión misma. En una oportunidad, el filósofo estadounidense de la mente Kurt Baier se preguntó: ¿qué sentido tendría hablar del dolor sin una persona que sufre? Por cierto, es una pregunta paradójica y también discutible. Sin embargo, todos entienden que posee un núcleo de verdad que conviene tener en cuenta. Y es una pregunta, sobre todo, que parece adecuarse a la perfección a nuestro ámbito de problemas. Es dable (tal vez se deba) preguntarse, en efecto, «¿qué sentido tendría hablar de pasión sin una persona que la viva?». Dado el discurso conducido hasta aquí, esa pregunta de ninguna manera parece ser un juego de palabras. Con tal fin, es inevitable retomar un punto ya tocado al comienzo de mi discurso: el hecho de que, en rigor, «pasión» es en esencia el nombre de una construcción mental. De ese género de construcciones tenemos una necesidad cognitivo-interpretativa que parece indudable. No obstante, se trata siempre de una construcción, vale decir de una elaboración conceptual que constituimos mediante un trabajo muy complejo de selección y abstracción. Habíamos partido tal vez de la experiencia de una pasión concreta, o del registro de algunas pasiones concretas ajenas: hablamos ahora de una noción, de un tipo ideal que parece muy lejano de los casos concretos de los cuales habíamos partido.

Pero aquí no es de esa distancia de lo que desearía hablar. En cambio, desearía señalar otro tipo de abstracción que parece poner en crisis la presente investigación. Es la abstracción constituida por el hecho de que, en buena medida, nuestra experiencia en realidad está poblada no por *pasiones* sino por *individuos apasionados*. No se trata sólo de una simple invitación a retomar el camino *Vers le concret,* para evocar el conocido libro de Jean Wahl. Se trata, en un plano teórica y antropológicamente más cargado de significados, de captar la condición precaria de la pasión tomada *ut sic*. La pasión en verdad no existe en sí misma (sino en una acepción muy particular). En verdad reclama un referente, una *embodiment* humanológica. De lo contrario parece coja, no autosuficiente. El amor de por sí, el odio de por sí parecen librados en una atmósfera en muchos sentidos rarefacta y vacía. Para salir de ella hacen falta hombres reales, de diversas maneras titulares de la experiencia pasional.

En efecto, sólo cuando se determinan en la vida de un sujeto adquieren las pasiones un par de caracteres que me parecen decisivos. Para alguien, todo ello podría resumirse en la diferencia que existe entre los dos enunciados «la pasión por X» y «*mi* pasión por X». «Mi» no indica sólo la concreta contingencia del «aquí» y «ahora» de la pasión en cuestión. Indica también la *subjetividad diferencial*, la *cualidad personal* según la cual se viven los estados pasionales. En suma, la pasión no sólo tiene necesidad de un soporte para asumir connotaciones concretas al descender del hiperuranio de las formas ideales. De la *embodiment* en tal soporte (el individuo, obviamente) obtiene toda una serie de determinaciones, de *calificaciones* que la tornan, si se acepta la expresión, una pasión «de rostro humano», antes bien, de rostro «personal». ¿Cómo y por qué se producen tales calificaciones? Se producen porque, al descender en un hombre-persona, la pasión interactúa con la vida peculiar de ese hombre. Se inserta en su historia pasada y presente, modificándola y modificándose. Se entrelaza con miles y miles de otras funciones y pulsiones. De modo que, por último, no sería factible reconocer en *esa* pasión tan «impura» la pasión «pura» de la que se habla en ciertos manuales de psicología. Por el contrario, en ella se reconocen los rastros de tantos otros componentes psicoexistenciales del ser apasionado: por un lado, reunidos a su modo en una forma que denominamos todavía con el nombre típico-ideal de «amor» u «odio», por otro expresivos, en su conjunto, de una parte constitutiva de tal ser. ¿Acaso no es por eso que «el amor de X por Y» nunca es igual a «el amor de A por B», y ello aunque Y y B fueran idénticos?

Recíprocamente, por medio de tal función (la pasión) tan capaz de adecuarse al sujeto que la encarna, este último está en condiciones de expresarse no ya, genéricamente, como *homme de passion*, sino específicamente como un muy definido *sujet* pasional. Mediante las manifestaciones múltiples y metamórficas de la (propia) pasión, ese *sujet* atestigua no tanto la existencia de la pasión *en sí* como la de ciertos modos de ser *suyos, propios*. En la pasión se debe captar no ya una mera emoción efímera y violenta, sino el momento alto de una vicisitud proveniente de zonas recónditas de la vida completa y profunda del individuo apasionado. Bajo este aspecto, la pasión parece una especie de narración sucinta y agitada, mediante la cual el sujeto dice de sí muchas más cosas de cuanto él mismo tenga conciencia. Dice, por ejemplo, cuáles son sus creencias más fuertes y sentidas, cuáles las inversiones tanto afectivas como cognitivas a las que les da más importancia, cuáles los índices de su (hiper)sensibilidad, cuáles sus tabúes y sus monstruos negativos (también existen, en efecto, las *pasiones negativas*, que cuentan nuestros temores, nuestras obsesiones, nuestras inseguridades, y de las cuales desearía ocuparme a fondo algún día).

La pasión como «vivido» y como «dicho»

La referencia a la pasión como narración lleva a reflexionar un momento sobre un tema que me parece muy sugestivo: el de la relación que subsiste entre la pasión como «vivido» y la pasión como «pensado» o como «dicho». Con mucha mayor frecuencia de cuanto se cree, cuando nos ocupamos de pasiones, por un lado nos referimos a sus *objetivaciones* visibles-conductales, diversamente condicionadas por normas y ritos sociales. Por otro lado –y, en ciertos casos, sobre todo– nos referimos a las que son principalmente *descripciones* en torno de las pasiones mismas. Eso también sucede en buena medida cuando nos ocupamos de nuestras mismas pasiones. En tal circunstancia nos ponemos a reflexionar sobre cierta situación pasional, y a expresarla en sede lingüística, por así decirlo *post factum*. La cosa, atención, es perfectamente normal. Se incrementa, como veremos enseguida, la latitud (las resonancias, las implicaciones) del estado pasional. Sin embargo, las dos situaciones –aquella propiamente pasional y aquélla reflexiva-narrativa– a pesar de sus diversos entrelazamientos, deben distinguirse.

En primera y fundamental instancia, la pasión *se vive*. Se vive antes de tener conciencia de ella, antes de pensarla. Se la vive de modo esencialmente instintivo y subliminal. Antes de darle un sentido –o sea, antes de incluirla en la red de criterios semánticos-axiológicos de que disponemos– la pasión se nos presenta en la forma de una amalgama indistinta y redundante. La pasión es también aturdimiento ante una suma de sensaciones, deseos, tendencias, capaces a veces de tornar inutilizables las formas *sinngebende* con las cuales solíamos rubricar nuestras experiencias aun más nuevas. Sería ingenuo y reductivo buscar alguna homogeneidad «fuerte» en ese torrente que nos inunda, y que a menudo amenaza trastornarnos. No tanto porque falte por completo algún *Leitmotiv* en la/de la pasión, como porque las categorías de la homogeneidad y la heterogeneidad pertenecen a un orden conceptual que aparece, en todos los sentidos, *después* de manifestarse la pasión misma. En cambio nosotros, repitámoslo, esperamos también el *antes,* ese momento en que la pasión se nos presenta con el aspecto de una fuerza imprevista y extraña; ese momento que nos sorprende y nos supera; ese momento en que nos sentimos como expropiados y pasivos, para reaccionar luego de manera excitada pero a su modo vital, movilizando (se lo ha señalado anteriormente) nuestras funciones más diversas.

Enunciar, decir *esta* condición es, en rigor, imposible. O mejor: es muy posible, pero pagando el precio de su *transformación* radical. Si digo, si narro (aunque sea sólo a mí mismo, *in interiore cordis*) mi pasión, es como si asumiera una forma de *distancia* respecto de ella. Decir la propia pasión, ¿no es un tanto como cambiar el estatus respecto de ella? Decir, o sea reflexionar sobre ella, ¿no implica casi un acto de desdoblamiento? Por un lado está, como decían los antiguos, el hombre invadido por el dios; por el otro se perfila el hombre que *mira* esa invasión, que estudia sus razones (las *razones* de la *pasión*...), que evalúa sus implicaciones y consecuencias, en suma, que incluye la pasión dentro de un *orden* racional superior. Todo ello, debe insistirse, no es banalmente una forma de *pérdida*, y tampoco la pura y simple *desaparición* de la pasión. Antes bien, es una especie de *transfiguración* de la pasión. La pasión, como se decía anteriormente, *se transforma:* el torrente evocado hace poco se convierte en un río dotado de una dirección y también de una fuerza del tipo *longue durée*. Por lo tanto, no es una especie de «no pasión» que sustituye a la «verdadera pasión», sino más bien una metamorfosis de ésta. Una metamorfosis capaz de generar a veces, salvando las inevitables modificaciones, una articulación más rica de la pasión misma.

Tal concepción podría no satisfacer si sólo se deseara entrever en ella algún tipo de clasificación, de jerarquía en la escala de las pasiones. En verdad, no es ése mi modo de acercarme al problema que estamos discutiendo. Digo «articulación más rica», pero no pienso «enriquecerme» en sentido estricto con la pasión. Antes bien, pienso en cambios/desarrollos según direcciones y modalidades relativamente imprevisibles. En cuanto a una valoración de esas pasiones «cambiadas», sobre todo respecto de la situación de la pasión prerreflexiva, mucho depende del punto de vista desde el cual se juzga: más precisamente de los estados sensitivos, de los intereses existenciales, de las relaciones, de los fines axiológicos según los cuales se perciben las pasiones en su *double face* de «vivido» y de «pensado/dicho». Agregaría también que entre los dos «tipos» de pasión existe una especie de *«inconmensurabilidad»*. La pasión como lo vivido es eminentemente cualidad, intensidad, y es también momento, epifanía. No existen criterios adecuados para expresar lingüísticamente esa cualidad/intensidad; y nada ni nadie puede, en verdad, juzgar ese momento/epifanía, cuyo sentido puede ser epocal a pesar de su posible brevedad cronológica («ese instante me pareció una eternidad»). En la pasión vivida, como en el dolor, el hombre en verdad está solo.

En cambio, la pasión como pensado/dicho es totalmente distinta. En primer lugar, es un producto no sólo de la subjetividad sino también de un repertorio conceptual ofrecido por la subjetividad de la tradición y del contexto. Es, por lo tanto, el fruto de una especie de mediación, en la cual el *poder* del sujeto tiende a asumir contornos menos «personales». Pero justamente el hecho de que el individuo apasionado disponga de la posibilidad de adquirir nuevos medios expresivos de un determinado patrimonio objetivo, le permite desarrollar su pasión en modos nuevos y también más sutiles. Así, por ejemplo, la fuente generativa de la pasión amorosa ciertamente está situada en la experiencia vivida precategorial, y todo desplazamiento de ella modificará su fisonomía primaria. Por otra parte, declinada según las sugestiones y las simbologías adquiridas del *Umwelt* histórico-contextual, esa pasión espesará singularmente sus tramas. Pensar/decir el amor lo hará más sofisticado y –al menos bajo ciertos perfiles– más comunicable. La innegable (e indudablemente relevante) «traición» del sentir originario producirá además una multiplicación de significados y de efectos. Una experiencia inicialmente sorda y oscura se volverá, al menos en apariencia, más audible y luminosa (éste, en todo caso, es uno de los deseos del *homme de passion)*. Es así que el balance final de la pasión como pensado/dicho se ve más complejo de cuanto parecía al comienzo. Es cierto, se mantiene el problema de una copresencia por así decir pareja de las *dos* maneras de experimentar la condición pasional, y tal vez sea insoluble. Pero mantenerlo abierto al sentimiento y a la conciencia podría ser importante. Por otra parte, ¿cómo evitar todo eso? Nuestras reacciones –las «vividas» y las «pensadas»– a la pasión no son *optionals* entre los cuales el hombre puede escoger libremente, antes bien, son dos *modalidades destinales*. El *sujet de passion* navega por ellas peligrosamente en el medio, siempre a punto de perder algo si y cuando se deja impregnar por una sola de ellas, porque entonces se descubre incapaz de expresar su sentir aun a través de la otra.

La pasión en el mundo contemporáneo: implicación, actitud crítica, búsqueda

Es evidente que habría muchas otras cosas que decir, no sólo sobre la cuestión que acabamos de evocar, sino también sobre ulteriores aspectos de la pasión. Lamentablemente, el espacio a mi disposición llega ahora a su fin. Además, mi propósito no era decir «todo» sobre la pasión. Era, en todo caso, dar voz a *una* representación, mediante indicaciones, de la pasión, a una interpretación entre tantas posibles. A una interpretación, por otra parte, no pretendidamente «libre» sino anclada a una determinada situación coyuntural. La coyuntura es la del tiempo en que vivimos y sus problemas. Por cierto, también ésta es una selección de trama muy abierta. Sin embargo, parece difícilmente negable que hablar de las pasiones hoy estimula a acentuar ciertas preguntas (y, tal vez, ciertas respuestas) en preferencia a otras.

Con tal fin, se debe observar ante todo que nuestro tiempo ha asumido, respecto de la pasión, una postura fuertemente ambivalente. Por un lado, las pasiones son puestas en libertad, por así decirlo: se las libera de lazos y bloqueos seculares. En la era del permisivismo todo está consentido, incluso los comportamientos pasionales más anómalos y extremos. ¿Libertad absoluta, entonces? Y, en ella, ¿afirmación igualmente absoluta de la experiencia pasional? No lo diría. No diría tampoco que tal experiencia coincida necesariamente con una condición de libertad absoluta. La pasión, si indudablemente presupone un índice de autonomía, de manera igualmente indudable se determina en la relación con una objetividad teleológico-axiológica: hay pasión si existen fines/valores en los cuales se puede creer con fuerza. La pasión es un estado no autorreferencial sino *intencional:* remite a una alteridad, además de remitir naturalmente a un sujeto intencionante. Por eso un discurso adecuado sobre la pasión no puede no vincularse estrechamente con una teoría del hombre y con una teoría del valor: naturalmente, del hombre y del valor «absolutos» pero históricamente determinados.

Entonces, ¿qué decir del hombre de hoy y de su relación con las pasiones? La primera impresión es que este hombre está sobre todo cansado. Cansado, y por ende poco propenso al compromiso pasional. Con ello se vincula el segundo lado de esa relación con las pasiones que se ha definido, anteriormente, como ambivalente. La pasión no sólo no coincide con la libertad, sino que cuando esa libertad es esencialmente (no digo solamente) debilitamiento de directrices y de normas, superabundancia de ofertas y de seducciones, Babel de lenguajes y de códigos, cuando sucede todo eso el hombre *tiende a retraerse:* a decir, con el inmortal Bartleby de Melville: «preferiría no hacerlo». Se convendrá que una actitud por el estilo es muy poco propicia a la pasión, al menos si se considera a esta última una apertura, una elección, un compromiso. Varios indicios parecen perfilar una situación en la cual, frente a una invitación cada vez más perentoria de la sociedad de consumo a apasionarse (la pasión puede ser también un *business),* el hombre *se aleja de la pasión.* Habla mucho de la pasión, eso sí. O al menos permite que se hable mucho. Libros, periódicos, medios masivos narran con abundancia de detalles «todo lo que hemos deseado saber» sobre las más diversas pasiones. Pero hablar no es vivir; por el contrario, a veces tiene un efecto inhibitorio sobre el vivir. La luz enceguecedora de los discursos públicos sobre las pasiones amenaza anular ese elemento de privacidad en el cual –creemos– se generan las pasiones más genuinas. El hombre se siente literalmente desnudado, y la consecuencia es que sus energías afectivo-emotivas, en lugar de avanzar, se baten en retirada. Se desearía retornar a un estado, repitámoslo, de privacidad. La «buena» pasión es sobre todo la voz de una subjetividad que tiende a la búsqueda y a la confrontación. Pero si el campo de tal búsqueda/confrontación se ofrece de modo demasiado agresivo, la subjetividad queda, casi aniquilada, dentro de su cáscara, y ahí dentro corre el riesgo de perder no sólo las capacidades propias de la pasión sino también un adecuado conocimiento de qué es verdaderamente la pasión.

La reacción de una parte del pensamiento contemporáneo a esta situación es el rechazo de la pasión mediante su *deconstrucción*. Pero es una reacción que cuesta un precio demasiado alto. Analizada, anatomizada, diseccionada, cientifizada de los modos más diversos, la pasión pierde su cifra originaria, su solidez irreductible, su elemento de saludable descarga eléctrica, si no de violencia propiamente dicha. En ese punto *la pasión no es ya pasión:* es discurso, mediado y medicado, sobre la pasión. Y el hombre destinatario de esta lección, que partía de una condición de inquietud hacia la pasión («¿seré capaz de sentirla?»), deriva de ella una forma de engañosa autoconfortación («la pasión no era más que esto... entonces también yo puedo sentirla, o tal vez también renunciar a ella...»).

Desearía poder hablar de una segunda reacción actual a la pasión: de una reacción alternativa a la primera. Desearía, pero temo la insidia de los *wishful thinkings* y de la utopía. El único consuelo, el único estímulo para terminar con alguna palabra de esperanza es que, a pesar de todo, todavía existen hombres apasionados, y de las pasiones aún tenemos memoria y, justamente, pasión.

Mi propósito no es tanto preguntarme cómo están hechos estos hombres, y a qué dedican sus pasiones. Por un lado, surgiría una descripción que probablemente todos se imaginen; por otro, me parecería que estoy levantando incorrectamente velos que corresponden no sólo al respeto por la historia personal de cada uno sino también a la actitud que todos deberían tener en cuanto a las *propias* capacidades para apasionarse. En cambio, me agradaría preguntarme qué intentan «significar» principalmente los hombres mediante su tan frecuente decir/testimoniar la pasión en una época en tantos sentidos «desapasionada».

Primera respuesta. Los hombres tratan de reaccionar justamente contra la imposición de una civilización que segrega guetos (o, lo que es peor, medica) la pasión en nombre de la racionalidad instrumental, o del funcionalismo que desearía organizar todo en un sistema de medios-fines perfectamente realizado. No, un mundo perfectamente aceitado por el lubricante Logos (un mundo, entre otras cosas, inexistente: que por ende pertenece al orden no de la realidad sino de la utopía, o sea, paradójicamente, al propio orden del deseo pasional), ese mundo no satisface enteramente al hombre. No lo satisface no sólo porque no es grato el imperio de la norma y del orden objetivo, sino porque en ese orden se sacrifica algo, o mucho.

La segunda respuesta se refiere al contenido y a las formas de este sacrificio. En dicho orden tememos esencialmente sacrificar una parte de nosotros mismos. Se nos pide que seamos eficientes, «observantes» (de reglas objetivas), *self-controlled*. Cualquier persona culta nos recuerda también la fascinación por lo apolíneo, o por el *kosmos* que todo lo resuelve en una armonía (objetiva) superior. Y bien, nosotros objetamos esto al sentirnos también un poco dionisíacos. Y si se nos ofrece dedicar a esta imprescindible exigencia el fin de semana o las vacaciones del compromiso laboral, replicamos que las fiebres del sábado por la noche y las evasiones estivales (organizadas por una sapiencia comercial bien poco pasional) no se asemejan ni siquiera lejanamente a lo que muchos de nosotros consideramos verdadera pasión. No sólo porque, como es obvio, miles y miles de pasiones nada tienen que ver con *este* tipo de salida de la norma, sino también porque las mismas «pasiones como transgresiones» intentan transgredir límites mucho más radicales y constitutivos de nuestra vida asociada.

Para retomar un tema ya evocado en otra parte, lo que no deseamos sacrificar es un sentir determinado. El mismo no es sólo una dimensión psico-antropológica que alimenta funciones esenciales de nuestro ser. Es también esa dimensión que expresa del modo más directo formas del vivir más inmediatamente pertenecientes a nuestra subjetividad. No es que las formas de nuestra otra dimensión (la que el léxico intelectual inglés denomina *sapience*, contraponiéndola, a menudo de modo demasiado neto, a la *sentience*) no lleven también la impronta del sujeto que somos. Pero también es cierto que el sentir parece más directamente coincidente con la vida instintiva, *nuestra* en un sentido amplio, que pulsa en nosotros. Es ahí donde advertimos deseos procedentes en medida preponderante de una fuente que es el Yo. Es ahí, sobre todo, donde tal Yo produce más intensamente lo que denominamos pasiones. ¿No son las pasiones ante todo un fuerte sentir acompañado de un deseo de adquisición de otro (o *del* otro) caracterizado por una aguda tensión y, a menudo, por un sufrimiento igualmente agudo?

Y bien, no deseamos sacrificar todo eso, ese entrelazamiento de sentir y de deseo pasional. Como se ha dicho anteriormente, eso se ve minado por una praxis social que no sabe cómo encararlo, que directamente teme la *sentience* «apasionada». A decir verdad, no se la puede culpar. Semejante a la libido freudiana, el sentir pasional no observa las reglas de la *bienséance*, ni respeta acríticamente los rituales de la tradición. En cambio, tiende a afirmarse a sí mismo y sus objetivos. Escucha y sirve como medio a los anhelos del sujeto aun en sus modalidades más insólitas y sorprendentes. Es justamente eso lo que reprueba la vida social actual. Lo que asusta probablemente no sea tanto la *performance* singular, la transgresión singular, como *la disponibilidad misma para transgredir*. Cuanto más amenazada siente el individuo esa tendencia, más la defiende. No tanto porque él ame la transgresión en tanto que transgresión (ésta, en todo caso, es la percepción que de ella tiene, y da, la sociedad) como porque en tal tendencia percibe un rastro de autonomía, de creatividad (en el bien y en el mal, en realidad más allá del bien y del mal) que atestigua su propia libertad. Y a esa libertad, aunque pequeña y no siempre beligerante, él realmente no quiere renunciar. La pasión, entonces, es el *testimonio de nuestra subjetividad* que más que nada tiene necesidad de un espacio de libertad. Por eso, al tutelar la primera tendemos también a tutelar la segunda, a tutelar la libertad en una acepción fuerte, abierta, personal, no determinada *ab externo* por poco inocentes vigilantes de nuestro vivir.

La tercera respuesta tiene que ver por un lado con esa apertura/creatividad, por el otro con una relación crítica con el mundo externo. «Pasión como apertura» no es una expresión vacía: implica que la verdadera pasión, bien lejos de satisfacerse por sí misma, requiere la relación con una alteridad. Relación abierta, entonces, significa una condición de extroversión en la cual el sujeto profundiza las características de la propia identidad mediante la experiencia, la experiencia existencial, con «lo otro respecto de sí». En la pasión se verifica la paradójica vicisitud doble de un Yo que por un lado vive todo a través de la propia sensibilidad en estado de efervescencia, y por el otro tiende a sumergirse (a *s'oublier,* como dicen los franceses) en algo que pertenece de alguna manera a un mundo «diferente». Ahora bien, hablamos el lenguaje de la pasión cuando intentamos aceptar todo eso: cuando tratamos de defender esa vicisitud doble contra un *way of life* al que evidentemente no le gusta tal estado de cosas.

«Pasión como relación crítica con el mundo» es también una expresión del sentido no banal. En primer lugar, sabemos que la pasión implica una agitación que «desordena» condiciones estandarizadas, tanto *a parte subjecti* como *a parte objecti*. El apasionado es aquel que destroza mitos y ritos para dar voz a una creencia propia que se opone a ellos. La verdadera pasión es crítica si, y en cuanto, muy lejos de coincidir con la autoexaltación por una idea o un personaje de moda, produce una creencia que, siendo fuertemente personal, es por ello mismo fuertemente alternativa. La verdadera pasión posee siempre ese elemento de resistencia/distancia respecto de los *idola* del tiempo, esa creatividad más o menos acentuada de experiencias que se colocan al límite de la denominada normalidad. Al defender la pasión, defendemos en realidad las *experiencias de más allá del límite* y de lo *posible* que el mundo hiperreal desearía anular de muchas maneras.

Creo que la conclusión, provisoria, de este discurso sobre las pasiones puede situarse aquí. Sobre todo si se agrega que la apertura, la actitud crítica, la mirada más allá del límite propio de la pasión no implican de modo alguno un ansia secreta de evasión del mundo. Sí, es cierto, la pasión es también deseo de Absoluto, y como tal es lanzamiento más allá de los espacios de lo terrenal y de lo visible. Pero, junto con ese deseo, conserva también una vinculación orgánica con el cuerpo, con el Yo, con los objetivos/valores que, dentro de un horizonte determinado, se relacionan con nuestra identidad finita. La tendencia al Absoluto es pasión –y no fe– si y sólo si custodia la percepción viviente (aun dolorosa) de nuestras necesidades y de nuestras pulsiones nunca sosegadas ni sosegables. En cierto sentido, la pasión es un incesante ir y venir: entre el Yo y el otro, entre la subjetividad y la objetividad, entre la finitud y su aparente contrario. Si se los vive de modo pasional, los apetitos carnales, los sentimientos del corazón, las creencias ideológicas son otros tantos vehículos de una fenomenología de rostros múltiples que parece hallar en esta diferencia, en este camino bidireccional, su propio signo característico

Pasiones antiguas: el yo colérico

Mario Vegetti

> Son por naturaleza cosa humana sobre todo los placeres, los dolores y los deseos.
> PLATÓN, *Las Leyes*, V, 732e

> Estas tres enfermedades se contienen con los tres remedios más grandes: el temor, la ley y el discurso veraz.
> PLATÓN, *Las Leyes*, VI, 783a

La ira de Aquiles

La Ilíada −el texto inaugural y fundador de la cultura griega− se inicia, como es bien sabido, con la palabra *menis:* la memorable «ira» del héroe Aquiles, por la cual se genera toda la trama narrativa del gran poema.

Pero no carece de significado observar que la traducción de *menis* como «ira» no es exacta, o al menos es parcial. En el primer libro de *La Ilíada,* Homero emplea cuatro términos diferentes para describir la nebulosa colérica, respecto de la cual el poeta demuestra una atención y una sensibilidad comparables a las de los esquimales por los matices del color blanco de la nieve y del hielo. *Menis* significa exactamente «indignación», «resentimiento violento» y está en relación con *cholos,* la «cólera» áspera y amarga[1] (a continuación relacionada con el temperamento iracundo); están luego *menos,* el «furor» guerrero del campo de batalla, y por último *thymòs,* el impulso emotivo que desencadena la acción (relacionado con *menos* en el libro V, v. 470). Este último término es importante porque marca el tránsito inmediato entre la psicología de la cólera y los prime-

---

1. *Illiade*, XV, 122. *(La Ilíada,* Buenos Aires, Losada, 1996, Vol. II, p. 12).

ros signos de la construcción de una subjetividad heroica, que en ella encuentra sus raíces y sus condiciones de pensabilidad.

Ed ecco dentro di me, nel petto, lo *thymòs*
con voglia maggiore si volge a lottare e a combattere,
e sotto fremono i piedi e sopra le braccia.[2]
[Y dentro de mí, en el pecho, el *thymòs* /con ansia mayor
se dispone a luchar y a combatir,/y abajo tiemblan los
pies y arriba los brazos.]

La percepción primera y aún incierta de sí mismo como sujeto unificado de acción, si bien precariamente, se produce en el fuego de la emoción colérica, en la reacción violenta y agresiva a la amenaza que viene del otro. La fragilidad antropológica de la figura del señor heroico hace mortal esa amenaza, como en el caso de Aquiles. Toda lesión a su dignidad y a su honor *(timé)* que se produzca en las dinámicas de interacción social se advierte como catastrófica, porque el señorío del héroe, su mando sobre el grupo humano sometido a él, no tienen forma alguna de legitimación sino la continua y tenaz reafirmación de su valor y por ende de su poder. En esa sociedad «arcaica» no existen ni estado ni leyes ni orden moral compartido que puedan subrogar el gesto autorizado, la palabra y la espada del señor. La amenaza que viene del otro, la ofensa sufrida o aun sólo temida, el riesgo de que la dignidad heroica resulte desfigurada, desencadenan entonces una respuesta que moviliza indignación, cólera y furor hasta la venganza capaz de reintegrar la *timé* del señor.

En el espacio de la ira, que separa la ofensa de la venganza, se produce entonces la primera autoconfiguración de un sujeto que más tarde sería llamado «pasional», pero que ahora es «heroico» y no conoce alternativas posibles.

Esta autoconfiguración se acompaña, antes bien se identifica, con el desencadenamiento de una violenta carga energética, el estallido repentino y destructivo de ese «león» que con tanta

---

2. *Ibíd.*, XIII, 73-75, (t. I, p. 212).

frecuencia metaforiza al héroe homérico. Hay un aspecto relevante de *La Ilíada* sobre el cual tal vez no se ha insistido en grado suficiente. A diferencia de muchos otros textos institutivos de cultura, *La Ilíada* no sólo no establece ningún límite o prohibición respecto del homicidio, sino que hace de la masacre de los enemigos (y también de los rivales: Aquiles mataría inmediatamente a Agamenón si no interviniera Atenea para demorarlo) el espectáculo noble por excelencia, el momento alto en que el señor de la épica se pone a prueba y legitima su poder. La respuesta colérica a la amenaza ajena tiende entonces a ser total y destructiva, y no le deja al enemigo más que la alternativa entre la muerte y la sumisión (la misma que el furibundo *thymòs* del héroe teme para sí mismo).

Esa ira del señor arrojará su sombra larga y tenaz sobre todo el proceso de construcción de la subjetividad antigua. Y ello sucederá no sólo porque los griegos siguieron pensando, como deploraba Platón, que «Homero ha educado a la Hélade y que merece que se lo enseñe para gobernar y educar al mundo humano, y que según las reglas de este poeta se organiza y se vive toda la propia vida».[3] Esa «textualización» homérica de la cultura griega, que continuó aun después de la era arcaica hasta el punto de que todo joven griego aprendía de memoria los poemas y con sus textos aprendía a leer y escribir, se justificaba por una estructura antropológica de larga duración, a la que por su parte ofrecía la voz autorizada de la tradición cultural.

La experiencia cotidiana y omnipresente de la esclavitud estructuraba, polarmente, la configuración de la subjetividad griega en la figura de la «libertad». La radicalidad de esta oposición producía la convicción difusa de que la libertad era amenazada de sumisión por todo vínculo social impuesto por la misma comunidad de los libres: la ley, el estado, la decisión de la asamblea popular. ¿Cómo ser verdaderamente «libres» pero vivir en una comunidad de pares? La enorme dificultad que encontraba la cultura griega para responder a esa pregunta está

---

3. Platón, *La República*, X, 606a ss.

documentada por la convicción difundida en el siglo v aC. de que el único verdaderamente «libre» era el tirano dotado de poder absoluto, a semejanza de Zeus, pensado a su vez como el «tirano de los dioses». Se trata de un signo –por cierto no el único– de lo difícil que les resultaba a los griegos pensar en una libertad (es decir, una no esclavitud) que estuviera separada de la plenitud del señorío. Ese tenaz fondo antropológico constituía a su vez el vector de resistencia de la forma colérica de la subjetividad. La ira, como protección de la amenaza de sumisión, y el deseo de venganza, como reintegración de la plenitud de la libertad, eran sentidos como el derecho/deber constitutivo del señor, e indicadores de su libertad.

El carácter subjetivante de la ira seguirá siendo atestiguado por los moralistas aun después de que la ira sea transformada en una pasión (palabra y cosa ignoradas por el léxico de Homero y por la autoconciencia de Aquiles).

Platón considera que el *thymòs*, el furor guerrero, pertenece a la zona irracional del alma; sin embargo, extinguirlo equivaldría a «cercenar los nervios del alma», cortar la cuerda de arco que asegura su energía.[4] Aristóteles aprecia la virtud de la mansedumbre *(praotes)* que se opone al exceso de la cólera *(orghé*, término que ahora y a constinuación sustituye la riqueza lexical homérica, y que de todos modos sigue designando el impulso a vengar la ofensa recibida). Esa virtud es vista todavía con cierto recelo. Hay que «irritarse por las cosas por las cuales se debe y con quien se debe y además como se debe», porque «soportar ser ultrajado y permitir que lo sean los propios seres queridos es cosa de esclavos»:[5] un pacato profesor como Aristóteles, tan apartado de los furores heroicos, de todos modos no puede renunciar a la reactividad intersubjetiva que se expresa en la ira y que separa al libre de la sombra amenazante del esclavo y del súbdito.

Pero aún después de siglos de patologización de las pasiones, en la cual como veremos habrían trabajado todos los mo-

---

4. *Ibíd.*, III, 411b.
5. Aristóteles, *Ética nicomaquea*, IV, 11.

ralistas, el caso de la ira dejaba perplejo a Cicerón. «Las turbaciones del espíritu —escribe él— que vuelven miserable y áspera la vida de los tontos, y que los griegos llaman *pathe* ["pasiones"], habría podido denominarlas "enfermedades", interpretando literalmente esta palabra; pero el término no habría convenido a todos, porque ¿quién definiría "enfermedad" a la misericordia o a la misma iracundia?»[6]

Una dificultad, entonces, la misma que explica la multiplicación de los tratados sobre la ira por parte de los moralistas antiguos, sobre los que volveremos al fin de este ensayo.

Es preciso analizar ahora preliminarmente el proceso intelectual que llevó a la formación de ese complejo conceptual de la pasión/enfermedad, al que hace referencia Cicerón y en el que la ira, no sin problemas, habría estado incluida.

Las enfermedades del alma

Naturalmente, no estaba sólo la cólera heroica, y su puesta en discurso en la épica homérica. El material emocional del hombre y de la mujer arcaicos se venía revelando como un agregado complejo de pulsiones cuya violencia parecía inferior a la de la ira: el deseo de amor, la avidez de riqueza y poder, el temor paralizante, la exaltación desenfrenada. Ese material fue hallando modos de expresión y por lo tanto niveles de conciencia en la poesía lírica y luego, naturalmente, en aquel gran teatro de las emociones que fue la tragedia del siglo V AC. El yo antiguo se iba configurando así como sujeto de pasión: en efecto, también nacía entonces la palabra *pathos*, que le daba un nombre unitario a ese complejo emocional. Pero, como veía Platón, el trágico era un sujeto disgregado entre una pluralidad de impulsos pasionales que no hallaban ningún punto de control y de equilibrio; y disgregante, porque su representación poética, y sobre todo escénica, desencadenaba en el espectador

---

6. Cicerón, *De finibus*, III, 10, 35.

mecanismos de identificación capaces de volverlo a su vez «doble o múltiple», «loco por asimilación a los locos», en suma, fuera de sí.[7]

¿Pero de qué sí? La complicación del universo pasional no hacía más que incrementar la exposición al otro propia del yo homérico, confirmando y refractando sobre todo el espectro emotivo su debilidad estructural. ¿Qué polo de identidad podía entonces tomar el control de las pasiones, para evitar la infinita e incontrolable fragmentación del sujeto?

A esas preguntas se les había dado respuestas diferentes, si bien en cierta medida convergentes, y que de hecho confluyeron en el pensamiento de Platón.

Estaba, en primer lugar, la tradición de un puritanismo religioso y generador de misticismo, que se conoce con el nombre de órfico-pitagórico, y que se había mantenido marginal por largo tiempo, aunque no carente de influencia. De ahí, no por azar, había procedido el primer desafío a Homero; ahí se había profesado y practicado por primera vez, como obligación religiosa primaria, la prohibición de matar, de cualquier forma de matanza, fuera humana o animal. En ese contexto se había procedido a la construcción de otra figura de la subjetividad, respecto de la cual la homérica venía a representar una fatal degeneración patológica (como la sociedad agonal y guerrera de la aristocracia griega que aparecía enferma y contagiosa a los ojos de esas minorías sectarias, ajenas al espacio de la política y asentadas en las periferias sociales y geográficas del mundo griego).

La novedad perturbadora introducida por las corrientes del puritanismo religioso era la invención de un núcleo fuerte de unificación de la subjetividad, que al mismo tiempo actuaba como un dispositivo de escisión del individuo. Se trataba del alma, una entidad «espiritual» de origen y afinidad divina, que producía inmediatamente una oposición polar con la corporeidad, en la que ahora eran relegados tanto «los pies» y «los bra-

---

[7]. Platón, *La República*, III, 396a ss.

zos» como el *thymòs* que hemos leído en Homero. No interesa discutir aquí en qué medida esa «invención» era una importación de las culturas orientales, y tampoco precisar que el alma órfico-pitagórica no era, en sus orígenes, un verdadero factor de identidad, porque más bien se trataba de un demonio capaz de una existencia transindividual a través del ciclo de las reencarnaciones.

Lo que más cuenta es que esa nueva perspectiva ofrecía al menos las premisas para una respuesta radical a las cuestiones planteadas por el sujeto de pasión. Existe un centro de control unificado y «puro», y es justamente el alma (más tarde, ella se metamorfizaría naturalmente en la «razón», sin perder sus características esenciales, incluso cierta afinidad con lo divino). Las pasiones –los deseos violentos, los placeres, los sufrimientos– por su misma existencia son polarizadas en su opuesto, esa corporeidad con la que se ven obligadas a compartir el tiempo de la existencial individual y que las contaminan con su impureza. Culpa y enfermedad del alma consisten en ceder a esa contaminación, en hacer propias las lisonjas y las urgencias del cuerpo del cual las pasiones constituyen el lenguaje. Por el contrario, la construcción de una figura de subjetividad pura y segura consiste en la práctica ascética de censura y de aniquilación de esos mensajes corpóreos. Cura y purificación del alma consisten, como escribiría Platón en *Fedón* (un texto muy próximo a la tradición órfico-pitagórica), «en esforzarse por todos los medios para mantener separada el alma del cuerpo, y para permanecer todo lo posible también en la vida presente, como en la futura, muy solitaria en sí misma [...]. Y entonces, ¿no es esto lo que se llama muerte, disolución y separación del alma del cuerpo?».[8]

Pero la respuesta al problema del sujeto de pasión no procedía sólo de ese *homo religiosus* construido en el ámbito del puritanismo místico y ascético. Había otra, que se producía justamente en ese ámbito de la competición político-militar que

---

8. Platón, *Fedón*, 67c-d.

rehuían los sectarios y que por su parte delineaba un perfil aun más importante, el del *homo politicus*.

Desde el punto de vista de las nacientes formas de gobierno ciudadano de base igualitaria de ciertos límites, las *poleis*, el exceso emotivo resultaba peligroso y desestabilizador para los equilibrios y las mediaciones logrados con esfuerzo. Basta pensar en la técnica de combate propia de las comunidades ciudadanas, la falange de los hoplitas: aquí el requisito de la salvación de todos es el frente compacto, que nadie debe abandonar ni para el furor heroico del asalto ni para la vileza de la fuga. Análogamente, en las deliberaciones de asambleas en que se decide la guerra y la paz, la prosperidad o la ruina de la *polis*, es necesario que todos se comporten según criterios de equilibrio y de objetividad, poniendo freno a los impulsos de la pasión. Así, por ejemplo, Tucídides atribuye la catastrófica decisión de los atenienses de enviar una gran expedición naval contra Siracusa al desencadenamiento irrefrenable de un «deseo *[epithymia]* de masas», directamente de un «*eros* de zarpar» con la esperanza de botín, de gloria, hasta de conocimiento *(theoria)* de nuevos países.[9]

Cierto, los requisitos de autocontrol del material emocional impuestos por la condición política son menos severos que los implicados en la purificación religiosa del alma. Se tratará aquí de practicar sobre todo la *sphrosyne*, una disciplina de equilibrio interior que es sostenida por la comunidad con un conjunto de prácticas educativas que se extienden también a toda la vida de sus ciudadanos. Pero esa práctica de autocontrol siempre apunta a la construcción de un polo interior de censura y de regulación de los impulsos pasionales.

A ambas estrategias de gobierno de las pasiones –que hallarán, como veremos, su consolidación en el pensamiento de Platón– el saber médico del siglo V aC. les ofrecía importantes modelos de pensamiento de la relación entre la pasión y su sujeto. Se trataba ante todo de un desplazamiento lingüístico, en

---

9. Tucídides, VI, 24.

virtud del cual el término *pathos* era identificado, y en general sustituido, con las palabras *nosos/nosema,* que significan simplemente «enfermedad». Y se trataba –cosa aun más importante– de modelos etiológicos de los estados morbosos.

El primero de ellos, y el más difundido, era de tipo bélico-agonista. Surgía la enfermedad cuando el cuerpo sucumbía en su prueba de fuerza con los elementos patógenos externos (alimentos, elementos atmosféricos, excesos en el régimen de vida). Ese modelo contribuía de modo relevante a hacer pasiva la enfermedad/pasión (proceso ya implícito, por otra parte, en el término *pathos,* de *paschein,* «sufrir»). Como la enfermedad del cuerpo, la pasión del alma venía a representar entonces una cesión, debida a una intrínseca debilidad, a la presión externa: en este caso las pulsiones del cuerpo, o también las representaciones provenientes del mundo externo (ofensas o promesas de placer, gloria, riqueza). En este cuadro, la pasión, como la enfermedad para los médicos, representaba entonces una cesión del alma a su «otro»: el cuerpo, o bien el ambiente social.

Platón, que fue el primero en definir las pasiones como «enfermedades del alma»,[10] habría aceptado, al menos en una vertiente de su pensamiento, esa concepción devenida pasiva del *pathos,* como afección del alma por obra del cuerpo. En *Fedón,* el alma era vista como empeñada en una lucha perpetua con los deseos, las pulsiones heroicas, las cóleras, los temores que el cuerpo producía sin cesar;[11] pero se trataba de una lucha de resultado incierto, porque las pasiones, «como si fuesen clavos, fijan el alma en el cuerpo» y hacen difícil, a menudo imposible, su purificación y su reunión final con lo divino.[12]

Pero ése no es el único modelo etiológico de los médicos, y tampoco el mayor de aquellos que actúan en el pensamiento platónico. El segundo modelo es todavía agonal, pero ya no representa la lucha entre el interior y el exterior, sino el conflicto

---

10. Platón, *Timeo,* 87a.
11. Platón, *Fedón,* 66b-c; 94d-e.
12. *Ibíd.,* 83d-e.

interno, la *stasis*, la falta de armonía entre órganos y fluidos corporales diversos. Transpuesto a las dinámicas de la pasión, esto significa que su etiología ya no debe buscarse en el conflicto entre el alma y su «otro» (cuerpo o sociedad), sino en el conflicto interno del alma misma, que ve contraponerse las diversas cargas energéticas activas en la dimensión psíquica. La elaboración de este modelo constituye uno de los desarrollos más relevantes producidos por el pensamiento psicológico de Platón, capaz de dejar un largo rastro –si bien no exento de contradicciones– en la tradición posterior.

Bastaban a Platón pocos principios teóricos, de extraordinaria eficacia, para psicologizar la pasión, para encontrarle uno o más lugares internos del alma, separándola de la conexión inmediata con la corporeidad. El primero consistía en atribuir a las dinámicas psíquicas de la memoria y del deseo la guía de las conductas pasionales: el hambre y la sed no vienen directamente del cuerpo, sino de la memoria que el alma conserva de la satisfacción pasada de esas necesidades y del deseo de repetir el placer consiguiente.[13]

El segundo principio consistía en revelar que los movimientos pasionales del alma no son unilineales sino que se deben a una pluralidad de «centros motivacionales» a menudo en conflicto entre sí. Según los análisis fundamentales realizados en el libro IV de *La República* (y retomados, con alguna variante, tanto en *Timeo* como en *Las Leyes)*, el fondo pulsional que da lugar a las conductas pasionales está dividido por una línea de separación. De un lado están las formas de reactividad social que se desencadenan por la exposición al otro, la cólera, el espíritu de venganza, el deseo de gloria y de prestigio: las herederas directas del valor guerrero propio del héroe homérico, y que en efecto Platón denomina con un término homérico, *thymòs*.

Del otro lado, en el costado inferior se ubican en cambio las pulsiones del deseo *(epithymia)* más cercanas a la corporei-

---

13. Platón, *Filebo*, 35d.

dad, más cerradas en la individualidad: el ansia de alimento y de vino, el *eros* sexual, la avidez de riquezas destinadas a satisfacer las primeras y el segundo. A ellas pertenece, como escribe Platón en los libros VIII y IX de *La República*, el mismo deseo de un poder tiránico que permite al que lo posee realizar de día lo que los otros sólo sueñan, hasta «unirse con la propia madre, o con cualquier otro hombre o dios o animal».[14]

En el polo opuesto del alma está en cambio el principio de la racionalidad: una instancia de guía de la conducta destinada a objetivos social y moralmente deseables, y por ende en primer lugar un dispositivo de censura hacia las pulsiones que amenazan la armonía social, como el exceso de carácter vengativo colérico, y el equilibrio social, como los deseos sexuales y alimentarios. También la polaridad racional tiene sus deseos y sus placeres, pero se tratará entonces del deseo de conocer y de gobernar bien, y de los placeres «puros» de la mente y de los sentidos que le son más cercanos, como la vista y el oído.

Al psicologizar la pasión, Platón se figuraba al alma intrínseca e inevitablemente pasional: perdía significado, en ese punto, toda estrategia de control de la pasión basada en intentos de supresión ascética de las pulsiones corpóreas. Pero al mismo tiempo, instauraba la posibilidad de una política del alma: si las pasiones representaban ahora un material psíquico, ellas resultaban situadas en un espacio homogéneo a la razón. El conflicto infrapsíquico era susceptible de recomposición, con la conquista de equilibrios satisfactorios aunque siempre precarios. La razón podía hallar un apoyo en la pasión social del *thymòs* para combatir las ansias del vientre y del sexo; y hasta podía utilizar a estas últimas para dirigirlas hacia sus fines. El aspecto más importante del giro platónico consistía en quitarle pasividad a la pasión, ya no vista como cesión del alma frente a la presión externa (el otro, el cuerpo) sino como un depósito siempre regenerado de energía intrapsíquica. No se trataba sólo

---

14. Platón, *La República*, VIII, 571d.

del *thymòs,* que como se ha visto constituía el «nervio del alma». Se trataba también, y sobre todo, del *eros,* que Platón concibe como un flujo *(rhoe)* de fuerza *(rhome),* «la energía innata» del alma.[15]

Energías peligrosas, porque sin son rebeldes a la guía racional pueden hacer desviar el alma del curso de una vida buena y justa; pero también las únicas energías disponibles, porque –como lo indica claramente la famosa metáfora de *Fedro*– sin la fuerza de los caballos pasionales que le son atados, el carro conducido por la razón no tiene fuerza para moverse. ¿Cómo destinar entonces esas energías al servicio de la razón, de su proyecto de conocimiento y de construcción de la «bella ciudad» donde los hombres pueden vivir en la justicia? Platón propone una especie de modelo hidráulico de las pasiones: si es posible canalizar el flujo en la dirección justa, el mismo resultará debilitado en las otras no aceptables.[16] Veremos a continuación cómo se puede realizar esa canalización.

Debido a que ahora nos interesa, advertimos que la concepción energética de la pasión es compartida, si bien con importantes correcciones, también por Aristóteles. Él prefería no considerar la zona de los deseos más cercanos a la corporeidad, los alimentarios y sexuales, como un centro autónomo de motivación psíquica: en efecto, los neutralizaba en un espacio vegetativo *(phytikòn)* delegado, en todos los vivientes, a las funciones fisiológicas del crecimiento y de la reproducción. En cuanto al resto del material pasional (que volvía entonces a representar predominantemente la superficie de separación entre individuo y sociedad, la zona de la reactividad frente al otro), él lo denominaba en su conjunto como lugar de la *orexis,* «tensión» o «tendencia». Ese carácter tensional de la pasión hacía que de ella dependiera la posición de los fines deseables de la conducta. En el lenguaje de Aristóteles, el ca-

---

15. Platón, *Fedro,* 246a; 251a-c.
16. Platón, *La República,* V. 485d.

rácter tensional y energético de la pasión no la pone necesariamente en conflicto con la razón: la primera puede seguir a la segunda como el hijo escucha las enseñanzas del padre, y por su parte la razón puede realizar los fines planteados por la *orexis*. Aristóteles usa entonces expresiones muy significativas como *orexis dianoetike*, «deseo racional», y *nous orektikon*, «pensamiento deseante»,[17] que expresan su proyecto de pacificación entre razón y pasión.

Ambos modelos etiológicos de la pasión, el que apacigua el conflicto interno/externo y el energético del conflicto interno, persisten no sin contradicciones en el pensamiento estoico.

Los estoicos ya no pueden reconocer en el alma un lugar para el material pasional. No pueden, porque un alma intrínsecamente pasional (como en Platón y, en particular, en Aristóteles) haría imposible por principio su programa de una total perfectibilidad intelectual y moral del hombre, un programa que intenta hacer del hombre lo que él sería por obra de una naturaleza ordenada y providencial, y que en cambio siempre pervierten de nuevo los mecanismos de la integración social.

El alma, entonces, es sólo razón. La pasión, como en el primer modelo médico, es una enfermedad que viene del exterior: de las representaciones del ambiente educativo y social, que tienden a convencer al sujeto en formación de que el placer es el bien y el dolor es el mal. Si la razón cede, por su intrínseca debilidad y falta de tensión *(atonia)* a la fuerza de esas representaciones externas, ella formula juicios de valor que orientan la conducta hacia el logro de los placeres y la fuga de los dolores, con una completa perturbación de los fines morales e intelectuales de la vida.

Entonces, si la pasión es una enfermedad que se adueña del alma entera cuando cede una razón que ha perdido su *tonos*, es cierto por otra parte que también para los estoicos

---

17. Aristóteles, *Ética nicomaquea*, I, 13; VI, 12.

esa enfermedad es capaz de desencadenar su energía perversa. Crisipo habla de ella como de una agitación desenfrenada, una «carrera indetenible» que hace que el yo salga de sí, una «violenta fuerza motriz»[18] que produce justamente una condición extática del sujeto. Dado que al principio no puede existir otra cosa que la razón y sus juicios errados, se activa también así el modelo etiológico de la *stasis*, que sin embargo esta vez no consiste en un conflicto entre razón y pulsiones irracionales sino en una revuelta de la razón contra sí misma y sus propias normas. Si el hombre es por entero racional, se vuelve por ello íntegramente pasional: una perturbación radical del yo y de la conducta que planteará, como veremos, no pocos problemas a la terapéutica estoica de las pasiones.

Entretanto se determina, entre Platón y Aristóteles por un lado y el estoicismo por el otro, una polaridad relativa a la relación entre yo y etiología de las pasiones.

En Platón, la dinámica pasional es inferior al nivel del yo. La subjetividad es una figura compuesta donde puede realizarse un equilibrio entre fuerzas diferentes y en conflicto: según la célebre imagen del libro IX de *La República*, en cada alma están encerrados un hombre (el principio racional), un león (la reactividad emotiva al otro, el *thymòs* de memoria heroica) y un monstruo policéfalo (la esfera de los deseos sexuales y alimentarios, el ansia de riquezas y poder tiránico). Ninguna cirugía del alma puede amputar una de esas partes: se trata de establecer entre ellas una jerarquía de buen gobierno, hecha posible por una esforzada política de la educación individual y colectiva. Para Aristóteles, en cada uno de nosotros hay al menos un padre y un hijo: el yo se mantiene compuesto, aun cuando el modelo político es sustituido por aquel otro más fácilmente conciliable de la familia. En ambos casos, de todos modos, el material pasional funciona como una amenaza perpetua para una construcción armónica de la subjetividad, como un factor

---

18. Galeno, *De placitis*, IV, 6.

de desestabilización de su centro de gravedad racional, sobre el cual no pueden más que fundarse tanto una vida moral y socialmente integrada como la dedicación a la inteligencia cognoscitiva. Pero, al mismo tiempo, ese material es indispensable para el proceso de subjetivación. De manera más notoria en Platón, como se ha visto, donde sin una recanalización de las energías coléricas y eróticas no hay movimiento alguno del alma hacia las buenas obras y los buenos conocimientos. Pero eso es verdad, con mayor discreción, también para Aristóteles. El yo se construye en torno de un núcleo de afectividad dirigida a los parientes, al patrimonio familiar, a los amigos, a los conciudadanos, para culminar en ese amor a sí *(philautia)* en el que según Aristóteles concluye el proceso de subjetivación virtuosa.[19]

Para los estoicos, por el contrario, la dinámica pasional es superior al nivel del yo, y la desencadenan representaciones externas en las que se condensan el estado del mundo y sobre todo los efectos perversos derivados de las relaciones sociales. La pasión no es más integrable al proceso de subjetivación moral y se requiere su amputación radical para que el yo pueda construirse según la norma de la naturaleza, que lo desea solamente racional. En esto reside la radicalidad del desafío estoico a la tradición platónico-aristotélica del pensamiento de las pasiones, una radicalidad difícil de sostener, si es cierto que un maestro como Posidonio habría terminado por aceptar la tesis rival de una estructura compuesta, racional/pasional, del aparato psíquico.

Nosografía de las pasiones

El carácter médico dado al universo pasional llevó, como consecuencia de gran relieve, a la construcción de una taxonomía nosográfica de las pasiones cada vez más articulada.

---

19. Aristóteles, *Política*, II, 5; *Ética nicomaquea*, IX, 4, 8.

Platón había enunciado claramente en *Las Leyes*[20] la matriz de esa taxonomía. En el origen está la dupla placer/dolor, ubicado en la intersección entre el cuerpo y el alma; con el agregado de la dimensión temporal del futuro, produce la segunda dupla deseo/temor, que son respectivamente espera de placer y de dolor.

A partir de esa matriz se desarrolla el complejo análisis estoico, que dará lugar a una comprensión psicológica de los estados pasionales destinada a mantenerse insuperada hasta los umbrales de la época moderna, influyendo en la antropología misma de Kant. Dos cosas se deben notar en este análisis. En primer lugar, no realiza más distinciones de valor entre formas pasionales, y pone al mismo nivel las formas nobles y sociales del *thymòs*, y las de los deseos más ligados a la corporeidad individual, que Platón había asignado a la parte más baja del alma (la *epithymia*).

En segundo lugar, el saber estoico sobre la fenomenología de las pasiones sin duda se apoya en una atenta observación «clínica» de la enfermedad del alma; pero ese saber se nutre sobre todo, y de modo explícito, de la gran experiencia literaria de la poesía épica y trágica, cuyos textos sirven a menudo como fichas clínicas propiamente dichas de las pasiones.

Poseemos diversas versiones de la taxonomía estoica, pero las dos principales son las ofrecidas por Diógenes Laercio[21] y, de modo aun más articulado, por el Pseudo-Andrónico.[22] Aquí será oportuno partir de la primera, agregándole las integraciones aportadas por la segunda.

---

20. Platón, *Las Leyes*, I, 644c.
21. Diógenes Laercio, VII, 111 ss.
22. *Stoic. Vet. Fragm*, III, 391-397.

PLACERES[23] *(exaltaciones irracionales)*	DOLORES[24] *(contracciones irracionales)*	TEMORES[25] *(fugas de los dolores)*	DESEOS[26] *(tensiones irracionales hacia el placer)*
1. Encanto (por medio de la vista y el oído)	1. Piedad (por sufrimientos ajenos)	1. Terror	1. Apetencia (deseo separado del objeto y tendido vanamente hacia él)
2. Alegría malévola (por males ajenos)	2. Envidia (por prosperidad ajena)	2. Hesitación	2. Odio (deseo creciente y duradero del mal ajeno)
3. Deleite (reblandecimiento del alma)	3. Celos (el otro posee lo que se desea)	3. Vergüenza (temor al deshonor)	
4. Efusión («orgasmo»)	4. Rivalidad (el otro posee lo que se tiene)	4. Espanto (por acontecimiento insólito)	3. Ambición
5. Maleficio (placer por engaño o magia)	5. Pesar, opresión	5. Pánico	4. Ira (deseo de venganza por ofensa recibida)
	6. Aburrimiento	6. Inquietud (por hechos oscuros)	5. Eros (deseo de belleza corporal)
	7. Turbación (por falsas consideraciones)	7. Temor (por previsiones infaustas)	6. Indignación (ira inveterada y rencorosa)
	8. Angustia	8. Estupor	7. Cólera (ira en su inicio)
	9. Consternación (impide una visión de conjunto)	9. Vileza	
	10. Desolación (por mal inexorable)	10. Vacilación	
	11. Desventura	11. Trepidación (temor al fracaso)	
	12. Congoja	12. Turbación (temor a lo que se piensa)	
	13. Luto	13. Superstición (temor a lo divino)	
	14. Enfado (por razonamientos adversos)		
	15. Tormento (por reflexiones dolorosas)		
	16. Arrepentimiento (por errores cometidos)		
	17. Llanto		
	18. Lamento		
	19. Desconsuelo		
	20. Fastidio		
	21. Preocupación		
	22. Indignación		
	23. Confusión (impide la visión del futuro)		
	24. Sufrimiento (dolor penetrante)		
	25. Aflicción		

23. Los puntos 1-4 son de Diógenes Laercio, el punto 5 fue agregado por Pseudo-Andrónico.
24. Los puntos 1-9 son de Diógenes Laercio; los puntos 10-25 fueron agregados por Pseudo-Andrónico.
25. Los puntos 1-6 son de Diógenes Laercio; los puntos 7-13 fueron agregados por Pseudo-Andrónico.
26. Los puntos 1-7 son de Diógenes-Laercio; los agregados de Pseudo-Andrónico se detallan en la página siguiente.

Las integraciones aportadas por la tabla de los deseos de Pseudo-Andrónico pueden agruparse según puntos de vista diferentes. En todo caso, trazan el curso temporal de la pasión, como sucede por ejemplo con la ira *(orghé)*:
1. Ira *(orghé)*
2. Desencadenamiento inicial *(thymòs)*
3. Crecimiento *(cholos)*, rebullir bilioso
4. Desahogo imprevisto *(pikria)*
5. Resentimiento inveterado *(menis)*
6. Rencor *(kotos)*

Como puede verse, el entero lenguaje homérico de la ira es reactivado y reorganizado sistemáticamente.

En otros casos, por ejemplo con el *eros*, la pasión es articulada de manera minuciosa y sabia en sus matices:
1. *Eros* (amor por los cuerpos)
2. Amor por el amigo
3. Amistad por los jóvenes bellos
4. Nostalgia por el amigo ausente *(himeros)*
5. Ansia por el amante ausente *(pothos)*

Están luego las formas de la disolución:
1. Glotonería
2. Embriaguez
3. Lascivia sexual.

También los deseos sociales, como la avidez de riquezas y de honores, y los vitales:
1. Amor por el cuerpo (cuidado excesivo de la prosperidad física)
2. Apego a la vida (deseo irracional de vivir).

A propósito de todo esto, se debe notar que la versión apenas expresa la extraordinaria riqueza psicológica de la fenomenología estoica de las pasiones: cada término requeriría un buceo lexical en la tradición literaria griega para que se puedan comprender adecuadamente valencias y matices.

Este enorme material nosográfico de la pasión, esta rica taxonomía de los estados emotivos, en reiteradas oportunidades fueron cruzados por explicaciones de tipo fisiológico. O, para decirlo mejor, por redescripciones: no se trata de relaciones causales sino, como lo aclaraba muy bien Aristóteles, de diversos registros lingüísticos para el mismo fenómeno: «El filósofo definiría la ira como el deseo de devolver la ofensa, el naturalista como una agitación de la sangre alrededor del corazón».[27] Un aspecto importante de estas redescripciones fisiológicas, de Platón a Aristóteles y a los estoicos, es justamente la termodinámica de la pasión, en cuyo ámbito el calor acompaña a la emoción del deseo, el enfriamiento a la del temor. Varían en cambio, en las diversas etapas de la fisiología antigua, los fluidos que participaban en esos procesos térmicos. Para Platón y Aristóteles se trata de la sangre de la región cardíaca (cuyas variaciones de temperatura se ven acompañadas de signos de los estados emotivos opuestos, enrojecimiento y palidez). Para los estoicos, precedidos por algunos motivos presentes en el mismo Aristóteles, se trata en cambio del pneuma, un «vapor» psicofísico de incierto estatuto epistemológico pero progresivamente dotado de extraordinarias funciones explicativas (que culminarán en el «espíritu» del pensamiento antiguo tardío y cristiano).

Galeno empleará, a niveles diferentes, ambos modelos: la termodinámica del sistema corazón-arterias-sangre describirá los movimientos de la cólera, la del pneuma (vapor en presión debido a la dilatación por calentamiento), y del fluido espermático interpretará en cambio la dinámica del deseo sexual.[28]

El mismo Galeno, al retomar y sistematizar elementos ya presentes en la tradición hipocrática, agregaba a esta termodinámica de los estados emotivos una refinada biofísica de los humores, destinada a condicionar por muchos siglos tanto la teoría de los temperamentos emotivos como la fisiognómica.

Se puede construir una tabla de las correspondencias entre los elementos físicos y los cuatro humores principales de la fisiología hipocrático-galénica: calor/húmedo: sangre; calor/se-

---

27. Aristóteles, *De anima*, I, 1.
28. Véase, por ejemplo, Galeno, *De placitis*, VI, 8; *De usu*, XIV, 9.

co: bilis amarilla; frío/seco: bilis negra; frío/húmedo: flema. Al predominio en el organismo de uno de estos humores corresponden «temperamentos», o caracteres emotivos: a la sangre el sanguíneo, a la bilis negra el melancólico (que es, según un célebre texto seudo aristotélico, el carácter del intelectual, pero también del suicida), a la bilis amarilla el colérico, a la flema justamente el flemático. No es el caso exponer aquí las muchas combinaciones posibles, normales o patológicas, de estos caracteres, que Galeno discute en su tratado sobre *Los Temperamentos*. En todo caso, conviene destacar que el enfoque fisiológico de las pasiones presenta a su vez un duradero efecto teórico: el de «internalizar» los comportamientos pasionales, haciendo de ellos el resultado de una predisposición orgánica, susceptible de diagnóstico precoz, antes que la respuesta al estímulo externo, al presentarse o al sustraerse del objeto del deseo, a los acontecimientos de la interacción social que desencadenan la reacción colérica, el ansia, el odio, la envidia. El lenguaje médico tiende a transformar la doble descripción aristotélica, y también estoica, en explicación causal: la respuesta colérica se debe a un calentamiento excesivo de la sangre, la pulsión erótica a la superabundancia de esperma o de pneuma dilatado y comprimido. Pasan a segundo plano, entonces, los agentes externos de la pasión, la ofensa que Aquiles ha sufrido de Agamenón, o el deseo de la persona amada. La misma terapia pierde radicalmente su carácter problemático: un baño frío o una sangría o una evacuación cualquiera del material sexual pueden resultar eficaces y benéficos.

Naturalmente, no sucedía otro tanto en las estrategias de control y terapia de la pasión, puestas en práctica por moralistas y filósofos.

Terapias de la pasión

Esas estrategias terapéuticas no se agotaban por cierto en el trabajo de los moralistas y los teóricos. En sus orígenes había naturalmente un conjunto de dispositivos sociales, capilares y difusos, de regulación y contención de las desviaciones de comportamiento de la etiología pasional. Según un famoso lema de Tucídides, para que los hombres «se convirtieran en tales como convenía a su ciudad»,[29] era necesario que la comunidad social, en sus diversos órdenes históricos, se empeñara en una obra asidua de formación y de conformación de su material humano. Se trataba de políticas de la subjetividad tendentes a construir un tipo de hombre capaz de interiorizar los valores de la convivencia y del equilibrio social, y por lo tanto de censurar los impulsos emotivos que presionaban en sentido opuesto: la vengatividad colérica, necesaria en la sociedad homérica pero que estorbaba en medida creciente la creación de instancias político-jurídicas de reglamentación de los conflictos privados, y luego también los excesos alimentarios y sexuales, la avidez desordenada de poder y riqueza, etcétera.

Sin embargo, las sociedades antiguas nunca poseyeron fuertes instrumentos políticos e ideológicos de coerción de las conductas individuales: casi del todo ausentes en la *polis* clásica, aún eran relativamente débiles también en el contexto imperial romano. Eso tornaba absolutamente indispensable la activación de formas individuales y compartidas de autoconstrucción de una subjetividad capaz de someter a control los propios impulsos pasionales potencialmente disgregadores del orden social. Y es precisamente por esa razón que el trabajo teórico de los moralistas y los filósofos, en su proyección educativa, cumplía en el ámbito de la cultura antigua un rol probablemente más central de lo que habría ocurrido en otras partes u ocurrirá después.

Pero es el caso observar que este trabajo terapéutico y subjetivador se dirigía a un destinatario social fuertemente seleccionado desde el punto de vista del patrimonio y, por lo tanto, de la dotación moral básica. «Los razonamientos morales –escribe, en efecto, Aristóteles– refuerzan a los jóvenes de espíritu

---

29. Tucídides, II, 43.

liberal y dirigen a la virtud a los caracteres nobles y amantes de lo bello, pero son incapaces de llevar a la perfección a la masa de los hombres. En efecto, ella no es llevada naturalmente a obedecer al pudor sino al temor» de los castigos que caen sobre sus acciones dictadas por las pasiones.[30] Para ellos, dice en otra parte Aristóteles, no existe más que la «cura de los tribunales» (el látigo) o, en los casos en que el desvío degenera en locura, el «castigo de la medicina» (el fármaco).[31] Mucho más tarde Galeno unificará los dos aspectos: un diagnóstico médico de incurabilidad del desvío moral de la conducta debe abrir la vía a la condena a muerte para quien no sería educable ni siquiera por Pitágoras o por Sócrates (y, se entiende, no curable ni siquiera por Galeno).[32]

La limitación a los estratos elevados (y, naturalmente, masculinos: las mujeres son por cierto sujetos de pasión, como lo demuestran Fedra y Medea, pero no susceptibles de configuración moral autónoma, que deben recibir del padre-marido) de la sociedad no torna menos relevante, de todos modos, el trabajo filosófico sobre las pasiones. Son justamente las degeneraciones intelectuales y morales de esos estratos los que constituyen el mayor peligro de disgregación pública, porque deslegitiman su derecho al señorío a los ojos de los súbditos y por ello minan la base de la estática política.

Las estrategias terapéuticas de las pasiones, y las conexas políticas de la subjetividad, pueden dividirse en dos grandes grupos, a su vez fuertemente articulados.

El primero comprende la tradición platónica, la aristotélica y en cierta medida también la epicúrea.

Platón, como se ha visto, prestaba extraordinaria atención al potencial energético del fondo pasional del aparato psíquico, que lo tornaba necesario para cualquier política del alma. El problema era el de reconvertir («sublimar») esas energías po-

---

30. Aristóteles, *Ética nicomaquea*, X, 10.
31. Aristóteles, *Ética eudemia*, I, 3.
32. Galeno, *I costumi dell'anima*, 11.

niéndolas al servicio del proyecto de un alma dirigida, al mismo tiempo, a la verdad y a la justicia, a la construcción del saber y de la «ciudad bella» donde los hombres finalmente pudieran vivir como hombres y no como leones o como «monstruos de muchas cabezas». La operación debía realizarse mediante estrategias diferenciadas según los diversos centros de erogación de las energías pasionales. El furor guerrero y vengativo *(thymòs)* puede ser reeducado más fácilmente y puesto al servicio de la razón, así como un buen estrato militar puede servir a un gobierno justo: el problema es producir, con una política y con una educación pública estrechamente entrelazadas, el escenario social donde esa alianza se vuelva posible. La paradoja en la que incurre Platón es en todo caso otra: para producir ese escenario es preciso disponer de fuerza, pero esa fuerza puede accionar al servicio de la razón sólo cuando exista ese escenario. Platón pensó y trató de cortar ese nudo de modo gordiano: es decir, cabalgando al menos inicial y provisoriamente al aborrecido tigre de la tiranía, que disponía de la fuerza necesaria para echar las bases de su propia extinción definitiva (es necesario un tirano para abolir para siempre la tiranía, módulo éste que no carecería de una significativa descendencia histórica).

Dado que la tiranía es la proyección política extrema de la psicología de la pasión erótica (según la figura del *eros-tyrannos* delineada en el libro IX de *La República*) también por esa vía se vuelve al problema crucial del *eros*, la «fuerza» mayor en acción en el aparato psíquico, y también la más devastadora. La atracción erótica por la belleza física puede desviarse hacia la belleza ideal de la verdad y la justicia, más aún, sin la primera no puede siquiera ser amada la segunda, como lo demuestra el extraordinario relato del vuelo del alma alada en *Fedro*. Pero también aquí hay una paradoja, porque la pulsión erótica no puede ser desviada sin que se instaure una relación entre maestro y discípulo que también es erótica, y no sin ambigüedad de planos, como la que se ilustra en la memorable relación entre Sócrates y Alcibíades, una historia tormentosa donde el amante adulto se convierte al fin en el amado del joven, y así puede tratar de dirigir la recíproca atracción erótica hacia el tercer polo ideal.

Es interesante notar que el juego platónico sobre los bordes del *eros* (y de la tiranía), peligroso aunque necesario, sería progresivamente exorcizado, o al menos marginado, en la tradición que sin embargo se inspira en el platonismo, de Plutarco a Galeno (para resurgir solamente, en formas diversas, en la erótica agustiniana). Para Galeno, por ejemplo, el peligro mayor, pero también potencialmente el mejor aliado de la razón, no es el *eros* sino la cólera. Las pasiones de este tipo se pueden domesticar con mucha facilidad, como los caballos y los perros, tornándolas útiles. En cambio los deseos alimentarios y sexuales son irreparablemente indóciles, como el jabalí y el cabrón; sólo se los debe «castigar», con asiduas prácticas de autocontrol y de censura colectiva, para debilitarlos con el fin de que no puedan causar más daño.[33]

Probablemente existan razones sociales para esta marginación del *eros* en el ámbito de la misma tradición platónica: la decadencia de la práctica de la pederastia, en cuya escena se jugaba gran parte de la estrategia platónica de la reeducación del *eros*, y también, en el ámbito helenístico-romano, el fortalecimiento de la institución matrimonial. Esos procesos sociales, por otro lado, ya habían sido en parte registrados, en parte preconizados, por el pensamiento aristotélico sobre las pasiones. Para Aristóteles no se puede hablar propiamente de terapia de las pasiones: para él se trata de acontecimientos psicosomáticos perfectamente naturales, y por ello moralmente neutrales. Sin embargo, nace la patología cuando el grado de intensidad del acontecimiento emotivo transgrede las normas impuestas por los valores socialmente compartidos. El grado defectuoso de la reacción emotiva es la insensibilidad, que vuelve descortés, «salvaje» a su personaje. En el límite opuesto, el exceso de esa reacción produce las figuras moralmente peores del intempe-

---

33. Galeno, *Passioni ed errori*, I, 6.

rante y del incontinente (literalmente, «impune», *akolastos*);[34] presa, el segundo, de un «vicio bestial» que mancomuna a los locos, los tiranos, los homosexuales, a ciertos bárbaros antropológicos y algunas inquietantes máscaras femeninas.[35]

En la gama intermedia entre estos extremos, según Aristóteles se ubica el espacio para un «buen uso» de las pasiones, como ya hemos visto en el caso de la ira: su equilibrada gestión, puesta bajo el signo del «cómo, cuándo, cuánto se debe», constituye el sello de una subjetividad socialmente bien integrada, del ciudadano *spoudaios*, serio y honesto, capaz de interactuar con sus semejantes sin romper los vínculos necesarios para la armonía de la comunidad. Sin embargo, Aristóteles se acercaba a Platón al indicar las estrategias para el logro de esa figura del yo: tenían ahí un rol central en primer lugar la educación paterna y luego la de la comunidad política con sus leyes y sus ciudadanos ejemplares. A esos agentes correspondía el condicionamiento básico del *ethos* individual, terreno necesario y propicio para la ulterior formación autónoma y consciente de la personalidad, ahora capaz de moverse sola en el contexto público que forma su hábitat normal y normativo a la vez. La sublimación platónica de las pasiones se convertía así en Aristóteles en el razonable y mesurado empleo en la conducta moral, una justa dosis de reactividad tanto hacia los placeres y los dolores como hacia la dependencia del otro. De ahí nacía esa doctrina de la *metriopatheia* o justa medida emotiva, que acompañaría a toda la tradición aristotélica.

La estrategia epicúrea de control del material pasional se centraba por completo en los dispositivos individuales, antes que sociales, de su regulación. El problema era ahí aun más delicado porque los epicúreos, contra la tradición «idealista» de Platón y de Aristóteles, consideraban que la única identificación realista del fin de las conductas consistía en el placer y no en el bien, en la virtud o en la justicia. Por lo tanto, se volvía

---

34. Aristóteles, *Ética nicomaquea*, II, 2.
35. *Ibíd.*, VII, 1, 6.

esencial para ellos sustraer el placer a la «mala infinitud» del deseo, por definición insaciable y por ende fuente de dolor antes que de placer. Epicuro pensaba que el problema podía resolverse comprimiendo las pulsiones del deseo en el ámbito –naturalmente circunscrito– de la necesidad: el placer consiste entonces en satisfacer las necesidades naturales de alimento, supervivencia y comunicación humana. Una norma natural/individual, entonces, de contención de la pasión, en lugar de la natural/social propuesta por Aristóteles y de las dinámicas de conversión/sublimación imaginadas por Platón; pero no una estrategia de supresión total de la pasión, como era en cambio la preconizada por el segundo grupo de opciones, que a su vez resulta articulado en dos formas, directamente antitéticas, de negación del universo pasional.

La primera es naturalmente la estoica. Dado que la pasión acarrea, como se ha visto, una perturbación total del yo, su «salir fuera» de sí, es impensable una coexistencia, por conflictiva o problemática que sea, entre ella y la sustancia racional del sujeto. La única terapia posible de la pasión es entonces una total supresión de ese mal. Como refería Cicerón, es preciso «extirpar a fondo los errores que están en la raíz de la pasión, no llevarlos consigo»;[36] y se debe estar convencido, según Crisipo, de que «las pasiones pueden ser extirpadas de la mente y que no quede en el hombre fibra o raíz de los vicios, gracias a la meditación y el ejercicio de la virtud».[37]

¿Pero cómo, si la pasión, como se ha visto, es una cesión de la razón entera, por debilidad, frente a las representaciones externas de placer y de dolor? Cicerón reprochaba a los estoicos que fueran mucho mejores al trazar la etiología y la nosografía de la enfermedad pasional que al indicar sus remedios.[38] La crítica de Cicerón, aunque a primera vista justificada, sin embargo no parece dar en el blanco. Según los estoicos, la tera-

---

36. Cicerón, *Tusculane*, IV, 57.
37. *Stoic. Vet. Fragm.*, III, 447.
38. Cicerón, *Tusculane*, IV, 9.

pia radical de la pasión consistía en reimplantar en el alma el juicio fundamental, según el cual el único bien no es el placer sino la virtud, y el único mal es el vicio y no el dolor. Para que eso fuera posible era necesario revigorizar el alma mediante la erogación de esa superenergía subjetivante que era según ellos la racionalidad. Pero para ese fin es necesario, en primer lugar, conocer la pasión, mirar directamente sus formas, sus tiempos, las degeneraciones progresivas del yo que ella induce: etiología y nosografía son ya, entonces, potencialmente terapéuticas. La misma poesía, que Platón condenaba como vector de disgregación del sujeto, puede ser útil para tal fin, porque ella pone bajo los ojos, con mayor eficacia que cualquier discurso moralista, los efectos devastadores de la enfermedad pasional. En efecto, Crisipo no dejaba de transcribir en sus tratados centenares de versos de Eurípides sobre los personajes de Fedra y Medea; y el mismo Séneca componía sobre personajes pasionales como Edipo, Atreo y Tieste tragedias didácticas, casi ilustraciones escénicas de sus tratados contra las pasiones.

Los estoicos habían logrado avances clínicos, que Crisipo parece haber ilustrado en su *Terapeutico:* la intervención reeducativa debe tener lugar una vez que el tiempo ha consumido el ápice de la turbación pasional, cuando ésta se ha vuelto crónica, por así decirlo (de ahí también la importancia de comprender, como hemos visto en el caso de la ira, los tiempos y la agudeza de las pasiones). Una vez restablecida, la subjetividad estoica es entonces apática, ajena a todo estado afectivo aunque se trate de la piedad y la compasión, porque ha anulado la dependencia del otro y del tiempo de la espera, y se ha fortalecido en su interioridad sin que tenga en su mira más que la virtud. Una figura, entonces, de *«rigida ac virilis sapientia»*, como decía Séneca, no exenta de «aspereza y tristeza», según las palabras de Cicerón.

Sin embargo, la *apatheia* estoica de ninguna manera debe entenderse como una fuga ascética del mundo. El rechazo de la dependencia del exterior, en que radica la pasión, puede y debe manejarse como desdoblamiento de sí, distanciamiento entre una instancia de enjuiciamiento y censoria y una dimensión de la personalidad que sigue siendo socializada y vive las vicisitudes del mundo y de la época: se trata, dice Séneca, de hacer las mismas cosas que los otros, pero no del mismo modo.[39] De ahí las metáforas estoicas del sabio como actor, que interpreta el personaje que le ha sido asignado sin compartir las pasiones de éste; o como bailarín, que armoniza el tiempo en el ritmo ordenado y controlado de la danza, sin dejarse llevar a la carrera desenfrenada de la pasión.

Antitética, como se decía, la segunda estrategia de negación de la pasión, es la escéptica.

Las pasiones, según Sexto Empírico, no existen en la forma «natural» de la vida ni radican en el alma. Antes bien, se trata de espejismos, de distorsiones ópticas producidas justamente por la existencia de teorías éticas normativas. Al hacernos creer que existen bienes y fines a perseguir, males a evitar, al imponernos este o aquel «arte del vivir», al implicarnos en las indecibles controversias entre escuelas rivales, esas teorías hacen que la vida resulte incierta e inquietante: no las cosas, sino las opiniones infundadas que tenemos sobre las cosas, provocan nuestra turbación, nos hacen infelices.[40] Una serena imperturbabilidad será entonces la consecuencia de la suspensión del juicio en torno de las teorías éticas y de los valores que ellas nos proponen; hablará entonces, en su simplicidad, la vida misma, con las alegrías y los dolores que ella nos envía, no multiplicados por la aflicción del prejuicio y del deseo motivados por las teorías. Negar la existencia de valores absolutos, y de las normas de juicio que se siguen de ellos, hará que sea aun más serena la existencia social: cada comunidad posee costumbres y reglas propias, que no pueden ser juzgadas ni criticadas sobre la base de inexistentes criterios absolutos, y por lo tanto deben aceptarse apaciblemente, sin intransigencias ni fanatismos.

---

39. Séneca, *Epistole a Lucilio*, 18.
40. Sexto Empírico, *Contro gli etici*, IV, 113.

Es notable que en la perspectiva escéptica, libertad y señorío del sujeto aparezcan por primera vez separadas; mejor dicho: la condición de la primera parece consistir en la renuncia a la segunda (que implica en todo caso la imposición de modelos normativos). Tanto para Platón y Aristóteles como para los estoicos, aunque de maneras diferentes, la construcción de una subjetividad libre parecía en cambio estrechamente ligada a la conquista de una condición de señorío: sobre la ciudad, sobre el contexto social, o al menos sobre un yo que se ha vuelto inasible e impermeable a la presión externa.

Antropología de la pasión

Para concluir, retornemos al tema crucial de la ira, sobre el cual se multiplicaron los tratados de los moralistas antiguos de la época helenística y romana, de Antípatro y Posidonio a Filodemo, Séneca y Plutarco.

La obstinación educativa de los filósofos de todas las orientaciones sólo puede explicarse, por un lado, por la tenacidad antropológica de ese movimiento pasional, y por el otro por su creciente carácter de desviación patológica de la subjetividad respecto de sus vínculos sociales. En otros términos: parece que la reacción colérica sigue siendo necesaria (como en los tiempos homéricos) para la protección del yo, pero que por otra parte se hace más intolerable a medida que la administración pública de la justicia viene a reemplazar las dinámicas de la venganza individual y de los clanes.

En una sociedad que, a pesar de sus transformaciones, de todos modos seguía centrada en el *status*, en el reconocimiento público de la dignidad individual y de estirpe, la ira suscitada por toda amenaza a esa dignidad, y el proyecto de una amenaza inmediata o mediata, seguían protegiendo al sujeto en su conciencia de sí mismo como poseedor de un *status* eminente. Por otra parte, esa conciencia marcaba la fragilidad de esa figura del yo, su hipersensibilidad a la exposición social: precisamente por eso el programa estoico de liberación del yo debía insistir en la supresión de la respuesta pasional como camino principal hacia su emancipación de la presión externa. Pero lo que la ira afirmaba –la condición señorial del sujeto– entraba luego en contradicción, aun patológica, con los límites impuestos a ese señorío. Límites pesados, cuando un señor que gobierna un clan familiar y es amo de esclavos, no sólo debe aceptar a los iguales, como en la sociedad homérica, sino también reconocerse súbdito: primero de la ley colectiva de la *polis*, y luego también de un príncipe y de un estado.

Un episodio de reacción colérica deplorado por Séneca muestra perfectamente esa contradicción. El rico y poderoso senador romano Vedio Polión recibe para cenar al emperador Augusto: un honor que pone de relieve su condición de súbdito. Al servir en la mesa, un esclavo rompe una copa de cristal y, airado, Vedio ordena que se lo arroje de inmediato a las morenas criadas en una piscina de la villa. El emperador se conmueve ante las súplicas del esclavo, se enoja a su vez con el senador y ordena que se rompa y se arroje a la piscina toda la cristalería de la villa.[41]

El sadismo del senador –que sabemos que estaba muy difundido en la sociedad romana, a diferencia de cuanto ocurría en la *polis* clásica griega– se explica probablemente por el sentimiento de frustración inducido por su proclamada condición de súbdito de Augusto (y la reacción de Agusto, por cierto no habrá contribuido a aplacarlo). Más en general, la disponibilidad casi total del cuerpo y de la vida de los esclavos por parte de los amos, y recíprocamente de los de los súbditos, amos incluidos, por parte del príncipe, no puede más que haber ofrecido un campo de cultivo muy propicio para la multiplicación de las reacciones coléricas y de las conductas vengativas, que habían aparecido con Aquiles en la escena primaria de la formación del hombre antiguo. Y eso a pesar de la creciente intolerancia de los comportamientos iracundos frente a ese sistema

---

41. Séneca, *De ira*, III, 40.

de control público de la conducta que las leyes y la magistratura de estado tendían a establecer para todo el estrato social extendido entre los dos extremos del emperador y del esclavo.

La dialéctica de la ira tal vez pueda servir para explicar la permanencia, dentro del núcleo antropológico del sujeto antiguo, de otros núcleos pasionales como el exceso de deseos sexuales y alimentarios. El abuso de la comida, del vino, de los cuerpos masculinos y femeninos, ha sido por cierto, en la sociedad arcaica griega como en otras culturas primitivas, un signo de señorío y de potencia, la manifestación tangible de una superioridad social. Resulta menos comprensible en sociedades opulentas, bien gobernadas y complejas como las del mundo helénico y romano. ¿No podía, en estos casos, bastar para señalar el señorío, el sistema codificado y visible de los poderes estatales, y en todo caso para legitimarlo, el austero comportamiento del que el estrato senatorial romano por momentos lograba dar prueba? Las continuas recaídas en el exceso del banquete, en la ebriedad, en el adulterio, en el estupro de libres y esclavos, en la promiscuidad, de las que los moralistas antiguos ofrecen innumerables testimonios, representan una verdadera patología social. Por un lado, deslegitiman el derecho al señorío de quien se deshonra a los ojos de los súbditos, y así perjudican el consenso respecto del poder; por el otro, amenazan el ordenado equilibrio de los iguales, poniendo en marcha la cadena de las competiciones, de las rivalidades, de las acusaciones. Todo eso puede relacionarse con la frustración y el jaque de la subjetividad señorial que inducía la dinámica de la ira. El peso intolerable de una condición de súbdito, necesaria pero siempre considerada como lesiva de un derecho primario a la libertad, desencadenaba probablemente una tensión que alimentaba al «monstruo policéfalo» de los deseos, tanto más desviantes y excesivos cuanto menos reconducibles a su dirección original, y nunca olvidada: el poder absoluto, el único en verdad digno de un hombre libre.

A partir de esa situación antropológica, es dable formular dos preguntas. La primera tiene que ver con la persistencia del «núcleo duro» de la subjetividad antigua mucho más allá de los límites cronológicos de aquella sociedad y de aquella cultura: por ejemplo, muchas páginas de la antropología de Kant parecen inspirarse en la taxonomía estoica, y por ello describen un material pasional no muy diferente del que formaba su objeto. ¿Por qué esa continuidad? Un primer esbozo de respuesta debe hacer referencia a la permanencia de las características comunes a todas las sociedades precapitalistas que, si bien de maneras muy diferenciadas, seguían centradas en el *status* y no en las relaciones de producción. Las sociedades de *status* pueden haber seguido reproduciendo coordenadas antropológicas generales en cuyo interior resulta explicable la persistencia de formas de reactividad emotiva y de un universo de deseos no diferentes del antiguo. La línea decisiva de fractura se situaría entonces en la transición al modo de producción capitalista y a la sociedad burguesa, con el nacimiento de las nuevas formas del «sentimiento» (una novedad tal vez limitada, a su vez, por la persistencia de características de la «naturaleza humana» propias a todas las culturas del Occidente europeo).

La segunda pregunta debe concernir entonces, recíprocamente, a las razones de las discontinuidades que se han manifestado sin embargo en la fenomenología del material pasional y de sus estrategias terapéuticas. Aquí la línea de fractura es mucho más antigua y sin duda debe situarse al nivel de la formación de la sociedad medieval. Si bien se trata aún de una sociedad de *status* (pero la forma de dependencia feudal es ideológicamente muy diferente de la esclavista), representa una novedad notable y del todo desconocida por el mundo antiguo: la formación de un potente aparato de control de las conductas, es decir, de una Iglesia que es al mismo tiempo intérprete y administradora de los dictámenes de una religión revelada. La Iglesia está en condiciones de producir extraordinarios efectos de interiorización de las normas censorias de la pasión, por medio de la confesión y de la idea de pecado; además, puede intervenir para reprimir –como norma– los desvíos pasionales de los comportamientos tanto privados como públicos. Esa situación disloca de un modo totalmente nuevo tanto las formas de comprensión de los movimientos pasionales como su terapia, ya no confiada sólo a los esfuerzos de los moralistas y a las prácticas de autoformación de individuos y grupos sociales.

Naturalmente, está fuera de los límites de este ensayo la ulterior interrogación sobre los conflictos abiertos por la contradicción entre la persistencia de un material pasional «antiguo» y la formación de nuevos instrumentos de comprensión y de control. Del mismo modo, están fuera de sus límites otros problemas más «sutiles». ¿Cuáles son, en los siglos que separan lo antiguo de la modernidad, los modelos psicológicos y éticos que acompañan las lentas y accidentadas modificaciones del universo pasional? ¿Y cuáles son los nuevos instrumentos ofrecidos por los desarrollos del saber médico a la etiología, a la fisiología y a la terapéutica de las pasiones?

Y finalmente: ¿qué viene, en el mundo del capitalismo maduro (o del poscapitalismo) después de la «pasión» y el «sentimiento»?

BIBLIOGRAFÍA

Para una visión general de las relaciones entre filosofía y pasiones, se puede ver el libro de M. Meyer, *Le philosophe et les passions*, París, 1991.

Para el trasfondo antropológico del problema de las pasiones en el mundo griego, son clásicas las obras de E.R. Dodds, *I greci e l'irrazionale*, trad. italiana, Florencia, 1959, y de A. W.D. Adkins, *La morale dei greci*, trad. italiana, Bari, 1964.

Sobre la relación entre pasiones y formación del sujeto antiguo, véanse las obras fundamentales de M. Foucault, *L'uso dei piaceri*, trad. italiana, Milán, 1984 *(Historia de la sexualidad. II. El uso de los placeres*, México, Siglo XXI, 1984) y *La cura de sé*, trad. italiana, Milán, 1985.

Específicamente sobre el problema de las pasiones, véanse las actas de la convención sobre el «*Páthos* nella cultura antica» (Taormina, 1994), en curso de publicación en *Elenchos*, 1995.

Para la terapia de las pasiones y la relación de éstas con la locura, véase de J. Pigeaud, *La maladie de l'âme*, París, 1981.

Sobre el trasfondo ético del problema, remito a mi *Etica degli antichi*, Roma-Bari, 1994.

En lo que respecta al mundo pasional de los héroes homéricos, además de los ensayos clásicos reunidos en B. Snell, *La cultura greca e le origini del pensiero europeo*, trad. it., Turín, 1963, véanse las obras de J.M. Redfield, *Nature and Culture in the Iliad. The Tragedy of Hector*, Chicago, 1975, y de G. Nagy, *The Best of Achaeans: Concept of the Hero in Archaic Greek Poetry*, Baltimore-Londres, 1979. Son significativas las páginas de S. Weil, «L'Iliade poema della forza», en íd., *La Grecia e le intuizioni precristiane*, trad. italiana, Turín, 1967.

Sobre los desarrollos del pensamiento del alma, véase M. Vegetti (comp.), «Anima e corpo», en íd., *Il sapere degli antichi*, Turín, 1985. Sobre el rol de la *polis* en el condicionamiento de las pasiones, véase del mismo autor, «La città educa gli uomini», en E. Becchi (comp.), *Storia dell'educazone*, Florencia, 1987. Sobre las pasiones en la tragedia se deben ver al menos W.B. Stanford, *Greek Tragedy and the Emotions*, Princeton, 1982, y D. Lanza, «Les temps de l'émotion tragique», en *Metis*, 1988, núm. 3. Entre muchos otros autores, trata también este problema M. Nussbaum, *The Fragility of Goodness*, Cambridge, 1986.

Sobre los problemas del alma, de las pasiones y específicamente del *eros* en Platón se deben ver, aparte del clásico L. Robin, *La teoria platonica dell'amore*, trad. italiana, Milán, 1973, y de dos libros muy diferentes entre sí como T.M. Robinson, *Plato's Psychology*, Toronto, 1969, e Y. Brès, *La psychologie de Platon*, París, 1968, sobre todo J. Annas, *An Introduction to Plato's Republic*, Oxford, 1981; F.M. Cornford, «The Doctrine of Eros in Plato's Symposium», en G. Vlastos (comp.), *Plato*, vol. II, Nueva York, 1971; J. Chanteur, *Platon, le désir et la cité*, París, 1980; S. Rosen, *The Quarrel between Philosophy and Poetry*, Nueva York-Londres, 1988.

Sobre Aristóteles, bastará con remitir a los análisis de S. Gastaldi, *Aristotele e la politica delle passioni*, Turín, 1990; véase también, para el contexto ético, P.L. Donini, *Ethos. Aristotele e il determinismo*, Alessandria, 1989.

Sobre la relación entre Aristóteles y el epicureísmo, véase M. Nussbaum, «Therapeutic Arguments: Epicurus and Aristotle», en M. Schofield y G. Stryker (comps.),

The Norms of Nature, Cambridge-París, 1986. Más en general sobre la ética helenística, véase J. Annas, *The Morality of Happiness,* Oxford, 1993.

Acerca de la pasión en el estoicismo, es importante el ensayo de M. Frede, «The Stoic Doctrine of the Affections of Soul», en M. Schofield y G. Stryker (comps.), *op. cit.;* el mejor análisis de la taxonomía estoica del deseo es el de M. Daraki, «Les fonctions psycholgiques du logos dans le stoicisme ancien», en *Les stoiciens et leur logique,* de AA. VV., París, 1978. Sobre la metáfora estoica del actor véase M. Vegetti, «La saggezza dell'attore», en *Aut-Aut,* 1983, núm. 195-196; sobre la relación entre pasiones y temporalidad es fundamental V. Goldschmidt, *Le système stoicien et l'idée du temps,* París, 1953. En cuanto a los tratados sobre la ira, es útil J. Fillion-Lahille, *Le de Ira de Sénèque et la théorie stoicienne des passions,* París, 1984. Véanse también los ensayos reunidos en J. Brunschwig y M.C. Nussbaum (comps.), *Passions and Perceptions. Studies in Hellenistic Philosophy of Mind,* Cambridge, 1993.

Acerca de la relación entre el estoicismo y Galeno, véase M. Vegetti, «I nervi dell'anima», en *Bio-logica,* 1990, núm. 4; en cuanto a la teoría de las pasiones en Galeno, véase también, del mismo autor, «La terapia dell'anima. Patologia e disciplina del soggetto in Galeno», en M. Menghi y M. Vegetti, (comps.), *Galeno. Le passioni e gli errori dell'anima,* Venecia, 1984.

Sobre la relación entre la antropología de Aristóteles y la de Galeno, véase M. Vegetti, «Cura dei tribunali, punizioni della medicina», en F. Rosa (comp.), *Immaginario e follia,* Trento, 1991.

Sobre la fisiognomía antigua véase M.M. Sassi, *La scienza dell'uomo nella Grecia antica,* Turín, 1988; para su transición al Medioevo, véase J. Agrimi, «Fisiognomica tra tradizione naturalistica e sapere medico nei secoli XII e XIII», en *Atti del congresso su medicina medievale e scuola medica salernitana,* Salerno, 1994.

Por último, sobre la «materia erótica» en Agustín, véase la importante obra de R. Bodei, *Ordo Amoris,* Bolonia, 1991.

El amor, pasión absoluta

Mariateresa Fumagalli Beonio Brocchieri

a Paolo mentis amore ligata

Amaba amar.
AGUSTÍN DE HIPONA

Cada día analizamos el amor.
GUILLERMO DE SAN THIERRY

Como ejemplo de la «pasión amorosa», Stendhal indica dos personajes medievales, Abelardo y Eloísa. Y que era una pasión se revela por confrontación con los otros tres tipos de amor examinados: el amor-gusto, es decir «el que reinaba en París en la segunda mitad del siglo XVIII»,[1] el amor físico y el amor-vanidad o amor como representación social.

No hay duda de que si existe una era medieval, ella se encuentra signada fuertemente no sólo por la representación, sino también por la búsqueda de una definición intelectual de la pasión amorosa: eso es lo que atestiguan las innumerables voces que se elevan del claustro (y no es sólo amor a Dios), del castillo y de la corte (no siempre es sólo juego amoroso), de los relatos bretones y franceses donde se insinúa el sombrío esplendor de un nuevo binomio, el amor-muerte, de la correspondencia epistolar donde el amor es más tormentoso si está unido a la nostalgia que inspira la lejanía.

¿Hay un único código para entender el inicio y el desarrollo de ese alud de pasión amorosa examinada, narrada, «puesta en escena»? Ante todo reconozcamos que se trata de un sentimiento que en la época a menudo parece predominar sobre muchos otros, sobre la ira del guerrero, sobre la fidelidad del

---

1. Henri Beyle Stendhal, *Del amor*.

caballero y hasta, a veces, sobre la devoción religiosa y sobre el terror al pecado.

Es difícil discernir una línea unitaria en el enredo: antes bien, parece que la contemplación de la pasión amorosa típica de los siglos medievales está justamente en su fragmentación, en la variedad de los modelos vividos y discutidos en las diferentes áreas sociales como lenguajes y sensibilidades distintos. Sin embargo, todo ello se debe en gran parte al grandioso encuentro, nunca reiterado desde entonces en Europa, de diversas culturas: la bíblica, la latina y la «bárbara».

No todo es pasión, naturalmente: a veces, el lenguaje pasional expresa algo que en realidad es más tenue, efímero y menos comprometido. Al buscar un código para la comprensión y definición del surgimiento de la pasión amorosa, nos vemos impulsados a prestar atención a aspectos más generales que parecen marcar un fuerte cambio de los «tiempos de la ira del héroe», un cambio que se produjo en una *longue durée*. Y se debe observar que el pasaje de la «pasión colérica» a la pasión amorosa podría señalar un itinerario que va de la preeminencia de una pasión socialmente relevante, y expresiva de un contexto ético colectivo, a la pasión individual medida sólo según el sujeto, su destino y su salvación.

En los siglos que van de Marco Aurelio a Constantino, la observación del mundo natural agudiza la percepción de la inmensidad de los espacios celestes y pone en evidencia no sólo la insignificancia de la tierra donde viven los hombres, sino también la calidad enigmática e impalpable de sus sentimientos y acciones. Paradójicamente, ese espacio sigue siendo el único atractivo y abierto a la indagación humana: de ahí nace una atención obsesiva como un vértigo a la interioridad, a los pensamientos, a las emociones y a los sentimientos.

San Pablo había distinguido al hombre espiritual del «carnal» y al primero le había reservado todo su interés. El centro pasa a ser entonces la indagación sobre lo profundo, la observación de los movimientos internos e invisibles, de los deseos y de los temores más ocultos, precedentes al comportamiento y a sus leyes: el pagano Marco Aurelio, para usar sus palabras, «excavaba dentro», Plotino hablaba del «hombre interior», que se convierte, en Agustín, en el núcleo de la investigación.

En los autores cristianos está presente también otro elemento que cambia la fisonomía de nuestro problema: el dios que, como la verdad, habita en la profundidad del yo, que le habla al alma y escruta «el corazón y los riñones», a diferencia de los dioses antiguos es un dios único y omnipotente. Exige por lo tanto un sentimiento de amor exclusivo *(absolutus)*.

Y el amor, cuando está dirigido así a lo alto, se torna total y, como nos explicará Agustín, asume las connotaciones de la pasión.

El antecedente: Agustín

La reflexión de Agustín sobre *amor, passio, dilectio, voluptas, amicitia* es lo más lejano que se pueda imaginar del modelo de la pasión amorosa de *Tristán* o de la correspondencia de Eloísa y Abelardo. Sin embargo, sería difícil entender todo ese razonamiento sobre el amor que estallará más tarde en los siglos medievales y esos análisis sutiles e inquietos, sin detenerse antes en algunas páginas de las *Confesiones*.[2] Recordamos ante todo que Agustín fue –lo confiesa él mismo muchas veces– un hombre, diríamos nosotros hoy, pasional al que le agradaba «amar y ser amado»: más tarde pensará que la sensualidad *(concupiscentia,* la forma más baja de amor) había nublado sus primeros lances juveniles y entorpecido su amor («amar y ser amado me era más dulce si podía gozar también del cuerpo de quien amaba...»). No conocemos de él más que este recuerdo del amor (¿un recuerdo sólo senil o filosófico?), de todos modos incurablemente signado por el rastro de «sus ideas platónicas». En su vejez, el obispo define ese amor por una mujer como pasión, en realidad, «peso de la pasión».

2. Agustín, *Confessionum libri XIII*.

¿Qué es entonces la pasión para Agustín? «Es un sentimiento que nos toma, es una impureza del espíritu lejano de la "vía soberana del amor" del que habla Pablo.»[3] La pasión se sufre («no era más yo») y nos hace soñar; dominados por la pasión, estamos como adormecidos y oprimidos (si bien «dulcemente»). La pasión nace, entonces, de una voluntad perversa, es decir, mal orientada, signada por la negatividad, por las tinieblas, por lo informe y sobre todo por la falta de mesura. Aquí aparece al fin una de las palabras más significativas del discurso de Agustín: mesura.

La mesura que domina en todas partes, como reflejo de la Suma Mesura, es la epifanía de ese orden que es estuctura del mundo de las cosas y del hombre interior: es por medio de la mesura que se realiza la belleza natural como proporción de las partes, se construye la cultura como ordenado crecimiento del saber muy diferente de la erudición y, en fin, es con mesura que se ama y se goza lo que se ama. Sin mesura, en cambio, se sufre la pasión y se cae inevitablemente en el desorden y el dolor. Mesura es, entonces, la aceptación consciente y gozosa del orden divino y en consecuencia el amor hacia las cosas creadas debe poseer medida.

Pero existe, para Agustín, un amor que por definición debe ser desmesurado: «la mesura para amar a Dios es amarlo sin mesura». Y entonces se comprende por qué el amor es no sólo «más fuerte que la muerte»,[4] sino también más fuerte que la fe y que la voluntad: a diferencia de la voluntad y de la fe, en efecto, el amor por Dios posee en sí su positividad. Ese amor que se libera de cualquier restricción y rompe, si bien sólo aparentemente, el orden, el amor por Dios crea un modelo nuevo de pasión feliz y absoluta que ya posee muchos de los caracteres de las futuras pasiones amorosas profanas, aquellas hacia la criatura.

Se diseña así la fisonomía de aquella que en el lenguaje «laico» será percibida como la verdadera pasión amorosa: posi-

---

3. La referencia es a San Pablo, *I Lettera ai Corinzi*, 12, 31.
4. *Cantico dei Cantici*, 3, 6.

tiva, incondicionada, «para siempre», es decir, más allá de los confines mismos de la vida, dominada por el reconocimiento de la excelencia del objeto amado, dominante e ineludible. Y además, una pasión que, como el *amor Dei*, potencia y da fuerza (siglos más tarde alguien escribirá: «*amor molt fait home hardi*»).

Le dirá Tristán a su fiel amigo mensajero: «Recuérdale que ella sola es mi salvación [...] la esperanza, mi vida, mi alegría [...]. En su vida está mi vida [...]. Recuérdale todo de nuestro amor verdadero [...] siempre vivo y nunca lejano de mi corazón. Nunca más podré amar a ninguna [...]»[5] Así hablará Tristán de Isolda, una criatura.

La pasión de Isolda y Eloísa

Isolda, el mito, es más antigua que Eloísa, la mujer real que vivió en la primera mitad del siglo XII. Los primeros que escribieron sobre el amor de Isolda y Tristán, dos autores de la segunda mitad del siglo XII, los normandos Beroul y Thomas, se inspiraron en leyendas precedentes. Cuando Eloísa escribía, existía ya algo en el aire que mediante la poesía y las novelas hablaba de amor de un modo semejante al de ella, es decir, del modo fuerte y libre con que Eloísa se dirigía a Abelardo.

Partimos, así, del testimonio sobre el amor-pasión de Eloísa. ¿Qué nos dice Eloísa de su amor, vivido en el lapso de un solo año y luego lamentado ferozmente por toda la vida, tras la separación de Abelardo?

Para entender mejor, parece oportuno que nos sustraigamos a la fascinación de su personaje de enamorada grande y trágica que más tarde le impusieron Villon, Lamartine, Jean de Meung, Rousseau, hasta Etienne Gilson... Por otra parte, hay suficiente para darle la razón a Stendhal, aunque nos limitemos

---

5. Thomas, *Le roman de Tristan*.

a leer sólo sus cartas, algún pasaje de la autobiografía de Abelardo y los documentos contemporáneos sobre los dos amantes.

El amor de Eloísa tiene sus raíces en una reconocida e intensa atracción sexual y en la admiración de la mujer por el valor intelectual y moral de su amante. Se debe escuchar a Eloísa.[6]

«Todos corrían a verte cuando aparecías en público y las mujeres te seguían con la mirada girando la cabeza hacia atrás si te cruzaban por la calle [...]. ¿Qué mujer no envidiaba mis alegrías y mi cama? [...] Sobre todo dos cosas tuyas fascinaban: la gracia de tu poesía y de tus canciones, talento en verdad raros en un filósofo como tú [...]. Eras joven, bello, inteligente.» Y también: «Mi amor por ti ha sido tan ilimitado y desmesurado al punto de privarse de todo, hasta de mí misma, para tener el único objeto de mi deseo [...]. He hecho todo para mostrarte que el único amor de mi cuerpo y de mi alma eras tú».

Años después, ya monja pero todavía joven y enamorada, le escribe así, despiadadamente, a su amante distante: «Cuando duermo me persiguen imágenes engañosas y hasta cuando rezo los fantasmas de aquella alegría lejana aferran mi alma [...]. Me veo obligada a abandonarme a esas fantasías y [...] en lugar de llorar arrepentida, suspiro y lamento aquello que he perdido. Tengo ante la vista siempre y solamente a ti, el amor que hemos tenido, los lugares donde nos hemos amado [...]. No logro calmarme [...] y el recuerdo duplica mi deseo».

Están ahí todas las señales fuertes de la pasión: deseo físico, percepción del amor como una fuerza dominante y casi externa a quien ama, reconocimiento de que el amado vale más, es más poderoso y noble que el amante a pesar de los reproches, los sufrimientos, aun los celos de este último...

Este aspecto –la excelencia del amado– ha sugerido con frecuencia la analogía del tipo de relación amorosa, de la que Eloísa e Isolda son dos claros ejemplos, con la relación feudal señor-vasallo. Ambas relaciones (señor-vasallo y mujer amada-

---

6. Abelardo y Eloísa, *Historia calamitatum mearum; Epistulae.*

amante) indican una situación privilegiada a favor del primer término, pero en ambos casos paradójicamente se restablece una paridad *de iure* expresada justamente por el amor, en el primer caso, y por el intercambio de presentes y por el beneficio del vasallaje en el segundo. Ambas relaciones se consolidan mediante la *fides* recíproca y se rompen cuando traiciona uno de los dos sujetos. Observemos que el «caso Eloísa» se aleja en parte de la norma feudal y cortés según la cual el «señor» es la mujer y el vasallo es el hombre enamorado: audazmente Eloísa trastroca el sentido de la relación. Aquí el señor sin duda es Abelardo, al que se le debe obediencia. («He hecho todo por obedecerte a ti, no a Dios, sólo por ti he tomado el velo monacal.»)

Muchos textos repetirán que el amor entre hombre y mujer sólo puede ser recíproco, que no se puede no amar a quien nos ama de verdad («Amor que en vano amado amar perdona»). Y esto porque, naturalmente, intentan hablar de «amor verdadero». ¿Pero cómo se lo distingue del apasionamiento o de la voluptuosidad? Las mujeres como Eloísa, a las que les gustaba discurrir sobre el amor, disponían de un instrumento cultural eficaz, la doctrina expuesta en *De amicitia* de Cicerón, *livre de chevet* del siglo. El amor que nace por la virtud del amado, el amor desinteresado que no se preocupa por sí mismo, sino solamente por el bien del otro, singular mezcla de elección libre y rendición fatal frente a la excelencia del objeto amado, eso era el «amor verdadero». Pero había más: una disposición típica de la cultura medieval por la cual lo singular podía contener lo universal y lo individual devenido en simbólico aludir a un contexto más amplio. Toda situación se volvía entonces significativa y transportaba la pasión amorosa a un nivel superior de imaginación y, creo, de intensidad. En la pareja maestro-alumno (que se repite por un instante también en el *Tristán* de Godofredo de Estrasburgo y en otros textos hasta llegar a Dante, «alumno» de Beatriz) la pasión alude también a otra cosa: al camino del alma guiada por el amor hacia la sapiencia. Una representación del eros, que en muchos textos dista de ser pedante o didáctica, que destaca la tendencia de la pasión amorosa a liberarse del tiempo y trascenderlo.

Coincide con esa disposición cultural la percepción nítida, a veces dolorosa y a veces exaltadora, de la relación y la diferencia entre amor y atracción sexual. Se tiene la impresión de que, en cuanto a ese punto, los amantes y los escritores medievales exploraron y describieron toda la gama de las posibilidades: sexo contra amor, sexo con amor y, por fin, simple diferencia entre sexo y amor.

Una perspectiva extrema, aún cercana a la posición del viejo Agustín, es la de Abelardo cuando ya irremediablemente alejado de Eloísa, emasculado, enfermo, le escribe así: «Hemos atravesado todas las fases del amor y si en amor se puede inventar algo, nosotros lo hemos inventado. Nuestro placer era tanto más intenso también porque antes no lo habíamos conocido y no nos cansábamos nunca [...]». Si bien en el recuerdo podemos captar la intensidad de una pasión física no negada, debemos notar que Abelardo se preocupa de sublimarla de inmediato, como en la dedicatoria «A Eloísa una vez amada [...] hoy mucho más amada en Cristo», o de alejarla, como cuando define duramente ese lejano amor como lujuria o «vergonzoso placer» («la gracia divina me curó de la lujuria mediante la emasculación [...]»). Por otra parte, también la mujer retoma el tema, lo invierte y confirma que el placer sensual es para ella otra cosa que el amor, y le reprocha al amante: «He aquí lo que pienso y todos sospechan: los sentidos y no el amor te han unido a mí, te atraía físicamente pero no era verdaderamente amada por ti [...]». Es una postura que no le pertenece por completo: el reproche por la sensualidad del amado, por lo que Eloísa considera un aspecto inferior y exterior del amor, es típico sólo de los días amargos de la separación. Como hemos visto en sus cartas, con mayor frecuencia Eloísa es un fuerte ejemplo de la positividad de la pasión física amorosa que entonces la había hecho «feliz y envidiada».

Que la pasión amorosa es cosa diferente del placer sensual, y que a veces está dramáticamente separada de él, lo sabemos por Tristán (el personaje de la novela de Thomas). Cuando el héroe se casa con la Isolda de las manos blancas para olvidar a la otra Isolda, la rubia, de pronto entiende angustiado que «este no es verdadero amor [...] si debo estrechar un cuerpo que no amo [...] si busco mi placer entonces no respeto mi amor. Mientras viva no permitiré que el deseo del placer haga marchitar mi amor verdadero [...].» El poeta comenta que en ese caso «lo que desea la naturaleza no lo desea en cambio el gran amor».

En cambio, en otra parte la sensualidad no se opone a la pasión amorosa, pero no obstante se distingue de ésta como en el episodio del sueño en que los amantes son sorprendidos por el rey Marcos, marido de Isolda, y se salvan porque entre ambos, símbolo de pureza, yace la espada de Tristán. ¿Una separación momentánea y deseada para exaltar el deseo? Tal vez, desde el momento que en la novela «Tristán es aquel que entra en el lecho de la reina y la tiene en sus brazos con amor». En el «amor verdadero», las más de las veces el amor físico ayuda y acompaña a la pasión.

En el extremo, pero en mi opinión ya fuera del tema de la pasión amorosa, está la celebración del amor sensual y natural y del cuerpo que anima las páginas de Jean de Meung, autor de *Romanzo della rosa*: «El amor al que me refiero es una inclinación natural a la que son llevados tanto los hombres como los animales [...]. Y ese amor, por útil que sea, no merece ni reprobación ni elogio».[7]

¿Pero cuál es la relación de la pasión amorosa con la sociedad y la institución matrimonial?

Muchos textos ponen de relieve la presión ideológica antimatrimonial en el Medioevo, una presión que tiene diferentes componentes. También sobre ese tema pueden arrojar luz las palabras de Eloísa en su encarnizada oposición al matrimonio reparador que le había ofrecido Abelardo. Los argumentos de la mujer se remiten por un lado al repertorio clásico (de sabor

---

7. Jean de Meung, *Le roman de la rose*.

«platónico»), o sea a las «razones de los filósofos» que juzgan y pintan el matrimonio como la quintaesencia de la vida material y sensible, sólo rica en necesidades cotidianas y fastidiosas, en requerimientos, fatalmente lejana del reino ideal de la filosofía. La meditación filosófica no debe ser turbada por los llantos y los ruidos de los niños, por las preocupaciones del dinero y por las obligaciones que vinculan con otras personas, cónyuge e hijos.

Se agregan para Eloísa «los argumentos de los santos» que van en la misma dirección: san Pablo[8] y san Jerónimo[9] coinciden en advertir que el matrimonio, «remedio de la concupiscencia», puede acarrear el mal que desea remediar. Por lo tanto, la esposa no debe ser amada sino sólo respetada como madre de la familia y como compañera en el «remedio para el pecado», de lo contrario «el matrimonio se convierte en adulterio».

Pero hay más: un malestar al que Eloísa alude muchas veces. El matrimonio, que es una institución, ¿qué agrega al amor verdadero? ¿No arroja una sospecha de interés que anula la misma definición de amor desinteresado? La fuerte conclusión de Eloísa es: «mejor la libertad», no la soledad o la castidad, «que los vínculos del amor legítimo». Cuando hay amor, «mejor amante que esposa». Si se excluye la pasión que pone Eloísa en esas argumentaciones, el fastidio hacia el vínculo legítimo es común al que se advierte en los cantos de los goliardos* que exaltaban el «amor libre». ¿E Isolda? Por definición, su pasión por Tristán vive fuera del matrimonio, en el adulterio, a veces considerado con sentimiento de culpa respecto del rey, esposo de Isolda y soberano de Tristán. La pasión se denuncia como tal aun porque afronta audazmente la angustia de romper otra fidelidad, la que tiene que ver con el *dominus*, esposo para una, señor para otro, una fidelidad que empalidece sin embargo ante aquella relacionada con el "verdadero amor".

---

8. San Pablo, *Cartas a las Corintias*, 7.
9. San Jerónimo, *Contra Iovinianum*, P. L., 23.
* Rimador medieval.

Diferente, más ruidosa, la infidelidad es la transgresión de las leyes religiosas: en Eloísa e Isolda, los dos ejemplos que hemos elegido, la no observancia de la ley divina tiene aspectos comunes pero también divergentes.

Eloísa no se arrepiente de su pecado, el amor adúltero. Lo que caracteriza su prolongado recuerdo de amor es justamente, como le reprocha Abelardo, «el continuo lamento contra Dios», su obstinación en conservar la memoria de su pasión aun «en la conciencia de haber pecado». Una actitud, ésta, que en ciertos momentos llega al extremo («mi mente loca de dolor por tu pérdida, en lugar de reconciliarse con Dios se encoleriza más contra Él [...]») y otras veces encuentra en la certeza de la verdad interior de la pasión el motivo de su rescate. En efecto, la intención de Eloísa siempre ha sido pura –declara ella–, su amor por Abelardo desinteresado, y «Dios que da peso no a las acciones sino solamente a los pensamientos del alma» no puede más que estar de su parte y salvarla asignándole después de la vida terrenal un «pequeño ángulo de paraíso».

En eso, Isolda no se aleja de Eloísa, aunque el contexto y el personaje son diferentes. Eloísa es una intelectual, una mujer culta que primero vive en una ciudad habitada por clérigos y estudiantes, luego en un monasterio, abadesa irreprensible tanto como desesperada; Isolda es una reina educada para agradar a los hombres, como se entiende en muchos episodios, astuta y hábil en su comportamiento hacia el soberano, el amante y la corte.

El episodio del juramento falso nos confirma al mismo tiempo la diversidad de un ambiente y la analogía de las perspectivas éticas comunes.

A diferencia de la heroína wagneriana, la Isolda medieval vive con los pies en la tierra y uno de sus mayores problemas es defenderse de las trampas preparadas por la perversa curiosidad de la corte, que espía sus encuentros clandestinos con Tristán. Es difícil enumerar cuántas mentiras dice la rubia Isolda, y hasta Godofredo de Estrasburgo,[10] su cantor más simpatético,

---

10. Godofredo de Estrasburgo, *Tristan und Isolde*.

la define como «engañadora». Más justamente, Beroul escribe que Isolda «responde con engaño al engaño». Recordemos también que en el flujo de las vicisitudes Isolda es siempre objeto de tratados y pactos que socavan su persona moral y jurídica, y como mujer está obligada a respetar reglas que no ha contribuido a establecer. Isolda miente, y al menos una vez arrastra consigo el «consenso de Dios». Ello sucede durante la ceremonia en que Isolda, en presencia del rey Artù y su corte, debe afrontar «la prueba de Dios», es decir jurar que no ha traicionado a su marido mientras toma entre las manos un hierro ardiente. Si su delicada mano se mantiene intacta, será declarada inocente y liberada de las sospechas. En el poema de Godofredo, la ceremonia es una fiesta colorida y espléndida, precedida por una larga cabalgata hacia la llanura; para llegar al lugar establecido, Isolda y los otros deben superar el Vado Peligroso. Sobre la ribera, la reina encuentra a Tristán vestido de mendigo, irreconocible a todos los demás, que se ofrece para llevarla hasta el otro lado del río: la rubia Isolda sonríe, porque ella sola lo ha reconocido, se monta sobre los hombros de él y llega a la ribera opuesta «sin manchar de fango el espléndido traje de seda». Ahí, delante de la tienda del rey, erguida y segura, «jura que ningún hombre ha estado entre sus muslos salvo el rey, su marido, y ese pobre mendigo que acaba de ayudarla a atravesar el vado». Y es ahí que interviene «Cristo cortés» haciendo que el hierro ardiente que aferra Isolda entre las manos no lesione su piel blanca y suave. Cristo, que más que juzgar las acciones valora y aprecia «las intenciones del corazón», la libertad y la sinceridad del sentimiento (es decir, el amor de Isolda por Tristán), se convierte entonces en el garante de la «verdad» de Isolda y de la moralidad de su pasión. Mientras el mundo de la convivencia social y de las instituciones destaca la importancia de las obras y de los comportamientos («las reglas de la corte» temidas y odiadas por Isolda, pero también la obligación jurídica del matrimonio), surge otra ética (la teorizada también por Abelardo y Eloísa) que versa sobre las intenciones y los valores individuales *(«la bonne foi»)* y pretende que el Dios «escrutador del corazón» sea su garante. La pasión –declaran los poetas– sólo puede ser juzgada por esa ética «interior». Como Eloísa, también Isolda se siente –y es– inocente.

La pasión absoluta, los otros y la muerte

Respecto de la relación con la sociedad, la pasión de amor, como toda la gama de los «amores corteses», se vale de un instrumento para protegerse: el secreto. Que el secreto sobre la relación de amor adúltero, o de alguna manera irregular, de hecho proteja de venganzas y castigos, es natural, y lo sabemos por las historias trágicas de Eloísa y también de Isolda, espiada y denunciada al rey por los cortesanos. Pero no está ahí toda la ventaja del «secreto de amor», como se puede leer en esas y en otras historias.

El secreto (que llegará en la poesía del siglo XIV hasta la ficción de la *«donna dello schermo»*), pienso que es también otra cosa: es un modo de salvar *a vilitate* –diremos en el lenguaje de los clérigos y de los filósofos– lo que se percibe como un sentimiento grande y excepcional, como es justamente la pasión absoluta.

Se debe salvar al amor de que se lo conozca banalmente como «historia de amor»; debe permanecer conocido sólo por las almas bellas y los amantes; si se lo divulga pierde su significado y valor. La operación es análoga a la que se realiza a propósito de los misterios divinos o de las grandes ideas filosóficas: Abelardo, por ejemplo, al referirse a la «bellísima fábula» del *Anima mundi* del *Timeo*, declara que Platón la envolvió sabiamente en una imagen o metáfora que sólo debe sugerir y no hacer comprender perfectamente la idea, justamente para alejarla de una enseñanza difundida y vulgar que desnaturalizaría su «profundo significado». El secreto, entonces, es un instrumento aristocrático en sentido social y también intelectual que alude, en nuestro caso, a un valor de la pasión más allá de la «letra» o superficie.

Uno de los ejemplos extremos (y absurdos en la óptica moderna) es el de la *Castellana del Vergi*,[11] un texto del siglo XIV donde paradójicamente –para usar las palabras de Leo Spitzer– «la fidelidad del amante a su amor (no sólo a la amada) llega a destruir el amor mismo y conduce a la muerte».

La bella castellana del Vergi está enamorada y es amada por un caballero vasallo del duque de Borgoña («el amor de ambos era tan dulce y secreto, que ninguno, salvo ellos, sabía nada de ese amor»). Pero el caballero, al ser asediado por la esposa del duque, como el casto José de la Biblia, la rechaza, aduciendo fidelidad a su señor, el duque. Como la mujer de Putifar, la duquesa lo calumnia ante el esposo y éste acusa al caballero de deslealtad. Desesperado por salvarse y salvar su amor secreto, el caballero narra su pasión por la castellana y le hace jurar al duque que no le comentará a nadie su «único y verdadero amor». Conmovido, el duque jura, pero luego, urgido por la esposa, desvela el secreto del puro caballero: la pasión de ambos, debido a la perversa venganza de la duquesa, será así conocida por todos. Cuando la castellana del Vergi se entera, llora y suspira: «Yo lo amaba tanto que nadie puede amar más [...] pero bien veo que él no me ama, porque ha faltado a nuestro secreto [...]. ¿Quién podía pensar que cometería esa falta hacia mí aquel que decía ser todo mío? [...] Porque lo he perdido, después de este dolor no puedo vivir sin él y ruego a Dios que me conceda la muerte». Y la castellana muere, en efecto, «suspirando: "Dulce amigo, te encomiento a Dios". Le flaquea el corazón y empalidece su rostro». La tragedia tiene su culminación con el suicidio del caballero: «Encuentra a su amiga pálida y perdida [...] la besa pero la boca está fría [...]. Se desespera al comprender el motivo de la muerte: "Mi dulce amor –dice–, el más cortés, el más leal de los amores [...]; te he matado yo con mi traición [del secreto]" [...]. Y con la espada se hiere en medio del corazón». Concluye el poeta: «Se debe ocultar el

---

11. *La Chastelaine de Vergi.*

propio amor con mucha prudencia y tener presente que descubrirlo es siempre grave daño».

Una pasión frágil, entonces, que obedece a leyes duras que nos parecen insensatas, pero tienen siempre y solamente el fin de subrayar el carácter absoluto de la pasión. Ginevra calla y cruelmente no le sonríe a Lancelot cuando éste se le presenta después de haber superado las pruebas de amor. ¿Por qué? Ha sabido que su amante ha vacilado un instante, sólo un instante antes de subir al carro infamante de los condenados –una extrema prueba de amor–. El perdón llegará después, cuando Lancelot haya comprendido su mudo reproche.[12]

Aparte del motivo del «secreto de amor», en el descarnado poema de la *Castellana* encontramos la sombría unión de amor y muerte. ¿Qué significa el binomio, presente en otros textos, y naturalmente en el *Tristán*? Nos resulta difícil comprenderlo a nosotros, los modernos, si no nos liberamos del clima de *feuilleton* de la trama narrativa y nos sumergimos en el otro clima, el de la pasión absoluta. «Secreto de amor», lejanía, voluntad de muerte, son todos elementos congeniales entre sí, que pertenecen a una misma estrategia amorosa y nos ayudan a definir uno de los rasgos fundamentales de la pasión de amor, la conciencia de que ese tipo de amor no pertenece a la realidad del mundo, del tiempo y del espacio. Los amantes medievales, mediante la ausencia (el "amor de lejos") –o sea cultivando con obstinación sin que existan razones concretas el misterio del amor que debe permanecer circunscrito a los dos amantes, excluyendo al mundo o dejándose morir antes que renunciar a la ideal pureza de la pasión– destacan el carácter absoluto de un sentimiento «desmesurado» que Agustín había reservado a la sola infinidad atemporal de Dios.

---

12. Chretien de Troyes, *Lancelot o Le chevalier de la charete*.

El amor según Bernardo de Claraval

Escribe Bernardo de Claraval en *Sermoni sul Cantico dei Cantici:* «Éste es un amor violento, devorador, impetuoso [...] sólo piensa en sí, se desinteresa de todo, desprecia todo, sólo se satisface consigo [...]. Confunde los grados, desafía las costumbres, no conoce mesura».[13] ¿A quién está reservado este amor que tiene muchas características de la pasión absoluta de Eloísa y Tristán? A Dios, naturalmente.

Con la alegría, el temor y la tristeza, el amor es para Bernardo –gran teórico del amor del siglo XII, junto a Guillermo de San Thierry y a los poetas– uno de los *affectus* fundamentales, pero la complejidad de ese término es difícil de transmitir en nuestro lenguaje. El *affectus* no es la *affectio*. El afecto-amor *(affectio)* está fuertemente ligado al deseo: este último destaca la ausencia mientras que el *affectus* indica el movimiento hacia el objeto amado. «El afecto –dice Aelredo de Rievaulx, discípulo de Bernardo– es una inclinación espontánea del corazón hacia alguien.» Algo exterior al alma imprime entonces el *affectus*, que es rápido como una pasión.

Es esa pasividad la que le recuerda al hombre su origen «carnal»: según Bernardo, también el amor místico está marcado por ese inicio pasivo y material. Pero se trata justamente de levantarse y ascender, no de olvidar. La motivación del ascenso por amor está en lo que Kristeva, al referirse a Bernardo, denomina eficazmente «apego especular originario»,[14] es decir, en la semejanza divina impresa en el alma humana; pero su posibilidad deriva del deseo por el ausente, un deseo total y «ávido», que deberá ser guiado por la voluntad y la sabiduría.

«Vuestras acciones y vuestra diligencia, como vuestro deseo, sean puros como lirios y semejantes a ellos en candor y perfume.» Por un lado actúa la semejanza, por el otro la «dese-

---

13. Bernardo de Claraval, *Sermone sul Cantico dei Cantici*, 79, 1.
14. J. Kristeva, *Storie d'amore*, trad. italiana, Roma, Editori Riuniti, 1984 *(Historias de amor,* México, Siglo XXI, 1995, 5.ª ed.).

mejanza» y la heterogeneidad entre amante (que es cuerpo y alma) y Amado divino: «Cuando un alma enamorada suspira o más bien reza continuamente, sufre en el deseo de la presencia divina...». El sufrimiento, inevitable y «positivo», que se une a la alegría de la pasión amorosa, duplica entonces en perspectiva la beatitud o identificación fusional, a la que tiende el alma enamorada de Dios.

En la doctrina del amor de Bernardo, esos axiomas son más importantes que el análisis de los «grados de amor» que tanta fortuna tuvo en la mística contemporánea a él y en la siguiente. Se trata, sin embargo, de un análisis sutil de las posibilidades y los procesos humanos del enamoramiento, que anticipa tal vez lo que escribirá Stendhal sobre el proceso de «cristalización» en su *De l'amour (Del Amor)*.

Al comienzo, entonces, hay un amor radicado en la carnalidad: es así que el hombre se ama a sí mismo. La fase siguiente es «cuando se ama a Dios por necesidad o por amor a sí mismo y no a Dios mismo»; sólo después «el hombre llega a amar a Dios no sólo por su bien, sino porque Dios mismo es su bien».

El último grado contempla la aniquilación «de la carne y del corazón», como dice el Salmo: «Dios participaba de mi corazón por la eternidad».[15] Las almas —escribe Bernardo— son entonces enteramente «arrancadas por la gran fuerza de amor que permite que los cuerpos sufran y al mismo tiempo desprecien el sufrimiento», aunque el deseo señala el residuo carnal del hombre. Pero en el amor místico, y no como en el amor absoluto pero físico de Tristán e Isolda, existe la posibilidad de eliminar aun el menor rastro de la carne y hacer que se convierta en real la aspiración a la atemporalidad de los amantes: he aquí la beatitud extática donde hay «saciedad sin disgusto, deseo sin inquietud y [...] todo ello inexplicablemente».

La teoría del amor de Bernardo ha sido conocida y ha fascinado a varios intérpretes. En los dos extremos de la interpretación hallamos a un historiador del pensamiento cristiano co-

---

15. Salmo LXXII, 26.

mo Etienne Gilson, y a una analista apasionada como Julia Kristeva. El primero destaca la fragilidad de la analogía con el amor profano celebrado en el mismo siglo XII: este último no poseería la plenitud y la necesaria felicidad del otro, asegurada por el objeto divino del amor. El amor entre criaturas, según Gilson, no está garantizado por su realización o beatitud final y vive por lo tanto en una incertidumbre dolorosa.[16] Se debe recordar que ése es el punto de vista de un creyente. En cuanto a Kristeva, que revela con otros historiadores la extraordinaria coincidencia de muchos aspectos de las dos pasiones, la sacra y la profana, al hablar de Bernardo concluye que «esa paz tensa, esa armonía dolorosa, ese yo narcisista dilatado al infinito para ser luego vaciado en favor de una identificación violenta con un álter-ego sublime, eso es precisamente el amor». Una visión que señala la fuerte analogía de las dos doctrinas de amor y da razón de las semejanzas de sus lenguajes.

El enigma de Andrea Cappellano

En 1227, junto con otros textos inspirados en las tesis del filósofo musulmán Averroes, el obispo de París, Etienne Tempier, condenó *De amore* de cierto Andrea Cappellano, sobre cuya identidad no se ponen de acuerdo los estudiosos. Pero aquí nos interesa el motivo por el cual el obispo lo vinculó en su condena con textos tan diferentes en su argumento y pertenecientes al contexto de la escuela. Aunque *De amore* está escrito en latín, seguramente no se trata de un texto «magistral»: el área de difusión debe rastrearse en un ambiente más vasto que comprende, además de los estudiantes, al clérigo con ánimo de diversión y al gentilhombre de corte. Capellano, como los maestros acusados de «averroísmo», pero años antes que ellos, había propuesto una idea de amor natural y «fatal», capaz de imponerse aun al que intenta rehuirle, una idea que debía re-

---

16. E. Gilson, *Teologia mistica di san Bernardo,* trad. italiana, Milán, Jaca Book, 1987.

cordar al obispo ese concepto de naturaleza como fuerza dominante, necesitada y necesitante, ajena a la voluntad humana, presente en la enseñanza filosófica de Averroes. El obispo Tempier advirtió el peligro de esa analogía: se podría explicar de esa manera la condena que unió a los averroístas con ese texto audaz y en algunos pasajes alegremente obsceno.

Para Andrea Cappellano, entonces, *«amor est res quae imitatur naturam»*. De ahí descienden otras características como su «ser sin medida» y el no estar motivado por elecciones de valor sino por una especie de ceguera. Provienen de su «naturalidad» también sus cualidades positivas, porque el amor es una energía que «expulsa la tristeza y le da a quien lo acoge un estado de bienestar». Y agrega Cappellano: como el amor proviene de la naturaleza hecha por Dios, está claro que «amando no se puede ofender a Dios».

Hasta aquí, el texto de Andrea no está lejano de los motivos de la celebración goliárdica y pagana del amor: el amor de Cappellano es el descrito por los clásicos, en especial por Ovidio, el amor que «hace empalidecer y [...] temblar el corazón», el amor que «siempre tiene temor», el amor celoso.

Pero el autor también se interesa en el amor como comportamiento social que se debe someter a reglas de prudencia (las reglas de la «cortesía») atribuidas en su origen a las mujeres objeto del deseo y de las tensiones masculinas, pero también regidoras del juego. El mundo de las acciones es por tanto masculino (deseo, rivalidad, luchas), mientras de las mujeres provienen las normas del amor cortés. Una invención genial ésa: la norma, que en este caso no puede tener origen en Dios ni en la autoridad política, emana del objeto mismo del deseo. Por la misma razón paradójica es la mujer la que inspira las virtudes amorosas y las define como tales: el amante no debe ser avaro («el mercader no puede amar» porque debe pensar en ganar dinero), sino estar disponible para dar espectáculo de sí mismo, es decir, realizar «bellos gestos» y cuidar su aspecto (esto significa «ser generoso») y no debe dedicarse a chismorreos que causarían discordia en el grupo social.

La perspectiva del «amor mundano», la que más interesa a Cappellano, contrasta con la definición inicial y el elogio del amor como fuerza natural y espontánea, irreprimible y dominante. El amor, descrito (y prescrito) en *De amore*, que se fue haciendo cada vez más cortés (*curialis*) y domesticado, sometido obsesivamente a mil reglas y cautelas dictadas por el mundo social al que pertenece, empalidece aunque conserva algunos signos exteriores de esa pasión «natural» que hemos visto arder en las novelas del tipo de Tristán.

Al par de la pasión absoluta, queda de todos modos un amor adúltero y «fuera del matrimonio» (Cappellano niega terminantemente que se pueda amar en presencia de un vínculo institucional y obligatorio), y como el amor de las novelas se inspira explícitamente en la relación señor-vasallo, donde la mujer es siempre el *dominus*. Pero –y ésta es la gran diferencia significativa– se trata de un amor sin pretensiones de durar en el tiempo, o aun fuera del tiempo como desean ser las pasiones absolutas: secreto y lejanía son para los amantes de Cappellano sólo instrumentos útiles y simples sagacidades para conservar el amor y mantener alta la temperatura («el amor es semejante a una fiebre»).

El texto de Andrea Cappellano es, al menos en su primera lectura, un enigma: escrito en latín, «típico fruto de una cultura clerical»,[17] hace el elogio del ambiente y de la vida de corte y al mismo tiempo de un amor libre y «pagano». Desconcertados por las numerosas ambivalencias y contradicciones, muchos se detienen ante la singularidad del texto; otros lo interpretan como una diversión picante y clamorosa.

En lo que respecta a la historia de la pasión amorosa en los siglos medievales, *De amore* representa muy bien la progresiva extinción del culto del amor pasional a cuyo nacimiento había concurrido al comienzo la investigación de la modalidad del *amor Dei* en Agustín, y por lo tanto varios elementos como, en el siglo XII, la celebración de la fuerza benigna y vital de la na-

---

17. P. Dronke, *Donne e cultura nel Medioevo*, trad. italiana, Milán, Il Saggiatore, 1986.

turaleza, el nuevo humanismo que proponía la lectura de Ovidio y Cicerón, el impulso emotivo y paradójico del ascetismo de Bernardo de Claraval... Un movimiento largo y complejo en el cual resulta difícil separar las influencias recíprocas, un movimiento que culminaba, en las novelas de la *matière de Bretagne*, en la representación gloriosamente laica *(saecularis)* del amor-pasión.

Variaciones sobre el tema del amor

Signo fuerte de la riqueza de la discusión sobre el amor y de la amplitud de su representación es la polivalencia y la variedad de las especies de amor, antes bien del «bello amor» *(fin'amors)*.

Casi para todos aquellos que lo cantan, el amor está signado por una alegre vitalidad: «Muy jubiloso comienzo a amar una alegría con la que más quiero alegrarme [...]. Toda alegría se debe someter [...] a mi señora...», canta Guillermo de Aquitania. Se pueden distinguir diversos tipos de amor: desde el «metafísico», cantado por ejemplo por Marcabru en la primera mitad del siglo XII, hasta el amor puramente «cortés» de Bernart de Ventadorn, de una generación anterior: para el primero, el amor es una fuerza abstracta e ideal que aspira a la iluminación y se abona con la lejanía («amor de lejos»), y la mujer un tema puramente espiritual. Un amor así reside en la mente antes que en el corazón y promueve las virtudes: es *«fons de bontat qu'a tot lo mon illuminat»*. Pero también es amigo de la paciencia, de la humildad, de la alegría, y enemigo de la maldad, de la hipocresía y de la mentira. Movimiento del intelecto más que pasión, es un amor congenial al orden divino impreso en lo íntimo del hombre.

Bernart describe en cambio un amor físico, sometido y estático frente a la visión de la mujer que exalta de todos modos, un amor que se plantea como objetivo el placer y la posesión del cuerpo amado. Y significativamente rechaza la *mesura* que

Marcabru elogiaba también en el amor y aprecia en cambio el ímpetu y la locura amorosa, que coloca en un contexto natural, potente y vital. «Apenas me contengo de correr a ella [...] nunca vi cuerpo mejor modelado y colorido [...]. Desearía encontrarla sola durmiendo o fingiendo dormir para robarle un dulce beso [...]. Oh, mujer, demasiado poco aprovechamos el amor [...]»[18] Entre estos dos límites se tiende toda una gama de representaciones del amor, no siempre definibles como *fin'amors*, ni como pasión absoluta. ¿Dónde se puede colocar, por ejemplo, el atormentado sentimiento que colma las cartas de las monjas lejanas de todo? ¿Y cómo definir la afectividad que inunda las esquelas escritas por Bernardo de Claraval a Ermengarda, duquesa de Bretaña? Están compuestos, dice él, con el «lenguaje del corazón» y en ellas se nota esa tensión amorosa de la cual la literatura cortés ofrece numerosos ejemplos: el tema es el del amor distante, el «amor de lejos». Se trata, evidentemente, de un amor casto, «en Cristo», pero Bernardo usa con sapiencia, al igual que el «cortés hombre enamorado», todos los recursos de la retórica del amor para expresar una expansiva emotividad.

El itinerario del elogio del amor no termina aquí. Pero su fuerza pasional se debilita y en cambio se fortalece el significado moral y sublimante que se acerca cada vez más a la perspectiva religiosa.

Las etapas son significativas: el amor es signo refulgente de nobleza de ánimo (Guinizzelli: «Al corazón gentil llega siempre el amor»); el amor es demostración de verdad y «salud» (Dante: «[...] venida del cielo a la tierra para mostrar el milagro [...]»). Al fin, la mujer amada es ya cosa divina (Dante: «La señora es deseada en el cielo [...])») y beatificante: su muerte ya no tiene los tonos trágicos y heroicos de *Tristán*, sino los elegíacos de una despedida temida pero ineluctable.

Todavía algún paso más y, en el lugar de la alegría vivificante, avanza la melancolía dictada por el amor (Cecco Angiolieri:

---

18. Bernart de Ventadorm, *Canzone di primavera*.

«Mi melancolía es tanta y tal [...]»), la soledad «perezosa» de Petrarca junto a su voluptuosidad de dolor, todos estados de ánimo inducidos por una pasión que tal vez no se debilita, pero se torna estéril porque ya no es inatacable por los acontecimientos externos (muerte o enfermedad o ausencia de la amada) como era la pasión absoluta de Tristán o de Eloísa.

Pero en la realidad y en la representación, las cosas son siempre un tanto más complicadas de cuanto desearía el historiador. La pasión, la verdadera, «eterna», aquella que por fuerza debe ser correspondida, la reencontramos en un contexto al parecer aún noble y cortés, pero donde se habla también de alimento y de dinero, en una historia que sobre todo «termina bien». Es la novela de Boccaccio que trata de Federigo degli Alberighi, enamorado no correspondido de Monna Giovanna.[19] «En sus gastos de cortesía Federigo se consume»: es decir, realiza fiestas y torneos, hace donaciones, es «magnífico» para impresionar a su dama, que en cambio lo ignora. Llega a la pobreza: de todas sus riquezas le queda sólo un amado halcón de caza. Monna Giovanna enviuda y es riquísima; pero el hijo pequeño enferma y desea poseer, porque lo ha visto en el bosque donde se caza, el bellísimo halcón de Federigo. Monna Giovanna va a pedírselo por amor al hijo, pero antes de conocer el motivo de la visita, al no tener otra cosa para presentar en la mesa, el enamorado cocina al amado halcón en señal de fiesta. Por lo tanto, desesperado y lloroso, no puede ofrecérselo a la mujer cuyo hijito muere poco después. Pero he aquí el final feliz, no más «cortés», sino indicativo del nuevo clima económico y social bien captado por Boccaccio: Giovanna se enamora y se casa con el fiel Federigo, que así se vuelve rico y feliz y demuestra ser un «óptimo administrador» de las propiedades heredadas por la esposa. La «pasión absoluta» ha vuelto a descender a la Tierra, enfrenta los problemas de la existencia y ya no se acompaña de la alegría tumultuosa del enamoramiento sino de la serenidad conyugal y próspera.

19. Giovanni Boccaccio, *Decamerón*, V, 9.

BIBLIOGRAFÍA

Los textos medievales, escritos en latín o en lenguas romances antiguas son de difícil lectura, y por lo tanto no muy conocidos; pero al tratar el tema de la pasión amorosa, es ante todo a ellos que conviene dirigirse. Los primeros pertenecen en general (aunque no siempre, como se ve por la obra de Cappellano) a la iglesia, los segundos a esa área laica que los medievales denominaban *saecularis*. En esta breve bibliografía ha parecido oportuno, cuando existen, sugerir en ambos casos las traducciones al italiano de los textos citados, casi todas provistas de notas explicativas e introducciones adecuadas.

Para las *Confessioni* de Agustín se aconseja la edición de Roma, Città Nuova, 1965, con texto original y versión a la par y buen índice por argumentos; para la correspondencia de Abelardo y Eloísa, se recomienda la reciente edición de Milano, Rizzoli (1995), *Lettere d'amore e di filosofia*, con el texto original a la par de la versión italiana; para los textos de san Bernardo de Claraval, se señala la edición de *De Diligendo Deo*, Cambridge, Cambridge University Press, 1926. Conviene acompañar la lectura de los textos de Bernardo con el ensayo clásico e insustituible de E. Gilson, *Teologia mistica di san Bernardo*, trad. italiana, Milán, Jaca Book, 1987, y con los estudios de J. Leclercq, *La donna e le donne in san Bernardo*, trad. italiana, Milán, Jaca Book, 1985 y *La figura della donna nel Medioevo*, trad. italiana, Milán, Jaca Book, 1994.

El *De amore* de Andrea Cappellano se puede leer en la traducción al italiano publicada por Guanda, Parma, 1993. Las novelas de Tristán se pueden leer todas en versiones italianas: Godofredo de Estrasburgo, *Tristano*, en la espléndida traducción en verso de Laura Mancinelli, Turín, Einaudi, 1985; Béroul, *Il romanzo di Tristano* en la edición de Milán, Jaca Book, 1983; los fragmentos de *Tristano* de Thomas en la traducción al italiano a cargo de F. Troncarelli *(Tristano e Isotta,* Milán, Garzanti, 1979). *Il cavaliere della carretta* (la novela de Lancelot) de Chretien de Troyes, está traducida al italiano en la edición de Oscar Mondadori, 2 vols., Milán, 1981; mientras «La castellana del Vergi» se publicó en *Romanzi di amore e di avventura*, Milán, Garzanti, 1984.

Las *Poesie* de Guglielmo de Anquitania las encontramos en la edición Stem-Mucchi, Modena, 1973, mientras que la *Canzone di primavera* de Berwart de Ventadorn y los versos de Marcabru citados en el texto están en A. Roncaglia, *Poesia dell'eta cortese*, Nuova Accademia, Milán, 1961. *La malinconia* de Cecco Angiolieri se puede encontrar en *Rime*, a cargo de G. Cavalli, Rizzoli, Milán, 1959.

Le roman de la rose de Jean de Meung fue editado por E. Langlois en el volumen IV de la Société des anciens textes, 5 vols., París, 1914-1925.

La lectura de los estudios que tocan algunos asuntos cercanos al tema de este ensayo es de gran utilidad. Es obligatorio comenzar por *Dell'amore* de Stendhal, que se puede leer en traducción al italiano en la edición Garzanti, Milán, 1976 (con una bella introducción de Sergio Moravia) *(Del Amor,* Madrid, Alianza, 1978); interesante, casi un clásico, si bien antiguo, D. de Rougemont, *L'amore e l'Occidente*, trad. italiana, Milán, Rizzoli, 1977. Véase también el ensayo de Hannah Arendt, *Il concetto d'amore in Agostino*, Milán, SE, 1992.

Más cercanos a nuestro tema son: P. Dronke, *Donne e cultura nel Medioevo*, trad. italiana, Milán, Il Saggiatore, 1986; George Duby, *Il cavaliere, la donna e il prete,* trad.

italiana, Roma-Bari, Laterza, 1982; E. Kohler, *Sociologia della fin'amor,* trad. italiana, Padua, Liviana, 1976; Julia Kristeva, *Storie d'amore,* trad. italiana, Roma, Editori Riuniti, 1984 *(Historias de amor,* México, Siglo XXI, 1995, 5.ª ed.); y el clásico de C.S. Lewis, *L'allegoria d'amore,* trad. italiana, Turín, Einaudi, 1969. Para el pasaje de la Edad Antigua al Medioevo, véase E.R. Dodds, *Pagani e cristiani in un'epoca di angoscia,* trad. italiana, Florencia, La Nuova Italia, 1970.

Recuerdo, además, *Abelardo e Eloisa,* Milán, Mondadori, 1982, 3.ª ed., 1987, y *Le bugie di Isotta,* Roma-Bari, Laterza, 1986, obras de quien escribe.

El héroe trágico, o la pasión del dolor

Nadia Fusini

Hamlet: mi acción es la pasión

De la intimidad entre teatro y pasiones, aceptando que la pasión es teatral por naturaleza y el teatro pasional, documentan tanto el mito de fundación del teatro antiguo –la pasión de Dioniso– como el texto ejemplar del teatro moderno: *Hamlet* de Shakespeare. En ambos casos, como tema y sujeto de la acción trágica hay una forma de sacrificio ritual, y el héroe o protagonista se encamina a su propia muerte con el movimiento pesado, lento, del chivo expiatorio.

Recuerda Nietzsche que la tragedia antigua, en su primer estadio de desarrollo, «no se ocupaba en realidad de la acción –el *drama*– sino del padecer, el *páthos*».[1] ¿No podríamos repetir las mismas palabras respecto de Hamlet, la tragedia escrita por Shakespeare en el siglo XVII, que cabalgando entre dos siglos nos precipita en los grandes contrastes con que se abre la época moderna? Porque Hamlet, se debe recordar, está en la corte y acaba de regresar de Wittenberg, en cuyas puertas hace poco Lutero ha clavado sus tesis, iniciando así la Reforma de los países nórdicos. Y no por azar ciertas tonalidades pesimistas res-

---

1. F. Nietzsche, *La filosofia nell'epoca tragica dei Greci e Scritti dal 1870 al 1873*, vol. III, t. II, edición a cargo de G. Colli y M. Montinari, Milán, Adelphi, 1973, p. 18.

pecto del sentido y el valor de sus acciones reflejan la poderosa devaluación de las obras y de la voluntad puesta en vigencia por Lutero con su nueva teología.

¿Acaso Hamlet se interesa por la acción, o más bien no tiene un violento apego a la propia pasión? ¿No es de la «pasión» (que él vive como culpa) que el padre viene por segunda vez[2] a arrebatarlo, para encaminarlo hacia la acción, porque Hamlet, después de todo, es el héroe de un drama de venganza, y deberá actuar? Sin embargo, todavía Hamlet prefiere actuar su *páthos*, declamarlo. Como si sólo le interesara sufrir.

Es el teatro el que le revela a Hamlet su propia relación contradictoria y patética con la acción. Cuando los actores llegan a Elsinore y ensayan el *«passionate speech»* que el joven príncipe de duelo les pide, Hamlet se conmueve por la teatral intensidad «imitativa» del actor. ¿Pero no es justamente eso la tragedia, no sólo para Aristóteles, sino también para los contemporáneos de Shakespeare? ¿No es imitación, o mimesis, de una acción? Y precisamente eso es lo que hace el actor frente a Hamlet: imita. ¡Pero no una acción! ¡Imita una pasión! Es eso lo que conmueve a Hamlet. Al primer actor de la compañía que acaba de llegar al castillo le pide: «Te he oído declamar un discurso *[speak a speech]* que nunca fue representado *[acted]* (...)».[3] Significativamente, a su vez, Hamlet es atraído por lo que ha encontrado la vía de la palabra, no del acto. Y desea que el actor represente una escena que nunca fue *acted*, pero sí sufrida, porque ya al representarla el actor la sufre. Recogida del relato de Eneas a Dido en el libro II de *La Eneida*,[4] la escena ve a Pirro correr en persecución de Príamo, abalanzarse sin

---

2. En el acto III, escena IV, en los versos 106-111 (de la edición a cargo de H. Jenkins, Londres, Arden, 1982), el fantasma reaparece para «afilar la hoja embotada» del propósito del hijo. Sobre este punto, véase mi «Amleto», en *Finisterre*, núm. 2, primavera-verano, 1986, pp. 93-108.
3. Acto II, escena II, versos 430 y ss. Aquí la traducción italiana es de la autora (Véase la edición castellana: William Shakespeare, *Hamlet en sus tres versiones*, Buenos Aires, Losada, 1997, 14.ª ed., p. 59).
4. O de versiones que circulaban ampliamente de uno de los textos más populares de la antigüedad, entre ellos *Dido, Queen of Carthage*, escrito por Marlowe (con la colaboración de Nashe) en 1594 (De *La Eneida*, véase la edición de Losada, Buenos Aires, 1996, 8.ª ed.).

piedad sobre el anciano, y luego quedar suspendido por un instante, indeciso, en la pausa entre la voluntad y el acto, hasta que la voluntad se resuelve en perjuicio del viejo.

Hamlet engarza así en el interior de su drama, como ejemplo supremo de *mise-en-abîme,* la figura de Pirro mientras alza la espada que parece pegarse al aire, no descender, de manera que como el tirano descrito él se detiene, y suspendido entre la voluntad y el acto no hace nada, se inmoviliza. Detenido, indeciso respecto del curso a seguir, si hacia atrás al perdón o hacia delante a otros crímenes, hallamos luego también al rey regicida y fratricida. Claudio, tío de Hamlet, que ha tomado el trono después de matar a su hermano, desearía el perdón, pero no puede rogar, aunque la inclinación es fuerte, aguda y... Sí, desearía, pero la culpa es más fuerte que la intención... Así, vinculado con un interés doble y contradictorio, se mantiene en suspenso, no sabe dirigirse hacia una u otra dirección. Y se encuentra, precisamente, inmovilizado.[5] Sabemos que en detenciones, en demoras, en pausas abunda el dificultoso camino de Hamlet hacia la meta: la venganza del padre; de modo que cuando llega a ella, todo está perdido, y más que de venganza, de restitución del orden, y de restablecimiento de la justicia, se tratará de una confusa masacre.[6]

En punto neutro, detenido, está el héroe shakespeariano respecto de la acción. Y es así que en Shakespeare la tragedia recupera su característica arcaica, es decir, el sentido de una ritualidad suspendida, donde al acto lo sustituye la suspensión del mismo en la representación o en el rito, su pura evocación en el lamento. Es en el instante suspendido que el héroe vive la irresolubilidad del propio *páthos,* por el cual es arrastrado a conocer un paradójico vértigo en el que giran posiciones y postu-

---

5. «Y como un hombre con un doble interés vinculado, / estoy suspendido»; estamos en el acto III, escena III, en los versos 40 y ss. (p. 85).
6. «Contaré al mundo que las ignora» –dice Horacio en el último acto, escena última– «las cosas que han sucedido. Oiréis hablar / de actos carnales, sanguinarios, antinaturales, / ejecuciones accidentales, asesinatos casuales, / muertes orquestadas con el engaño y por causa forzada...» (versos 385-390). En cuanto a esto, véase también mi «Amleto», cit., pp. 95 y ss. (p. 141).

ras fundamentales para la definición del sujeto en relación con la acción: cuando Pirro empuña la espada, cuando ésta se engancha en algo invisible en el aire que la retiene, ¿a qué extraño poder sucumbe? Y cuando ese imán cede y la espada se precipita hacia abajo, ¿en qué mano está? ¿De qué afecto es víctima quien actúa, en ambos casos?

La centralidad del teatro en un discurso sobre las pasiones se debe a esto: en el teatro se desvela que quien actúa no siempre es sujeto de la propia acción. Desde su inicio, por otra parte, el teatro se despliega como acto en que la voluntad se manifiesta y al mismo tiempo se excede y trasciende. O es trascendida. Aquí está, desde el comienzo, la conexión entre éxtasis dionisíaco y ambigüedad teatral. Es decir, desde los griegos. Significativamente, Hamlet vuelve a poner en escena ese inicio cuando, respecto de la acción que le es impuesta, la suspende en la irresolubilidad, y destaca: éste es el carácter central de mi tragedia –no actúo. Mi acción es mi pasión.

Hamlet, aunque «loco»,[7] va hacia delante de manera precisa y metódica en su plan de desnudar en la escena la conciencia del falso rey. Como el teatro evoca, suscita y manipula las pasiones, él lo empleará para pescar en falta al culpable. Ha oído decir que «criaturas culpables sentadas en el teatro / se han sentido tan golpeadas por el ingenio de la escena / que han proclamado en voz alta sus errores».[8] Hamlet cree en el milagro del teatro, y escucha admirado, extático, al actor que

---

7. «Me pondré la máscara del loco», decide Hamlet tras el encuntro con el fantasma del acto I, escena V, verso 180 (p. 40).
8. Acto II, escena II, vs. 584-588 (p. 64). Era creencia difundida que tales hechos ocurrieran en la realidad. De tales ejemplos se servían los teóricos en defensa del arte dramático, desde Roger Ascham hasta Thomas Lodge, Philip Sidney, George Puttenham, John Harington y Thomas Heywood, que en su *Apology for Actors* (1612), para demostrar el carácter realmente terapéutico del arte dramático, narra la «leyenda» de una mujer culpable de uxoricidio que en el teatro, impulsada por cuanto sucedía en escena, desveló el propio crimen. Es probable que Heywood tome la anécdota del anónimo *A Warning for Fair Women*, de 1599, donde se cita el episodio como comentario de los modos milagrosos en que el delito siempre termina por descubrirse solo. La fuente de todos, sugiere William Ringler en su «Hamlet's Defense of the Players» (en *Essays on Shakespeare and Elizabethan Drama in Honor of Hardin Craig*, de autores varios, Londres, Routledge & Kegan Paul, 1963, pp. 201-213) sería el drama holandés anónimo *Mary of Nemmegen*.

actúa. Se siente tocado por la potencia activa, transformadora, de lo que define «*a dream of passion*»:[9] ni siquiera una pasión propiamente dicha, sino un «sueño», una alucinación, es decir un afecto que el actor no siente sino finge, justamente, *teatro*.

¿Por ser, «quizá, pariente de Hécuba»[10] es que el actor debe llorar y desesperarse por ella? No, naturalmente; la pregunta es retórica. Hamlet la hace sólo para iluminar su propia pasión siniestra, culpable, inactiva, pasiva. El actor es transformado por una «ficción»; mientras él, que tendría el motivo y la instrucción justa, al que nada le falta para que la pasión al inflamarse lo arrastre al acto, no actúa. Sufre.

Pero la cuna del drama[11] está precisamente en esa metamorfosis que él ve que se produce en el actor y que describe con extraordinaria atención. Lo que sucede es que el alma (*soul*) se pliega al concepto (*conceit*) y por lo tanto a la imaginación, a la fantasía. Sucede que el rostro, el aspecto en general, la exterioridad de la figura humana se ve alterada por la potencia interior en movimiento, afloran las lágrimas a los ojos, se perturban los rasgos, la voz se quiebra... El actor es el hombre fuera de sí, transformado, el fanático de Dioniso, en realidad de Hécuba, si después de siglos logra todavía hacer resonar en Elsinore el grito de aquella esposa y madre trágica:[12] «*¡Ah, woe!*».

En su verdad esencial, la pasión trágica se expresa así: *Oioi oimoi... Woe...* La tragedia, en cuanto da forma a la pasión, es ese sonido; no hace más que evocar ese grito al que la fuerza desgarrante y enajenante del *páthos* arrastra al alma. El *páthos* arrastra, arranca, perturba. Ésta, no otra, es la acción de la tragedia en su verdad desnuda. Antes de ser mito que se despliega en drama, la acción trágica es simplemente el grito. En los ex-

---

9. Acto II, escena II, v. 545 (p. 63).
10. Acto II, escena II, v. 553 (p. 63).
11. La expresión es de Nietzsche, en *op. cit.*, vol. III, t. II, p. 13.
12. No es casual la elección de Hécuba. Fue consignada a Shakespeare por la tradición como la encarnación misma del sufrimiento del dolor inconsolable. Ya en *Titus Andronicus* Shakespeare la ha citado como *exemplum* de un dolor que desemboca en locura: «He leído que Hécuba de Troya / se ha vuelto loca de dolor...» (acto IV, escena I, vs. 19-20).

tremos de la pasión están el dolor y la alegría, pasiones fundamentales que se desahogan en sonido dramático: el grito o la risa. El hombre fuera de sí, en éxtasis, se expresa con esa música. La tragedia antigua, recuerda siempre Nietzsche, era pobre en acción y tensión, pero musical. Luego predominó sobre todo la intriga, el drama se transformó en un juego de ajedrez, un escenario para *pequeñas* pasiones...[13] Así habla Nietzsche, pero parece que hablara Hamlet.

Dolor en acción

En el contexto de la *tragedia de Hamlet*, la palabra «pasión» toma significados diferentes, todos teatrales; es decir, ligados a la forma misma del drama en que se encuentra Hamlet, que muestra casos y vicisitudes, experiencias, accidentes y aventuras que concluyen en sufrimientos y aflicciones. Entre las acepciones más interesantes está aquella que hace coincidir *passion* con *passionate outburst*,[14] y por lo tanto pasión y expresión, sentimiento y retórica: porque la pasión no es otra cosa que ese apego que transporta más allá de sí, fuera de sí... Sí, ¿pero adónde? ¿A la palabra o a la acción? Para Hamlet a la palabra: evidentemente para él la *pasión* habla «con los órganos más milagrosos» y tiene boca, tiene cuerpo y se representa en la palabra y en el gesto.

En la acepción *passionate speech* o *outburst*, el término *passion* subraya el carácter retórico de su arrebato. En tal sentido, en su propia tragedia Hamlet sufre la pasión del dolor que lo arrastra a los monólogos, y se reprocha por ello, porque de ese modo el dolor lo inclina peligrosamente hacia el desahogo verbal más que a la acción.[15] Y sin embargo es convención difun-

---
13. Nietzsche, *op. cit.*, vol. III, t. II, p. 18.
14. En tal acepción reaparece en *King Lear* (II, II, 232), en *Othello* [V, II, 44 (p. 128)], en *El mercader de Venecia* (II, VIII, II), en *Macbeth* (IV, III, 114 (*Macbeth*, Buenos Aires, Losada, p. 128]).
15. «Sí, esto es coraje, / que yo, hijo de un amado padre asesinado, / impulsado a la venganza por infierno y paraíso, / esté aquí descargándome como una puta con palabras...» (acto II, escena II, vs. 578-581 [p.64]). O también: «[...] Que sea / un olvido animal o un escrúpulo canalla /

dida en el teatro (de la época isabelina y jacobina) que así se represente y funcione la pasión: en exaltados monólogos. En esto Shakespeare retoma una tradición, que remitiéndose tal vez a Séneca, tal vez a la dramaturgia medieval nativa, ha desarrollado modos sabios de representación de la emoción.[16] El actor modula en su solo la pasión según varios tonos diferentes y con él el espectador debería sufrir aquello a lo que el comediógrafo claramente lo invita:

> Y por ello proclamo: si hay en este círculo
> quien sea incapaz de poderosas pasiones,
> que frunza la nariz y se rehúse a conocer
> cómo eran y son hechos los hombres,
> y prefiera no saber cómo
> deberían ser, que se apresure
> a abandonar nuestros tétricos espectáculos:
> se espantaría. Pero si hay un pecho
> clavado a la tierra por el dolor, si hay
> corazón atravesado por el sufrimiento,
> en este círculo sea bienvenido.

Así declama Marston en el prólogo de su *Antonio's Revenge*.[17] Mientras la tragedia personificada en el anónimo *A Warning for Fair Women*[18] (de 1599) afirma, en abierto contraste con *Comedie* e *Historie*, desear:

---

por el que pienso con tanta precisión en el acto / que a fuerza de pensar dividido en cuartos está el pensamiento / tres cuartos de canallada y un cuarto de sabiduría [...]» (acto IV, escena IV, vs. 38-43 (pp. 101-102)).
16. Véase A.L. Walker, «Convention in Shakespeare's Description of Emotion», *Philological Quarterly*, vol. XVII (1938), pp. 26-66; y, más en general, B.L. Joseph, *Elizabethan Acting*, Oxford, Oxford University Press, 1951.
17. J. Marston, «Antonio's Revenge» (1602), en *The Plays of John Marston*, vol. I, edición a cargo de H. Harvey Wood, Edimburgo-Londres, Oliver and Boyd, 1934.
18. *A Warning for Fair Women*, a cargo de Ch. Dale, La Haya, Mouton, 1975, vs. 44-49.

...pasiones que muevan
el alma, exalten el corazón y pulsen en el pecho,
arranquen las lágrimas a los ojos más avaros,
aflijan la mente, la atormenten, hasta el punto
en que los sentidos se desvíen de su curso.
Éste es mi oficio.

El efecto trágico apunta a tales objetivos. El actor, por ejemplo aquel al que Hamlet le pide que represente el pasaje de Príamo y Hécuba, *debe* hacer sufrir al espectador, porque el dolor es el sentimiento propio de la tragedia. El sufrimiento (íntimamente unido al movimiento del drama, en tanto implica una transformación sea del actor, que entra en otro ser, sea del espectador, que participa del éxtasis en el profundo estupor de una metamorfosis de los propios sentimientos) por cierto se verá redimido catárticamente en la vicariedad de la experiencia misma; pero en el instante dramático deberá ser probado, soportado. Y lo será si el actor sabe dar su «pasión», es decir, si sabe declamar su *passional speech*, pronunciar su oración de violenta emoción que debe hacer derramar las lágrimas, palpitar el corazón, enajenar los sentimientos. Sólo así el actor persuade a su público de que sienta la misma emoción.

En este sentido, la pasión es *manía: ecstasy*. Y transforma al que se deja convertir en actor y su gesto en espectáculo. Arrastrado fuera de sí, el sujeto apasionado por cierto se enajena, pero también se conoce en el lance de una pérdida de sí, que cambia en ganancia de conocimiento; un conocimiento que no aparece como un fruto de la razón, sino que es más bien el doloroso botín de la pasión. Por eso el *páthos* es estimulado por todos los medios: del lamento al monólogo. Una de las estratagemas más usadas por el teatro inglés de derivación senequiana es el lamento.[19] El protagonista está en escena como si estuvie-

---

19. En *Gorboduc* de Thomas Norton y Thomas Sackville, de 1651; en *Jocasta*, de G. Gascoigne, adaptada libremente de *Fenicie* de Eurípides y publicada en 1575; en *Gismond de Salerne* de Wilmot y otros de 1567; en *The Misfortunes of Arthur*, escrita entre varios para entretener a la reina

ra en una sala de tribunal y lamenta la propia desventura con una oración de evidente carácter retórico, elevado, formal. Interrogantes retóricos, declaraciones enfáticas, frecuentes repeticiones, exclamaciones en cadena amplifican y reverberan la particular infelicidad del personaje contra un trasfondo universal, abstracto, cuyas figuras son el cielo, la tierra, la fortuna, y varias otras alegorías de la deseperación o de la piedad. Los interrogantes, los apóstrofes, las exclamaciones, las aliteraciones, las interjecciones ritman la voz del actor según una alternancia de agudos y de soplos («alas», !ioh!, se lamentan) que mantienen el oído atento a la audición: mientras la repetición regular de palabras y de versos evidencia el sentido de mecánica rigidez de la mente perturbada por el dolor. Absoluto, general, el dolor se modula ora en la tonalidad abstracta e impersonal del coreuta; ora toma en la voz del primer actor el timbre de una meditación personal sobre la vida y los inevitables sufrimientos que la acompañan. Antes de llegar al muy cambiante e idiosincrático monólogo de Hamlet, debemos pasar por emociones abstractas y formalizadas, creadas en virtud de estilizadas figuras retóricas. El intento claro y evidente de esas primeras tragedias inglesas es exteriorizar un movimiento del alma que tiene una existencia interior muy lábil. Es como si el *páthos* sólo tuviera una existencia simbólica, y en tanto simbólico perteneciese a todos y a ninguno, fuese intrínseco a la condición de quien, habiendo nacido y estando vivo, será sujeto del dolor. Por lo tanto, el actor deberá evocarlo más por fuerza retórica que por pasión interna ya que, repito, la emoción no es aún ni interna ni específica.

El dolor de Yocasta en el drama homónimo, por ejemplo, es narrado por el *nuntius*, de modo que Yocasta se convierte en el dolor personificado:

Isabel el 8 de febrero de 1588 en Greenwich. Véase al respecto el interesante artículo de R. Turner, «Pathos and the Gorboduc Tradition, 1560-1590», en *Huntington Library Quarterly*, vol. XXV (1961-1962), pp. 97-120.

Oscurecía el aire con altos lamentos y gritos:
Oh, hijos (decía) demasiado tarde llegó la ayuda,
demasiado tarde mandé socorro:
y con estas palabras, sobre sus cadáveres fríos
gritaba tanto, que hubiese detenido al sol
para que llorase con ella: luego la trágica hermana,
ambas mejillas bañadas por las lágrimas,
del fondo del pecho atormentado,
con suspiros ardientes empezó a extraer
estas palabras exhaustas...[20]

Los gestos convencionales –lágrimas que se derraman a chorros, suspiros luctuosos, retorcimiento de manos– señalan la pasión e invitan al público a la compasión. La lengua y los gestos comunican el *páthos* y al mismo tiempo lo excitan. Es un *páthos* trágico, aun totalmente retórico antes que dramático.

Hasta que con Kyd y con Marlowe aparece una nueva gestualidad del dolor; y, sobre todo, una diferente apropiación en la lengua. Dido, por ejemplo, no se presenta ya como Videna, reina de Borboduc, frontal en su lamento; Dido corre con la mirada de la espada de Eneas a sus ropas, busca sus cartas, las toma y las arroja al fuego.[21] Su dolor es literalmente *enacted*, es decir, es acción y no estático. Vemos que sufre no porque declame el dolor en el lamento formal o lo descargue en el grito violento, sino por el fantaseo inquieto y cambiante que toma a la heroica reina abandonada, que como a Eduardo, «el dolor hace perder la razón».[22] Es la incoherencia de ese vocabulario del dolor, que la boca vomita como si descargase trozos de corazón quebrado que al obstruir la mente la han hecho caer en la locura; es eso lo que nos comunica el *páthos* al fin. Otro tanto sucede en Kyd: es en la locura de

---

20. Acto V, escena II, vs. 129-137, en *Early English Classical Tragedies*, a cargo de J.W. Cunliffe, Oxford, Oxford Univeristy Press, 1912.
21. Ch. Marlowe, *Dido, Queen of Carthage*, acto V, escena I, vs. 290-312.
22. Ch. Marlowe, *Edward the Second*, acto V, escena I, v. 113.

Hieronimo,[23] es decir, en el efecto del dolor sobre su mente, que vemos y experimentamos la fuerza del *páthos;* no porque nos inunden las lágrimas ni nos ensordezcan los suspiros y lamentos.

En Marlowe, por ejemplo, la situación patética se crea mediante una serie de contrastes, de modo que habiendo visto la felicidad de Dido con Eneas, no será ella quien tenga que decirnos que está triste cuando parte Eneas. Ni Eduardo II deberá declamar formales lamentaciones para evocar el *páthos* de su deposición: bastará verlo en diálogo con su corona.[24] No hay necesidad de retórica.

Ecce Homo

Es en *Eduardo II* de Marlowe y en *Ricardo II* de Shakespeare que aflora con nitidez el eco de otro sentido fundamental de la palabra «pasión», que aletea sobre los ejes de este teatro. En las estaciones de su progresiva derrota, los dos héroes son por un instante la contrafigura dolorosa del *man of sorrow,* el Cristo flagelado y golpeado. Es un significado religioso que toma cuerpo en las representaciones de los ciclos medievales del *Corpus Christi,* que ponen en el centro de la representación dramática la pasión de Jesús, cuyo *páthos* es una *passio* propiamente dicha, el sufrimiento pasivo (para decirlo con las palabras de Hamlet) de las piedras y los dardos de la fortuna y un mar de aflicciones y las mil ofensas naturales de las que la carne es heredera... El tema de los ciclos[25] es la acción más tremenda y vergonzosa cometida por la criatura humana: la misma que sin embargo proclama su redención. La pasión es de Cristo, él es el héroe que sufre; la catarsis es de los culpables, que serán sal-

---

23. Años más tarde, o sea en 1922, T.S. Eliot le devolverá la notoriedad a ese personaje al citarlo en su poema *The Waste Land (La tierra baldía)* como ejemplo de dolor obsesivo, lancinante.
24. Ch. Marlowe, *Edward the Second,* acto V, escena I, vs. 57-106.
25. Aquí, y más adelante, tengo presente el esclarecedor estudio de A. Kolve, *The Play Called Corpus Christi,* Londres, Edward Arnold Publishers, 1966. Aquí, en particular, pp. 178 y ss.

vados por la pasión de él. Jesús muere para salvar a quien lo condena.

Se revelan aquí los dos significados cristianos de la palabra «pasión», el primero relacionado con el sentido antiguo de *páthos*, es decir, la aflicción y el sufrimiento que padece Dios por esa parte de sí que ha aceptado hacerse criatura; el segundo con el significado moderno de afecto intenso que lleva a la criatura a descargar su propia violencia, en este caso sobre el dios inerme. Al *páthos* del Cristo mudo que sufre, centro místico del drama, se opone la pasión ruidosa, vocinglera, agresiva de una humanidad concentrada en torno de la tortura, cuya pasión y voluntad se muestran irremediablemente signadas por el mal desde la raíz. «Juguemos al juego de la Pasión»,[26] dicen los torturadores que matan a Cristo en estallidos de gran energía y violencia, en medio de un furor de risas y de placer. Son siempre ellos, los actores de estos ciclos, los que al «jugar» o al representar el drama de la Pasión, en la acción teatral (que es juego y representación al mismo tiempo: *play, game)* descubren en el juego el placer del juego. El hombre es pasional por naturaleza, es decir, llevado a la culpa por instinto. Porque en esos dramas la naturaleza humana coincide con la naturaleza culpable.

Cuando es descrita en los tratados morales que se refieren a ella, en las prédicas que le son dirigidas, en esos dramas tomados de la Biblia, la criatura humana es un paisaje complejo de sentimientos, impulsos, afectos que incluyen la ira, el odio, la venganza, la blasfemia, la impaciencia, la violencia verbal, la furia; un paisaje perturbado, inquietante. Respecto del cual el silencio del dios evoca el eco desgarrante de un mundo divino sin variación de humores, sin deseos, sin apetitos. Inalcanzable, salvo cuando muerto el cuerpo, y con éste extinguidas las pasiones, el alma se dispone a ese viaje, al término del cual quién sabe dónde será acogida.

---

26. *Ibíd*, pp. 13 y ss. Véase también mi «Lussuria», en U. Curi (comp.), *Metamorfosi del tragico fra classico e moderno*, Roma-Bari, Laterza, 1991, pp. 61-77.

El éxtasis, la locura

Pero entretanto aquí, en la escena mundana que pisa el héroe trágico, no hay paz; en todo caso, hay desquicio en Dinamarca y Hamlet es convocado, como Edipo antes que él, a buscar al culpable (y el amargo descubrimiento): ¿de quién es la culpa del desquicio en Tebas? ¿Y del desquicio en Dinamarca?[27] Es para responder a esa pregunta que Hamlet se ve obligado a separarse de su pasión, es decir de esa plenitud de *pathos* en que está encerrado al comienzo. Es por ello que se dispone al *drama*, a las acciones y a los actos que componen su tragedia. En la tragedia, la pasión se disuelve en un articulado teatro de afectos, que se manifiestan en las diferentes máscaras que luce cómo hábil actor; pero son, justamente, afectos que finge para proteger su verdadera pasión, el *páthos* que le colma el pecho y ahí en el pecho le duele, lo enferma.[28] El delicado príncipe, no sólo víctima sino también experto en pasiones, al comienzo se aferra al *páthos* de su amor filial por el padre muerto como a su verdadero fundamento auténtico. Esa pasión no es un afecto que lo haya asaltado y respecto del cual no puede más que estar pasivo como frente a un ataque. Si llora al padre, es por un amor lúcido en el cual se reconcentra íntimamente a él, directamente mudo. Mientras los otros desean apartarlo de esa pasión, transportarlo a la consolación del acto, para que represente el dolor, para que lo «descargue». Ese amor lo leen como una *pequeña pasión*, que pasará, porque la inconstancia es propia de las pequeñas pasiones.

De repente Hamlet es víctima y objeto de una mirada interna a su drama, que lo lee según una anatomía de las pasiones típica de la época.[29] El primero es Polonio, que piensa: su cielo está trastornado por la perturbación más común que su-

---

27. Respecto de esos parentescos véase F. Fergusson, *The Idea of a Theater*, Nueva York, Princeton University Press, 1949, en particular pp. 98-145.
28. «No puedes saber» –le dice Hamlet a su amigo Horacio, antes de ir al duelo decisivo con Laertes– «qué mal siento, aquí en el corazón...» (acto V, escena II, vs. 208-209 [p. 134]).
29. Shakespeare no ignoraba por cierto las diversas teorías acerca de las pasiones (en particular de la melancolía) que circulaban por la época; de *Touchstone of Complexion*, de Levinus Lemnius,

fren en la tierra nuestras naturalezas humanas, demasiado humanas: el amor por una mujer, y precisamente Ofelia. Ése es el nombre que le da Polonio a la pasión de Hamlet; el amor rechazado explicaría las teatrales exhibiciones de locura que se concede el príncipe. Dice Polonio: «Es sin duda el éxtasis del amor; porque en el ímpetu, en la violencia que lo distingue, el amor se olvida de sí y arrastra la voluntad a empresas desesperadas, como hacen por otra parte todas las pasiones que nos afligen a las criaturas que vivimos sobre la Tierra».[30] Violencia y extravío de la voluntad caracterizan, para Polonio, a las pasiones, o esos afectos que son propios de la criatura.

Polonio da el nombre de «pasión amorosa» a una serie de signos exteriores y de acciones de Hamlet que Ofelia acaba de describir: Ofelia estaba sentada en su pequeño cuarto y Hamlet se le presentó con el jubón en desorden, sin sombrero, las calzas sucias, las jarreteras sueltas, pálido, con las rodillas temblorosas: todo en su aspecto clama piedad. Luego la tomó por el pulso, la apretó con fuerza, la alejó de sí y la miró fijamente; primero la atrajo y luego la rechazó, y entretanto sacudió tres veces la cabeza y lanzó un suspiro tan profundo y penoso que pareció a punto de expirar. Luego la soltó y con la cabeza vuelta buscó la puerta sin mirar, ya que mantenía los ojos fijos en Ofelia. Por esos signos, a Polonio le resulta claro que Hamlet está técnicamente «loco de amor». Atención: Hamlet no habla sino que emite sonidos agitados, suspiros. Es por el sonido discordante de una mente una vez perfecta que Ofelia reconoce la ruina de Hamlet. Comprenderá así que la «incomparable forma y la imagen de juventud en

---

traducido por Thomas Newton en 1576, al *Treatise of Melancholy*, de Timothy Bright de 1586; a *Examination of Men Wits*, de José Huarte, traducido en 1594; a *Discourse of the Preservation of the Sight, of Melancholicke Diseases, of Rheumes and of Old Age*, de André du Laurens, traducido por Richard Surphlet en 1599, y muchos otros. En particular, se ha querido reconocer una sugestión importante para la descripción del príncipe melancólico en el tratado de Bright. Véase con ese propósito la hermosa traducción de Francesca Bugliani de *Della melanconia* de Bright, Milán, Giuffrè, 1990.
30. Así Polonio en los vs. 102-105 del acto II, escena I (p. 45).

flor ha sido destruida por el éxtasis»,[31] es decir por la locura, porque la razón noble y soberana del principe se ha perturbado y «desentona». Y como comentario de tanta transformación agrega: «*Woe is me*»: «¡ay de mí!» Una vez más, a la pasión responde el lamento.

El éxtasis (o locura) de amor es manía, exaltación, frenesí: teatralidad. Lo que está dentro se vuelca fuera por incontinencia, y sigue un desorden extático que amenaza la razón. Ese desorden extático es el que Hamlet le reprocha a su madre, culpable de lujuria respecto de Claudio: tus sentidos, le dice, no sólo tu razón, están trastornados; tu sangre bulle y tu percepción está atacada por la apoplejía, ¡de modo que la movilidad y la sensibilidad se encuentran afectadas por la parálisis! Los sentidos seguramente te funcionan, visto que te mueves, pero están evidentemente paralizados, porque la locura no se equivocaría tanto, ni se ha visto nunca una alucinación tal que no te ha quedado ni una brizna de juicio...[32] La pasión desordena la gramática de la sensibilidad e induce una sinestesia salvaje y obtusa: «ojos sin tacto, tacto sin vista, orejas sin manos ni ojos, olfato sin nada...»; esto es lo que le sucede a quien como la madre de Hamlet se entrega a la furia de la sangre, que es el líquido donde el deseo sexual rebulle y burbujea.

¿Pero qué te pasa a ti, hijo mío?, pregunta con razón la reina; porque la alucinación ha tocado también la mente de él, que mira el vacío y ve fantasmas, invención pura de su cerebro. El éxtasis (y se refiere a la locura) es capaz de producir creaciones de ese tipo, sin cuerpo.[33] Detrás del impulso de una pasión que la oprime, la mente se desordena y con ella se trastorna el cuerpo, pierde su equilibrio; el resultado es una acción insensata, es decir, que ha perdido sentido y dirección: por eso Hamlet mata a Polonio; rechaza a Ofelia; no mata al tío que ruega

---

31. Estamos en el acto III, escena I, vs. 152-156 (p. 70).
32. Siempre en el acto III, escena IV, vs. 53-88 (pp. 89-90).
33. Siempre en el mismo acto y escena, vs. 139-141 (p. 92).

(o al menos él cree); hiere a la madre con palabras que son puñales; se arroja en la fosa durante el funeral de Ofelia, y compite en el dolor con Laertes... Hamlet no venga al padre y restablece la línea dinástica legítima; no restaura ni reordena; no restablece el orden.

Movimientos infinitos

El *páthos* en tanto energía propulsora del acto (no *passio* pasiva sino activo dolor y placer) es la célula germinal del drama: el *páthos* es, en el sentido más pleno, energía en movimiento. En tanto movimiento, la acción dramática se desarrolla en relación con la fuerza del *páthos*, que justamente es su alma. Sucede con Shakespeare que el movimiento, sea físico o psíquico, y por lo tanto la acción y la pasión de este teatro nuevo respecto del antiguo, se inscriben en una imaginación del movimiento profundamente cambiada, ya no de tipo aristotélico. De modo que no sirven esas categorías, aun en su reelaboración tomística, para interpretar, por ejemplo, la turbulencia de Hamlet. Su pasión no se explica con la idea de un movimiento (sea del alma o del cuerpo) teo-teleológico.

«¿Qué es el hombre?»,[34] se pregunta Hamlet en el momento crucial de su encuentro con Fortebrás, el héroe que transportado por el soplo divino de la ambición, con heroico desprecio se mofa de la muerte; mientras él, que tiene «el padre asesinado, la madre manchada, vigorosos excitantes ambos de la razón y de la sangre», se queda pensando y pierde el tiempo de la acción. «¿Qué es el hombre», se pregunta Hamlet en ese punto, y no sabe si alinearse con Pico y elevar un elogio a la dignidad del hombre –porque sí, el hombre es *godlike*, semejante a Dios, divino por algunas de sus facultades: el hombre razona y habla y conoce el tiempo en sus escansiones de pasado y

---

34. Acto IV, escena IV, vs. 32 y ss. (p. 101). Junto a Laertes, Fortebrás es el otro hijo que no demora la venganza del padre.

futuro–. O corregir a Pico con Montaigne,[35] en el rápido transcurso de un humanismo optimista –que en realidad en la tierra de Albión nunca arraiga en serio– hacia el escepticismo, la paradoja. Porque Hamlet siente pervertidas en él esas facultades divinas: la memoria se ha convertido en un «olvido animal», el pensamiento en un exceso de «escrúpulo vil». El hecho es que está perdiendo el tiempo de la acción y transformando su tragedia en una farsa. Pero el punto es que el «hombre» shakespeariano es precisamente eso: una criatura que mezcla continuamente lo trágico con lo cómico, el bien con el mal, la risa con el llanto; desgarra cada forma, confunde cada emoción, cancela pasión con pasión. Ilimitado, infinito, desorientado, el *impetus* que lo anima no va hacia un fin, no tiene un límite, no posee un objetivo, no tiene meta.

¿Cómo se mueven las cosas? ¿Sean del cuerpo como de la mente? ¿Sea en el universo como en la criatura? ¿Cuál es el sentido del movimiento? ¿Es sólo corrupción, decadencia? El movimiento trágico, sabemos por Aristóteles, se configura siempre como una caída que tiene objetivo, significado, orden. Para Aristóteles, el movimiento en general es limitado, finito. Es de algo hacia algo. De la potencia al acto. Va hacia la realización. En la tensión entre potencial y actual, entre esencia y existencia, entre incompletud y entereza, se abre el horizonte del sentido en la *Física* aristotélica. Y de manera semejante, en la *Ética* las leyes de los afectos toman orden y sentido dentro de un universo donde todo se mueve del mismo modo: hombres, plantas, animales, los cuerpos en general buscan su *telos*. La cosmología y la antropología y la ética y la política aristotélica[36] resuenan en correspondencias humanísimas y tranquilizadoras. Y sucede que si el libro VIII de la *Física* de

---

35. «Para Pico y los primeros humanistas, el hombre pertenecía a los ángeles. Pero para Montaigne y los escritores melancólicos y realistas de la década de 1590, pertenecía a las bestias». Th. Spencer en su libro *Shakespeare and the Nature of Man*, Nueva York, Macmillan, 1943, pp. 48-49.
36. Aquí y más adelante tengo presente el óptimo estudio de Thomas A. Spragens, *The Politics of Motion. The World of Thomas Hobbes*, Londres, Croom Helm, 1973, en particular el cap. 2.

Aristóteles describe el movimiento del universo como dependiente de un *primum mobile* en sí inmóvil (el que se da como modelo y parangón de un movimiento autosuficiente, continuo, regular, eterno), ese modelo reaparece en la *Ética*, cuando se habla del bien; de modo que el *sumo bien* y el *primer móvil* se corresponden, y el mismo paradigma simbólico se extiende a la concepción de un movimiento rotatorio eterno, autosuficiente, y de un bien como *telos* del universo y causa de orden y de vida.

Es en ese cosmos que se inscribe la concepción de lo trágico de Aristóteles. Ahí un cuerpo cae (el héroe se equivoca, cae en desgracia, se arruina), pero el sentido de la caída está orientado, tiene sentido, meta y fin. En Shakespeare ya no es así. Cae un cuerpo (digamos, el de la reina)[37] y en la trayectoria de su propia caída pierde toda dirección del bien. Para que caiga un cuerpo es evidente que una fuerza debe desplazarlo; en todo movimiento hay energía implicada. Pero su rostro, cuando se logre darle un rostro a esa energía, ya en Shakespeare, y aun más entre sus sucesores (Webster, Ford), no tiene más rasgos antropomórficos, sino inhumanos. En el admirable discurso de Ulises en *Troilo y Criseida*, el apetito que hace caer y subvierte toda la estructura del orden es un «lobo»; en Webster, si la duquesa de Amalfi muere es porque sus dos hermanos, representados uno en las formas del «lobo», el otro con el aspecto del «zorro», dan caza al pobre cordero... En todo caso, si aun la caída trágica evoca sobre el trasfondo del agón dramático el choque entre *virtue* y *lust* (máscaras de una tradición medieval que le daba esos rostros al choque entre bien y mal, al pasaje de la felicidad a la aventura), ya la metáfora está limitada. Esas máscaras, a las que explícitamente alude el rey Hamlet cuando le habla al hijo de la «caída» de la reina, descrita según las figuras aristotélico-tomístico-escolásticas de un supremacía ontológica del bien y del estado de tranquilidad respecto de la voraci-

---

37. Acto I, escena V, vs. 45-57 (p. 36). Ese punto particular lo desarrollo con mayor amplitud en mi «Lussuria», *op. cit.*, pp. 68 y ss.

dad ansiosa del mal,[38] están cediendo frente a un nuevo modelo y sentimiento del movimiento, no pensado ya como ruptura problemática de la tranquilidad, sino observado con la admirada maravilla de un siglo que descubre otras leyes de la naturaleza y otros principios de la pasión.

En las palabras del fantasma, si la reina ha cedido a la lujuria es porque la indiferencia moral le da precisamente a la lujuria una especial potencia motriz: es tal movilidad superior, unida a la imperialista y voraz vocación expansionista que le es propia, lo que le garantiza el éxito en la lucha psíquica, si no cósmica al menos microcósmica, que se pone en escena en el alma de la reina. Porque, repetimos, a la virtud nada puede moverla, es inmóvil como el sumo bien: está satisfecha, contenta y contenida en el propio lugar, como aquello que tiene un lugar propio. La lujuria, en cambio, es animada por una energía que pasa con indiferencia del bien al mal, y de todo hace presa y botín, no se sacia ni se contiene. No tiene un lugar «propio», por lo tanto su movimiento es infinito.

Pero lo que sucedió en el inicio del drama es precisamente esto: el Bien, la Virtud, el rey mismo han sido expulsados de su lugar; en el trono real, en la cama celestial aprovecha, prospera y reina el Mal, o el lujurioso, el ambicioso Claudio. En tanto la acción dramática es un hacer (aunque sólo sea una imitación: *mimesis praxeos*) en *Hamlet* está ligada a ese *motion;* y ese *movimiento*, o *conmoción* es el *lust* –en su raíz más desnuda–, la *pasión* de la criatura. Por ese movimiento Claudio ha *ascendido* al trono, mientras Hamlet padre *caía* en la tumba y la reina en la cama del fratricida y regicida, y Hamlet en el duelo.

Más precisamente: para Claudio en *Hamlet,* para Edmund en *Rey Lear,* para Macbeth, para Angel en *Medida por medida,* el *lust* en su fundamento más auténtico es *la* pasión de la criatura caída. De manera semejante a Hobbes, Shakespeare descubre

---

38. «Pero la virtud, mientras nunca se deja persuadir, / aunque la cortejara la lascivia misma aun en formas paradisíacas, /en cambio la lujuria, unida tal vez a un ángel radiante, / se sacia en un lecho celestial / y hace botín en la inmundicia»: así dice el fantasma en el acto I, escena V, vs. 53-57 (p. 36).

que la pasión fundamental y fundante de su criatura tragicómica es la voluntad de potencia. Es decir, la criatura «naturalmente» no hace otra cosa que querer-más, desear-todavía-más; y al hacerlo disipa e inventa. Su *lujuria,* contrapuesta todavía a la *virtud* por un transporte obligado de formas y convenciones, ya no tiene casi nada que hacer con la estática y alegórica concupiscencia medieval: es fuerza en movimiento. Pero desordenada, incoherente, porque es potencialmente infinita por extensión y horizonte del movimiento. Potencialmente incontrolable, y al mismo tiempo vital, prolífica; de modo que basta una gota de mal para «prostituir una sustancia noble».[39] Basta, dice Hamlet, un lunar maligno, que aparezca en la criatura en su nacimiento (que la criatura, por lo tanto, no puede elegir; un pecado original, entonces, con el que nace); y por la exuberancia de un elemento que crece inoportunamente, toda su constitución se ve alterada, de modo que la calidad de un solo defecto corrompe todas las otras virtudes, por innumerables que sean.

Hamlet no enuncia solamente su propia y original doctrina fisiopsicológica y humoral, basándose en la cual, coherentemente con los conocimientos médicos y psicológicos de la época, la salud y la virtud dependen de la buena mezcla de los humores o «eucracia»,[40] para utilizar una palabra entonces en boga. Está denunciando (de acuerdo con una diferente concepción del movimiento que tiene los nombres de Galileo y de Copérnico)[41] la potencia superior del mal, en tanto elemento

---

39. «Sucede con frecuencia que en ciertos individuos / por un maligno lunar de la naturaleza / allí desde el nacimiento, del cual no son culpables / (porque la criatura no puede elegir su origen), / por la exuberancia de un elemento de su constitución / que no pocas veces abate los cercos y los fuertes de la razón, / o por una costumbre, que crece en exceso / respecto de los modos urbanos – esos individuos / llevando, como digo, la marca de un defecto, / que sea dote de la naturaleza o estrella de la fortuna, / todas las virtudes que poseen, por puras que sean como la gracia, / infinitas como cuantas puede soportar un individuo, / ante la censura pública todas serán juzgadas por ese defecto particular. Basta una gota de mal / para degradar una sustancia noble» (acto I, escena IV, vs. 23-38 [p. 32]).
40. Véase el interesante artículo de W. Pagel, «Prognosis and Diagnosis: A Comparison of Ancient and Modern Medicine», en *Journal of the Warburg Institute,* vol. II (1938-1939), pp. 382-398.
41. Y de Bruno, y de Donne... Véase Spragens, *op. cit.,* pp. 13 y ss.

dinámico, respecto de una virtud inmóvil, cuyo mantenimiento perfecto es equilibrio milagroso, siempre en riesgo en su criatura. La cual sólo conoce un movimiento de sacudidas violentas, sometida como está «a los premios y a los castigos de la suerte», de modo que son raros los hombres que no sean «esclavos de la pasión».[42]

El trasfondo agonal que recuerda aquí Hamlet es el muy antiguo entre razón y pasión, así como lo hereda de una literatura médico-religiosa y civil que sobre el tema de las pasiones se empeña en reflexionar en ese siglo. Filósofos de la moral, de la política, doctores del alma y del cuerpo entablan un denso debate, al que enriquecen el teatro y la literatura. Las fuentes filosóficas del debate son Platón, Aristóteles, Agustín, Tomás, mezclados con Plutarco, Séneca, Cicerón, Boecio, Cardano... Las fuentes médicas son Hipócrates y Galeno.[43]

En el traspaso del razonamiento filosófico a la representación, sea dramática o narrativa, se mantiene al parecer intacto el trasfondo del agonismo, o el fundamental choque entre pasión y razón: ése es el conflicto necesario, inevitable, que procede de la constitución misma de la criatura, que en el alma apetitiva alberga en sí a su propio enemigo. Es el apetito el gran antagonista de la razón en esa batalla del alma que elige como propio campo de batalla el alma sensible de la criatura; ahí donde residen justamente las pasiones. Las pasiones, las perturbaciones, los afectos (son todos sinónimos),[44] que mue-

---

42. El único que ha encontrado Hamlet es su amigo Horacio: acto III, escena II, vs. 63-74 (73). Sobre este punto en particular, véase Lily B. Campbell, *Shakespeare's Tragic Heroes. Slaves of Passion*, Cambridge-Londres, Cambridge University Press, 1930.
43. Para un tratamiento completo y persuasivo de este aspecto remito al ensayo de Mario Vegetti, «Pasiones antiguas: el yo colérico», en el presente libro.
44. En particular entre 1585 y 1590, después de epidemias y pestes, se difunden nuevos y antiguos tratados de carácter médico, todos en versiones de difusión, que se ocupan de la cura de enfermedades del cuerpo y al mismo tiempo analizan las operaciones y los afanes de la mente, que son explicados en términos corpóreos y relacionados con esquemas simbólicos más generales, como los ciclos de las estaciones y la configuración de los astros. Sir Thomas Elyot, en su *Castle of Health*, de 1534, que tuvo varias ediciones, la última ampliada en 1610, relaciona las condiciones físicas del cuerpo con las estaciones y las tipologías del carácter. Elyot no es médico, sino escritor y filósofo particularmente versado en las artes de la política. La ciencia médica le interesa precisamente en función civil, porque la salud es el primer bien del pueblo, y por

ven y conmueven a la criatura, por medio del pecado original no obedecen más a la razón como deberían, sino que son súbditos rebeldes, siempre prontos a la insurrección. El agón ve en conflicto el alma racional y la sensible; la cual es sin embargo fundamental para el conocimiento, porque es con los sentidos

---

ende la primera «ciudadela» que se debe defender. La salud depende de una dieta y de varias intervenciones para expurgar el cuerpo del exceso de humores, patéticas secreciones, las que luego tienen efecto sobre la mente. Porque también en la mente que sufre se padecen aflicciones, que en consecuencia dañan el cuerpo; el peso del dolor en la mente, por ejemplo, provoca afecciones serias, como la melancolía. Nada es más enemigo de la vida que el dolor. En ese sentido, Elyot cita a Salomón, el cual dice: «El dolor seca los huesos». En ese caso hay que rehuir la oscuridad y no comer carne. La alegría prolonga la vida.

Los mismos pensamientos los encontramos en el maestro de Elyot, Thomas Linacre, que en 1517 traduce *De sanitate tuenda* de Galeno y lo dedica a Enrique VIII. Con esa y otras traducciones, Linacre aporta a Inglaterra un conjunto de doctrinas, heredadas de Platón, Aristóteles, Hipócrates y Galeno, inseparables de la astrología, de la medicina, de la ética, de la filosofía y de la teología, a las que harán referencia luego los tratados sucesivos. Ese saber se transmite de Elyot a Timothy Bright, a Thomas Walkington, a Thomas Wright, a Nicholas Breton, a Samuel Purchas... Y se enriquece con traducciones como *The Touchstone of Complexions*, de Levinus Lemnius en 1576, *cit*.; *The French Academy*, de La Primaudaye, en 1579; *A Discourse of the Preservation of the Sight*, de André du Laurens, en 1598; Pierre Charron, *Of Wisdom*, en 1607; Coeffeteau, *Table of Human Passions*, en 1621. Muchos de los tratados fueron escritos por teólogos, como Wright, Walkington, Charron, Coeffeteau, ¡y se advierte! Pero otros son filósofos, estudiosos del mundo clásico, que insisten en el imperativo ético del conocimiento de sí mismo de Sócrates y Cicerón, como Sir John Davies en su *Nosce te ipsum* de 1599 y John Davies de Hereford en su *Microcosmos* (1603).

Robert Burton, en su *Anatomy of Melancholy*, de 1621, aun centrándose sólo en la melancolía, retomará toda la herencia de meditaciones religioso-filosóficas clásicas y de anatomías clínicas sobre las pasiones que le aporta el siglo. Pero en Thomas Wright, *Passions of the Mind in General*, de 1601, ya se advierte el deseo de encarar de manera científica y metódica el estudio de las pasiones, aunque ello se verificará sólo con Cartesio, algunos años más tarde. El estudio de Wright, pastor católico, mientras que Burton es anglicano, entre los intentos más interesantes de un análisis coherente de las pasiones entendidas como enfermedades de la mente y del alma, pone su foco en la imaginación. De ahí la extrema importancia que se le otorga a la retórica. La imaginación, razona Wright, entre todas las facultades interiores es la más delicada, la más susceptible de errores, la más sujeta a los apetitos de los sentidos.

El tema es la relación alma-cuerpo para el teólogo y doctor de almas; el lugar a estudiar es ese órgano de mediación entre ambos que es la imaginación. Todo lo que conocemos debe pasar por las puertas de los sentidos a la imaginación, para llegar al pensamiento. Por lo tanto, el problema psicológico es un problema moral, y el problema moral tiene su base en los órganos más terrenales del hombre, una «criatura divina y política» a la vez, dotada de tres nobles facultades (la imaginación, la razón, la memoria) pero que viven en un cuerpo de criatura y por tal sujeto a un número infinito de males. El «vaso del alma», es decir, el cuerpo, es frágil; si se corrompe, se alteran aun las facultades más nobles. La primera entre todas es la imaginación; de ahí vienen el temor y la tristeza –para Wright, como para Du Laurens, para Breton y Purchas– las pasiones más propias y comunes de la criatura.

El amor es para Wright la madre de todas las pasiones; es la fuente de la tristeza, el dolor, el sentido del duelo y de la pérdida. Es una observación sumamente relevante para mi interpretación de la pasión de Hamlet.

que tocamos el mundo para conocerlo. Desde el exterior un objeto cualquiera, una imagen golpea el alma y, mediante secretos canales, del cerebro llega al corazón, el que se pliega al afecto, y como ahí están los humores prontos a actuar, aparece la alegría si el corazón encuentra placer, tristeza si siente displacer, o ira, o cólera. En una relación fundamental entre cuerpo y alma, por la cual la filosofía moral se construye sobre nociones fisiológicas, y la fisiología se modela con *exempla* morales, las pasiones son auscultadas contemporáneamente por el médico y por el filósofo moral en su aspecto material y espiritual. En ambos casos, tanto el médico del alma como el del cuerpo proyectan las pasiones contra el horizonte culpable de la criaturalidad desnuda y cruda. En tanto generada, en tanto cuerpo, carne, hígado, corazón, cerebro, la criatura, además de imágenes y movimientos espirituales, está hecha de humores; tiene una temperatura (y un temperamento); es caliente, o fría, o húmeda o seca. Caliente y húmeda es la alegría, propia entonces del temperamento sanguíneo –el mejor, el superior, el dominante. Frío y seco es el dolor, natural al melancólico– el humor de la tristeza, de la vejez, etcétera.

Por lo tanto, cuando aparece Hamlet vestido de luto, de humor negro, no hay dudas de que denuncia el *páthos* que lo posee. Hamlet sufre por amor al padre que está muerto. Y no vale ninguna instrucción del manual de la congoja,[45] que le propinan el falso rey y la reina. La *voluptas dolendi* que Claudio reprocha al huérfano es reivindicada por Hamlet como justamente apropiada a su *humanitas* de hijo: ni estoica *apatheia*, ni medieval ascetismo valen para Hamlet. Para él, la virtud coexiste con la tristeza; el único remedio para el dolor es el propio apego apasionado a la congoja. Pero Hamlet no es melancólico

---

45. Lily B. Campbell, en su *Shakespeare's Tragic Heroes, cit.*, p. 134, está segura de que cuando entra en toscena Hamlet con un libro en el acto II (p. 51), escena II, tiene entre las manos *De consolatione* de Cardano, traducido al inglés por Thomas Bedingfeld en 1573 y reeditado muchas veces, tal vez el libro más famoso de consuelo, junto a *De consolatione* de Boecio, traducido por Chaucer en 1478, y *Comforte against Trybulacyon*, escrito por Tomás Moro en la cárcel en 1534. De la misma opinión es Hardin Craig, «Hamlet's Book» en *Huntington Library Bulletin*, núm. 6, noviembre de 1934.

por temperamento; antes bien, es un sanguíneo,[46] hasta que lo golpea el dolor. Es sólo entonces que se abandona a la tristeza del alma en todas sus formas y figuras y atmósferas. Esos atavíos y símbolos exteriores (las ropas negras, los ojos que lloran, los suspiros...) no están ahí para descargar lo que está en el fondo, y supera todo espectáculo, sino más bien para custodiar el dolor. Dolor que se extiende a la aversión, al disgusto, se vuelve enemigo de la vida, llena el corazón de un mal, justamente la melancolía adusta, que lleva a Hamlet a explorar los fundamentos de la desesperación. Para el joven príncipe, la melancolía no es «humoral», sino del alma. Y se realiza como una *desconexión*. El melancólico Hamlet se retira a su luto: barroco y melancólico, medita sobre la fragilidad de la naturaleza humana, sobre todo la femenina. «*All is not well*», comenta desde el principio; duda que haya *foul play*; y basta que el fantasma venga a anunciarle lo que su alma profética había presentido, y es ahí que el temperamento sanguíneo (el más noble de los humores según los tratadistas de la época) se impone. Está pronto a combatir el mal. Sólo que cede a la pasión, y no actúa.

La tragedia de Hamlet se resuelve así en un estudio sobre la pasión del dolor, que en él no se deja mitigar, repito, por los consuelos ofrecidos por la madre (es algo común: todo lo que vive, muere), por las advertencias del falso rey (insistir en un luto obstinado es cruel; el cielo, el muerto mismo, la naturaleza, la razón, todos convergen en el mismo tema: es natural que los padres mueran...). El dolor excesivo invade la mente, destruye la razón, que ya no controla la voluntad: el error que sigue de ello es la inacción. Pero si no actúa no es porque Hamlet sea perezoso, sino porque la violencia de su pasión lo inmoviliza, lo aprisiona. «Caído en la pasión»,[47] afectado por ella y en retardo respecto de la acción, el joven príncipe reconoce ahí su propia culpa: es el dolor el que enceguece su men-

---

46. L.B. Campbell, *Shakespeare's Tragid Heroes, cit.*, p. 112.
47. «*Laps'd in time and passion*», el fantasma encuentra a Hamlet en su segunda aparición, acto III, escena IV, v. 107 (91). Véase sobre este punto mi «Amleto», *op. cit.*, pp. 100 y ss.

te. O mejor, es la pasión del dolor en sí misma que al mismo tiempo lo nutre, lo afinca y lo excita. Hamlet no quiere desahogarse. El empuje en la pasión que sufre (el amor por el padre, el dolor por su muerte) lleva a su existencia una locura lúcida, que le abre los ojos al sentimiento como raíz originaria del pensamiento y de la voluntad; a la emoción como movimiento del alma que lo vincula con la raíz paterna, aunque desaparecida.

El dolor alegra, la alegría aflige

Todas las emociones humanas son reductibles a cuatro: placer, dolor, deseo, temor. Esas pasiones, o perturbaciones, consisten en movimientos de apertura hacia el bien, de fuga del mal presente o futuro. Los nombres cambian: *aegritudo, laetitia, metus, libido; tristitia, laetitia, cupiditas, timor; gaudium, dolor, spes, timor; gaudium, tristitia, spes, timor...* Pero aun en las estructuras más diversas y complejas, que de la antigüedad a través del Medioevo cristiano llegan hasta la Inglaterra isabelina, las dos pasiones fundamentales en contraste son el amor y el odio, que se convierten en cuatro, si el bien y el mal se proyectan justamente en el futuro, haciéndose esperanza uno, temor el otro. El tetracordio de las pasiones (al que responden por analogía infinitas otros cuartetos, del cuarteto de los humores al de los elementos, etcétera) por medio de Virgilio y Terencio llega a Shakespeare, que se concentra sobre todo en *grief (aegritudo, tristitia, dolor)* y *joy (laetitia, gaudium),* en tanto en ese pasaje –de la felicidad a la infelicidad, de la alegría al dolor– consiste justamente el movimiento trágico.

Es de nuevo gracias al discurso del actor que Shakespeare hace aflorar en *Hamlet* el tema de las pasiones de la alegría y del dolor que violentas, repentinas, depredadoras, se autodestruyen por su propio ardor. Dice el actor: «La violencia, sea del dolor como de la alegría / por sí destruye los propios actos y delitos. / Donde la alegría festeja, el dolor más llora; / el dolor se alegra, la alegría se entristece, al mínimo accidente».[48] En la pulsión instantánea de la pasión, se sofoca todo propósito, vacila la acción misma.

Pero no es así para Hamlet, que se mantiene firme y lento en la propia pasión; antes bien, se aferra apasionadamente a ella. De modo que el fantasma del padre, después de venir una primera vez a invitarlo a la acción, para que el *páthos* se resuelva en acto, la melancolía se transforme en rabia, la indiferencia en ira, la tristeza en furor, deberá volver una segunda vez para que el dolor por el que Hamlet está colmado, aunque no en reposo, se despierte y la pasión interior, negativa, desencadene la energía propia de esa conducta melancólica con que el héroe la ha rodeado, y vuelva a encadenarla al mundo, que está en desorden, o «desencadenado». Si la madre y Claudio invitan a Hamlet a despojarse de su dolor, el fantasma lo exhorta por el contrario a mantenerse apegado a él, pero de modo que esa energía anime la pasión, no la mortifique.

Es el modo que el futuro rey Macbeth le sugiere a Macduff. Macbeth le ha masacrado a Macduff «todos sus polluelos», esposa e hijos, que por otra parte él, incauto, había abandonado para seguir a su príncipe. Ante la noticia, Macduff se hunde en el autorreproche, en la autodenigración, en la culpa: él es el culpable, él los ha matado, porque no debió haberlos dejado. Pero el joven Malcolm distrae la violencia de la conducta masoquista y la devuelve al justo objetivo: «Que esta masacre sea la piedra que afila tu espada; el dolor / cambie en rabia...».[49]

La melancolía no es un *mood* trágico. Antes bien, es el humor que apaga la pasión en un tono ya no dramático sino lírico o meditativo. Será el tono de la poesía de John Donne, de los poetas metafísicos en general, donde el dolor toma cadencias autorreflexivas, sentimentales. El *páthos* trágico, en cambio,

---

48. Acto III, escena II, vs. 191-194 (77).
49. Cito del acto IV, escena III, vs. 228-229 (p. 149) de la edición a cargo de Kenneth Muir, Londres, Arden, 1951.

debe proceder según una mesura diferente, para que la emoción no se extinga en la parálisis. Que el héroe se autodenigre si quiere, que se autoflagele; pero para experimentar la emoción que esconde la melancolía; para descubrir la rabia que está detrás de la melancolía. Es siempre el *lust*, en tanto libido positiva, lo que domina la acción en el agón trágico. La emoción trágica es tónica: es un equívoco de Aristóteles que los dos afectos trágicos (el temor y la piedad) sean «dos afectos deprimentes».[50] Si Aristóteles tuviera razón, prosigue Nietzsche, la tragedia sería un arte mortalmente peligroso... El arte, normalmente un gran estimulante de vida, una embriaguez de vida, se volvería nocivo al servicio de un movimiento descendente.

En su monólogo más célebre, Hamlet había anunciado un dilema no muy diferente: ¿el hombre debe soportar el mal con paciencia, o tomar las armas y oponerse? ¿Soportar o actuar? ¿Qué pasión vence? ¿La masoquista del dolor? ¿O la sádica del dolor? Porque, en el fondo, sólo hay una pasión, pero que tiene dos rostros, como Jano. Está cuando se vuelve hacia nosotros, y está cuando gira hacia los otros. Pero en ambos casos siempre estamos todos en peligro y somos peligrosos cuando nos toma la pasión; como es peligroso Hamlet,[51] en tanto hombre pasional y no paciente.

El hombre paciente es estoico como Horacio, pero es uno entre todos y no hace historia, tanto menos dramas. No es un hombre en absoluto virtuoso, sino simplemente un hombre que teme las pasiones, y por lo tanto las rechaza. Y corre el riesgo de un ascetismo burdo, sin gusto, disonante, sea cínico o puritano. El hombre trágico es el que no mortifica las pasiones sino que las exalta. Es el hombre fuerte, que no repudia el lado pasional de su naturaleza. El hombre débil será bueno, pero es

---

50. F. Nietzsche, *Frammenti postumi 1888-1889*, vol. VIII, t. III, Milán, Adelphi, 1974, p. 199.
51. Así advierte Hamlet a Laertes: «Señor, aunque no sea melancólico o furioso / no obstante hay en mí algo de peligroso...» (acto V, escena I, vs. 284-286 [p. 126]). Su peligrosidad la había advertido muy pronto Claudio: «Hay algo en su alma / sobre lo que su melancolía se posa y se agita / y no dudo que si se abre será peligroso...» (acto III, escena I, vs. 166-169 [p. 70]).

sobre todo ridículo, cómico; el hombre trágico es potente, sus afectos son tónicos.

Es una cualidad distintiva de Shakespeare, un timbre suyo propio, que, en el drama que inventa, débil y bueno, noble y malo a menudo se confunden; como se confunden *villain* y héroe trágico. Con una diferencia: el *villain* tiene un verdadero apetito de mal, una pasión activa y propulsiva que anida al comienzo en esa parte de la mente «desprovista de razón»,[52] y luego se extiende también a la parte racional; porque la voluntad reside ahí, no en el alma sensible, donde en cambio se albergan las pasiones. Así, el *villain* elige voluntariamente el mal, comete el propio crimen con gusto y voluntad. Mientras el héroe no: el héroe padece el error. El héroe (tomemos a Otelo, Coriolano) es noble y fuerte, su *hybris* es una voluntad de potencia que se revela al fin en una ilusión. Él se equivoca, en efecto, al creerse más potente de cuanto efectivamente es, y si se perjudica es porque imagina poder trascender la propia debilidad.[53]

En la tragedia shakespeariana, repito, el mal se va inscribiendo cada vez más a fondo en la conciencia y en la voluntad del héroe, respecto del drama antiguo. Si el héroe sufre, es por una pasión que le nace de dentro; por un conflicto que se abre en su conciencia; por un apetito que va tomando diversos nombres como ambición, lujuria, variantes todas de un solo afecto: la voluntad. Y en su fondo, la voluntad es libido, es voluntad de vida, más vida y aun más vida: pasión en el sentido más alto, profunda conmoción que nos afinca en nuestra humanidad. Porque hay un fondo común de fuerza que mueve todo; la misma que en los niveles más bajos se manifiesta en el instinto que perpetúa la raza, o en toda ambición mundana, y mueve también las esferas más altas, por ejemplo el alma. No siempre esa energía toma la vía educada y mesurada del Bien; a

---

52. Th. Rogers, *The Anatomie of the Minde*, 1576, p. 69.
53. Véanse las interesantes observaciones de W.H. Auden «The Christian Heroe», en *The New York Times Book Review*, 16 de diciembre de 1945.

veces se distrae en los senderos intrincados del laberinto del Mal y trata se entablar amistad con el Minotauro. Se acerca a los lados perversos y malditos de la existencia. Es así que la tragedia nace en Atenas como en Londres: de ese viaje. Al término del cual la tragedia, si bien deberá presentarnos el triunfo sobre el mal, no podrá concluir nunca en la negación de aquella fuerza, que está vitalmente intrincada con el mal y de la cual depende la vida misma: el *páthos* en tanto emanación positiva de fuerza afectiva, que retoña en el dolor y en el placer, según dos tonos en verdad inseparables de la experiencia De modo que en el drama shakespeariano, por ejemplo, no podrá no resonar dentro y más allá del lamento trágico el grito cómico de Palabras: «¡Permitid que yo viva!».[54]

El vil Palabras está afligido por una *philopsichia* vergonzosa, humillante: donde sea que esté, en la cárcel, encepado, en cualquier parte, el vil Palabras quiere la vida y nada más, ningún otro placer. «¡Permitid que yo viva!» es la invocación que resuena en el centro de la comedia; grito en realidad mortal donde domina, incontrastable, la diosa *Mortality*, la señora muerte. Sin otro apetito que la vida misma, el ridículo, el cómico Palabras es simplemente un inquilino vil y holgazán de la vida; en ningún instante trasciende el horizonte mortal de su existencia. Sólo quiere vivir; desea la vida, pero sin el encuentro cara a cara con la catástrofe, de la cual sólo nace y renace la vida. Palabras no sabe lo que el héroe trágico parece saber, es decir, que sólo yendo «más allá del principio del placer» empieza la vida verdadera, la vida verdadera que es trágica, y en la tragedia pone en escena y exorciza sus terrores y goces profundos. En el teatro, el hombre (sea en el papel de espectador o en el de actor) ensaya y vuelve a ensayar su propio encuentro con la catástrofe, se habitúa a pensarlo, se ejercita para el encuentro, aumenta la apuesta en juego; la excitación que deriva es grande, grande es el placer en el control, si bien vicario y ritual, de la experiencia. Eso hace el héroe.

---

54. *All's Well that Ends Well*, *(Bien está lo que bien acaba)* acto IV, escena III, v. 235.

Señor de un apetito superior, que aun teniendo raíz en la misma *philopsichia* la trasciende, el héroe trágico por pasión juega el propio riesgo con la muerte; desea o cae en la ira. Quiere más, más. Y sobre todo, si trata de dominar la pasión no es para debilitarla ni para extirparla. Para el héroe, dominar la pasión significa vivirla, y vivir de ello; esa es su filosofía. Si el héroe ambiciona ser el señor de sí mismo, es para ir más allá de sí mismo; más allá de la felicidad, el héroe busca la ebriedad, hasta el dolor, porque el dolor no es el contrario del placer, antes bien... Así la pasión germina en vida, que sabe encontrar la muerte; en realidad juega con ella: la representa, se la imagina. Como Hamlet justamente lo demuestra.

Bibliografía

Además de los textos citados en las notas, se señalan:
N. Alexander, *Poison, Play and Duel: A Study of Hamlet,* Londres, Routledge, 1971.
P. Alexander, *Hamlet: Father and Son,* Oxford, Clarendon, 1955.
F.Bowers, *Elizabethan Revenge Tragedy,* Princeton, Princeton University Press, 1940.
J.W. Draper, *The «Hamlet» of Shakespeare's Audience,* Carolina del Norte, Duke, 1938.
T.S. Eliot, «Hamlet», en *Selected Essays,* Londres, Faber, 1961.
A. Erlich, *Hamlet's Absent Father,* Princeton, Princeton University Press, 1977.
H. Levin, *The Question of Hamlet,* Nueva York, Oxford University Press, 1959.
E.A. Prosser, *Hamlet and Revenge,* Stanford, Stanford University Press, 1967.
C. Schmitt, *Amleto o Ecuba,* trad. italiana, Bolonia, Il Mulino, 1983.
L S. Vygotski, *La tragedia di Amleto,* trad. italiana, Roma, Editori Riuniti, 1973.
M. Weitz, *Hamlet and the Philosophy of Literary Criticism,* Chicago-Londres, Chicago University Press, 1964.
J.D. Wilson, *What Happens in Hamlet,* Cambridge, Cambridge University Press, 1935.
J.D. Wilson, *The Manuscript of Shakespeare's «Hamlet» and the Problem of Its Transmission,* Cambridge, Cambridge University Press, 1963.

La pasión del hombre moderno: el amor a sí mismo

Elena Pulcini

El individuo soberano

De los inciertos y conflictivos escenarios del siglo XVII a las más serenas perspectivas del XVIII, la era moderna parece recorrida por una pasión dominante, síntoma de la emergente soberanía individual:[1] es el *amor a sí mismo,* expresión emotiva de un Yo que se libera de envoltorios cósmicos y de imperativos trascendentes y teje de manera autónoma el propio destino, convirtiéndose en protagonista de la propia vida y de la propia historia. Es una pasión de múltiples ramificaciones, que va asumiendo las formas adecuadas a una realidad en cambio constante. Se traduce, como veremos, en estima por sí mismo o en autoconservación, en vanidad o deseo de poder, en voluntad de dominio o ansia de aprobación, en interés o egoísmo. Núcleo legítimo de la identidad moderna, sustraído a la secular condena teológica, el amor a sí mismo, primero orgullosa expresión de un Yo que apela a los valores del mundo heroico-aristocrático para hallar en sí mismo las propias certezas (Descartes), se convierte luego, como ambigua manifestación de un individuo débil y soberano al mismo tiempo, en fundamento y amenaza de una sociedad política que se edifica sobre nuevas

---

1. Véase A. Laurent, *Storia dell'individulismo* (1979), Bolonia, Il Mulino, 1994.

bases (Hobbes); para ser sucesivamente reconocido, por la más optimista concepción del siglo XVIII, no sólo como la fuente emotiva secular de la legítima aspiración de los hombres a la felicidad *(philosophes)*, sino también como el estímulo pasional necesario para el desarrollo económico de una sociedad que se autonomiza de lo político y no conoce límites para el crecimiento (Mandeville, Smith); salvo asumir al fin tonalidades entrópicas y «narcisistas» que esparcen la crisis de la sociedad moderna y ensombrecen sus mitos de progreso y de *bonheur* (Rousseau).

El Yo se asoma a los umbrales de la era moderna con el desconcierto de quien advierte la ambigüedad de la propia condición. «Me estudio a mí mismo más que a cualquier otro sujeto –dice Montaigne–. Es mi metafísica, es mi física.»[2] En esta declaración, donde la necesidad de concentrarse en sí mismo se funde con la orgullosa percepción de la propia singularidad, se compendia ese *proceso ambivalente* de pérdida y de conquista que acompaña el surgimiento de la subjetividad moderna: pérdida del origen,[3] a continuación de la disgregación del cosmos medieval, que deja al individuo en un estado de desorientación e inestabilidad, «fuera de eje» *(desaxé)*, inquieto por la caída de toda certeza precedente;[4] pero conquista de un nuevo sentido de sí mismo, fundado en el rechazo de toda jerarquía o autoridad trascendente, consciente de una inédita libertad que rompe todo límite apriorístico e impuesto desde el exterior y abre el acceso a territorios inexplorados. El proceso de «desencantamiento» del mundo, iniciado con la Reforma protestante,[5] produce una revaloración del individuo que halla dentro de sí, en la interioridad de la propia conciencia, y no ya

---

2. M. de Montaigne, *Saggi* (1588), Milán, Adelphi, 1992, III, XIII, p. 1.434 *(Ensayos*, Madrid, Cátedra, 1983, 2 vols.).
3. H. Blumenberg, *La legittimità dell'età moderna* (1966), Génova, Marietti, 1992, p. 143.
4. Véase A.J. Krailsheimer, *Studies in Self-Interest. From Descartes to La Bruyère*, Oxford, Clarendon Press, 1962, cap. 1.
5. Véase M. Weber, *L'etica protestante e lo spirito del capitalismo* (1922), Florencia, Sansoni, 1977 *(La ética protestante y el espíritu del capitalismo*, Barcelona, Península, 1997).

en el vasto orden cósmico del que forma parte, los propios fundamentos, objetivos, proyectos de vida.[6] El hombre se concentra en sí mismo y pone en acción ese proceso de «autoafirmación» en el que Hans Blumenberg ha captado el rasgo distintivo, el «tema» verdadero de la era moderna,[7] que resume en sí toda la complejidad del individuo emergente: es decir, el entrelazamiento indisoluble de libertad y responsabilidad, de sentido infinito de las posibilidades y carga de la elección, respecto de una realidad que se presenta repentinamente disponible, ilimitada. La erosión de los fundamentos teológico-metafísicos permite al individuo descubrir su propia autonomía y entrever nuevos horizontes, pero lo expone también a nuevas tensiones, temores, esperanzas. «No hay ninguna existencia constante –dice también Montaigne, que advierte toda la inestabilidad y la mutabilidad de la realidad y del propio ser en el mundo–. Y nosotros, y nuestro juicio, y todas las cosas mortales vamos corriendo y rodando sin parar.»[8] Al vértigo del desarraigo, Montaigne opone el retorno a sí mismo, a la propia interioridad, para conocerse y aceptarse en la propia naturaleza íntima. «Quiero que se me vea aquí en mi modo de ser simple, natural y habitual, sin afectación ni artificio; porque es a mí mismo que describo [...] soy yo mismo la materia de mi libro.»[9] Conocerse significa *amarse* en la propia originalidad irrepetible: «Quien se conoce [...] se ama y se cultiva a sí mismo por encima de toda otra cosa...»;[10] quiere decir acoger, en una actitud humildemente ascética, la debilidad y los límites de la propia naturaleza, para hallar el justo equilibrio entre el dominio de sí y el goce de las propias pasiones, gustos, inclinaciones. El Yo se contempla en el espejo y se analiza; y es en esa operación constante de representación que

---

6. Ch. Taylor, *Radici dell'Io* (1989), Milán, Feltrinelli, 1993, pp. 242-243 *(Las fuentes del yo*, Buenos Aires, Paidós, 1996).
7. H. Blumenberg, *op. cit.*, p. 144.
8. M. de Montaigne, *op. cit.*, II, XII.
9. *Ibíd*, «Al lettore».
10. *Ibíd.*, I, III.

halla el camino adecuado sin necesidad de los rigores o de las metas sublimes de la moral tradicional, estoica y cristiana. Una naturaleza *de la que somos conscientes* está en condiciones de darnos nuevas reglas, y de enseñarnos a gozar de nosotros mismos así como a evitar los abismos de pasiones excesivas y tiránicas.

Con el *Moi* que se autoexplora decidido a aceptarse y a amarse en la propia debilidad, que pone en duda toda certeza al hallar dentro de sí, en la imperfección misma de la propia existencia el eje, el punto arquimídeo sobre el cual es dable reconquistar un equilibrio que nunca es definitivo. Montaigne inaugura una forma de la subjetividad destinada a convertirse en una de las expresiones fundamentales de lo moderno.[11] Como veremos, basta pensar en Rousseau y en la fuerte valoración de la interioridad, de la intimidad, de la fidelidad a sí mismos. Muy a menudo identificada con un rígido y unilateral parámetro de racionalidad, la modernidad presenta en efecto un rostro prismático, produce *formas múltiples de subjetividad,* en gran parte ligadas a los diagnósticos y a las respuestas dadas de tanto en tanto al *problema de las pasiones*; problema que no es reductible, como veremos, a la fácil y esquemática dicotomía pasiones/razón.

Al lado, o en respuesta al Yo claroscuro de Montaigne, se configura el itinerario del sujeto racional cartesiano, fundado no en la exploración sino en la *separación* y en el control de sí, no en la descripción valradora de la única y original individualidad, sino en parámetros generales y normativos tendentes a la fundación de criterios universales.[12] Pero ése no es el único, aunque haya asumido efectivamente una hegemonía capaz de oscurecer itinerarios paralelos;[13] ni en él se agota, como ahora veremos, la misma visión cartesiana de la subjetividad.

---

11. Véase Ch. Taylor, *op. cit.*
12. *Ibíd,* p. 231.
13. Ch. Taylor, *Il disagio della modernità* (1991), Roma-Bari, Laterza, 1994, pp. 23 yss.

Del Yo generoso al sujeto deseoso

También Descartes parte de la duda, en testimonio del hecho de que el desarraigo, la incertidumbre provocada por la «pérdida de orden» son ya irreversibles, un punto sin retorno. Pero la suya es una duda activa, sostenida por la voluntad, que le lleva al *cogito* y a la construcción metódica de certezas evidentes y definitivas.[14] Mediante un proceso de separación racional y de objetivación del cuerpo, que le permite edificar un orden cierto de representación de la realidad, el Yo conquista la certeza de la propia existencia y de la propia libertad interior, y deviene consciente de la potencia absoluta de su voluntad; una potencia que le permite ser amo de sí mismo *(maître de soi)*, volviéndolo así, con un pasaje sumamente osado, «semejante a Dios»,[15] si bien eso no significa reemplazar a Dios, negar su superioridad, sino conformarse de manera autónoma a lo más perfecto que existe. El Yo se libera entonces de la duda y de la inquietud y funda la propia soberanía sobre la capacidad de ejercer un seguro autocontrol sobre todo cuanto está ligado a la vida corporal. En lugar de *descender dentro de sí*, en la contemplación indulgente de la propia mutabilidad e imperfección, *se separa de sí*, de la propia naturaleza material, para afirmar, mediante un acto fundante de la razón, la propia autosuficiencia.

Con la razón que se autolegitima, que se autoconcibe como «órgano de un inicio absoluto» que posee sólo en sí mismo el propio fundamento[16] se pierde en Descartes la conciencia de la historia y de la crisis de la que surgió la era moderna: «la crisis desaparece en la oscuridad de un pasado que sólo puede haber sido el trasfondo para la nueva luz».[17] Así cancela el sujeto racional los propios orígenes, se libera de la ambivalencia entre

---

14. Véase R. Descartes, «Il discorso sul metodo» (1637) en *Opere filosofiche*, Turín, Utet, 1969 (*El discurso del método*, Buenos Aires, Losada, 18.ª ed., 1997); «Meditazioni metafisiche sulla filosofia prima» (1641), *op. cit*, I, II.
15. R. Descartes, «Meditazioni...», *op. cit*, IV, p. 231.
16. H. Blumenberg, *op.cit.*, p. 151.
17. *Ibíd.*, p. 152.

pérdida y conquista, entre crisis y autoafirmación, que aún se advertía en las páginas de Montaigne, y afirma la propia independencia mediante la separación y la objetivación del mundo externo e interno.

Estamos por cierto frente a una primera configuración del mito de Prometeo, que en sus múltiples aspectos es una expresión del itinerario simbólico del sujeto moderno:[18] victorioso sobre el orden divino, el individuo prometeico afirma la propia autonomía por medio del control racional del mundo natural, reducido a objeto de dominio y de instrumentalización.[19] Pero Descartes rehuye en parte esa imagen. La *maîtrise de soi* fundada en el libre ejercicio de la voluntad se convierte en el principio mismo de la vida moral, el instrumento de gobierno de las «pasiones del alma»; pero no hay en eso idea alguna de dominio o de tiránica restricción. En realidad, las pasiones de Descartes no son ya un *problema* en el sentido tradicionalmente estoico de errores a reprimir, ni lo son tampoco en el sentido hobbesiano de fuerzas inelimimables y a la vez incontrolables y destructivas, amenazantes para la autoconservación de los individuos. Las pasiones son todas esencialmente buenas,[20] disponen el alma a desear lo que puede ayudarnos[21] y a contribuir a esas acciones que pueden perfeccionar el cuerpo.[22] Los excesos en que pueden incurrir son fácilmente frenados por una voluntad soberana,[23] expresión de una subjetividad que se autoafirma, consciente de la propia libertad.[24] La soberanía del individuo cartesiano tiene un fundamento bien diferente del que estará en el origen del individualismo de Hobbes, Locke, Spinoza: se trata, en efecto, de un principio, de matriz todavía renacentista, de fuerza, integridad, segura disposición de sí, frente a la

---

18. H. Blumenberg, *Elaborazione del mito* (1979), Bolonia, Il Mulino, 1991.
19. Véase Ch. Taylor, *cit.*, cap. 8.
20. R. Descartes, «Le passioni dell'anima» (1649), en *Opere filosofiche, cit.*, p. 802.
21. *Ibíd.*, p. 734.
22. *Ibíd.*, p. 769.
23. *Ibíd.*, p. 778.
24. Véase E. Cassirer, *Descartes, Corneille, Christine de Suède*, París, Vrin, 1942; P. Bénichou, *Morali del Gran Siècle* (1948), Bolonia, Il Mulino, 1990, cap. 1.

vulnerabilidad, la debilidad de un individuo que, como veremos, es impulsado primariamente por la necesidad de autoconservarse. El Yo cartesiano es un yo «generoso», capaz de grandes cosas y al mismo tiempo *consciente de los propios límites*, perfectamente consciente del poder de la propia voluntad y sin embargo nunca inducido a abusar de ella, a superar los límites de las propias capacidades. La «generosidad», en la que reside el «remedio» por excelencia de las pasiones,[25] presupone una profunda *estima de sí mismo*, un sentimiento que podríamos definir *absoluto*, dado por la conciencia de la propia virtud, por la propia capacidad de reconocer y elegir el bien.[26] Esto no quiere decir que el generoso desdeñe la aprobación ajena, el reconocimiento externo del propio valor. La pasión por la «gloria», esa «especie de alegría fundada en el amor que se tiene por uno mismo», deriva su alimento de la esperanza de ser estimados por los otros,[27] y en ello no hay nada de criticable, aunque esa esperanza se funde en la certeza del propio valor; de lo contrario se cae en el «orgullo», sentimiento únicamente relativo, producido sólo por el deseo de ser estimado por los otros a toda costa, con independencia del mérito.[28]

Ese sentido absoluto del yo, esa estima de sí mismo fundada sobre el *ser dignos de sí mismo*,[29] es lo que vincula la moral de Descartes con el universo heroico-aristocrático representado sobre todo por el teatro de Corneille. El héroe de Corneille domina las propias pasiones con la energía de una voluntad que sabe imponerles la justa jerarquía en nombre de un ideal supremo que es la satisfacción de sí mismo, la afirmación de la propia fuerza, la exaltación del propio valor. El ideal heroico-caballeresco y la exaltación neoestoica de la «gloria» entendida como energía personal, interior,[30] se funden en Corneille para

---
25. R. Descartes, *La passioni del'anima*, cit., pp. 774 y 778.
26. *Ibíd*, p. 780.
27. *Ibíd*, p. 800.
28. *Ibíd*, p. 780.
29. Véase Bénichou, *cit*.
30. Véase A. Levi, *French Moralists, the Theory of the Passionss, 1585 to 1649*, Oxford, Clarendon Press, 1964.

afirmar la soberanía del Yo, el que sabe dar pueba de sí no reprimiendo las pasiones, sino controlando su juego con lúcida separación y al mismo tiempo con intensa participación. Se sacrifica una pasión no en nombre de un deber abstracto y coercitivo, sino de un impulso más poderoso e irrenunciable en el cual reside el fundamento de la propia identidad. Rodrigo sabe que al matar al padre, perderá a Jimena, a la que ama apasionadamente; pero no puede hacer otra cosa, porque sólo así salva su honor y se mantiene fiel a sí mismo, a los valores de su rango.[31] Por otra parte, al elegir sólo la gloria y el honor, conserva el amor de Jimena porque sabe hacerse digno de él. Si la gloria está en contraste con la pasión amorosa, ella es también su fuente, el alimento indispensable: Jimena puede amar sólo al que está generosamente dispuesto a ofrendarse, a sacrificar la propia vida, aun para realizar una venganza que la hiere en primera persona. La gloria es la pasión por excelencia, a la que todas las otras deben estar subordinadas, y es al mismo tiempo el parámetro ético, el código en el que el Yo aristocrático reconoce la guía segura de sus propias acciones y de sus propias elecciones. Es el signo visible del héroe «generoso», preocupado ante todo por ser digno de sí mismo y dispuesto por ello a inmolar el amor, la felicidad, la vida.

La soberanía del Yo se manifiesta en esa capacidad de erogación de las propias energías, de *gasto de sí mismo* hecho posible por la conciencia de la propia fuerza e integridad; que no es nunca, como ya hemos visto en Descartes, afirmación desmesurada de potencia, olvido de los propios límites. Cuando Augusto, en el final de *Cinna*, pronuncia las célebres palabras: «*Je suis maître de moi comme de l'univers; je le suis, je veux l'être*»,[32] no es presa del delirio de omnipotencia, sino sabiamente consciente de que sólo un acto de generosidad, la clemencia hacia los propios potenciales asesinos, le ha permitido

---

31. P. Corneille, «Le Cid», en *Théâtre*, 2 vols., París, Garnier-Flammarion, 1980, vol. II.
32. P. Corneille, «Cinna», *op. cit.*, acto V, escena III.

hallar el sentido justo del propio poder, la legitimidad de la propia gloria.

El dominio de sí mismo y del propio mundo emotivo, que surge de una profunda estima de sí mismo y del sapiente ejercicio de la voluntad, desemboca en la generosidad, como manifestación de un Yo que no tiene temor de agotarse; que, antes bien, en el dispendio, en la entrega de sí mismo, halla la forma natural de la propia autoafirmación. No vacilaría en evocar con este fin el concepto de *dépense*, en el que Georges Bataille resume la configuración antropológica del mundo premoderno: esa tendencia a la erogación de sí mismo inescindiblemente conexa a una afirmación de potencia en que el hombre primitivo y feudal halla la fuente y el testimonio de la propia soberanía, de una forma de soberanía de la que lo Moderno marca la declinación inexorable.[33] La generosidad del yo cartesiano, envuelta en el teatro de Corneille por un *páthos* dramático que exaspera sus tonos y agudiza sus acentos, remite también a un código, el del mundo heroico-aristocrático, que presupone una *antropología de la plenitud* fundada sobre los valores de la fuerza, de la certeza, de la voluntad.

Pero la crisis de ese código ya está en acción, procede paralelamente y se hace manifiesta en el teatro de Racine, el gran antagonista de Corneille, cuyos personajes son poseídos y devastados por el *furor* de la pasión, que invade por completo al Yo y aniquila toda su voluntad; o en la visión filosófico-política de Hobbes, en la que se configura un individuo débil y vulnerable, presa de pasiones destructivas respecto de las cuales la razón y la voluntad parecen impotentes. Pero si en Racine el *páthos* trágico desemboca en un inexorable destino de muerte, en Hobbes prevalece la obsesiva defensa de la vida, que da origen tanto al juego de las pasiones como a su solución.

---

33. Véase G. Bataille, *La parte maledetta* (1967), Verona, Bertani, 1972 *(La parte maldita,* Barcelona, Edhasa, 1974); *La sovranità* (1976), Bolonia, Il Mulino, 1990 (*Lo que entiendo por soberanía,* Barcelona, Paidós, 1996).

Débil, temeroso, aislado, el individuo hobbesiano es impulsado por un principio o preocupación dominante: el de *conservarse a sí mismo*, defendiéndose del peligro de la muerte y procurándose los bienes necesarios para la supervivencia. Se podría leer entonces ese cambio como pasaje de una *antropología de la plenitud*, de la *dépense*, a una *antropología de la autoconservación*, de la *carencia*, que marca de modo irreversible el nacimiento del hombre moderno: para recordar la expresión de Arnold Gehlen, el hombre aparece como un «ser carente»,[34] necesitado, constantemente tenso en el esfuerzo de suplir la propia insuficiencia natural y hacer frente a los peligros que lo amenazan.

El escenario, entonces, se cambia ulteriormente: a la pérdida del orden cósmico se agrega la declinación de un código social y moral en el que Descartes había hallado un sólido soporte para la refundación racional de un orden cierto, en el cual el Yo adquiría una posición soberana. Ahora el individuo está radicalmente solo, carente de vínculos sociales, morales o religiosos, libre de hacer valer sus propios e ilimitados derechos, pero también amenazado por nuevos temores, si bien más tangibles y definidos que las inquietantes turbaciones expresadas por Montaigne. La metáfora del «estado de naturaleza», que Hobbes pone como fundamento de su reflexión antropológico-política, hace resurgir con fuerza esa condición ambivalente de libertad y precariedad a la vez, de legítima afirmación de sí mismo y de inseguridad que en el universo cartesiano había desaparecido detrás de las certezas del *cogito* y las conquistas de la voluntad. En el estado de naturaleza, el individuo es portador de *derechos* y de *pasiones*: goza de la legítima libertad, del «derecho natural» de usar el propio poder para garantizar el bien primario de la autoconservación, pero ese mismo derecho, justamente porque es compartido por todos, lo lleva a chocar con los otros, convirtiéndose en fuente de conflicto; además, él es

---

34. A. Gehlen, *L'uomo. La sua natura e il suo posto nel mondo* (1978), Milán, Feltrinelli, 1983 *(El hombre: su naturaleza y su lugar en el mundo*, Salamanca, Sígueme, 1987).

presa de una peculiar pasión, la *gloria* o *vanidad*, que lo impulsa a la prepotencia y a la ofensa recíproca. El amor a sí mismo surge con Hobbes en toda su fuerza de *derecho natural*, definitivamente absuelto de la condena agustiniana (que hasta los umbrales de la era moderna lo oponía, como forma parcial y degradada de amor, al *amor Dei*), pero también con toda su valencia negativa de pasión generadora de desorden, guerra, muerte. Es la expresión ambivalente de un individuo asustado por la propia libertad irrenunciable, consciente de la propia debilidad, de la precariedad de su condición natural, que lo lleva a ver al otro únicamente como rival y enemigo. La pasión por la gloria es también síntoma de esa debilidad: «La gloria, o sentimiento de complacencia o triunfo de la mente, es esa pasión que deriva de la imaginación o concepto de nuestro poder, superior al poder de quien contrasta con nosotros».[35] Respecto de la visión cartesiana de un sentimiento absoluto fundado sobre la estima de sí mismo, de la conciencia de ser en primera instancia dignos de sí mismos, se ha introducido aquí un elemento de *confrontación* que mide el propio valor *sólo* en relación con el del otro y define la gloria en términos de «poder». Es cierto, la gloria no es inmediatamente «falsa gloria», que funda la reputación de un hombre sólo en la opinión de los otros; y tampoco «vanagloria», es decir, puro fantaseo sobre un propio valor inexistente;[36] sin embargo hay en ella un elemento de autocomplacencia, de desvaloración del otro, o más precisamente de vanidad,[37] que la diferencia mucho de la virtud heroico-aristocrática con la cual la han identificado *tout court* algunos intérpretes.[38] Tal vez sea excesivo ver en el hombre hobbesiano una especie de Narciso *ante litteram*, enamorado de sí mismo y necesitado de confirmaciones, que entra en conflicto con el otro para obtener el reconocimiento de la propia superioridad.[39] Pe-

---

35. Th. Hobbes, *Elementi di legge naturale e politica* (1640), Florencia, La Nuova Italia, 1985, IX, p. 64 (*Elementos de ley natural y política*, Madrid, Centro de Estudios Constitucionales, 1997).
36. *Ibíd*.
37. *Ibíí*, XIV, pp. 110-111.
38. Véase L. Strauss, *Che cos'è la filosofia politica* (1952), Urbino, Argalia, 1977.

ro esta imagen pone eficazmente el acento no sólo sobre el *dominio* como efecto de la gloria, sino también sobre la *fuente del dominio:* que no es un brutal y tosco instinto de prepotencia, sino una especie de confuso sentimiento de la propia inadecuación, de la propia debilidad, del propio ser «carente» que se traduce, por así decir, en formas compensadoras de agresividad. Nada podría ser más lejano del individualismo aristocrático, fundado en la generosidad y en el darse a sí mismo, del que Hobbes se aleja aun más radicalmente en el *Leviatán,* donde la «gloria» pierde la centralidad que poseía en los escritos precedentes[40] y los impulsos egoístas del hombre se resumen en un único grumo emotivo que es el «deseo ilimitado de poder»: «Es así que pongo en primer lugar, como una inclinación general de toda la humanidad, un deseo perpetuo o sin tregua de un poder tras otro *(desire of power after power)* que cesa sólo en la muerte».[41] Surge, en toda su angustia radical, no separada del sentido infinito de las posibilidades, el estado de incolmable carencia del hombre moderno, ocupado en un movimiento incesante e ilimitado en busca de una satisfacción que nunca es completa, nunca es definitiva; porque la satisfacción, la *felicidad* misma consiste en la constante e inquieta renovación del deseo, en su «continuo progreso de un objeto a otro».[42] La vida no es un estado, no aspira al reposo, «y un hombre, cuyos deseos están en el fin, no puede vivir más que aquel cuyos sentidos y cuya imaginación dejan de estar en actividad».[43] Si con Descartes estábamos todavía en la lógica estoica y tradicional de *ecceso,* es sólo con Hobbes que se presenta el problema, típicamente moderno, de lo *ilimitado* que requiere soluciones nuevas y más complejas.

---

39. Véase A.M. Battista, *Nascita della psicologia politica,* Génova, Ecig, 1982.
40. Véase L. Strauss, *op. cit.*; A. Pacchi, «Hobbes and the Passions» en *Topoi,* vol. VI, núm. 2, septiembre de 1987.
41. Th. Hobbes, *Leviatano* (1651), Florencia, La Nuova Italia, 1987, XI, p. 94 (p. 79)(*Leviatán,* México FCE, 7.ª ed. 1996).
42. *Ibíd.,* p. 93 (p.79).
43. *Loc. cit.*

Sin embargo, después de haber negado toda meta, todo *summum bonum* al movimiento de la vida emotiva, Hobbes reintroduce un objetivo y a la vez una motivación, aclarando también por qué el deseo, en su visión, se reduce exclusivamente a deseo «de poder». «La causa de ello es que el objeto del deseo de un hombre no es el de gozar una sola vez y por un instante, sino el de asegurarse para siempre la vía para el propio deseo futuro.»[44] Lo que parecía un puro movimiento sin objetivo se revela, en cambio, como acción previsora: el hombre se ve obligado a desear y a adquirir cada vez mayor poder para lograr no sólo procurarse el presente, sino para asegurarse el futuro acceso a los bienes de los que tiene necesidad. El «poder» de un hombre consiste, en efecto, de los medios que «posee en el presente para obtener algún aparente bien futuro».[45] La imagen del individuo glorioso, impulsado por la propia vanidad y por el deseo de afirmar su propia superioridad sobre el otro, pierde consistencia para dar lugar a un individuo preocupado únicamente por su propia conveniencia y su propia autoconservación. Hobbes evoca aquí explícitamente, dando su peculiar lectura, la figura mítica de Prometeo, cargado por la terrible responsabilidad de quien ha desafiado a los dioses y capaz de una perspectiva sobre los peligros y las insidias que amenazan a los hombres, la que lo vuelve constantemente preocupado por el futuro:

[...] como Prometeo [que, interpretado, significa *hombre prudente]* fue atado al monte Cáucaso, lugar de amplia vista, donde un águila se alimentaba con su hígado, del que devoraba de día tanto como volvía a crecer de noche, así el hombre que, preocupado por el futuro, mira demasiado lejos delante de sí, tiene el corazón rojo, por todo el día, por el temor a la muerte, a la pobreza o a otra calamidad, y no encuentra reposo ni pausa a su ansiedad, sino en el sueño.[46]

---

44. *Ibíd.*, pp. 93-94.
45. *Ibíd.*, X, p. 83; *Elementi di legge...*, cit., VIII, p. 58 (p. 69).
46. Hobbes, *Leviatano*, cit., XII, p. 103 (p. 88).

El hombre prometeico es aquel que, apropiándose de los instrumentos divinos, ha osado traspasar los límites permitidos, afirmando el propio derecho ilimitado a saber, a experimentar; pero por esto es condenado a asumir sobre sí la responsabilidad respecto del futuro, a prever los efectos y las consecuencias de su acción. La pasión por la «curiosidad», que Hobbes absuelve de la condena teológica convirtiéndola en el rasgo que distingue al hombre de los animales,[47] lo impulsa a llevar la mirada, como diría Blumemberg, «más allá de las columnas de Hércules»,[48] más allá de la línea visible del horizonte, obligándolo a un esfuerzo incesante para «asegurarse contra el mal que teme y [...] procurarse el bien que desea».[49] El *ansia por el futuro* genera el *deseo ilimitado de poder*, y en el camino para satisfacerlo, el individuo encuentra al otro, o mejor dicho el deseo del otro, que se convierte de inmediato en el propio antagonista, el obstáculo, el enemigo a eliminar: «[...] porque el camino que lleva a un competidor al logro del propio deseo es el de matar, someter, suplantar o rechazar al otro».[50] El deseo de poder, inspirado por la inquieta búsqueda de lo útil, se vuelve una causa de prepotencia, de muerte y de guerra, y pone en peligro el fin primario de la autoconservación. Y es sólo otra pasión, la pasión «razonable»[51] del *temor*, más potente que la vanidad y que el deseo de poder, la que reconduce a los hombres al *sentido del límite*, impulsándolos a poner fin a la «triste condición» del estado de naturaleza, y a buscar una solución que pueda garantizar paz y seguridad. Una pasión negativa, una especie de *shock* emotivo que revela al Yo el abismo de la incertidumbre y del peligro, asume en Hobbes el rol que Descartes le había asignado a la generosidad, como expresión, al contrario, de la certidumbre de un Yo que, estoicamente, no teme la muerte.[52]

---

47. *Ibíd.*, VI, p. 55, (p. 45), XI, p. 100 (85); *Elementi di legge...*, cit., IX, p. 73.
48. H. Blumenberg, *op. cit.*, p. 248.
49. Th. Hobbes, *Leviatano*, cit., XII, p. 103.
50. *Ibíd.*, XI, p. 94 (80).
51. R. Polin, *Politique et philosophie chez Thomas Hobbes*, París, Vrin, 1953.
52. Véase R. Bodei, *Geometria delle passioni. Paura, speranza, felicità: filosofia e uso politico*, Milán, Feltrinelli, 1991, p. 269 [*Geometría de las pasiones*, México, FCE, 1996).

El amor a sí mismo, fundamento y amenaza de lo político

El temor pone a los hombres frente a su vulnerabilidad, frente al hecho de que nadie puede sentirse nunca definitivamente seguro en un mundo donde el único dato cierto es que los hombres son iguales en su debilidad. Paradójicamente, los une aquello que al mismo tiempo los separa. Respecto de Descartes, hay en Hobbes un fuerte desplazamiento del *yo* al *nosotros:* toda solución al problema planteado por las pasiones, y en particular por el amor a sí mismo, se lo entienda como «gloria» o como «deseo de poder», sólo podrá derivar de una decisión común, que resuelva prioritariamente el problema de la *convivencia social.* Y por otra parte, el *nosotros* no es pensable sino a partir del individuo, como punto de llegada de una libre elección individual. Inmersos en el desorden de un mundo secularizado, que ya no está regulado por autoridades trascendentes y vínculos jerárquicos, los hombres comprenden que sólo asociándose y reconstruyendo un orden político pueden sustraerse a las insidias mortales del estado de naturaleza. Pero ese orden, garante de seguridad y de paz, se configura sólo como resultado de la decisión de un individuo soberano. Ya no hay una comunidad que precede al individuo, como aún sostenía el contractualismo medieval, ni una autoridad política legitimada por el derecho divino como en el patriarcado *à la Filmer:* sociedad y poder político son el último acto de un proceso del cual el individuo es el punto de partida. Éste es el presupuesto revolucionario del contractualismo moderno, del que se ha visto en Hobbes al verdadero iniciador:[53] el orden social y político sólo puede fundarse en el *consenso* de individuos libres e iguales que por naturaleza no subyacen a alguna autoridad, y que deciden racionalmente estipular un pacto para erigir el poder político, para que el mismo se haga garante de sus «derechos naturales».

---

53. Veáse N. Bobbio, «Hobbes e il giusnaturalismo» en *Da Hobbes a Marx,* Nápoles, Morano, 1965.

Este asunto básico mezcla teorías en otros aspectos muy diferentes, como las de Hobbes, Locke, Spinoza. En todo el derecho (o la ley) natural por excelencia es esa especie de *grado cero* del amor por sí mismo lo que lleva a los hombres en primera instancia a conservarse a sí mismos, el propio cuerpo, la propia vida. La tendencia a la *autoconservación* se convierte en lo que caracteriza al individuo en su esencia más profunda y en su nueva autonomía, el principio irrenunciable sobre la base del cual se pueden fundar pactos, instituir sociedades y estados.

También para Locke, como para Hobbes, la autoconservación es una ley natural dictada por la razón; pero ella asume un valor normativo debido al hecho de que la igualdad de los hombres no es, como en Hobbes, pura igualdad de hecho, sino principio deontológico, inscrito en la voluntad y en el plan de un Dios sabio y providencial que nos indica la vía para vivir racionalmente.[54] Ella obliga a los hombres, ya en el estado de naturaleza, al respeto por la vida y por la libertad del otro.[55]

Lejos de semejarse a la condición bestial de hombres unidos sólo por la debilidad y por el temor recíproco, el estado de naturaleza presenta en Locke formas de vida asociada, de vínculo social entre individuos que viven «según la razón»,[56] conscientes de la existencia de los otros y del hecho de que la supervivencia del individuo, la satisfacción de sus necesidades y el perseguimiento de sus intereses, son inescindibles de los de sus propios semejantes. Al prefigurar el ideal iluminista de la *armonía de los intereses*, de la conciliación entre amor por sí mismo y benevolencia, entre interés particular e interés general,[57] Locke no llega a negar, sin embargo, que el estado de naturaleza puede ser recorrido por pasiones y conflictos, por un latente estado de guerra.[58] De alguna manera, estamos lejos del lóbrego y

---

54. J. Locke, *Trattato sul governo* (1690), Pordenone, Studio Tesi, 1974, 6-7 *(Tratado sobre el gobierno,* Madrid, Espasa Calpe, 1993).
55. *Ibíd.*, 6.
56. *Ibií.*, 19.
57. Ch. Taylor, *op. cit.*, p. 298.
58. J. Locke, *op. cit.*, 16-19.

desolador paisaje hobbesiano; para Locke, el estado de naturaleza presenta «inconvenientes»[59] cuya solución está en la racionalidad misma de los hombres que los hace conscientes de su condición originaria del indisoluble vínculo entre bien individual y bien colectivo, y los impulsa al pacto como remedio para la conflictividad. La decisión de salir de la condición natural, de asociarse para erigir un poder común *extra partes* al cual confiar la solución imparcial de las controversias,[60] no tiene origen en una dinámica emotiva, no requiere el *shock* producido por el temor, sino que es dictada por una *razón instrumental* que halla su fuente última en los mandamientos de la ley divina, en cuyo gran diseño está inscrita en primera instancia nuestra autoconservación.[61] En Hobbes, por el contrario, donde de todos modos no falta la vuelta a la racionalidad de la ley natural como vía de salida de una condición miserable y mortal, la potencia de las pasiones es tal que sólo puede ser frenada y controlada por un impulso emotivo de calidad diferente pero igualmente fuerte, y capaz, para emplear la expresión de Albert O. Hirschmann, de «contrabalancear» el potencial destructivo.[62] Mediante el temor a la muerte, el amor por sí mismo entendido como *autoconservación* se impone al amor por sí mismo como *pasión*, es decir, como gloria y deseo ilimitado de poder. Se puede inscribir sin más el juego hobbesiano de las pasiones en esa dinámica entre «pasiones» e «intereses» en la cual la reflexión moderna ha buscado una respuesta al problema de la vida emotiva,[63] que ya no se resuelve en los términos de la tradicional dicotomía estoica pasiones/razón ni en los preceptos de la moral cristiana. Podríamos ver directamente en Hobbes una primera configuración de esa *dinámica de las pulsiones* en la que Freud reconocerá la única fuente posible del

---

59. *Ibíd.*, 13.
60. *Ibíd.*, 21.
61. Véase Ch. Taylor, *op. cit.*, cap. 14.
62. Véase A. O. Hirschman, *Le passioni e gli interessi* (1977), Milán, Feltrinelli, 1979 *(Las pasiones y los intereses*, México, FCE, 1985).
63. *Ibíd.*

equilibrio de la civilización, dado cada vez por el choque entre Eros y Thanatos, entre pulsiones cohesivas y pulsiones destructivas.[64] Pero no se debe olvidar que en Hobbes la dinámica emotiva es sólo la mecha que enciende un proceso, el primer acto de un itinerario que confluye en la fundación del estado como respuesta única y final al problema de las pasiones humanas. La naturaleza humana halla dentro de sí, «en parte en las pasiones y en parte en la razón»,[65] es decir en el temor y en el deseo de vida cómoda por un lado y en la ley natural que la lleva a la búsqueda de la paz por el otro, el remedio para el mal provocado por ella misma. Pero esta respuesta no es suficiente, porque las pasiones, sólo momentáneamente frenadas por esa especie de señal de alarma que es el temor, se mantienen constantemente al acecho, desafiando las leyes naturales que de por sí son incapaces de garantizar la seguridad.[66] Los recursos *naturales* consienten sólo una respuesta parcial; para resguardarse definitivamente de toda amenaza, hay necesidad de un medio *artificial*, externo al complejo desorden y a los equilibrios precarios de la naturaleza humana, que sepa obligar con la fuerza al respeto de los pactos. «Los pactos sin la espada –dice Hobbes– son sólo palabras y no tienen fuerza para asegurar de hecho a un hombre [...] ninguna sorpresa, entonces, si [además del pacto] se requiere alguna otra cosa para que su acuerdo sea constante y duradero, es decir un poder común que los mantenga en sujeción y que dirija sus acciones hacia el beneficio común».[67] Sólo el *artificio* puede resolver el problema planteado por la *naturaleza;* sólo una institución externa que se vuelva autónoma respecto del caos de las pasiones puede remediar la desproporción entre el deseo ilimitado de los hombres y la carencia de los medios de que disponen para satisfacerlos.

---

64. S. Freud, «Il disagio della civiltà» en *Opere*, vol. X, Turín, Boringhieri, 1978 *(El malestar de la civilización,* en Obras completas, t. III, Madrid, Biblioteca Nueva, 1996).
65. Th. Hobbes, *Leviatano, cit.,* XIII, p. 123 (p.103).
66. *Ibíd.,* XVII, p. 163 (p. 137).
67. *Ibíd.,* pp. 163 y 166-167 (pp. 137-140).

Hobbes inaugura así otro gran tema de la modernidad que encontraremos en el centro de la antropología negativa de Gehlen y que preludia, en ciertos aspectos, la solución sistémica de Luhmann: el hombre se libera de su «carencia», de su debilidad frente al exceso de posibilidades que le ofrece la naturaleza misma, mediante un proceso de alejamiento y de institucionalización que vuelve a fundar un orden artificial y resuelve el problema del conflicto.[68] La fundación del orden político requiere entonces una *renuncia:* renuncia a los derechos naturales, al carácter ilimitado del amor por sí mismo en favor de una estructura coercitiva que sepa poner freno con la fuerza, legitimada por el consenso, e imponer una regla al desorden natural, que se convierte así en única garante de la conservación de los individuos. Según las premisas radicalmente negativas de su visión antropológica, para Hobbes la renuncia no puede ser sino total, con la única excepción del derecho a la vida,[69] en función del cual ha sido instituido el gran Leviatán. Remedio racional para el problema de las pasiones, el estado, «persona artificial»[70] incorpora y absorbe los deseos, las voluntades, los derechos de los individuos, garantizando a cambio paz y seguridad. Hobbes plantea en términos netamente dicotómicos[71] la antítesis entre el estado de naturaleza como reino del desorden de las pasiones y la sociedad política como sede del orden y de una vida según la razón. Entre el reino de la destrucción y de la muerte y el reino de la conservación y de la vida no hay mediaciones: la *esfera de lo político,* deseada consensualmente por los individuos, se yergue con la absoluta potencia del «Dios mortal», para proteger a los hombres de sus pasiones destructivas, y convertirse en única poseedora de toda voluntad y decisión.

68. Véase P. Barcellona, *L'individualismo propietario,* Turín, Boringhieri, 1976, cap. 4 *(El individualismo propietario,* Madrid, Trotta, 1996).
69. Th. Hobbes, *Leviatano, cit.,* XXI, p. 212 (p. 174).
70. *Ibíd.,* XVI, p. 155 (p. 132).
71. N. Bobbio, «Il modello giusnaturalistico», en N. Bobbio y M. Bovero, *Società e Stato nella filosofia politica moderna,* Milán, Il Saggiatore, 1979, III *(Sociedad y estado en la filosofía política moderna,* México, FCE, 1986).

La visión de lo *político* como solución a los problemas planteados por la naturaleza humana une a los diversos propulsores de la teoría contractualista. El reconocimiento de la legitimidad natural de las pasiones, que la tradición estoica rechazaba como errores y falsos juicios y la moral cristiana condenaba como vicios o pecados, hace imposible toda solución puramente represiva o trascendente; al mismo tiempo la conciencia de las pasiones como factores en primera instancia de perturbación del orden social asume, en un mundo secularizado, la urgencia de un problema impostergable y prioritario.

Las teorías hobbesiana y lockiana reflejan, hemos visto, ese doble surgimiento, pero con una sensible diferencia en el plano de la visión antropológica, que produce una evaluación diferente del rol del orden político. El amor a sí mismo, el impulso a la autoconservación que, en virtud del «derecho de cada uno a todas las cosas» produce en Hobbes el «deseo ilimitado de poder» y la visión del otro como enemigo, es inseparable en Locke de la conservación de los otros y del respeto de su derecho a la libertad y a la propiedad.[72] El derecho, que Locke no distingue de la ley, contiene en sí el límite, por cuanto es expresión de la participación individual en la naturaleza humana común. En el modelo liberal lockiano, lo político se limita a hacer de árbitro de los conflictos y del choque entre las pasiones, que encuentran en la sociedad civil una especie de reglamentación natural. Veremos cómo el modelo del siglo XVIII de la coincidencia natural de los intereses desarrollará ese segundo aspecto, sustrayendo a la esfera del orden político esa función de solución del problema de las pasiones que, si bien en formas diversas, hallamos en el esquema contractualista.

En el modelo absolutista hobbesiano, lo político se presenta en cambio como la única respuesta decisiva a los conflictos generales de la vida emotiva, si bien Hobbes mismo parece ser consciente de la precariedad de una solución plenamente coercitiva. La sociedad política, que se limita a frenar y reprimir las

---

72. J. Locke, *op. cit.*, 25-26.

pasiones, queda amenazada por el desorden, ya que el peligro de disolución del estado está siempre presente.[73] El pasaje a la sociedad política, que transforma a los hombres en ciudadanos, *no cambia su naturaleza original,* que incuba bajo la unidad artificial del cuerpo político y está pronta a estallar en cuanto se quiebra el nexo protección-obediencia, recuperando el caos del estado de naturaleza.[74] Hobbes lo repite de manera casi obsesiva, mostrándonos, podríamos decir que a su pesar, los límites de su construcción. En su renuncia, el hombre hobbesiano *no cambia* y eso deja siempre abierta la posibilidad del conflicto. La solución artificial y coercitiva se ve amenazada por las mismas razones que la hacen necesaria; contiene en sí, en las inmutables pasiones humanas, la posibilidad de su muerte, el constante peligro regresivo del estado de guerra inicial. Lo que Hobbes excluye es la posibilidad de una *transformación interna* de las pasiones, que pueda preludiar la creación de un *vínculo social* entre los hombres que no sea confiado sólo a la fuerza de la espada y a la racionalidad formal de una instancia coercitiva externa. No obstante, el pesimismo antropológico no niega de por sí la posibilidad de una cohesión social auténtica y profunda: será ése, algunos siglos más tarde, el mensaje del gran modelo freudiano sobre los fundamentos de la civilización. Aun compartiendo el postulado hobbesiano del *homo homini lupus,* de una pulsión destructiva portadora de aislamiento y de muerte,[75] y la necesidad de la «renuncia pulsional», Freud diseñará una solución dinámica absolutamente interna de la vida emotiva. La interiorización de la agresividad (mediante el surgimiento del sentimiento de culpa) por un lado, y la renuncia a la completa satisfacción de las pulsiones eróticas por el otro, desembocan en la creación de «vínculos» libidinales entre los hombres[76] sobre los cuales fundar, en la dirección protectora y conservadora del proyecto de la civilización, agregaciones so-

---

73. Th. Hobbes, *Leviatano,* cit., XXI, p. 217 (187); XVIII, p. 175 (179); XIX, p. 191 (151).
74. *Ibíd.,* XXIX, pp. 327-328 (pp. 269-270).
75. S. Freud, «Il disagio...», cit., p. 509.
76. *Ibíd.,* cap. 5.

ciales cada vez más amplias y cohesionadas. La renuncia pulsional produce un cambio esencial no sólo en la intensidad sino también en la calidad de las pulsiones que funda la posibilidad misma del vínculo entre los hombres y, en consecuencia, de su seguridad, que ya no es necesario confiar a la intervención de una instancia represiva externa.

Pero el pesimismo se advierte en Freud cuando señala el «malestar» que inevitablemente deriva de ese proceso: «El hombre civilizado –dice Freud– ha trocado una parte de su posibilidad de felicidad por un poco de seguridad».[77] Hay siempre, de algún modo, un precio que el hombre debe pagar en nombre de la autoconservación y del ingreso en el orden social que la garantiza: un precio en términos de libertad en Hobbes, en términos de felicidad en Freud. Aun en la diversidad de su solución, representan dos expresiones paradigmáticas de la ambivalente visión moderna de las pasiones: reconocidas como fenómenos naturales legítimos, no obstante requieren una *renuncia radical que implica fatalmente una pérdida, un sacrificio*, la imposición, externa o interna, de un límite. Además, la renuncia no parece resolutiva. También en Freud surge, sobre todo donde él se interroga sobre la reaparición violenta de la destructividad en forma de guerra, el carácter ilusorio y precario de la seguridad y, al mismo tiempo, la ineliminabilidad de la muerte y de la destructividad.[78] Basándose en el delicado y nunca definitivo equilibrio entre Eros y Thanatos, entre las pulsiones que tienden a la cohesión y a la vida y la pulsión de muerte, la civilización siempre está expuesta a la frustración, siempre está amenazada por el peligro de la regresión y del conflicto.

En el itinerario trazado por la autoconservación, el hombre se encuentra, debido al carácter ilimitado de la vida emotiva, con efectos de muerte: si en esto por cierto podemos reconocer

---

77. *Ibíd.*, p. 602.
78. S. Freud, «Considerazioni attuali sulla guerra e sulla morte» (1915), en *op. cit.*, vol. VIII; «Perché la guerra?»; (en *op. cit.* "El porqué de la guerra", en *Obras completas*, t. 3, Madrid, Biblioteca Nueva, 1996).

un *topos* del pensamiento moderno, no faltan sin embargo las voces disonantes. La *Aufklärung* del siglo XVIII propondrá indudablemente, como veremos, un visión más edificante y serena de la relación entre antropología y política, entre individuo y sociedad; pero lo hará por medio de un debilitamiento del concepto mismo de «pasión», en parte edulcorado en sus aspectos negativos. En cambio es diferente –en el panorama del siglo XVII– el caso de Spinoza que, aun reconociendo las potencialidades destructivas de las pasiones, sabrá librarse de la angustia de la muerte y del imperativo de la renuncia.

Comprender las pasiones

Las pasiones –dice Spinoza– son «propiedades» de la naturaleza humana «que le pertenecen del mismo modo en que el calor, el frío, la tempestad, el trueno, y semejantes fenómenos pertenecen a la naturaleza del aire; los cuales, si bien molestos, sin embargo son necesarios y tienen causas precisas gracias a las cuales tratamos de comprender su naturaleza».[79] Reconocer su potencia, aceptar la necesidad de los fenómenos naturales aun en sus aspectos caóticos y negativos –oponiéndose así a la moral estoico-cristiana– no significa sufrir pasivamente sus efectos ni tratar de reprimirlos o dominarlos, sino tratar de «comprenderlos», de tomar cada vez mayor conciencia de ellos, para incrementar la propia *vis existendi* y producir un nuevo orden que conserve sus potencialidades fecundas. En Spinoza, la legitimación de las pasiones está íntimamente ligada a esa ley natural por excelencia en virtud de la cual «cada cosa se esfuerza por perseverar en el propio ser».[80] Cualquier impulso emotivo, cualquier apetito que impulse a los hombres a actuar es legítimo en función del «esfuerzo» de autoconservarse, del

---

[79]. B. Spinoza, *Trattato politico* (1677), Roma-Bari, Laterza, 1991, I, IV *(Tratado político*, Madrid, Alianza, 1986).
[80]. B. Spinoza, *Etica* (1677), Turín, Utet, 1972, parte III, proposiciones VI-VIII *(Ética*, México, FCE, 1996, 4.ª ed.).

derecho elemental del amor por sí mismo. El deseo *(cupiditas)*, que no es otra cosa que el apetito consciente de sí mismo,[81] es «la esencia misma del hombre, es el empuje con que el hombre se esfuerza por perseverar en el propio ser».[82] En el *Trattato politico*, Spinoza define el deseo tendente a la autoconservación como «derecho natural» (no distinto, como en Hobbes, de la ley natural) que no tiene otros límites que los dados por su «potencia natural»; parte de la infinita potencia de Dios,[83] potencia que otorga al hombre la legítima *chance* de hacer todo lo que desea y puede, sin reparo alguno por los efectos que eso puede provocar.[84] Pero el concepto espinoziano de autoconservación es más complejo y, podríamos decir, más vital que la búsqueda autodefensiva y agresiva de seguridad presente en Hobbes; ni se identifica, como en Locke, con la defensa de lo *proprium*. Se lo debe entender como *perfeccionamiento de sí*, incremento de la propia *vis existendi* o *agendi*, y en consecuencia como fundamento de la virtud y de la misma felicidad.[85] Lo que no quiere decir que el impulso que tiende a él, el deseo, no pueda tener aspectos distorsionados y autodestructivos: si nace de la «alegría» produce un pasaje a una mayor perfección, en cambio si nace de la «tristeza» se desplaza fatalmente hacia una menor perfección, hacia una pérdida de potencia.[86] Pero, sobre todo, se opone a la potenciación de sí cuando es «ciego», ignorante de sí mismo,[87] porque en ese caso no tiene en cuenta la conveniencia del hombre.[88] El problema es entonces hacer conscientes de sí al deseo, a las pasiones, transformándolos de fuerzas productoras de pasividad y esclavitud de la mente a «afectos» activos, esclarecidos por la razón,[89] la cual guía a los

---

81. *Ibíd.*, parte III, proposición IX, escolio.
82. *Ibíd.*, parte IV, proposición XVIII.
83. *Ibíd.*, parte IV, proposición IV.
84. B. Spinoza, *Trattato politico*, cit., 2, I-VIII.
85. Spinoza, *Etica, op.cit.*, parte IV, proposición XVIII, escolio.
86. *Ibíd.*, parte IV, proposiciones XVIII; LIX, XLV, escolio.
87. *Ibíd.*, parte IV, proposición LIX, escolio.
88. *Ibíd.*, parte IV, proposición LX.
89. *Ibíd.*, parte IV, proposición LXI; parte V, proposición III.

hombres en la búsqueda de lo verdaderamente útil.[90] «El deseo que nace de la razón –dice Spinoza– es decir [...] el deseo que nace en nosotros en tanto somos activos, es la esencia misma o la naturaleza del hombre.»[91] La comprensión de las pasiones produce la expansión de la propia «potencia de existir» y hace al hombre libre y sabio, es decir, esencialmente preocupado por la vida y no por la muerte.[92] Comprender las pasiones significa entonces someterse a sí mismos a una *transformación*, que no es otra cosa que un perfeccionamiento de la propia naturaleza, sometiendo el deseo a un proceso de conocimiento marcado por sucesivas transiciones: de la «imaginación» a la «razón» y a la «ciencia intuitiva»,[93] de la que nace el *amor Dei intellectualis* que no impone renuncia alguna a sí mismos, sino que, en tanto amor y conocimiento de la causa perfecta, es al mismo tiempo el grado máximo de perfección humana y de expansión de la alegría.[94] Las pasiones no deben ser sublimadas ni sometidas al control de una razón abstracta y represiva, sino simplemente privadas de su opacidad; su energía, liberada del lado oscuro y perturbador de la imaginación, se transforma en alegría, en la más alta satisfacción de sí mismo.

No hay entonces un sacrificio, una *renuncia*, sino un *potenciamiento*. Bajo la guía del *amor Dei*, el amor por sí, la autoconservación, pierde los aspectos bajos y destructivos y se vuelve inescindible de lo que es útil para los otros. La alegría consiste en desarrollar las potencialidades de la propia naturaleza, que permiten el empleo racional de las propias fuerzas en favor de la *utilitas* propia y de los otros. El conocimiento de las pasiones permite a los hombres vivir según la razón, es decir, según su naturaleza ya no ignorante de sí misma: ellos sabrán reconocer entonces lo verdaderamente útil, que está en perfecta concordancia con lo útil para la colectividad.[95]

90. *Ibíd.*, parte IV, proposición XVIII, escolio.
91. *Ibíd.*, parte IV, proposición LXI.
92. *Ibíd.*, parte IV, proposición LVII.
93. *Ibíd.*, parte II, proposición XL.
94. *Ibíd.*, parte V, proposición XXVII; véase Bodei, *op. cit.*, pp. 341 y ss.
95. *Ibíd.*, parte IV, proposición XXXV, proposición XVIII, escolio.

La distancia de la bestial imagen hobbesiana del *homo homini lupus* se ha vuelto incolmable aquí: «El hombre –dice Spinoza– es un Dios para el hombre».[96] La confianza en el proceso cognitivo, en la transformación interna de las pasiones como premisa para la creación de un vínculo social, acerca tal vez, en este punto, el modelo spinoziano a Freud, si bien el primero supera la convicción pesimista de la necesidad de la renuncia.

No obstante es verdad que el tema de la *renuncia*, eliminado del itinerario individual del sabio, es reintroducido por Spinoza en el plano colectivo de las multitudes que necesitan, para acceder a una vida racional y orientada hacia lo útil, del artificio institucional y político.[97] Pero también en este caso estamos lejos del radical pesimismo hobbesiano; en efecto, los individuos no ceden sus derechos a un poder absoluto y coercitivo sino a la sociedad misma, que pasa a poseer sus derechos naturales, pero sin abolirlos.[98] Con Spinoza se configura plenamente ese ideal de democracia que encontraremos un siglo después con Rousseau; pero que, en el modelo spinoziano, parece indicar lo político como vehículo de perfeccionamiento moral. Al garantizar la libertad,[99] la democracia permite crear, aun para las multitudes, las condiciones más adecuadas para favorecer ese proceso de comprensión de las pasiones que desemboca en un incremento de la *vis existendi* de cada uno

La crítica del Yo y la intuición del inconsciente

Pero el optimismo cognitivo de Spinoza, y la consiguiente fe en la naturaleza humana, queda como una luz solitaria en el paisaje del siglo XVII. Para el pensamiento jansenista, de matriz agustiniana, las pasiones y en particular el amor por sí mismo, se

---

96. *Ibíd.*, parte IV, proposición XXXV, escolio.
97. *Ibíd.*, parte IV, proposición XXXVII, escolio; *Trattato politico*, cit., cap. 2; *Trattato teologico-politico* (1670), Turín, Utet, 1972, cap. XVI.
98. B. Spinoza, *Trattato teologico-politico, cit.*, p. 650.
99. *Ibíd.*, p. 652.

convierten de nuevo en el objeto de radical condena moral en tanto fuentes de ofuscamiento, opacidad del Yo y, sobre todo, de autoengaño. La condena de las pasiones procede aquí paralelamente a la *crítica del Yo*, al desenmascaramiento de las ilusiones que el yo se complace en crear y alimentar, convirtiéndose en su víctima en parte inconsciente. El ataque de Pascal, La Rochefoucauld y Nicole está, en este sentido, dirigido en primera instancia al «héroe aristocrático», máscara engañadora de impulsos mucho más innobles: en efecto, no es la *gloria* la que mueve a los hombres, sino un tiránico e inconfesable *amour propre*, núcleo originario, matriz deformante de todas las pasiones humanas.[100] Es el derrumbe definitivo de ese mundo que aún sostenía la moral de Descartes y del cual la visión hobbesiana marcaba un irreversible momento de crisis; pero respecto de Hobbes, el pesimismo se hace aun más extremo en tanto desaparece toda legitimación natural de las pasiones. El *amour propre* es la expresión «monstruosa» de una naturaleza decaída, de un Yo «odioso»,[101] centralizador y dominador al mismo tiempo, que tiene horror por la propia condición miserable y por eso intenta desesperadamente «disfrazar» *(déguiser)* las pasiones como «virtudes», construir una máscara engañosa y mentirosa, ocultándose en primer lugar a sí mismo las abisales verdades de su propia condición. El *amour propre* funciona entonces de manera doble: como origen de las «tres concupiscencias» (vanidad, curiosidad, orgullo)[102] impulsa a una exaltada afirmación de sí mismo y genera una agresiva *libido dominandi*;[103] pero es sobre todo capacidad de ocultamiento, fuente de simulación y de mentira, barrera delirante contra el reconocimiento de las propias verdades inquietantes.[104] Éste es el sentido del *divertissement*, de la continua y angustiosa tendencia del hombre a la distracción de sí mismo.[105]

---

100. Véase Bénichou, *op. cit.*, cap. IV.
101. B. Pascal, *Pensieri* (1670), Pordenone, Studio Tesi, 1986, 455 *(Pensamientos*, Buenos Aires, Losada, 1977).
102. *Ibíd.*, 458-460.
103. *Ibíd.*, 455, 492.
104. *Ibíd.*, 100.
105. *Ibíd.*, 139.

Desde las oscuras cavidades del «fondo del corazón» –dirá Nicole–[106] que permanece, no obstante todo legítimo y necesario esfuerzo de conocimiento, parcialmente inaccesible a los hombres, envuelto por *«abîmes impénétrables»*, de los que sólo la mirada divina puede conocer el secreto,[107] el *amour propre* actúa con su insidiosa potencia ofuscadora y deformante, creando una escisión cada vez más profunda entre las ilusiones de la superficie –que intentan sobre todo obtener el reconocimiento y la aprobación de los otros– y las verdades de lo profundo.[108]

Al carácter agresivo y conflictivo del Yo, en que consistía para Hobbes el peligro intrínseco de las pasiones, se superpone una imagen inédita, destinada a asumir, en el curso de la modernidad, un relieve creciente: la de un Y*o escindido, confuso, lacerado* entre los movimientos tumultuosos y cada vez más fugitivos de la propia *profondeur* y la máscara ilusoria de la *surface*. En una célebre *maxime,* La Rochefoucauld se detiene en esa imagen con gran agudeza:

El egoísmo *[amour propre]* es el amor por sí mismo y por toda cosa en función de sí mismo; hace a los hombres idólatras de sí mismos y los volvería tiranos de los otros si la fortuna les diera los medios para ello [...]. No se puede sondear la profundidad ni penetrar las tinieblas de sus abismos donde, al resguardo de las miradas más penetranes, realiza mil subterfugios insensibles. A menudo es invisible aun para sí mismo, concibe, nutre y hace crecer, sin saberlo, un gran número de afectos y de odios, a veces tan monstruosos que, cuando salen a la luz, los desconoce o no encuentra el coraje de confesarlos. De esa noche que lo oculta nacen las ridículas convicciones que tiene de sí; de allá provienen los errores, la ignorancia, la grosería y las ingenuidades que nutre sobre sí.[109]

---

106. P. Nicole, *Essais de morale* (1670-1718), 2 vols., Ginebra, Slatkine, 1971, p. 240.
107. *Ibíd.*, p. 239.
108. *Ibíd.*, p. 233.
109. F. de la Rochefoucauld, *Massime* (1678), Milán, Rizzoli, 1978, «Massime soppresse», 1.

Hay una «tierra desconocida» del Yo[110] en la que circulan fuerzas incontrolables y tiránicas. El *amour propre* no es siquiera un acto del Yo, observa en este sentido Starobinski;[111] se convierte en la manifestación de un yo débil en cuanto fragmentado y desconocido para sí mismo, manejado por las propias pasiones que se han vuelto autónomas y que él no sabe dominar porque, en primera instancia, no las sabe reconocer. «A menudo el hombre cree guiarse y en cambio es guiado –dice también La Rochefoucauld–; y mientras con la mente tiende a una meta, el corazón insensiblemente lo arrastra hacia otra.»[112] En esta intuición *ante litteram* del *inconsciente*, en la imagen de un Yo que, para recordar la metáfora freudiana, ya no es «amo en la propia casa», diría que el problema de las pasiones cambia profundamente de signo: el peligro innato en ellas no consiste ya en la creación de desorden y conflicto, sino en dar origen a un sentido de escisión y de desposesión, de opacidad a sí mismos.[113] La misma reflexión sobre la pasión amorosa, que en el siglo XVII asume una centralidad inédita, se inscribe evidentemente en este contexto: recuérdese sobre todo la *Princesse de Clèves*, primera novela psicológica moderna, donde la heroína rehuye el amor, que ha perdido las nobles cualidades que le había atribuido la moral heroico-aristocrática, para convertirse en una fuerza enceguecedora y engañosa que sustrae al Yo todo control y lo destina a la pérdida de sí.

Todo esto crea una *impasse* en el plano ético y político que se traduce en soluciones regresivas respecto de las conquistas individualistas del contractualismo. El absolutismo de Pascal no se fundará ya, como en Hobbes, en una decisión consensual proveniente de abajo, sino en un orden absoluto –el «orden de la concupiscencia»–[114] impuesto desde arriba, por polí-

---

110. *Ibíd.*, 3.
111. J. Starobinski, «La Rochefoucauld et les morales substitutives», en *Nouvelle revue française*, julio-agosto 1966.
112. F. de la Rochefoucauld, *Massime*, cit., 43.
113. Véase E. Pulcini, «L'Io contro se stesso. Il soggetto moderno e l'amore di sé», en *Iride*, 1994, núm. 11.
114. Pascal *Pensieri,* cit., 451-453

ticos hábiles que sepan usar, instrumentalizar las pasiones: una solución que tendrá un eco funesto en los regímenes totalitarios de los siglos sucesivos.

Pero es más optimista la propuesta de Nicole que, retomando el esquema hobbesiano, ve en el *amour propre* el remedio para el mal por él mismo provocado y la posibilidad, aun en ausencia de religión, de fundar una sociedad bien ordenada.[115] Aunque el esquema se complica cuando Nicole individualiza no sólo en el deseo de autoconservación, sino aun más en el «deseo de ser amados», la fuerza capaz de contrabalancear el *amour propre* entendido como tiránica voluntad de dominio: el deseo de amor y de reconocimiento, que en los hombres es más fuerte que la *libido dominandi*, los impulsa a «enmascarar», a «disimular» su ciego amor por sí mismos,[116] transformándolo en un «amour propre sage et eclairé» sobre el cual se puede fundar el orden social.[117] Interesante solución «barroca» la de Nicole, cuyo desencantado optimismo preludia, como veremos, esa «moral del interés» que mancomuna la reflexión del siglo XVIII.[118]

El amor a sí mismo, pasión societaria

No es sólo de la autoconservación, sino sobre todo del *deseo de reconocimiento* por parte de los otros hombres que nace entonces la posibilidad de corregir las tendencias negativas del *amour propre*. El pasaje no puede ser omitido porque presupone un individuo más complejo, preocupado por la aprobación y la estima de los otros tanto, o tal vez más, que por la propia seguridad; un individuo, entonces, considerado en primera instancia en su imprescindible *interacción social*.

---

115. P. Nicole, *op. cit.*, p. 241.
116. *Ibíd.*, pp. 242 y ss.
117. *Ibíd.*, p. 251.
118. Véase M. Raymond, «Du jansénisme à la morale de l'intérêt», en *Mercure de France*, junio de 1957.

Será Mandeville –que mediante Bayle recibe la tradición hobbesiana y jansenista– el que desarrolle este tema, y lo radicalice en el siglo XVIII. A diferencia de Nicole, distingue netamente el amor propio o preferencia por sí mismo *(self-liking)*, pasión eminentemente relativa que surge de la confrontación con el otro e implica el deseo de estima, del amor a sí mismo entendido como pura tendencia biológica a la autoconservación *(self-love)*; funda, antes bien, el *self-love* en el *self-liking*, es decir, el deseo de preservar la vida sobre la predilección que se tiene por sí mismo respecto de cualquier otro, tornando así inescindible la reflexión sobre las pasiones de la reflexión sobre la relación social.[119] El juego de las pasiones es entonces totalmente interno al amor propio, que halla en sí mismo el remedio de los propios excesos. Como deseo de estima y de aprobación por parte de los otros –que no es ya el deseo de amor de Nicole, sino un instinto rapaz, un «ansia incontrolable de acaparar la estima y la admiración de los otros»–,[120] lleva a los hombres a moderar, o mejor a esconder, *disimular*, las manifestaciones excesivas del orgullo que pueden comprometer el orden y la paz social.[121] Pero al reconocer los efectos potencialmente caóticos de las pasiones, no hay en Mandeville, como en los jansenistas, ninguna condena moral; ni se limita, como Hobbes, a darles una pura legitimación natural. Hay en cambio un desprejuiciado y totalmente inédito reconocimiento de las *funciones vitales y societarias* de los apetitos humanos, aun en sus manifestaciones más bajas y extremas. Las pasiones son necesarias para el origen de la sociedad, lo que de hecho no es del todo, como desearían Shaftesbury y los teóricos del *moral sense*, el resultado de una innata «benevolencia», de las inclinaciones naturalmente «virtuosas» de los hombres;[122] por el contrario, la sociedad nace de la multiplicidad de los deseos de los hombres

---

119. B. Mandeville, *Dialoghi tra Cleomene e Orazio* (1729, segunda parte de la *La favola delle api)*, Lecce, Milella, 1978, pp. 87-92; *La favola delle api* (1723), Roma-Bari, Laterza, 1987, p. 133.
120. *Ibíd.*, p. 32.
121. *Ibíd.*, pp. 42 y 249; *Dialoghi tra...*, cit., pp. 42 y ss.
122. Mandeville, *La favola delle api*, cit., pp. 229 y ss.

(mal moral) que rompen la inocencia y la estasis original, y de los obstáculos que ellos encuentran al satisfacerlos (mal natural).[123] Pero sobre todo, y he aquí la gran novedad de Mandeville que marca un punto decisivo de inflexión, las pasiones son *la fuente de prosperidad de la sociedad, de su riqueza económica*, y en consecuencia de la capacidad de expansión y de crecimiento, de su desarrollo científico y cultural y de su potencia política. Si se desea una sociedad rica y floreciente, es preciso aceptar el hecho de que las pasiones, los vicios, son su principal elemento: de las «plagas» y los «monstruos» que forman el magma de los insaciables apetitos humanos surge el bienestar público.[124] De los *vicios privados* derivan los *beneficios públicos*.[125] Avaricia, lujo, envidia, lujuria y sobre todo orgullo como mecanismo de ese principal factor de desarrollo que es el comercio, alimentan la cadena de consumos, de intercambios, de circulación de dinero, que crean, según la fórmula que será de Adam Smith, la «riqueza de las naciones».[126] Siguiendo sus intereses, sus egoísmos, los individuos trabajan para el bien común, sin haberlo previsto ni programado conscientemente; sin necesidad por tanto, como sostiene la tradición contractualista, de un pacto y de una decisión racional fundados en la renuncia a las pasiones. En efecto, no hay ninguna renuncia, sino sólo «disimulación» de los excesos de las pasiones, sostenida y completada por el hábil arte del político[127] que sabe adular el orgullo e impulsar a los hombres, mediante el deseo de aprobación, a una especie de adaptación progresiva a la vida social que elimina los comportamientos nocivos e incompatibles con ella. Mandeville reconoce entonces la necesidad de la subordinación al orden político y el respeto de las leyes como remedio para las debilidades humanas;[128] pero como ha observado Dumont, le

---

123. *Ibíd.*, pp. 245 ss. y 266; *Dialoghi tra...*, cit., pp. 136 ss. y 181 ss.
124. B. Mandeville, *La favola...*, cit., p. 255.
125. B. Mandeville, *Dialoghi tra...*, cit., p.216.
126. B. Mandeville, *La favola...*, cit., pp. 55 sigs.
127. *Ibíd.*, pp. 25 ss.
128. B. Mandeville, *Dialoghi tra...*, cit., p. 192.

confiere a la esfera *económica*, a la sociedad civil, esa autonomía que en Locke estaba aún sólo *in nuce*.[129] Una especie de mecanismo automático e invisible (la «mano invisible» de la que hablará Smith) regula las relaciones económicas y sociales que reciben su impulso de las pasiones egoístas. La conflictividad no sólo es ineliminable, como ya lo había sugerido Hobbes, sino que al traducirse en competitividad y competencia fundados sobre «una sed de lucro y un deseo inextinguible de mejorar la propia condición»,[130] se convierte en el resorte ineliminable y fecundo de una sociedad floreciente –la sociedad mercantil y burguesa en su fase heroica– en constante progreso y en condiciones de asegurar el bienestar individual.

Aun partiendo de una visión pesimista de la naturaleza humana, que lo vincula con Hobbes y el pensamiento jansenista, Mandeville realiza una legitimación de las pasiones, y del amor a sí mismo en particular, como fuentes de bienestar individual y colectivo, legitimación que preludia el optimismo del siglo XVIII, donde la reivindicación de las pasiones y la moral natural de Shaftesbury se funden en un resultado no carente de ambigüedad.

Los *philosophes* serán unánimes al aprobar el amor a sí mismo como inclinación premoral y universal a la búsqueda del placer, o, mejor dicho, de la felicidad. Base de todas las afecciones humanas, el amor a sí mismo, afirma Diderot en el vocablo «Passion» de la *Encyclopédie*, es *«cet état de l'âme qui l'occupe et l'affecte si vivement pour tout ce qu'il croit être relatif à son bonheur et à sa perfection»*. El fin primario del hombre o, por así decir, el derecho natural por excelencia, se ha vuelto más complejo y sofisticado: ya no consiste sólo en la seguridad de la propia *vida* (Hobbes) o en la salvaguardia de la propiedad (Locke), sino en la búsqueda de *felicidad*, entendida como ese estado de satisfacción estable y duradero al que nuestra misma naturaleza de se-

---

129. L. Dumont, *Homo aequalis. Genesi e trionfo dell'ideologia economica* (1977), Milán, Adelphi, 1984.
130. B. Mandeville, *La favola...*, cit., p. 165.

res «sensibles» nos hace irresistiblemente propensos.[131] La felicidad, que Hobbes había visto como *proceso* y por lo tanto como inalcanzable, es considerada aquí un *estado*, formado por un placer que dura y que tranquilamente se extiende en el tiempo.[132] El amor a sí mismo viene entonces a coincidir con este deseo que sin embargo, y aquí está la profunda diferencia con Mandeville, es inescindible de la virtud, es decir, de un innato sentido del deber y de la responsabilidad hacia los otros que hace a los hombres naturalmente aptos para la vida social.[133] Nuestra naturaleza, que es intrínsecamente racional, nos hace virtuosos y por lo tanto sensibles a la felicidad colectiva en tanto inseparable de la felicidad individual. La influencia sobre el pensamiento del siglo XVIII de la «moral natural» de Shaftesbury, que había sido el blanco principal de la crítica de Mandeville, desemboca en la ambigüedad del concepto de naturaleza, vista como lo que libera y, al mismo tiempo, retiene y regula las pasiones.[134] La rehabilitación de las pasiones,[135] ligada a la matriz sensualista-materialista del pensamiento del siglo XVIII, se produce en efecto mediante la edulcoración y el debilitamiento de las mismas: más exactamente, por medio de su reducción a «sentimientos», a estados emotivos intermedios entre razón y pasión, puestos a igual distancia de la rígida austeridad de la primera y de los peligrosos excesos de la segunda.[136]

Si se libera de sus excesos, es decir, si tiene en cuenta la existencia de los otros, el amor a sí mismo, que es la fuente misma de las pasiones, se convierte entonces en el fundamento de una feliz convivencia social.

Que una sociedad puede constituirse y existir sin el amor a sí mismo –dice Voltaire– es tan imposible como tener hijos sin

---

131. Véase R. Mauzi, *L'idée du bonheur dans la littérature et la pensée françaises au XVIIIe siècle*, París, Colin, 1960.
132. *L'Encyclopédie ou Dictionnaire raisonné des sciences, des arts et de métiers* (1751-1776), a cargo de D. Diderot y D'Alembert, Nueva York, Readex Compact Edition, 1965, voz *Bonheur*.
133. *Ibíd.*, vocablo *Vertu*.
134. Véase J. Ehrar, *L'idée de nature en France à l'aube ds Lumières*, París, Flammarion, 1970.
135. Véase D. Diderot, «Pensieri filosofici» (1746), en *Opere filosofiche*, Milán, Feltrinelli, 1963.
136. *L'Encyclopedie*, cit., vocablo *Passion*; véase Mauzi, *op. cit.*; Ehrard, *op. cit.*

concupiscencia o pensar en nutrirse sin apetito. Es el amor por nosotros mismos el que alimenta el amor por los otros; son nuestras necesidades recíprocas las que nos hacen útiles al género humano: éste es el fundamento de todo comercio, el eterno vínculo de los hombres».[137]

Aun cuando, en la segunda mitad del siglo, el amor a sí mismo asume un significado más declaradamente utilitarista, como lo demuestra el uso cada vez más frecuente del término «interés», el nexo entre bien individual y bien colectivo se mantiene en el centro de la reflexión moral y política. Si es verdad, como demuestra Helvetius en su radical denuncia del interés como motor único de las acciones humanas, que toda moral y toda legislación no pueden sino fundarse sobre él, también es cierto que el interés personal se realiza en mayor medida cuanto más se conforma al interés general.[138] El verdadero interés –dirá d'Holbach–, que se debe distinguir del *egoísmo*, es el que tiene en cuenta la utilidad propia y la ajena, es el que sabe reconocer en la felicidad de los otros la condición ineliminable de la propia.[139]

Las contradicciones que quedaron abiertas con el ambiguo concepto de naturaleza del siglo XVIII hallarán, como sabemos, una respuesta resolutiva en la fundación kantiana de una moral autónoma de toda finalidad utilitarista o eudemonista; el individuo egoísta que persigue estos fines, preocupado sólo por la propia conveniencia y por la propia felicidad, se coloca, en efecto, en las antípodas de la moral,[140] la que debe ser en cambio autónoma de todo lo que pertenece a la esfera de las inclinaciones, de las necesidades, de las pasiones humanas. Radicalmente condenadas como «cáncer de la razón práctica», como fuerzas patológicas semejantes a la enfermedad y a la locura,

---

137. Voltaire, «Lettere filosofiche» (1734), en *Scritti filosofici*, Bari, Laterza, 1972, p. 97 *(Cartas filosóficas,* Barcelona, Altaya, 1993).
138. C.A. Helvétius, *Dello spirito* (1758), Roma, Editori Riuniti, 1970.
139. P.H. d'Holbach, *La morale universelle* (1776), Stuttgart-Bad Carmstatt, Forman Verlag, 1970, sec. I, cap. 5.
140. I. Kant, *Antropologia pragmatica* (1978), Roma-Bari, Laterza, 1985, I, I, 2 *(Antropología,* Madrid, Alianza, 1991).

capaces de reducir a los hombres a la esclavitud,[141] las pasiones y todo cuanto pertenece a la esfera de la antropología no deben condicionar de ningún modo los principios que regulan la acción moral, fundada únicamente sobre el deber y el respeto de la ley, según reglas universalmente válidas dictadas por una razón no instrumental.[142] Y ello explica por qué la más valerosa defensa de la autonomía individual es perfectamente compatible en Kant con la crítica del egoísmo.

Pero aun permaneciendo dentro de una visión eudemonista, la ambigüedad del concepto de naturaleza, pasional y virtuosa al mismo tiempo, deja en parte irresuelto, en los *philosophes*, el problema de lo que funda el vínculo social, la mutua dependencia entre los individuos. Confiada a la natural capacidad de un amor a sí mismo iluminado de originar la virtud, y a un débil entrelazamiento de utilitarismo y moralismo, la interrelación entre amor a sí mismo y amor a los otros, entre interés particular e interés general, asume características vagamente utópicas que, como es sabido, serán objeto de la crítica rousseauniana.

El problema de la traducción del amor a sí mismo en un principio de cooperación social, problema evidentemente crucial en una sociedad, mercantil y burguesa, que tiene necesidad de fundar en el reconocimiento de los derechos y de las pasiones individuales la posibilidad de la cohesión social, asume una dimensión bien distinta en un autor que también comparte el optimismo antropológico de los *philosophes*. Tomando críticamente las distancias tanto del *selfish system* de Mandeville como de la teoría del «sentido moral» de Shaftesbury y Hutcheson, Adam Smith logra fundar sobre otras bases esa integración entre el amor a sí mismo y el interés colectivo, que será luego el fundamento de la nueva ciencia de la *economía política*. Su teoría presupone el punto de inflexión de Hume, que con-

---

141. *Ibíd.*, I, III, 73, 74, 80 y 81.
142. I. Kant, *Fondazione della metafisica dei costumi* (1785), Roma-Bari, Laterza, 1988 *(Fundamentación de la metafísica de las costumbres*, México, Porrúa, 1996).

siste en la superación del dualismo entre sentimientos egoístas y sentido moral por medio del reconocimiento, fundado en un criterio empírico de utilidad social, de la coexistencia de amor a sí mismo y benevolencia.[143] Smith comparte esa premisa y abre su *Teoría de los sentimientos morales* reafirmando la coexistencia, en el hombre, de sentimientos egoístas, por un lado, y de piedad, humanidad y benevolencia por el otro. Sin embargo, no es la benevolencia lo que puede limitar la fuerza y la arrogancia del amor a sí mismo *(self-love);*[144] la solución es mucho más compleja y es confiada a una especie de juez interno, a un «espectador imparcial»[145] que sepa ponerse a igual distancia entre nosotros y los otros y así pueda reconducirnos al grado «apropiado» de toda pasión, representado justamente por ese punto intermedio de integración entre amor a sí mismo y benevolencia en que se coagula el grado de acuerdo social.[146] Mediante la «simpatía», que es «el sentimiento de participación para toda pasión»,[147] el espectador imparcial puede, en virtud de su separación de la intensidad de la pasión originaria, identificarse con el grado intermedio de toda pasión, es decir, aquel que es socialmente digno de aprobación. El Yo apasionado y agente encuentra entonces el propio límite en el Yo espectador[148] que lo juzga y lo impulsa, en virtud de la necesidad de aprobación social –por otra parte inseparable, de manera diferente que en Mandeville y en los jansenistas, de la necesidad de autoaprobación– [149] a actuar éticamente, haciéndose así posible esa integración entre amor a sí mismo y benevolencia que funda la cohesión social. Resultado de esa integración es el «hombre prudente» dotado de las cualidades y virtudes dignas de la

---

143. D. Hume, «Ricerca sui principi della morale» (1752), en *Opere*, Bari, Laterza, 1971, vol. II, pp. 313 ss.; *Trattato sulla natura umana* (1740), Roma-Bari, Laterza, 1982, vol. II, p. 514 *(Tratado sobre la naturaleza humana,* Madrid, Tecnos, 1988).
144. A. Smith, *Teoria dei sentimenti morali* (1759), Roma, Istituto dell'Enciclopedia Italiana, 1991, pp. 110 ss. y 178 *(Teoría de los sentimientos morales,* Madrid, Alianza, 1997).
145. *Ibíd.*, p. 173.
146. *Ibíd.*, pp. 28 y 178 ss.
147. *Ibíd.*, p. 8.
148. *Ibíd.*, p. 153.
149. *Ibíd.*, pp. 149 ss., 154 ss. y 171.

completa aprobación del espectador imparcial:[150] laboriosidad, frugalidad, sacrificio de los placeres presentes en función de mayores placeres futuros, atenta evaluación de las propias elecciones, deseo de un mejoramiento constante unido al de una vida segura y tranquila, son el síntoma inequívoco de un cuidado de sí mismo que se entrelaza inevitablemente con el interés de los otros. Al perseguir el propio interés, el hombre prudente, en quien podemos reconocer la encarnación smithiana de Prometeo, es inducido inevitablemente, mediante el sentimiento comparativo de la simpatía, a tener en cuenta el interés de los otros, de cuya cooperación y ayuda constantemente tiene necesidad en la sociedad civil.[151] Se hace evidente aquí el vínculo entre la teoría ética de la simpatía y la teoría económica de la armonía de los intereses desarrollada por Smith en la *Riqueza de las naciones:* el accionar del hombre prudente, que surge de la interacción entre amor a sí mismo y benevolencia, parece responder perfectamente a la lógica económica del intercambio y del mercado, inspirada en el principio de la utilidad recíproca, en virtud de la cual el interés del individuo, correlacionado indisolublemente al de los otros en tanto poseedores y productores de bienes, desemboca en la creación del bienestar común y de la riqueza económica. Por otra parte, no se debe olvidar que el intercambio genera esa «división del trabajo» de la cual deriva el incremento de la capacidad productiva de la sociedad y por lo tanto su opulencia y su progreso constante.[152] La inescindible conexión entre lo ético y lo económico hace por cierto discutible ver en Smith al teórico por excelencia de la autonomía de lo económico, propia de la sociedad moderna en su fase más madura,[153] para la cual será necesario esperar presumiblemente a Marx y su teoría del capitalismo. No obstante, es innegable que la esfera económica, que

---

150. *Ibíd.*, pp. 288 ss.
151. A. Smith, *La ricchezza delle nazioni* (1776), Turín, Utet, 1975, p. 93 *(La riqueza de las naciones,* México, FCE, 1979); *Teoria dei...,* cit., pp. 114 ss.
152. Smith, *La ricchezza...,* cit., p. 91.
153. Véase A. Zanini, *Genesi imperfetta. Il governo delle passioni in Adam Smith,* Turín, Giappichelli, 1995.

en Locke había asumido su primera consistencia separada de lo político y que en Mandeville se presentaba como un sistema autorregulado, se configura aquí en toda su plena manifestación y en su lógica independiente. Con Smith se tiene, en efecto, la declinación definitiva de la coincidencia entre sociedad civil y sociedad política, de la cual el contractualismo, ya objeto de la explícita crítica de Hume,[154] había insistido con fuerza, delegando a la esfera política la solución del problema de la cohesión social. La sociedad ya no es el resultado de la decisión *racional* de individuos que, renunciando a las propias pasiones, delegan a la institución política la gestión de la seguridad o la defensa de la propiedad y de la vida; es más bien el efecto *espontáneo* de un juego de las pasiones el que, más allá de todo fin intencional, como si lo regulara una «mano invisible»,[155] desemboca en un progresivo incremento de la riqueza. El núcleo de este proceso sigue siendo el amor a sí mismo, si bien corregido por la simpatía y por el indispensable entrelazamiento de los intereses.[156] Se le presenta a Smith como el impulso fundamental para el mejoramiento constante e ilimitado de la propia condición, el fundamento del intercambio, y en consecuencia el estímulo para la producción del valor y la riqueza:[157] en una palabra, como la pasión por excelencia de una sociedad mercantil y de competencia plenamente desplegada, que halla en la articulación competitiva de los intereses la matriz de la propia cohesión y el criterio regulador del propio desarrollo.

Todo esto ha permitido ver en la economía política, aun más que en el utopismo de los *philosophes,* el fundamento del mito iluminista del progreso:[158] expresión máxima y final de esa confianza en las ilimitadas posibilidades humanas con que la modernidad había inaugurado su propio proyecto, dilatando

---

154. D. Hume, *Trattato sulla natura umana,* cit., vol. II, pp. 517 y 553 ss.
155. A. Smith, *La ricchezza...*, *op. cit.*, p. 584.
156. Véase E. Lecaldano, «L'amore di sé in A. Smith: verso una teoria pluralistica della motivazione», en *Iride,* 1994, núm. 11.
157. A. Smith, *La ricchezza...*, cit., p. 92.
158. Véase Ch. Lasch, *Il paradiso in terra. Il progresso e la sua critica* (1991), Milán, Feltrinelli, 1992, pp. 47 ss.

al infinito los confines del tiempo y legitimando el derecho del hombre a saber, a desear, a modificar incesantemente la naturaleza. El amor por la grandeza, la riqueza, el poder –dice Smith–, si bien engañoso, perfecciona la vida y produce desarrollo:

Los placeres de la riqueza y de la grandeza [...] impresionan la imaginación como algo grandioso, bello y noble, a lo que vale la pena llegar aun a través de toda el ansia y la fatiga que tan a menudo comportan. Y es un bien que la naturaleza nos engañe de ese modo. Es ese engaño el que despierta y mantiene en movimiento continuo la laboriosidad humana. Inicialmente, impulsó al hombre a cultivar la tierra, a construir casas, a fundar ciudades y comunidades, a inventar y perfeccionar todas las ciencias y las artes que ennoblecen y embellecen la vida.[159]

En el individuo trabajador que, estimulado por las propias pasiones, sabe crear valor y riqueza promoviendo el constante mejoramiento de la propia condición y el desarrollo de la sociedad, se pierde además el elemento de angustia y de inseguridad que caracterizaba al Prometeo hobbesiano: figura lacerada y controvertida, en la que aún se percibían las ambivalencias del hombre moderno, la inquieta ubicación del individuo entre debilidad y potencia, entre pérdida y conquista.

De Prometeo a Narciso

Pero la figura prometeica del hombre promotor de progreso y de riqueza, y por lo mismo propulsor de la propia felicidad, que la economía política y el iluminismo filosófico habían lanzado al más alto nivel de exaltación, se convierte en el blanco de la crítica rousseauniana que determina la crisis de los mitos de la era moderna. Prometeo se convierte en el símbolo del

---

159. A. Smith, *Teoria dei sentimenti morali*, cit., p. 247.

orgullo humano[160] que ha querido quebrar los límites sabiamente impuestos por la naturaleza, produciendo junto con el desarrollo de la ciencia y de las artes no un incremento de la felicidad y del bienestar sino sólo corrupción, inautenticidad, conflictos y temores recíprocos. En virtud de su innata facultad de perfeccionamiento, el hombre sale de la condición de inocencia, libertad e igualdad del estado de naturaleza, en el cual es impulsado por un amor a sí mismo puramente autoconservador, y se contenta con la simple satisfacción de necesidades elementales, para entrar en la espiral de falta de libertad y de igualdad producida por el desarrollo de la sociedad civil, donde dominan pasiones innaturales y ficticias.[161] Es la sociedad, afirma Rousseau en oposición a Hobbes,[162] la que produce el *amor propio*, sentimiento «relativo» y «artificioso»,[163] que aparta a los hombres de la indolente felicidad natural y los impulsa a la rivalidad y a la competencia, a una creciente dependencia recíproca tal que produce escisión entre el «ser» y el «parecer», a la compulsiva necesidad de superar al otro en riqueza, mérito, potencia, belleza.[164] Mientras el hombre salvaje se preocupa sólo de la propia autoconservación y se acuna en la tranquilidad intacta de la condición originaria, el hombre civilizado se deja dominar por esa «pasión del exterior»[165] que lo lleva a vivir en función de la *mirada* del otro, condenándolo a la inquietud y a la ansiosa búsqueda de falsas metas.[166] El juego de las pasiones, que en Hobbes era resuelto por la sociedad política y que en Mandeville y Smith representaba el presupuesto mismo de una

---

160. J.-J. Rousseau, «Discorso sulle scienze e le arti» (1750), en *Scritti politici*, Turín, Utet, 1970, p. 224 *(Discurso sobre la ciencia y las artes*, Madrid, Alianza, 1990, 8a. ed.).
161. J.-J. Rousseau, «Discorso sull'origine e i fondamenti dell'ineguaglianza» (1755), en *Scritti politici*, cit. (*Discurso sobre el origen y los fundamentos de la desigualdad de los hombres y otros ensayos*, Madrid, Tecnos, 1989)
162. *Ibíd.*, pp. 310-311.
163. *Ibíd.*, nota VII, p. 367; «Rousseau juge de Jean-Jacques. Dialogues» (1789), *Oeuvres complètes*, vol. I, París, Gallimard, 1959, p. 669.
164. J.-J. Rousseau, «Discorso sull'origine...», cit., pp. 332-333.
165. Véase J. Starobinski, «Introduction a J.-J. Rousseau, Discours sur l'origine et les fondaments de l'inegalité», en *Oeuvres complètes*, vol. III, París, Gallimard, 1964, p. LXI.
166. J.-J. Rousseau, «Discorso sull'origine...», *op. cit.*, p. 350.

floreciente sociedad económica, en Rousseau es en cambio el resultado negativo de una sociedad corrupta, que muestra las primeras señales de esa profunda alienación que estará en el centro de la reflexión marxista y de la crítica de los siglos XVIII y XIX de la sociedad burguesa.

Pero como el mal viene del exterior el hombre, «reingresando en sí mismo», puede recuperar esa naturaleza originaria sofocada por las sucesivas incrustaciones y distorsiones producidas por el progreso social, es decir, puede reconducir el amor propio al amor a sí mismo; no negando las pasiones, sino devolviéndolas a su núcleo natural y auténtico, para encontrar así la fuente primigenia del *bonheur* y del orden, de la fidelidad a sí mismo y de la libertad.[167] Contra el fácil optimismo de los *philosophes*, ello requiere un «esfuerzo», una lucha consigo mismo, como lo demuestran los difíciles cursos de Emile y de Julie en la *Nuova Eloisa:* guiados por la voz interna de la naturaleza que los convoca al sentido del límite y de la autoconservación, saben someter su pasión amorosa a un proceso de transformación interna que preludia no sólo la felicidad individual sino también la construcción de un orden social más justo. Como Spinoza, y contra Hobbes, Rousseau concede a los hombres la *chance* de cambiar, que en él significa esencialmente reencontrarse, saber reconocer la parte auténtica de sí, que ha quedado intacta bajo las deformaciones y las superestructuras producidas por una sociedad injusta y alienante. El optimismo político, la confianza en la posibilidad de la sociedad democrática diseñada por *El contrato social,* halla su propio fundamento en la confianza antropológica y moral, en la configuración de individuos capaces de salir victoriosos de la experiencia del mal y de la pérdida de sí mismos causada por las pasiones.

Pero los itinerarios de los dos «héroes» rousseaunianos desembocan, con la separación de Emile y Sophie[168] y la muerte

---

167. J.-J. Rousseau, *Emilio* (1762), Roma, Armando, 1981, pp. 329 ss. *(Emilio o de la educación,* Madrid, Alianza, 1990)
168. J.-J. Rousseau, «Emile et Sophie», en *Oeuvres complètes,* vol. IV, París, Gallimard, 1969.

de Julie, en un fracaso parcial, síntoma de la profunda desconfianza que se oculta, a pesar de todo, detrás del optimismo de Rousseau;[169] el que parece querer sugerir que la lucha del individuo para triunfar sobre las pasiones y dar vida a un orden social ideal es desigual y está destinada a la derrota. El «retorno a sí mismo», que es el *topos* constante del pensamiento rousseauniano, se separa en medida creciente de todo proyecto moral y político y se convierte, con los escritos autobiográficos, en anhelo de soledad y renuncia al mundo. Rousseau/Jean-Jacques escapa tanto de la fuerza incontenible de los propios deseos como de los conflictos y la hostilidad del mundo externo, retirándose a la tranquilidad edénica de la isla de Saint-Pierre, donde a la distancia del «triste cortejo» de las pasiones[170] de la sociedad civil, puede refugiarse en el puerto imaginario de la *rêverie*, «sin ningún sentimiento de privación o de alegría, de placer o de pena, de deseo o de temor, excepto el de la propia existencia.»[171] El amor a sí mismo, que en una primera fase constituía el camino principal para la formación del sujeto moral y de una sociedad bien ordenada, se convierte luego en un fin en sí mismo, entrópico replegamiento en la estasis apática de una introversión que excluye por completo a los otros y se complace en una delirante autosuficiencia: «¿De qué se goza en un estado semejante? De nada que sea exterior, de nada sino de sí mismos y de la propia existencia; mientras dura esa condición, somos suficientes para nosotros mismos, como Dios».[172] Al impulso *prometeico* extrovertido que desemboca en el conflicto, en la alienación y la infelicidad, Rousseau le opone un brusco movimiento centrípeto, una desesperada búsqueda de autenticidad y de fidelidad a sí mismos, llegando así a una especie de autocomplacencia *narcisista*, que termina por reducir a los otros, como surge

---

169. Véase E. Pulcini, *Amour-passion e amore coniugale. Rousseau e l'origine di un conflitto moderno*, Venecia, Marsilio, 1990.
170. J.-J. Rousseau, *Le fantasticherie del passeggiatore solitario* (1782), Milán, Rizzoli, 1979, VIII, p. 309. (*Las ensoñaciones del paseante solitario*, Madrid, Alianza, 1979).
171. *Ibíd.*, V, p. 263.
172. *Ibíd.*, V, p. 264: véase E. Pulcini, *Amour-passion e amore...*, *op. cit.*, parte III, cap. 1.

sobre todo en los *Dialoghi,* a una fuente fantasmal y distorsionada de reflexión de las proyecciones del Yo.

Él nos muestra entonces el surgimiento de una forma de subjetividad, la narcisista, destinada a volverse hegemónica en la realidad contemporánea, donde asumirá formas cada vez más degradadas y patológicas.[173] Pero lo que es aun más importante, Rousseau nos revela, si bien de manera implícita, que el Yo narcisista nace como reacción a los perjuicios y a las ilimitadas pretensiones de un Yo prometeico e instrumental, volcado únicamente a la conquista del mundo e incapaz de reconocer la necesidad, igualmente prepotente, de interioridad, de cuidado íntimo de sí mismo, de pacificadora aspiración al «sentimiento puro de la existencia». Por su inquietud y por su renuncia podemos captar la preciosa sugerencia de que los dos aspectos, Prometeo y Narciso, figuras simbólicas de dos modalidades diferentes de la vida emotiva, del amor a sí mismo que caracteriza al individuo moderno, no logran integrarse, antes bien están destinados a una progresiva divergencia que exaspera los aspectos negativos de ambos y favorece sus desarrollos patológicos. Y es en esa integración imposible, o fallida, que tal vez podamos captar el origen de lo que recientemente ha sido definido como el «malestar» de la modernidad.[174]

---

173. Véase Ch. Lasch, *La cultura del narcisismo* (1979), Milán, Bompiani, 1981; Taylor, *op. cit.*,
174. Ch. Taylor, *op. cit.*

BIBLIOGRAFÍA

El ensayo versa predominantemente sobre el análisis de textos filosóficos de entre los siglos XVII y XVIII, para los cuales véanse:
P. Cornelille, *Théâtre*, 2 vols., París, Garnier-Flammarion, 1980.
R. Descartes, «Il discorso sul metodo» (1637), *Opere filosofiche*, Turín, Utet, 1969. (*El discurso del método*. Buenos Aires, Losada, 18.ª de., 1997.)
R. Descartes, «Meditazioni metafisiche sulla filosofia prima» (1641), *Opere filosofiche*, cit. (*Tratado de las pasiones*, Barcelona, Obras Maestras, 1985).
R. Descartes, «Le passioni dell'anima» (1649), *Opere filosofiche*, cit.
R. Descartes, «Lettere scelte», *Opere filosofiche*, cit.
D. Diderot, «Pensieri filosofici» (1746), *Opere filosofiche*, Milán, Feltrinelli, 1963.
L'Encyclopédie ou Dictionnaire raisonné des sciences, des arts et des métiers (1751-1756), comps. D. Diderot y D'Alembert, 5 vols., Nueva York, Readex Compact Edition, 1965.
C.A. Helvétius, *Dello Spirito* (1758), Roma, Editori Riuniti, 1970.
T. Hobbes, *Elementi di legge naturale e politica* (1640), Florencia, La Nuova Italia, 1985 (*Elementos de ley natural y política*, Madrid, Centro de Estudios Constitucionales, 1971).
T. Hobbes, *De cive* (1642), Roma, Editori Riuniti, 1979 *(El ciudadano*, Madrid, Debate, 1993).
T. Hobbes, *Leviatano* (1651), Florencia, La Nuova Italia, 1987 *(Leviatán*, México, FCE, 7.ª ed., 1996).
P.H. d'Holbach, *La morale universelle* (1776), Stuttgart-Bad Carmstatt, Forman Verlag, 1970.
D. Hume, *Trattato sulla natura umana* (1740), Roma-Bari, 2 vols., Laterza, 1982 (*Tratado de la naturaleza humana*, Madrid, Tecnos, 1988).
D. Hume, «Ricerca sui principi della morale» (1752) en *Opere*, Bari, Laterza, 1971, vol. 2.
F. Hutcheson, «An Essay on the Nature and Conduct of the Passions», en *Collected Works*, Hildesheim, Olms Verlag, 1971, vol. II.
I. Kant, *Fondazione della metafisica dei costumi* (1785), Roma-Bari, Laterza, 1988 *(Fundamentación de la metafísica de las costumbres*, México, Porrúa, 1996).
I. Kant, *Antropologia pragmatica* (1798), Roma-Bari, Laterza, 1988 (*Antropología*, Madrid, Alianza, 1991).
Mme de la Fayette, *La principessa de Clèves* (1678), Milán, Garzanti, 1988 (de próxima publicación por Editorial Losada).
F. de la Rouchefoucauld, *Massime* (1678), Milán, Rizzoli, 1978.
J. Locke, *Trattato sul governo* (1690), Pordenone, Studio Tesi, 1974 *(Tratado sobre el gobierno*, Madrid, Espasa Calpe, 1993) (De próxima publicación por Editorial Losada).
B. Mandeville, *La favola delle api* (1723), Roma-Bari, Laterza, 1987.
B. Mandeville, *Dialoghi tra Cleomene e Orazio* (1729, segunda parte de *La favola...*), Lecce, Milella, 1978.
M. de Montaigne, *Saggi* (1588), 2 vols., Milán, Adelphi, 1992.
P. Nicole, *Essais de morale* (1670-1718), 2 vols., Ginebra, Slatkine, 1971.

B. Pascal, *Pensieri* (1670), Pordenone, Studio Tesi, 1986 *(Pensamientos,* Buenos Aires, Losada, 1977).

J.-J. Rousseau, «Discorso sulle scienze e le arti» (1750), en *Scritti politici,* Turín, Utet, 1970.

J.-J. Rousseau, «Discorso sull'origine e i fondamenti dell'ineguaglianza», (1755), en *Scritti politici,* cit. *(Discurso sobre la ciencia y las artes,* Madrid, Alianza, 1990, 8.ª ed.).

J.-J. Rousseau, *La nuova Eloisa* (1761), Milán, Rizzoli, 1992.

J.-J. Rousseau, *Emilio* (1762), Roma, Armando, 1981, *(Discurso sobre el origen y los fundamentos de la desigualdad de los hombres y otros escritos,* Madrid, Tecnos 1989).

J.-J. Rousseau, «Emile et Sophie», en *Oeuvres complètes,* vol. IV, París, Gallimard, 1969 *(Emilio, o de la educación,* Madrid, Alianza, 1990).

J.-J. Rousseau, «Il contratto sociale» (1762), en *Scritti politici,* cit. *(El contrato social,* Buenos Aires, Losada, 1998).

J.-J. Rousseau, *Le fantasticherie del passeggiatore solitario* (1782), Milán, Rizzoli, 1979 *(Las ensoñaciones del paseante solitario,* Madrid, Alianza, 1979).

J.-J. Rousseau, «Rousseau juge de Jean-Jacques. Dialogues» (1789), *Oeuvres complètes,* op. cit.

A. Shaftesbury, «Saggio sulla virtù e sul merito» (1969), *Saggi morali,* Bari, Laterza, 1962.

A. Smith, *(Teoria dei sentimenti morali* (1759), Roma, Istituto dell'Enciclopedia Italiana, 1991 *(Teoría de los sentimientos morales,* Madrid, Alianza, 1979).

A. Smith, *La ricchezza delle nazioni* (1776), Turín, Utet, 1975 *(La riqueza de las naciones,* México, FCE, 1979).

B. Spinoza, *Trattato teologico-politico* (1670), Turín, Utet, 1972 *(Tratado teológico-político,* Madrid, Alianza, 1986).

B. Spinoza, *Trattato politico* (1677), Roma-Bari, Laterza, 1991 *(Tratado político,* Madrid, Alianza, 1986).

Voltaire, «Lettere filosofiche» (1734) en *Scritti filosofici,* 2 vols., Bari, Laterza, 1972 *(Cartas filosóficas,* Barcelona, Altaya, 1993).

Para la interpretación del pensamiento filosófico de los autores tratados, véanse en particular:

A.M. Battista, *Nascita della psicologia politica,* Génova, Ecig, 1982.

P. Bénichou, *Morali del Grande Siècle* (1948), Bolonia, Il Mulino, 1990.

N. Bobbio, «Hobbes e il giusnaturalismo», *De Hobbes a Marx,* Nápoles, Morano, 1965.

N. Bobbio, «Il modello giusnaturalistico», en N. Bobbio y M. Bovero, *Società e Stato nella filosofia politica moderna,* Milán, Il Saggiatore, 1979 ("El modelo iusnaturalista", en *Sociedad y estado en la filosofía moderna,* México FCE, 1986).

R. Bodei, *Geometria delle passioni. Paura, speranza, felicità: filosofia e uso politico,* Milán, Feltrinelli, 1991 *(Geometría de las pasiones,* México, FCE, 1995).

E. Cassirer, *Descartes, Corneille, Christine de Suède,* París, Vrin, 1942.

L. Crocker, *Un'età di crisi. Uomo e mondo nel pensiero francese del '700* (1970), Bolonia, Il Mulino, 1975.

J. Ehrar, *L'idée de nature en France à l'aube des Lumières,* París, Flammarion, 1970.

A.O. Hirschman, *Le passioni e gli interessi* (1977), Milán, Feltrinelli, 1979 *(Las pasiones y los intereses,* México, FCE, 1985).

A. J. Kreisheimer, *Studies in Self-Interest. From Descartes to La Bruyère*, Oxford, Clarendon Press, 1962.
E. Lecaldano, «L'amore di sé in A. Smith: verso una teoria pluralistica della motivazione», en *Iride*, 1994, n° 11.
A. Levi, *French Moralists, the Theory of the Passions. 1585 to 1649*, Oxford, Clarendon Press, 1964.
C.B. Macpherson, *Libertà e proprietà alle origine del pensiero borghese* (1962), Milán, Isedi, 1973.
R. Mauzi, *L'idée du bonheur dans la littérature et la pensée françaises au XVIIIe siècle*, París, Colin, 1960.
A. Pacchi, «Hobbes and the Passions», en *Topoi*, vol. VI, 2-9-1987.
R. Polin, *Politique et philosophie chez Thomas Hobbes*, París, Vrin, 1953.
E. Pulcini, *Amour-passion e amore coniugale. Rousseau e l'origine di un conflitto moderno*, Venecia, Marsilio, 1990.
M. Raymond, «Du jansénisme à la morale de l'intérêt», en *Mercure de France*, junio de 1957.
J. Starobinski, «Introduction a J.-J. Rousseau, Discours sur l'origine et les fondaments de l'inegalité» en *Oeuvres complètes*, vol. III, París, Gallimard, 1964.
J. Starobinski, «La Rochefoucauld et les morales substitutives», en *Nouvelle revue française*, julio-agosto de 1966.
L. Strauss, *Che cos'è la filosofia politica* (1952), Urbino, Argalia, 1977.
A. Zanini, *Genesi imperfetta. Il governo delle passioni in Adam Smith*, Turín, Giappichelli, 1995.

Entre los textos útiles para una teoría del «hombre moderno» se señalan:
P. Barcellona, *L'individualismo proprietario*, Turín, Boringhieri, 1976 (*El individualismo propietario*, Madrid, Trotta, 1997).
G. Bataille, *La parte maledetta* (1967), Verona, Bertani, 1972 *(La parte maldita*, Barcelona, Icaria, 1987).
G. Bataille, *La sovranità* (1976), Bolonia, Il Mulino, 1990 *(Lo que entiendo por soberanía*, Barcelona, Paidós, 1996).
H. Blumenberg, *La legittimità dell'età moderna* (1966), Génova, Marietti, 1992.
H. Blumenberg, *Elaborazione del mito* (1979), Bolonia, Il Mulino, 1991.
L. Dumont, *Homo aequalis. Genesi e trionfo dell'ideologia economica* (1977), Milán, Adelphi, 1984.
S. Freud, «Considerazioni attuali sulla guerra e sulla morte» (1915) en *Opere*, vol. VIII, Turín, Boringhieri, 1976 *(Consideraciones de actualidad sobre la guerra y la muerte*, en *Obras completas*, Madrid, Biblioteca Nueva, 1996).
S. Freud, «Il disagio della civiltà» (1929), *Opere*, vol, X, Turín, Boringhieri, 1978 *(El malestar de la cultura*, en *Obras completas*, cit, vol. 3).
S. Freud, «Perché la guerra» (1932) en *Opere*, vol. XI, Turín, Boringhieri, 1979 ("El porqué de la guerra", en *Obras completas*, cit., vol. 3).
A. Gehlen, *L'uomo. La sua natura e il suo posto nel mondo* (1978), Milán, Feltrinelli, 1983 *(El hombre: su naturaleza y su lugar en el mundo*, Salamanca, Sígueme, 1987).
Ch. Lasch, *La cultura del narcisismo* (1979), Milán, Bompiani, 1981.
Ch. Lasch, *Il paradiso in terra. Il progresso e la sua critica* (1991), Milán, Feltrinelli, 1992.
A. Laurent, *Storia dell'individualismo* (1993), Bolonia, Il Mulino, 1994.

Ch. Taylor, *Radici dell'Io* (1989), Milán, Feltrinelli, 1993 *(Las fuentes del yo,* Buenos Aires, Paidós, 1996).
Ch. Taylor, *Il disagio della modernità* (1991), Roma-Bari, Laterza, 1994.
M. Weber, *L'etica protestante e lo spirito del capitalismo* (1922), Florencia, Sansoni, 1977 *(La ética protestante y el espíritu del capitalismo,* Barcelona, Península, 15.ª ed. 1997).

La pasión de amor y la escritura romántica

Antonio Prete

> ¡Qué arte difícil es el amor! ¿Quién lo sabe entender? ¿Y quien puede no seguirlo?
>
> Carta de SUSETTE CONTARD A HÖLDERLIN

Una premisa. La escritura a la que denominamos romántica es un campo de tensiones, y representaciones, y estilos, tan impetuosamente multiforme que sólo un artificio la puede contener en un cuadro ordenado de teorías y tendencias. Lo que sigue, entonces, es sólo uno de los posibles cruces: un entretenimento o, para referirnos al sentido primero y no ambicioso de una palabra, un «essai», un degustar.

Una primera delimitación temporal puede comprender la escritura que, en las formas propias de la novela, de la poesía, del teatro, del tratado teórico, de la carta, del diario –y en la crítica activa de esas mismas formas– se extiende entre el *Werther* de Goethe (1774) y el *Eugenio Oneguin* de Pushkin (1833), para indicar dos acontecimientos ejemplares por diversas razones. Pero se podría asumir como premisa lejana a *La Nouvelle Héloïse* de Rousseau y como realización –que a su vez inaugura una nueva época– a *Madame Bovary* de Flaubert. Un antes y un después que se mantendrá sobre el trasfondo de la investigación. La escritura romántica –y a la expresión no se le da aquí otro objetivo que el amplísimo de servir como definición de una época– hace irrumpir lo *trágico* en la estrategia sentimental del siglo XVIII y al mismo tiempo anuncia la moderna fisiología analítica del sentimiento.

Para esa experiencia, la tópica de las pasiones tiene su lugar privilegiado, su *experimentum* y emblema: *la pasión amorosa*. En su círculo –teórico y poético y musical– se profundiza una fenomenología del *sentir*, se despliega un análisis del *deseo*, de su infinita apertura e incolmabilidad, de su perenne estado de jaque. Toma forma una idea de *felicidad* como lugar del punto de llegada imposible, como lugar del que siempre se está en exilio. Las ideas de *belleza* y de *sublime* van hacia su contaminación, o caída, o desacralización. La *mirada* sobre los movimientos del ánimo se transforma, de exaltada y aventurera en irónica e indolente. Por último, en ese mismo círculo, se plantea la cuestión de poética que los románticos sienten con gran fuerza: *¿cómo decir el amor,* como decir aquello que tiene como contenido justamente lo insondable, lo oscuro, lo no reductible a descripción razonable y acabada? ¿Con qué lenguaje representar el límite del lenguaje?

En esta escritura del amor –en sus formas inconciliadas–, en este largo relato y documento y sueño, es posible detenerse siguiendo la formación de algunas figuras, de algunas tramas interrogativas: en las tres extensiones principales del decir, que son la meditación o el tratado del amor, la novela de amor, la poesía de amor. Pasajes –con timbres propios, por cierto, pero sólo pasajes– de ese *discurso amoroso* que del *Simposio* de Platón en adelante interroga un país que se extiende entre saber y no saber, entre ciencia e ignorancia, un país que se confronta con todas las reverberaciones, con todas las iridiscencia del *otro*, de su imagen, de su presencia-ausencia. En esa gran escena –donde son contiguos experiencia y metalenguaje, relato y análisis, emoción y teoresis– el discurso romántico sobre la pasión amorosa no es más que una variación, una estación: pero su lengua, sus signos no nos resultan extraños. Pertenecen, aún hoy, a nuestro horizonte.

Razonamiento de amor

No existe una teoría romántica del amor. Son lejanas las antiguas *doctrinas* amorosas: soporte de trovadores y *stilnovistas*, afán teórico de petrarquistas y neoplatónicos renacentistas. Aunque todavía se pueden hallar algunos fragmentos de ese «razonamiento de amor» en muchos textos, sobre todo poéticos (aún no se ha agotado del todo la función de Petrarca como *auctor* y maestro del amor). Antes bien, nos hallamos frente a un gran impulso hacia la *descripción,* hacia la descripción del *sentir:* el nuevo paisaje es una interioridad conmovida, intranquila, neblinosa. Una descripción que no busca un fundamento al decir: ni teológico ni metafísico. Pero encuentra en su camino teórico lo ilimitado y la nada, en su camino ético el sueño y el azar.

La reflexión no busca el lugar clásico del *tratado,* sino que transcurre en la letra, en el verso, en el *Lieder,* en el diario, en la narración. La confianza se vuelve teoría, la confesión conocimiento, el sueño saber. Meditación de amor y experiencia amorosa tienen la misma lengua, el mismo aliento. En este sentido, de verdad existe *discurso* amoroso: un discurrir, un transcurrir del saber por regiones inexploradas, por zonas oscuras del ánimo, fuera de estatutos y recintos del decir ya nombrados, ya disciplinados. (Cuando Freud diga haber tomado de los poetas en su investigación, se referirá en particular a los románticos.) No hay una forma delegada al tratado teórico. *Del amor* de Stendhal es, al mismo tiempo, ensayo y relato, diario y análisis, crónica mundana y catálogo de figuras propias del *amour-passion* (el primer encuentro, el flechazo, el adios, los celos, la confianza y el secreto, el orgullo, el coraje, la guerra de las miradas, el pudor, etcétera). En las cartas de Hölderlin a Susette Contard hay una tensión de conocimiento amoroso que ningún tratado puede ofrecer con igual profundidad. En el juvenil diario de amor de Leopardi (llevado entre el 14 de diciembre de 1817 y el 2 de enero de 1818) hay un cuidadísimo registro de los movimientos psíquicos ante la presencia o ausencia de una imagen femenina: modulaciones mínimas y fantasiosas de una *sensiblerie* sacudida por la irrupción del «primer amor», diagrama de un sentimiento, de su representación mental, del surgimiento hasta la atenuación y a la pérdida. Y, en fin, ¿qué demostración más alta se puede dar de la teoría de las afinidades sino la escritura de una de las más grandes novelas de amor, titulada justamente *Le affinità elettive?* (*Las afinidades electivas*). El rechazo romántico de una razonada doctrina del amor se puede leer en esta definición de Stendhal: «El amor es semejante a la Vía Láctea en el cielo: un conjunto resplandeciente formado por infinidad de pequeñas estrellas, de las cuales cada una es a menudo una nebulosa».[1]

Y no obstante podemos intentar recoger la dispersa y diseminada meditación romántica sobre el amor en torno de algunos campos de insistencia, de algunas recurrencias más propias (en una especie de léxico provisorio e inconcluso).

Soberanía de la imagen. El mito del señorío de Eros había pasado a través de la meditación renacentista sobre la desposesión del yo, sobre la «desaparición» del sujeto enamorado (recuérdese el verso de Miguel Ángel: «¿Cómo puede ser que yo no sea más mío?"). Con los románticos, ese mito se extiende en un análisis de la enfermedad amorosa, por la cual el sujeto que ama es prisionero de un «pensamiento dominante». La historia de ese dominio es trazada por Leopardi en algunos pasajes del *Zibaldone,* pero sobre todo en el canto que tiene precisamente por título *Il pensiero dominante.* La enfermedad amorosa, que para Leopardi es «la más dulce, la más cara, más humana, más potente, más universal de las pasiones»[2] crea un estado de vacío, un desierto de los pensamientos, una cancelación del cuidado del mundo, una especie de ascetismo y de concentración, y es sobre ese desierto que un pensamiento, *el pensamiento,* adquiere amplitud y dominio: reunión de todas las imágenes en una *sola* imagen. La mente es convertida en desierto para que acoja a un gigante que pide rendición y devoción, «dulcísimo» y a la vez «omnipotente»:

---

1. Stendhal, *Dell'amore*, pp. 297-298 *(Del amor,* Madrid, Alianza, 1990, 3.ª ed.).
2. G. Leopardi, *Zibaldone di pensieri,* 3610-3611; 3-6 octubre de 1823.

¡Cuán solitaria se ha vuelto
La mente mía desde entonces
Cuando ahí decidiste morar!
Raudo alrededor como el relámpago
Los otros pensamientos míos
Todos se disiparon. Como torre
En solitario campo,
Tú estás solo, gigante, en medio de ella.

Este dominio, antes que dominio de una imagen corpórea, es dominio de una idea de la armonía, de la perfección y, para Hölderlin, dominio de una idea del todo. La «secreta potencia» del amor se superpone al amor concreto, lo acompaña y vivifica: imagen de una otredad irreductible al lenguaje (de ahí la contigüidad, en toda cultura, entre la experiencia amorosa y la experiencia mística). Le escribe Diotima a Hölderlin: «Nada nos queda aparte de la felicísima fe del uno en la otra, y en la esencia omnipresente del amor, ésa que es eterna invisible...». Y también: «¡Haz sólo que el nosotros nunca se desvanezca en cuanto al amor, y seamos siempre fieles uno a la otra!».[3] Una reciprocidad que precisamente el otro de los dos, *el amor como el otro*, mantiene en su nítida definición, en la verdad de una relación que cancela toda relación interna de poder. Estamos en un horizonte ya diferente del de la teología renacentista del amor: «Muere amando a quien sea que ama –había escrito Ficino en el comentario al *Simposio*– porque al olvidarse de sí su pensamiento, se vuelve a la persona amada [...]. Si él no está en sí, entonces no vive en sí mismo: quien no vive está muerto, pero está muerto en sí todo el que ama: o vive al menos en otros».[4] Aunque algunas formas de esa muerte sobrevivan en una fisiología romántica del estado amoroso, ahora, en el análisis de la condición de amor, toma fuerza la idea de *reciprocidad*. Y es la activación de la fantasía, de una fantasía esforza-

---

3. *Diotima e Hölderlin. Lettere e poesie*, pp. 46 y 81.
4. M. Ficino, *Sopra lo amore o ver' Convito di Platone*, en la trad. de N. Dortelata (1544).

da, impetuosa e incesante –hasta el *spleen* y la *rêverie*– lo que se impone a la mística de la pérdida de sí. Aquí, en este pasaje, tal vez tenga raíz el carácter heroico, funambulesco, narcisista, teatral, melancólico del personaje denominado romántico.

El deseo. Sobre el final del breve diario de amor –se ha atenuado la dolorosa presencia de la imagen–, Leopardi confronta el estado de melancolía que le ha sobrevenido con la condición de quien es aún presa de la tempestad de amor:

[...] Puesto que cierta neblina de melancolía afectuosa, como la que he sufrido en los últimos días, no es desagradable, y aun deleita sin turbarnos más que un tanto, no se puede decir lo mismo de esa diligencia y de ese deseo y de ese descontento y de ese anhelo y de esa angustia que van con el punto más alto de la pasión, y que nos hacen sentir en todo caso atribulados y míseros».[5]

En unos pocos años, el mismo Leopardi observará el origen, la causa de esa perturbación: el ímpetu del deseo y su connatural incolmabiliad. Al recordar los versos de amor de Safo y Petrarca, y al meditar sobre la perturbación del enamorado ante la belleza, escribirá: «La fuerza del deseo que él concibe en ese punto, lo aterra por lo que se representa de pronto, si bien confusamente, al pensar en las penas que por ese deseo deberá sufrir; porque el deseo es pena, y el vivísimo y sumo deseo, vivísima y suma pena, y el deseo perpetuo y nunca satisfecho es pena perpetua».[6] Y Leopardi reflexionará largamente en *Zibaldone* sobre la corporeidad del deseo, sobre el hecho de que, como la respiración, el deseo es connatural a la existencia del hombre, elemento biológico de su estructura, pulsión siempre abierta, siempre en jaque ante la posibilidad del placer.

Si Leopardi lleva a clara teorización la centralidad del deseo, muchos otros colaboran para definir esa geografía del estado deseoso en cuyas brumas circula el *âme romantique.* Se trata

---

5. G. Leopardi, *Memorie del primo amore.*
6. Leopardi, *Zibaldone...*, cit., 3445, 16 de septiembre de 1823.

de una declinación cotidiana –y hasta mundana– del deseo: la melancolía, el abandono a la fantasía, la espera inquieta y al mismo tiempo dulce de lo imposible, el estado de indolente suspensión del accionar, esa implacable *chandra* –como la llamaban los rusos– en la que Oneguin pensará no sin nostalgia en su época de declinación.

La ramita de Salisbury, o de la cristalización. Stendhal narra una visita estival a las minas de sal de Hallein, cerca de Salisbury, en compañía de una señora italiana: la conversación y la ligera red de sobreentendidos amorosos tienen en su centro el tema de la «cristalización». Una rama, despojada de hojas, es dejada por algunos meses en las canteras de sal. Cuando se la recupera «la cristalización de la sal ha recubierto las ramitas oscuras con diamantes tan numerosos y fulgurantes, que ahora sólo acá y allá se logra ver cómo era antes».[7] Es el mismo proceso que se verifica en el surgimiento de la pasión amorosa: la cristalización de la imagen del otro. Un proceso al que se llega a través de diversas fases: el estado de fuerte admiración, el deseo del placer (del placer de ser amados), el nacimiento de la esperanza, por último la exageración de la belleza y de los méritos de la persona amada.

Pero Stendhal lleva en el horizonte del sujeto enamorado, en su espacio de representación mental, lo que antes de él había sido visto como presagio, como elemento del destino. Hace de lo absoluto del encuentro un trabajo interior, un proceso de autopersuasión. Vuelve mundana, por así decirlo, la sacralidad del evento. Otra había sido la postura de poetas como Hölderlin o Keats. «¿Qué son los siglos frente al instante en que dos seres se presagian y se acercan?», le escribe Hiperión a Belarmino. Y más adelante, al hablar sobre su relación con Diotima: «Aun antes de que uno supiera de la otra, ya nos pertenecíamos».[8] Y John Keats, tan distante del tono fuerte, tan

---

7. Stendhal, *op. cit.*, p. 314.
8. F. Hölderlin, *Iperione*, pp. 74 y 82 *(Hiperión,* Madrid, Hiperión, 1996).

límpidamente sereno en su dulce renuncia, en su *negative capability*, le escribe a Fanny: «Para mí la *vida* es la certeza de tu amor».[9] Pero tanto en la reflexión de Stendhal como en las expresiones de los dos grandes poetas, lo que está en juego es la relación con la *imagen*, la cual es recubierta con un cuidado asiduo y obsesivo, hecha exclusiva y omnipresente. Roland Barthes, en *Fragmentos de un discurso amoroso*, dirá que el enamorado, como le sucede al obsesivo, hace de la imagen *la cosa misma:* «El enamorado es entonces un artista, y su mundo es en verdad un mundo al revés: en efecto, toda imagen coincide con su mismo fin (nada más allá de la imagen)».[10]

Afinidad. En *Las afinidades electivas* de Goethe, antes de que la pasión de Eduardo por Otilia descomponga la ordenada geometría de las relaciones, y aun antes de que se dibuje la sombra de lo trágico, el capitán lleva la conversación a la afinidad de algunas sustancias químicas, homólogas a las afinidades que se dan entre algunos individuos:

A esas sustancias que, al encontrarse, pronto se compenetran y se influyen recíprocamente, las llamamos afines. En el caso de los álcalis y de las sales que, si bien opuestos, y tal vez precisamente porque son opuestos, se buscan y se asocian con el máximo vigor, modificándose y formando juntos un nuevo cuerpo, es evidente esa afinidad. Basta pensar en la cal, que tiene una invencible inclinación por toda clase de ácidos, ¡una decidida tendencia a acoplarse con ellos!

Cuando Eduardo destaca la función de la *separación* entre los elementos químicos, el capitán agrega:

«Si sumergimos un trozo calcáreo en ácido sulfúrico diluido, éste ataca la cal y se transforman en yeso, mientras se libera ese ácido ligero y aeriforme. De ese modo se ha producido una separación y una nueva combinación, y de verdad nos senti-

---

9. J. Keats, *Lettere sulla poesia*, p. 206.
10. R. Barthes, *Fragments d'un discours amoreux*, París, Seuil, 1977, p. 159 (trad. del autor).

mos autorizados a emplear la palabra *afinidad*, porque parece que una relación se antepone a otra, que se hace una elección».

En la conclusión, al volver a observar los elementos, el capitán superpone alusivamente al campo químico el campo humano:

Es preciso ver en acción ante los propios ojos esas sustancias en apariencia inertes, y sin embargo íntimamente siempre dispuestas, y observar con participación cómo se buscan, se atraen, se absorben, se destruyen, se devoran, se consumen, y luego vuelven a emerger de la más íntima conjunción en forma cambiada, nueva, inesperada.

Esa mirada analítica hallará luego, en el curso de la novela, el fondo indescifrable, necesario, absoluto, del que parte y al que retorna la pasión: el drama se concluye con las figuras de los dos ángeles de «arcana afinidad» que miran desde la bóveda del pequeño templo las tumbas de los dos amantes infelices. En su diario, Ottilia había escrito: «Las grandes pasiones son enfermedades sin esperanza. Lo que podría curarlas es precisamente lo que las hace peligrosas».[11]

Goethe ha querido darle un trasfondo natural y a la vez trágico, «elemental» y final a ese paradigma dual –de presagio, de necesidad, de fatal atracción– que la lectura romántica ha descrito obsesivamente: detrás de Julie d'Etanges y Saint-Preux de la *Nouvelle Héloïse* aparecen Pablo y Virginia, Werther y Lotte, Jacobo y Teresa, Eduardo y Ottilia, Octave y Armance, etcétera. Historia de misteriosas atracciones ya escritas antes de su acontecimiento. Simetría novelesca que luego, de Pushkin a Flaubert, se desgranará, mirando con ojos de desencantada *pietas* la separación, el encuentro que no tuvo lugar, la extrañeza, el vacío, lo irrealizado. Y en cambio con Baudelaire verá precisamente en la mirada de la *passante*, es decir, en lo no vivido, en lo imposible, la suprema afinidad, la experiencia absoluta. *(«ô toi que j'eusse aimée, ô toi qui le savais!»;*[12] «¡Oh!, que te habría

---

11. J.W. Goethe, *Le affinità elettive*, pp. 35-39 y 168.
12. Ch. Baudelaire, *À une passante*.

amado, ¡oh! tú que lo sabías»). La atracción de los afines no tiene más que el tiempo infinito, violentamente verdadero, de un instante, de un relámpago *(«Un éclair...»)*. El tiempo de la poesía es realmente *otro* tiempo.

Prosas de novelas

Una primera observación. Más que la novela como género, las reflexiones que siguen tienen como objeto lo *novelesco,* es decir, el campo móvil de una escritura que de tanto en tanto elige las propias formas y los propios géneros. Y sus contaminaciones y mezcolanzas. Por otra parte, es propio del *romanticismo temprano* el sueño de una novela que esté más allá del género novela, de una novela como «absoluto poético» (Novalis): representación que sea conocimiento y ritmo, experiencia del mundo y perfección, cruce y purificación de los lenguajes.

Además, las obras que aquí sugieren las figuras de una pasión fueron elegidas sin ningún criterio de particular ejemplaridad: esa elección no es presidida por un muestreo sociológico ni una jerarquía estética, sino sólo por el entrelazamiento de predilección, parcialiad y arbitrariedad: la experiencia de la lectura, tal vez de toda lectura, parte de ese entrelazamiento. A su vez, el lector de estas notas podrá extender el campo de investigación con otras lecturas.

En fin, un curso como éste, que aborda temas y figuras y gestos y comportamientos propios de la representación literaria, es consciente de que sacrifica, o al menos deja sobre el trasfondo, el corazón mismo de esa representación: la *singularidad* –de estilo, de lenguaje, de universo formal– que es propia de toda experiencia de escritura.

La primera mirada. En la economía de la narración, los detalles se enriquecen de sentido no en el momento en que son representados, sino a medida que el texto se va desplegando: lo que en el momento parece casual se torna luego necesario. Es lo que sucede casi siempre con la descripción del primer encuentro. Hay una anticipación, un presagio, que anuncia el reconocimiento del amor. Werther, sobre el coche que lo conduce al baile campestre, y que debe pasar a buscar a Charlotte S., es advertido por las dos muchachas que lo acompañan: «Conocerá a una bella señorita». Y luego: «Esté atento [...] a no enamorarse de ella». La aparición de Lotte es un cuadrito doméstico, la antítesis de la violenta pasión que estallará: la muchacha distribuye la merienda a los hermanitos. Pero luego, en el baile, Lotte aparece con «el cuerpo transformado en una única armonía». También Werther reconoce la propia metamorfosis: «Yo no era más una criatura humana»,[13] le cuenta a Wilhelm a propósito de la experiencia del baile. Y Jacopo Ortis le escribirá a Lorenzo: «La encontré sentada, pintando el propio retrato. Se incorporó y me saludó como si me conociera». Y agrega: «Yo volvía a casa con el corazón de fiesta. ¿Qué, el espectáculo de la belleza basta, tal vez, para adormecer en nosotros, tristes mortales, todos los dolores? Ves para mí un tema de vida: única por cierto, ¡y quién sabe! fatal».[14]

Todo está ya realizado. Todos los estadios de la pasión están ya definidos: la aparición se transforma en fatalidad, lo casual en absoluto, lo doméstico en aventurado. El cuerpo femenino se ha convertido ya en fuente de inextinguible turbación. Pero este esquema tiene sus complicaciones y variantes: Eduardo, en *Las afinidades electivas*, vuelve a encontrar a Ottilia después de la distracción del primer encuentro. Octave, en *Armance* de Stendhal, escucha los silencios de la prima, escruta su sentido, envuelve la imagen de ella en estratos de acogida umbrosa, exaltada y disimulada, confesada y alejada. Por otra parte, el capítulo de *Del amor* dedicado a la figura del primer encuentro describe un acontecimiento móvil, esfumado, complejo, y sobre todo se refiere al modo diferente en que la mujer y el hombre viven esa experiencia.

---

13. J.W. Goethe, *I dolori del giovane Werther*, pp. 32, 36 y 37 *(Poemas del joven Werther*, Madrid, Alianza, 1989, 18ª. ed.).
14. U. Foscolo, *Ultime lettere di Jacopo Ortis*, pp. 44 y 45.

Pasión y paisaje. Reflejos, correspondencias, recíprocas implicaciones vinculan la vida de la naturaleza con la interioridad del personaje. La cosmología romántica no es sólo marco y trasfondo de los acontecimientos amorosos, sino que es voz misma, timbre de la pasión, lugar de su legibilidad, de su devenir. El diagrama de esta correspondencia tiene muchas variaciones de registros y de modos. Puede suceder, como en *Werther*, que la belleza del paisaje de pronto se degrade en la insignificancia, se hunda en la opacidad carente de forma y de lengua, cuando la aridez triunfa en el ánimo del personaje: «cuado esta espléndida naturaleza está frente a mí, rígida como un cuadrito pintado con esmalte, y todas sus delicias no logran bombearme del corazón al cerebro una sola gota de felicidad».[15] Para Jacopo, en cambio, en el paisaje reposan inmóviles las estaciones de la felicidad perdida: el monte de pinos, el sauce solitario, el peñasco desde donde escuchaba «el lejano fragor de las aguas».[16] La naturaleza es también confidente y amiga, espectadora de su «antigua soledad». Y en *Atala* de Chateaubriand –entre los residuos de Arcadia y el encanto del Nuevo Mundo– la atormentada relación de amor entre los dos personajes tiene como testimonio sublime e impetuoso la solemnidad de la naturaleza: «bosques soberbios que agitabais vuestras lianas y vuestras casas como el baldaquín de nuestro lecho; pinos en llamas que hacíais de antorcha a nuestro himeneo, ríos desbordantes, montañas mugientes»,[17] y así en más en una indetenible cadena de suspiros.

Los cambios del paisaje a menudo reflejan las mutaciones del ánimo: la naturaleza es la pantalla de una incesante proyección de imágenes, de propósitos, de lamentos. El diario de Ottilia registra esos cambios y toda la novela de Goethe narra el desarrollo de una correspondencia: aquella entre el movimiento de los sentimientos y la sucesión de los proyectos relativos

---

15. J.W. Goethe, *I dolori...*, *op. cit.*, p. 108.
16. U. Foscolo, *op. cit.*, pp. 135-136.
17. R. de Chateaubriand, *Atala*, p. 47.

al parque, al pabellón, a los jardines. Una simetría que se va haciendo oscura, y revela luego el diseño de una misteriosa fuerza en la cual el amor y la muerte se unen, y el paisaje exterior no es más que la escena inerte y vacía que asiste a esa unión. También en el relato de Bernardin de Saint-Pierre, la geometría exuberante y silvestre se descomponía y degradaba con la partida de Virginia, denotando así los efectos de la separación: declinación artificial del exótico triunfo. Pero en la novela de Goethe es el recinto de un mundo entero que va atenuando su presencia para permitir que aflore el otro paisaje misterioso, el *paisaje de la necesidad:* lo visible muestra su pacto con la apariencia, lo invisible con lo oscuro y con el enigma. De modo que justamente Benjamin podrá decir sobre el diligente cuidado de los personajes por el parque y el pabellón y los jardines: «cambio de decorados en una escena trágica».[18]

El relato que excluye esa correspondencia entre naturaleza y sentimiento transforma la relación entre los personajes en el verdadero, denso e intrincado paisaje: y entonces la lengua está totalmente envuelta en la acción, la historia de la pasión está desnuda en su rigor, en su absoluta, perversa intimidad: es la percepción que se tiene al leer *La marchesa de O...* de Kleist.

Cuerpo, fantasma, fetiche. Como se sabe, la época romántica es un pasaje importante en el proceso de espiritualización occidental del amor. Y es precisamente en la escritura romántica donde el amor se consigna a esa región de la alteridad absoluta, de la perfección imposible de la cual siempre se está en exilio. «La pasión del amor altísimo por cierto no halla nunca su satisfacción en la tierra»,[19] escribe Susette Contard a Hölderlin el 5 de octubre de 1798. Por esto es frecuente la analogía con el origen y con su declinación en el mito de la infancia. Leamos un fragmento del diálogo entre Hiperión y Diotima: «Qué me im-

---

18. W. Benjamin, «Le affinità elettive» en *Angelus novus*, Turín, Einaudi, 1962, p. 165.
19. *Diotima e Hölderlin...*, *op. cit.*, p. 46.

porta el naufragio del mundo, no conozco otra cosa que mi dichosa isla. – Hay un tiempo del amor, dijo Diotima con afectuosa seriedad, así como hay un tiempo para vivir en la felicidad de la cuna. Pero la vida misma nos expulsa».[20] De esta perfección –cuando no se yergue en la forma de algo sublime nuevo, en la idea estelar incognoscible– el cuerpo del otro es cada vez manifestación, espejo, medio, custodia (que en la novela moderna ese cuerpo del otro sea en general un cuerpo femenino, depende de la centralidad del punto de observación masculino, de la frecuencia de su lengua: otro relato, otro discurso amoroso, comienza hoy a reconstruirse partiendo del deseo femenino, de su lengua).

En el sueño y en la *rêverie* el cuerpo femenino refuerza su belleza y su resplandeciente lejania: fantasmagorías del deseo, erupción de formas, y de ritmos, y de pensamientos, que constituyen el *thesaurus* del «alma romántica» (Albert Béguin atravesó críticamente su arriesgada selva).

Entre las oblicuidades a las que el cuerpo del otro confía su presencia está el objeto simbólico, el fetiche, vivido como parte misma del cuerpo del otro o su prolongación. Werther besa las cintas que le regaló Lotte para su cumpleaños, desea que lo sepulten con ellas, besa hasta las pistolas que Lotte ha tocado y que le darán muerte. Objeto metonímico: presencia diferida del cuerpo del otro, pero al mismo tiempo dolorosa ausencia del cuerpo del otro. Este amargo oxímoron lleva al enamorado a la oscilación trágica entre lo real y lo irreal, entre lo posible y lo imposible. Se muere de esa oscilación.

El cuerpo de Virginia –en el relato de Bernardin de Saint-Pierre– recuperado del naufragio, tiene sobre el corazón una caja que custodia el retrato de Pablo. Para el Jacopo de Foscolo, las páginas dedicadas a la descripción del cuerpo escasamente vestido de Teresa «apenas levantada de la cama», son confiadas a «el bello estilo», por lo tanto filtradas, alejadas de sí. Pero la unión última se produce cuando Teresa le da a Jacopo su pro-

---

20. F. Hölderlin, *op. cit.*, p. 107.

pio retrato: «Y con sus manos lo colgaba de mi cuello, y lo escondía dentro de mi pecho. Yo extendí los brazos y lo apreté contra el corazón, y sus suspiros confutaban mis labios ardientes, y ya mi boca...».[21] El último beso de Japoco moribundo será para ese retrato. Así, en la última parte de *Las afinidades*... la gélida soledad de Ottilia, su voluntaria reclusión, tiene –en el desierto progresivo de los sentidos– una sola presencia: el pequeño cofre, regalo de Eduardo, que custodia las telas preciosas y las otras reliquias del amor que ella ha guardado.

Esa reificación de los gestos y de la imagen y del lenguaje, es lo opuesto a la seducción, la zona vacía y muda donde se condensan los presagios de lo imposible, y la relación con el otro muestra el linde opaco de la comunicación: el aspecto simbólico que compensa la ausencia muestra su lado oscuro, mortífero. Muestra de la ausencia su linde con la nada.

El mundo cesa de existir: la escena del beso. «[...] y Teresa me abrazaba muy temblorosa, y trasladaba sus suspiros a mi boca, y su corazón palpitaba sobre este pecho: me miraba con sus grandes ojos lánguidos, me besaba y sus labios húmedos, entreabiertos, murmuraban sobre los míos [...]». La iconografía romántica acoge las representaciones clásicas (aquí el dantesco «toda temblorosa») y dilata su tiempo, impulsa la acción disolviéndola en los detalles. Y sobre todo, superpone un análisis de los afectos (¿también aquí está el romántico impulso a la «poesía de la poesía»?). Es como si deseara seguir la ola concéntrica que parte del *punctum* del encuentro que es el beso:

«Después de ese beso me he vuelto divino. Mis ideas son más altas y alegres, mi aspecto más feliz, mi corazón más compasivo. Me parece que todo se embellece a mi mirada: el lamento de los pájaros y el susurro de las brisas entre las frondas son hoy más suaves que nunca; ya no huyo de los hombres, y toda la naturaleza me parece mía. Mi disposición es todo belleza y armonía».[22]

---

21. U. Foscolo, *op. cit.*, p. 185.
22. *Ibíd.*, pp. 104 y 105.

Ruptura con el universo de la razonable cotidianidad, irrupción de una realidad distinta: el lenguaje de la pasión amorosa tiene su alfabeto. En ese alfabeto, el beso es una letra sobrecargada de simbolismo. «El mundo cesó de existir»:[23] con esa oración se anuncia en *Werther* la escena del beso que sella la lectura de Ossian. A la «confusión de los sentidos» que sobreviene, Lotte primero se sustrae, observando enseguida el conflicto desde el exterior, el conflicto entre pasión y destino. El beso de Werther es al mismo tiempo la orilla a la que llega la larga odisea sentimental y punto de su disolución fatal. Reencuentro y adiós, comunión de cuerpos y separación confluyen en la misma hora, en la misma estrofa, en la misma página. En *Las afinidades electivas* la escena de los besos («por primera vez intercambiaron besos abiertamente, libremente»)[24] es seguida –en la noche que está por caer sobre el lago– por la muerte del niño en el agua: desde ese momento, el relato muestra la trama grave de la catástrofe, la geometría fúnebre del destino.

En la iconografía romántica del beso, el código se constituye con pocos elementos: el temblor como signo del pasaje a un umbral de percepción umbroso, perdido, irreal, la respiración –y el suspiro– como signo de un decir que está antes y más allá del lenguaje, de un decir en cuyo universo comunicación corporal y espiritual son la misma cosa.

Werther y *Ortis* contribuyen, junto con muchas otras narraciones, a definir un código de la representación. Contribuyen a definir esa *escena* que en el imaginario romántico se ve asediada por las sombras de la unión imposible: suspensión de lo trágico pero también su anuncio. Esa misma escena, en el imaginario de masas del siglo XX –con la gran mediación de las artes visuales– será el lugar de disipación de lo trágico: *happy end* que sella la aventura entrelazando fábula y comedia.

---
23. J.W. Goethe, *I dolori...*, *op. cit.*, pp. 141-142.
24. J.W. Goethe, *Le affinità...*, *op. cit.*, p. 241.

Lágrimas de amor. «En *Werther*, ¿es el enamorado o el romántico el que llora?»[25] La pregunta de Barthes, de hecho sobreentiende un señalamiento: la equivalencia –en cuanto al impulso a manifestar el dolor– entre enamorado y romántico. Las lágrimas de Werther son, a la vez, un soporte de verdad para las palabras y un decir corporal que es más elocuente que toda lengua. Las lágrimas son también signo de una participación imaginaria en el universo de la infelicidad. Charlotte y Werther lloran juntos después de la lectura de la traducción de Ossian. Las lágrimas son el comentario de Werther a la música que Charlotte toca al piano (también la música es una lengua más allá de la lengua: donde termina la lengua empieza la música, según Kierkegaard).

¿Comentario, o puesta en escena de una representación, la del propio cuerpo que expone su sentir según una verdad carente de convenciones o censuras? Las lágrimas son sanción de una pertenencia, refuerzo de un mensaje, consagración de un objeto-fetiche: el retrato de Teresa es mojado por las lágrimas –lágrimas de la misma Teresa y de su madre– antes de ser dado a Jacopo. Y los ojos de Jacopo, hasta el final, son «ojos lacrimosos». Aun cuando, al acercarse la decisión extrema, su sentir parece haberse vuelto abstracto, gira en el vértigo de la comparación pascaliana entre la finitud de la existencia individual y el enigma de lo infinito; el adiós encuentra en la lengua del llanto su forma más propia:

«¡Oh, amiga mía! ¿Acaso la fuente de las lágrimas no se ha secado en mí? Vuelvo a llorar y a temblar, pero por poco; en breve todo será aniquilado. ¡Ay!, mis pasiones viven, y arden, y me poseen otra vez: y cuando la noche eterna le robe el mundo a estos ojos, entonces sólo sepultaré conmigo mis deseos y mi llanto. Pero mis ojos lacrimosos te buscan de nuevo antes de cerrarse para siempre. ¡Te veré, te veré por última vez, te dejaré los últimos adioses, y tomaré de ti tus lágrimas, único fruto de tanto amor!».[26]

---

25. R. Barthes, *op. cit.*, p. 213.
26. U. Foscolo, *op. cit.*, p.197.

En *Oneguin*, Tatiana reconoce el estado de enamoramiento por el impulso al llanto:

¡Ah, ñaña, ñaña, yo sufro tanto,
Me siento languidecer:
Desearía llorar, sollozar!...[27]

El mal de amor de Tatiana tiene su cortejo de suspiros, de noches lunares, de pajarillos que cantan. A ese llanto, que estará en contraste con la ligereza indolente y distraída de Oneguin, sucederá luego en las suntuosas salas moscovitas el llanto apenas sugerido por un adiós consciente, áspero, que mezcla sensatez, orgullo y adiós al romanticismo.

La confidencia y el silencio. No se puede disimular la pasión de amor: convicción antigua que el personaje romántico ha hecho propia. La presencia de un destinatario –de la carta, de la confesión– no es sólo expediente narrativo (lugar de estilización del público y del lector individual, sustitución del coro dramatúrgico, búsqueda de un testigo de la veracidad de la acción y del decir); es también institución de un equilibrio razonable, cotidiano, respecto de la experiencia del exceso que comporta la pasión. Aun cuando a la novela epistolar dialógica la reemplaza, de *Werther* en adelante, la novela epistolar por así decir monológica y de diario personal, el confidente, por mínima que sea su función, se va implicando en el *páthos* y, al aproximarse la tragedia, su presencia es más neta: eso ocurre con Lorenzo en *Ortis*. En cuanto al teatro, el género mismo le da relieve a la presencia del confidente: la amazona Protoe en *Pentesilea* es consejera, testigo, custodia de la sapiencia femenina.

La pasión de amor tiene, de hecho, dos solos confidentes verdaderos: el silencio de la naturaleza –en particular el nocturno lunar– y el mismo sujeto enamorado. Stendhal demuestra conocer bien los límites y los equívocos de la confidencia:

---

27. A.S. Pushkin, *Evgenij Onegin*, trad. italiana de G. Giudici, p. 61.

«Con las confidencias, el amor-capricho se inflama y el amor-pasión se enfría. Aparte de los peligros, está la dificultad de las confidencias: en el amor-pasión lo que no se puede expresar (porque el lenguaje es demasiado burdo para alcanzar ciertos matices) no por ello es menos real; solamente, porque son cosas delicadísimas, es muy fácil engañarse al observarlas. Y un observador muy conmovido, observa mal; es respecto de él el caso. Lo más sabio tal vez sea hacer de sí mismos el propio confidente».[28]

En cuanto al silencio, no es sólo otra forma del decir, es también una zona opaca en la cual el deseo ve su mismo vacío, los presagios se vuelven densos, los pensamientos se transforman en fantasías, las esperas hallan un ritmo, una lengua. El silencio de Ottilia pone en escena no sólo la rendición al vínculo oscuro de la necesidad sino también la despedida del mundo: el adiós al lenguaje, contemporáneo al distanciamiento del alimento, es el corte de las posibilidades de supervivencia en el orden de la trama cotidiana de las relaciones. El umbral de lo trágico es el silencio: en *Ortis,* Teresa «vivió todos esos días entre el luto de los suyos en un mortal silencio».[29] Y el narrador mismo calla acerca del sentir de Lotte después de la muerte de Werther. El silencio puede convertirse en la parte no escrita de la acción, el lugar de una suspensión que da intensidad al paso de la narración. El silencio de la marquesa de O..., en el bellísimo relato de Kleist, tiene estadios, sobreentendidos, saltos. Es una lengua que le habla al lector más que la otra lengua narrativa. Sólo al final se despliega el sentido, y con él la palabra de la mujer que ilumina el enigma y al mismo tiempo lo confirma.

Puede existir un silencio que transcurre bajo el rumor de la conversación, de la mundanidad, y asume la forma obstinada del secreto que modela e insidia al personaje: es el caso de Octave, en *Armancia* de Stendhal, al que ni el juego social de la

---

28. Stendhal, *op. cit.,* p. 96.
29. U. Foscolo, *op. cit.,* p. 202.

representación ni la gracia y la inteligencia de la enamorada logran apartar de su obstinada y aterrorizada fidelidad a un secreto. Que es un secreto de su cuerpo, zona de sombra de sus pensamientos, de su deseo, razón de su carácter sombrío y orgulloso, románticamente diseñado según modelos como el Manfredo de Byron. Ni siquiera el narrador revela el secreto que impulsa toda la construcción de la acción (sólo por una carta del autor a Mérimée, del 29 de diciembre de 1826, se sabe que Octave es un *babilan,* un impotente, y la suya es la pasión de un impotente).

El obstáculo, el riesgo. Entre el juego del siglo XVIII que controla la intriga, con la mezcla de vanidad y erotismo *(Las amistades peligrosas)* y la trama de los sentimientos que se dispone hacia las iridiscencias del poder *(Lo rojo y lo negro),* está la región novelesca de la pasión que se alimenta de sus mismos obstáculos y de sus fantasmas, se cierra en el nexo culpa-castigo, lleva el deseo hacia el riesgo extremo, donde Eros y Thanatos son la misma cosa.

Una paradoja de la pasión de amor es que la única felicidad posible es la imposible. Toda demora más acá de ese extremo parece un retroceso sobre la ribera de los afectos o sobre la de las instituciones de los afectos. Benjamin, en un pasaje del ensayo más profundo que se haya escrito nunca sobre una novela *(Las afinidades electivas)* dice: «Pasión y afecto son los elementos de todo amor aparente, que se distancia del verdadero no por defecto del sentimiento, sino sólo por su impotencia».[30]

En su movimiento, la pasión de amor sigue el esquema de la novela occidental, el esquema mismo de la aventura: necesidad del obstáculo, afirmación del yo mediante la confrontación con el obstáculo, crecimiento del deseo por el impedimento o el aplazamiento, espera del acontecimiento, pasión

---

30. W. Benjamin, "Le affinità elettive", cit., p. 217.

por el ímpetu mismo de la pasión. Es la condición opuesta a la de Don Juan, que «reduce el amor a ordinaria administración». La observación es de Stendhal, que agrega:

«En lugar de tener, como Werther, algunas realidades que se modelan según sus deseos, él tiene deseos imperfectamente satisfechos por la fría realidad, como en la ambición, en la avaricia, en las otras pasiones. En lugar de perderse en los sueños maravillosos de la cristalización, como un general piensa en el éxito de sus maniobras y, en una palabra, mata al amor en lugar de gozar de él más que cualquier otro, como cree el vulgo».[31]

El obstáculo del amor-pasión es reconducido al círculo de la imaginación, y ahí trivializado. Pero ese ejercicio de trivialización, de desrealización, puede ser mortal. Lensky, el romántico poeta adolescente de la novela en verso de Pushkin, es muerto en duelo por el amigo al que él mismo ha desafiado por celos infundados, por exceso de melancólicas fantasías: con esa escena cruelmente burlona, Pushkin consigna la pasión romántica a sus dulces y engañosos delirios (¿pero cómo podrá alejarla de la propia vida?).

En la novela del amor romántico los obstáculos, los impedimentos, las figuras de los rivales, rara vez están fijos en la inercia de la extrañeidad, antes bien, con frecuencia muestran los signos del vínculo subterráneo con el deseo, con el «triángulo del deseo» (la relación de Ottilia con Charlotte tiene una profundidad semejante en intensidad con el amor).

La pasión que trastorna a su obstáculo, o a su enemigo, se puede transmutar en locura (es el drama de Lucia de Lamermoor en el relato de Walter Scott y en la ópera de Donizetti). En cambio, puede suceder que el obstáculo o el rival se transforme en instrumento consciente de una feliz conclusión de la historia. Para seguir en el melodrama, en *Bianca e Falliero* –ópera de Rossini compuesta sobre un libreto de Felice Romani, a su vez inspirado en una tragedia de Arnault, ópera vista por Stendhal

---

31. Stendhal, *op. cit.*, p. 208.

en su estreno en Milán– Cappelio, al que Contareno desea darle a su hija como esposa, se esfuerza en cambio para que triunfe la justicia y con ella el amor entre los dos enamorados.

En la dramaturgia del mito, el caso de *Pentesilea* de Kleist tal vez sea el ejemplo más elevado –por el despiadado brillo de las imágenes– de una abreviación absoluta, fulgurante y cruel de las oposiciones amor-odio, amigo-enemigo, deseo-destrucción. La guerra de amor ya no es una metáfora. El sacrificio pierde violentamente su aspecto simbólico. La pasión le da ímpetu y locura al deseo. El amor que une a Pentesilea y Aquiles más allá de las leyes de la guerra y más allá de las mismas leyes de las amazonas, se precipita en la última escena salvaje descrita por la gorgona Meroe: Aquiles ha desafiado en el campo a la reina de las amazonas para poder sucumbir voluntariamente a ella y ser amado por ella (una amazona sólo puede amar a quien ha vencido), pero Pentesilea va hacia su amor con las flechas en el arco, acompañada de una jauría de perros y de los elementos, llevando en el furor del deseo el furor de la apropiación y de la destrucción. «Pentesilea, esposa mía, ¿qué me haces? ¿Sería ésta la fiesta de las rosas que me prometiste?»,[32] exclama Aquiles al morir. El sacrificio del cuerpo del otro cancela, al mismo tiempo que el deseo, el nombre, la identidad de la reina. Cuyo cuerpo ella misma aniquilará con el acero de la aflicción y del arrepentimiento.

Versos de amor

La representación de la pasión de amor en la lengua de la poesía no tiene determinaciones temporales, épocas o lenguas privilegiadas. En cierto sentido se podría decir que *la poesía siempre es poesía de amor*. Un axioma, éste, que no sólo podría servirse de los ejemplos más ilustres tomados de cada literatura, sino que podría basarse precisamente en la analogía o afinidad

32. H. von Kleist, *Pentesilea*, p. 104.

entre Eros y Poyesis, así como en el *Simposio* la define Sócrates, o si se quiere, la mujer de Mantinea, de la cual dice Sócrates que ha aprendido todo cuanto sabe del amor. Eros y Poyesis son, cada uno, especie de un mismo movimiento que los comprende y del que ellos asumen, sólo para sí, el nombre: amor y creación, deseo y nacimiento pertenecen al mismo movimiento, que por una parte se manifiesta como tendencia hacia «las cosas buenas y la felicidad» (Eros) y por la otra se manifiesta como pasaje «de lo que no es a lo que es» (Poyesis). Es cierto, los discursos precedentes de Erisimo y Agatón habían llegado a ver a Eros como el horizonte dentro del cual se da el acontecimiento de la poesía y de las artes; pero Sócrates no elimina este «elogio», sólo lo desplaza a lo largo de la vía que lleva al entretenimiento con «lo bello en sí mismo», es decir, con lo verdadero. En suma, desplaza tanto el amor como la creación hacia una idea de lo bello coincidente con lo verdadero. Eros, en el mito narrado en el *Simposio*, es hijo de Poros, la plenitud, la abundancia, y de Penta, la carencia, la pobreza. Eros habla la lengua de la madre, es decir la lengua de la privación, del deseo, de la espera. También la lengua de la poesía –«habla materna»– es lengua de la privación, del deseo, de la carencia. Amor y poesía tienen la misma lengua.

Si el *Simposio* de Platón está en el origen de una meditación sobre el amor en relación con el deseo y la carencia, con la lengua del deseo y de la carencia, en la poesía occidental *El cantar de los cantares* está en el origen de la relación entre poesía amorosa y poesía religiosa, entre discurso amoroso y discurso místico.

En fin, para continuar estas forzadas abreviaciones que el lector podrá desarrollar recurriendo a estudios más apropiados, la poesía amorosa, en sus numerosísimas variantes lingüísticas y de cultura y de época, a menudo ha reemplazado el objeto de amor con la lengua misma; en la poesía de amor toma cuerpo el amor por la lengua, por sus formas, por sus ritmos, por su nunca alcanzada perfección (este movimiento no es sólo de la poesía de la época romántica, antes bien, tiene su primera formulación, aunque doctrinaria, en la alegoresis dantesca).

Estas consideraciones, o premisas, pueden quedar sobre el trasfondo y servir de parangón –o de límite– a las observaciones que siguen y que conciernen en particular a algunos lugares propios del área denominada romántica (del área cuyos convencionales confines temporales han sido indicados al inicio).

La belleza y el velo de la transitoriedad. La lengua de la poesía es el país de un peregrinaje hacia la belleza. Pero muchos poetas han leído en la manifestación de la belleza la sombra y el temblor de la transitoriedad. En el esplendor de la perfección está el anuncio de la decadencia. El primer verso del *Endymion* de Keats dice «*A thing of beauty is a joy for ever*», el acontecimiento de la belleza es una alegría para siempre: sin embargo, toda la obra de Keats es un cortejo encantado, absorto, de las sombras que la belleza –fugitiva, impalpable, corrompible– lleva consigo como un coro de melancólicas ninfas. La única belleza que se sustrae a esa fuga hacia el olvido es aquella –marmórea, inmóvil, lejanísima– que es custodiada en la *silent form,* en la forma silenciosa del bajorrelive de una urna griega, y que posee un sonido desprovisto de melodía y más dulce que todo sonido viviente. La belleza que muestra, en su perfección intacta, la distancia feliz de la pasión amorosa:

¡Oh ramas, ramas felices! ¡Que no podéis perder las
 las hojas,
Ni decir nunca adiós a Primavera!
¡Y más feliz amor! ¡Más feliz, más feliz amor!
Por siempre cálido y pronto a la alegría,
Siempre anhelante y joven para siempre;
Tan lejano de toda pasión humana
Que deja el corazón atormentado y saciado,
La frente en llamas y árida la lengua.[33]

---

33. J. Keats, *Ode a un'urna greca,* trad. italiana de F. Buffoni.

Hay una luz propia de la belleza, más armoniosa que la luz natural. Byron la sabe captar en el esplendor de su marcha:

> Ella en beldad marcha, como la noche
> en climas serenos y cielos estrellados,
> y las virtudes de la luz y de la tiniebla
> en su mirada se unen y en la figura:
> así endulzada en esa luz tierna
> por el cielo negada al gozoso día.[34]

Pero la obra misma de Byron contaminará esa gracia: las sombras dramatúrgicas de héroes infelices, las fantasmagorías, el grito, el arrojo declinarán una belleza ardiente y desesperada a la vez.

A la belleza pertenece la *seducción,* esa brillante puesta en escena del cuerpo-lenguaje, del cuerpo-deseo. Pero así como la perfección muestra su ruina, la seducción muestra su estrategia oblicua. El poeta nombra las vías de la seducción: de ese modo trata de captar el secreto que transforma el cuerpo en signo, la mirada en vínculo, la belleza en dominio. Al nombrar esas vías, recorre el camino que lo ha conducido a la prisión del amor. El objetivo, el objetivo mismo del lenguaje, es librarse del vínculo de esa prisión. Es el camino que se puede reconstruir en la *Aspasia* leopardiana.

> Apareció
> Nuevo cielo, nueva tierra, y casi un rayo
> Divino para el pensamiento mío.

Pero en ese punto paradisíaco empieza el camino que disipa toda sacra dependencia, toda prisión, hasta la reconquista, más allá del recinto de la pasión, de una nueva mirada: «El mar la tierra y el cielo miro y sonrío».

Testimonios de una corrosión de la belleza, de su perfección. Pero Baudelaire llevará luego esos testimonios hacia ese

---

34. G.G. Byron, *Melodie ebraiche,* trad. de T. Kemeny.

desierto de la contemplación donde se unen belleza y horror. En el viaje hacia la belleza, hacia su mito, bajo el cielo esplendente de la isla de Citera, se muestra la alegoría no del amor sino de la crueldad. El cuerpo de un hombre atormentado que pende de la cruz de tres brazos dice el dolor del mundo en el corazón mismo de la tierra consagrada al amor. En el patíbulo se ofrece la imagen misma del poeta. La representación destruye el encanto del amor:

> Isla de mirtos verdes y de flores preciosas,
> la siempre venerada por todas las naciones,
> en donde los suspiros de amantes corazones
> ruedan como el incienso sobre un jardín de rosas.
> ¡O de un par de torcazas el arrullo inmoral!
> –Cyteres era sólo un terreno pelado,
> un desierto rocoso de agrios gritos turbado.
> ...
> –Delicioso era el cielo, la mar estaba en calma;
> para mí, todo era ya sangriento y contrario,
> ¡ay! y tenía como un espeso sudario
> en esta alegoría amortajada el alma.[35]

Una ausencia sublime. El orden de la temporalidad continua se interrumpe: lo que no está, o no está más, lo irreversible, lo verdaderamente terminado, es el objeto de la remembranza. Y también está quebrado el orden de una presencia figurable, próxima, visible. Lo sublime no está en la aparición del otro, en la «resonancia» que puede dejar como estela de su luz, sino en su distancia, en su ausencia corpórea. El otro es lo necesario y lo imposible a la vez. No es lo visible, la proximidad, lo que activa la ola de la representación y de la emoción, según una modalidad propia de lo religioso criatural, sino la irrevoca-

---

35. Ch. Baudelaire, «Un viaggio a Citera», de *Les fleurs du mal* (cito aquí una traducción mía: véase la revista *Il gallo silvestrex*, núm. 6-7, 1995) ("Un viaje a Cyteres", en *Las flores del mal*, Buenos Aires, Losada, 1997).

ble separación, la distancia absoluta. Y sin embargo ese otro lugar no es el ámbito de la idea imperturbada, es en cambio la fuente de la turbación del amor, del afán del amor. Los signos físicos de la pasión son posibles aun en la ausencia del rostro, en la ausencia del nombre mismo. La herida del deseo puede ser abierta por la mujer desconocida que es acogida por «otra tierra en los giros superiores / Entre mundos innumerables», como sucede en el canto de Leopardi *Alla sua donna*. El *tú* que florece en ese conocimiento –como el «tú» que nace de la mirada de la «mujer que pasa» baudelairiana, de su *«fugitive beauté»*– es más íntimo, por así decir más vivido, que toda proximidad cotidiana.

De la lejanía. La pasión de amor busca la propia lengua no sólo en esta metafísica de la ausencia y de lo imposible, sino también en una asidua representación de la lejanía, del teatro interior que abre la lejanía con su acicate.

En el marco de una naturaleza cuya felicidad está a la vez presente y ausente, la lejanía es –como sucede en la lírica de Hölderlin *Wenn aus der Fern* (Si de lejos)– fuente del recuerdo y reencuentro del otro. Es radiante y turbada. La lengua de la poesía da vida a lo que está lejos, pero a la vez vela lo lejano con la tristeza del crepúsculo. El adiós no es más que la apertura de un pensamiento asiduo, de una espera intensísima y esplendente. Así se dirige Hiperión a Diotima lejana: «¡nosotros somos inseparables aunque no vuelva más de ti a mí una palabra, o una sombra de los dulces días de nuestra juventud! Miro afuera el mar rojizo en el ocaso, tiendo los brazos hacia los lugares donde lejana vives, ¡y una vez más el alma se me enciende con todas las alegrías del amor y de la juventud!».[36]

La lejanía puede ser el horizonte donde la pasión se transmuta y disipa confiándose a las sombras de la memoria, antes que una vista interior nocturna explore las profundidades de

---

36. F. Hölderlin, *op. cit.*, p. 141.

una embriaguez propia del amor absoluto. El primero de los *Himnos a la noche* de Novalis narra esa odisea espiritual.

En otra región del lenguaje, ajena a toda exaltación mística, en un registro que conoce los semitonos y la atenuación agridulce de las pasiones, la lejanía puede mostrarse, entre afección e ironía, como el código que recoge y esfuma el carácter romántico, y consigna el sueño amoroso al clisé de una costumbre y de una moda. El retrato que delinea Pushkin del romántico poeta adolescente, amigo de Oneguin y enamorado de Olga, tiene la impiadosa ternura de un adiós, de un adiós a los tormentos, escénicos y puros, de la pasión romántica:

> Cantaba amor, de amor siervo,
> Y su canción era pura
> Como el pensamiento de una virgen,
> Un sueño infantil o la Luna,
> En los puros desiertos del cielo
> Diosa de suspiros y del misterio.
> Cantaba los adioses, los ayes,
> Las *neblinosas distancias,* los *no sé qué,*
> Y las románticas rosas;
> Cantaba comarcas distantes
> Donde largamente sus vivos llantos
> En el seno de la quietud depositó:
> Cantaba sus días desflorados
> A los dieciocho años no acabados.[37]

Precisamente el alejarse del sueño amoroso en el tiempo irreversible de la juventud es otro pasaje del romántico discurso amoroso. La poesía busca una forma para esa lejanía. La busca según sus modos propios. Por los cuales la remembranza lleva en la representación, junto con la imagen, la palabra, el ritmo, el nombre, en suma, el problema de la forma, el acicate de la forma, o de las formas, con las cuales decir el amor.

---

37. A.S. Pushkin, *Evgenij Onegin,* p. 37.

Al mismo tiempo el poeta conoce la impotencia del lenguaje para decir el amor y sufre la seducción que ejercita el lenguaje con su belleza. Pobreza de la lengua y fuerza de su fascinación.

La poesía no puede decir verdaderamente la pasión de amor. Y sin embargo, esa pasión es el país que la poesía más frecuenta y más conoce. Tal vez porque de ella aprende el riesgo. O la ebridad. O el límite.

BIBLIOGRAFÍA

A continuación se indican sólo aquellos clásicos a los cuales se ha hecho explícita referencia y de los que se ha citado algún pasaje o verso:

Ch. Baudelaire, «Les fleurs du mal», en *Oeuvres complètes,* vol. 1, edición de C. Pichois, París, Gallimard, 1975 *(Las flores del mal,* Buenos Aires, Losada, 1997).

J.-H. Bernardin de Saint-Pierre, *Paolo e Virginia,* trad. italiana de U. Fracchia, Milán, Mondadori, 1931.

G.G. Byron, *Opere scelte,* edición de T. Kemeny, Milán, Mondadori, 1993.

R. de Chateaubriand, *Atala,* trad. italiana d M. Bontempelli, Milán, Mondadori, 1931 *(Atala,* Madrid, Cátedra, 1993).

M. Ficino, *Sopra lo amore o ver' Convito di Platone,* trad. italiana de N. Dortelata (1544), edición de G. Rensi, Lanciano, Carabba, 1914.

U. Foscolo, *Ultime lettere di Japoco Ortis,* introducción de D. Starnone, edición de P. Frare, Milán, Feltrinelli, 1994.

J.W. Goethe, *I dolori del giovane Werther,* trad. it. de P. Capriolo, Milán, Feltrinelli, 1993, *(Penas del joven Werther,* Madrid, Alianza, 1989, 8.ª ed.).

J.W. Goethe, *Le affinità elettive,* introducción de G. Cusatelli, Milán, Garzanti, 1975 *(Las afinidades electivas,* .

F. Hölderlin, *Le liriche,* edición de E. Mandruzzato, 2 vols., Milán, Adelphi, 1977-78.

F. Hölderlin, *Diotima e Hölderlin. Lettere e poesie,* edición de E. Mandruzzato, Milán, Adelphi, 1981.

F. Hölderlin, *Iperione,* trad. italiana y edición de G.V. Amoretti, Milán, Feltrinelli, 1981 *(Hiperión,* Madrid, Hiperión, 1996).

J. Keats, «Ode a un'urna greca», trad. italiana de F. Buffoni, en F. Buffoni (comp.), *Poeti romantici inglesi,* Milán, Bompiani, 1990, vol. II.

J. Keats, *Lettere sulla poesia,* edición de N. Fusini, con una nota de A. Prete, Milán, 1984.

H. von Kleist, *La marchesa di O...,* introducción de D. Maraini, trad. italiana y edición de S. Bortoli, Milán, Feltrinelli, 1992 *(La Marquesa de O... y otros cuentos,* Madrid, Alianza, 1981).

H. von Kleist, *Pentesilea,* edición de E. Pocar, Milán, Guanda, 1979.

G. Leopardi, «Memorie del primo amore», en *Opere,* edición de S. Solmi, Milán-Nápoles, Ricciardi, 1956, pp. 885 ss.

G. Leopardi, «Canti» en *Poesie e prose,* edición de M.A. Rigoni, con un ensayo de C. Galimberti, Milán, Mondadori, 1987, vol. I *(Los cantos,* en *Obra completa,* Barcelona, Río Nuevo, 1978).

G. Leopardi, *Zibaldone dei pensieri,* ed. crítica a cargo de G. Pacella, Milán, Garzanti, 1991.

Platón, *Simposio,* trad. italiana de G. Colli, Turín, Boringhieri, 1960, luego Milán, Adelphi, 1979.

A. S. Pushkin, *Evgenij Onegin,* trad. italiana de G. Giudici, introducción y notas de G. Spendel, Milán, Garzanti, 1984.

Stendhal, *Dell'amore,* trad. italiana de M. Bontempelli, Turín, Einaudi, 1975 *(Del amor,* Madrid, Alianza, 1990).

Stendhal, *Armance, ovvero alcune scene di un salotto parigino nel 1827*, trad. italiana de M. Bonfantini, Turín, Einaudi, 1976 *(Armancia,* Madrid, Alianza, 1980).
Otras referencias a ensayos recordados en el curso del trabajo:
R. Barthes, *Frammenti di un discorso amoroso*, trad. italiana de R. Guidieri, Turín, Einaudi, 1981 *(Fragmentos de un discurso amoroso,* México, Siglo XXI, 1982).
A. Béguin, *L'anima romantica e i sogni*, trad. italiana de U. Pannuti, Milán, Garzanti, 1975 *(El alma romántica y los sueños,* México, FCE 1981).
W. Benjamin, «Le affinità elettive», en *Angelus novus*, trad. italiana de R. Solmi, Turín, Einaudi, 1962, pp. 157-232 "Die Wahverwandfschaften de Goethe", en *Sobre el programa de la filosofía futura,* Barcelona, Planeta-Agostini, 1986).
R. Girard, *Menzogna romantica e veritá romanzesca*, trad. italiana de V. Vighetti, Milán, Bompiani, 1981 *(Mentira romántica y verdad novelesca,* Barcelona, Anagrama, 1993).
J. Lacan, *Il seminario. Libro XX. Ancora (1972-1973)*, trad. italiana de S. Benvenuto y M. Contri, Turín, Einaudi, 1983 *(Seminario. Libro XX,* Buenos Aires, Paidós, 1981).
S. Natoli, *La felicità. Saggio di teoria degli affetti*, Milán, Feltrinelli, 1994.
A. Prete, «Eros e Poiesis», en *Il piccolo Hans*, núm. 25, enero-marzo de 1980.
B. de Rougemont, *L'amor e l'Occidente,* trad. italiana de L. Santucci, Milano, Rizzoli, 1977 *(El amor y Occidente,* Barcelona, Kairós, 1986).

El psiquiatra y el libertino

Mario Galzigna

Las pasiones de los libertinos

En el relato de Diderot,[1] el príncipe Génistan pasa parte de su existencia, gracias a un encantamiento, con el aspecto de un pájaro blanco: un «pájaro libertino», que se había enamorado de la princesa Lively, bella y seductora hija del gran Kinkinka, emperador de las Indias. Gracias a la intervención del hada Verdad, Génistan recupera su aspecto natural. Vuelve a ser un hombre y accede a la sobria morada de la Verdad justamente porque, para salvarse la vida, se había alejado de Lively, es decir, había logrado tomar temporalmente distancia del mundo de las pasiones. Verdad detesta los adornos, las plumas, los penachos, los lunares. Su morada es sobria, casi desprovista de ornamentos, y no satisfaría los gustos de la «burguesa más razonable». El hada aconseja al príncipe, que entonces tenía veinticinco años, que se case con Policresta: una mujer que por entonces, a la edad de treinta y cinco años, había sido abandonada por un joven filósofo, dedicado a la adulación de los poderosos. Así como la austera amiga Verdad tenía «atractivos» que «no siempre tocaban el corazón» –en efecto, amaba la soledad, la filosofía, la lectura, la escritura,

---

1. D. Diderot, *L'uccello bianco. Racconto blu*, trad. italiana de A. Tito, Palermo, SIlerio, 1992. Las citas del texto fueron tomadas de esa edición. El relato, de publicación póstuma, en 1798, no está comprendido en la edición de La Pléiade.

la música, las matemáticas– tampoco Policresta le iba en zaga: sabia y razonable, poseía muchos terrenos, que serían útiles para sanear el patrimonio desordenado del príncipe; tenía un «aspecto severo», un «buen corazón», un «carácter firme», una «conversación sumamente positiva». Génistan terminó por estimar las cualidades de Policresta y el «valor de su intelecto». Aun sin sentir por ella la «mínima inclinación», se hizo amigo suyo. Presionado por las deudas, decidió seguir los consejos de su amiga Verdad y se casó con Policresta. Pero su corazón indócil, «loco» y «extravagante», volvió a latir por Lively. Lively era todavía el verdadero objeto de su deseo, de su pasión: una vez obtenida de los sacerdotes, después de muchos años, la autorización para la poligamia, pidió su mano. Tuvo de esa manera dos esposas. Criatura del equilibrio y del *logos*, Policresta: sabia, fiel, constante; criatura distante de la palabra, Lively: original, infiel, voluble. Oigamos. «Lively fue sospechosa un tanto de infidelidad; exigía de Génistan una excesiva condescendencia; se abandonaba al placer con entusiasmo; tenía pasiones violentas; fantaseaba y pretendía que todos se prestaran a sus fantasías». Policresta y Lively ¿son tal vez las figuras del antagonismo inconciliable entre la razón y la pasión, entre el intelecto y los sentidos, entre la seriedad y la ligereza, entre la sabiduría y el placer? Es posible. Pero hoy nos inclinamos más a ver en el siglo XVIII libertino –y de modo particular en Diderot– el intento de pensar en una posible conciliación entre las dos instancias, aparentemente enemigas e irreductibles: contra la moral común, en lugar de elegir a una, Génistan prefiere mantenerlas unidas, vivirlas contemporáneamente. También la vida privada de Diderot, por momentos, parece confirmar esa orientación. En las apasionadas cartas que le dirige a Sophie Volland, surge con gran evidencia la figura de una mujer que es al mismo tiempo una amante, una confidente, una amiga. Sophie es una mujer que le inspira «ternura», «pasión», «deseo»;[2] pero también es la cómplice, con la que es posi-

---

2. D. Diderot, *Siamo tutti libertini. Lettere a Sophie Volland, 1759-1762*, a cargo de M. Premoli, Milán, Archinto, 1990, pp. 27-28.

ble poner sobre el tapete, de manera desprejuiciada, cuestiones de carácter ético,[3] experiencias jocosas, de índole erótica y transgresora,[4] dimensiones interiores, con fuertes valencias culturales y filosóficas. De manera no infrecuente, en la misma carta –y es ésa, yo creo, la auténtica magia del epistolario– tales esencias diversas de la relación conviven armoniosamente.[5] La pasión del libertino no puede ser, entonces, sino pasión por lo múltiple, porque tiene horror de la monotonía y de la uniformidad: la fuerza, la constancia, hasta la coherencia de su yo dependen estrechamente de su capacidad de aceptarse a sí mismo –y de hacerse aceptar por quien lo ama– como yo múltiple, como Yo discontinuo, como Yo disímil de sí. *Le neveu de Rameau* nos presenta, si bien en forma crítica e irónica, esa extraordinaria constelación subjetiva; en efecto, dice Diderot al presentar a su extravagante protagonista: «*Rien ne dissemble plus de lui que lui-même*»[6] («Nada es más disímil de él que él mismo»).[7] En el momento mismo en que pone en escena a su personaje, Diderot se aplica a sí mismo el principio de la disimilitud: con la apariencia de un sabio filósofo, deplora las anárquicas extravagancias del joven Rameau. Pero inmediatamente después da a entender una actitud positiva respecto de su extravagante interlocutor: «*Los originales* como Rameau –afirma en efecto Diderot, hablando en primera persona– *rompen la aburrida uniformidad* que han introducido nuestra educación, nuestras convenciones sociales, nuestros hábitos. Si aparece uno de ellos en cualquier grupo, es como un grano de

---

3. *Ibíd.*, pp. 132-134. Se trata de la carta del 18 de julio de 1762, en la que Diderot cuenta la historia, que «es un hecho cierto», de una joven que rechaza el matrimonio pero le pide a un amigo –un hombre casado, al que estima mucho pero no ama y al cual no quiere ligarse– la «complacencia» de darle un hijo. No conocemos la respuesta de Sophie porque, como es sabido, sus cartas nunca fueron halladas.
4. *Ibíd.*, pp. 58-59. Es la carta del 30 de octubre de 1759; una larga carta en la que Diderot le refiere a Sophie las discusiones filosóficas en el salón de Madame d'Aine, pero también las jocosas «locuras» de la sobremesa: «Estábamos diciendo locuras y también haciéndolas».
5. *Ibíd.*, p. 33.
6. D. Diderot, *Oeuvres*, a cargo de A. Billy, París, Gallimard, 1969, p. 396.
7. D. Diderot, *Il nipote di Rameau*, Milán, Rizzoli, 1957, p. 12.

levadura que fermenta y que restituye a cada uno una parte de su individualidad natural».[8]

Ignorante, loco, impertinente, estúpido, haragán, pícaro, tramposo, crápula, goloso, bufón; así se autodefine el joven Rameau. Pero al mismo tiempo es excéntrico, franco, consciente de su mediocridad, amante del teatro y de la música, habilísimo al mimar y poner en escena una rica y variada gama de pasiones del alma. Si bien cínico y desencantado, no obstante está familiarizado con el mundo de las pasiones. Las mima, como se decía, las pone en escena, cantando partes de óperas o imitando instrumentos. Sin embargo, al evocar la figura de la esposa que ha muerto, Rameau encuentra acentos de sincera e intensa conmoción. Se había casado para resolver sus problemas económicos y ella había aceptado ese pacto perverso precisamente porque era «muy sagaz». Con su gracia, con su coquetería, «conquistaría, tarde o temprano, al menos el ministerio de finanzas». Con su muerte, afirma desconsolado, «todas mis esperanzas de fortuna han desaparecido». Rameau era un marido cínico, pero al mismo tiempo apasionado, perdidamente enamorado del cuerpo y del alma de la esposa-cómplice. Ella era mujer de mucho juicio, tenía temple de «filósofo» y «un coraje de león». Afrontaba las adversidades con una impetuosa alegría de vivir: en lugar de entristecerse, «feliz como un pajarito, se sentaba ante el clavicémbalo, cantaba y se acompañaba». Para realizar su plan, él la incitaba a ejercitar sobre los otros el arte de la seducción: «Haceos admirar; desplegad todo vuestro talento y todas vuestras gracias: extasiad, trastornad». Pero por el tono de la página se entiende de inmediato que el primero en ser seducido, extasiado, trastornado, era precisamente él, el cínico, el apasionado y contradictorio Rameau. Si Génistan había tratado de conciliar dimensiones contrastantes violando las leyes del estado, Rameau ha tenido éxito en la misma empresa violando las leyes de la moral, con la firme desaprobación del filósofo. El problema, en todo caso, había sido planteado: ¿có-

---

8. *Ibíd.*, p. 13. Las cursivas son mías. Las otras citas del texto fueron tomadas de esa edición.

mo es posible, para dos seres humanos que se aman, conciliar razón y pasión? ¿Cómo es posible incluir, en los itinerarios de la pasión, la sensualidad, la atracción erótica, las aventuras del intelecto, las pulsiones lúdicas y transgresivas, la fuerza y la constancia de los sentimientos?

Aun antes de que salgan a la luz las taxonomías médico-psiquiátricas de la *perversión*, podemos decir que el erotismo libertino, un poco como el niño en Freud, es polimorfo; por lo tanto es necesariamente transgresivo, «perverso». Sade nos ha enseñado –y el psicoanálisis freudiano, en cierto sentido, le ha dado la razón– que la búsqueda erótica del libertino, cuando es totalmente ajena a la ternura y al sentimiento, puede producir prevaricación, violencia, muerte. La relación carnal, escindida por cualquier nivel de personalización del encuentro erótico, se expone al riesgo del engaño. Entre el *libertino jocoso y apasionado*, puesto en escena por Diderot, y el *libertino escindido*, representado y viviseccionado por Sade, se ha abierto una fractura radical, una distancia incolmable. En el siglo XIX, el *libertino* de matriz sadiana se transformará en el enfermo, en el *perverso*, percibido y definido por la psiquiatría mediante una prieta retícula de *categorías nosográficas*, que lo sustraen del ámbito genérico de la disolución, asignándolo definitivamente a otras tipologías estables, a otras *especies*.[9] Pero volveremos a esto.

En la obra de Sade existe todo un aspecto pedagógico, no siempre implícito, del cual surgen sin velos la peligrosidad y la violencia de esa figura particular que por comodidad expositiva hemos definido como el libertino escindido. En su célebre *Idées sur les romans*, publicado en 1800 y que nació como introducción de *Les crimes de l'amour*, Sade expresa con notable claridad su punto de vista. «No deseo –afirma– hacer amar el *vicio*, no tengo, como Crébillon y Dorat, el peligroso fin de hacer

---

9. M. Foucault, *Storia della sessualità, I; La volontà di sapere*, trad. italiana, Milán, Feltrinelli, 1978, pp. 36-48 (*Historia de la sexualidad 1. La voluntad de saber*, México, Siglo XXI, 1995, 22.ª ed.). Véase también al respecto el denso prefacio de A. Fontana al ensayo de J.-P. Aron y R. Kempf, *Il pene e la demoralizzazione dell'Occidente. Genealogia della morale borghese*, trad. italiana, Florencia, Sansoni, 1979, pp. V-XXI.

que las mujeres adoren a los personajes que las engañan; deseo, en cambio, que los detesten. Es sólo de este modo que se les puede impedir que sean sus víctimas. Para conseguirlo, a mis héroes que siguen la carrera del vicio los he hecho tan espantosos que seguramente no inspirarán ni piedad ni amor. En esto, me atrevo a decirlo, me vuelvo más *moral* que aquellos que creen que está permitido embellecerlos.» Y un poco más adelante agrega: «Nunca, repito, nunca pintaré el crimen sino con los colores del infierno: quiero que se lo vea al desnudo, que se lo tema, que se lo deteste, y para lograrlo no conozco otro modo que mostrarlo con todo el horror que lo caracteriza».[10] Surge aquí claramente la elección de escindir por completo el libertinaje respecto de la esfera lúdica y amorosa, presentándolo así, en su aspecto cruel y amenazante, a las futuras generaciones de médicos y de psicopatólogos. Como afirma Bataille, Sade amó el mal; intentó mostrarlo sin máscaras, en toda su cruda y exasperada verdad destructiva. Más aun, trató de poner el deseo en la raíz del mal, el placer en la raíz de la infamia, la pulsión en la raíz del crimen. De ese deseo, más que una «conciencia plena», vívida, en realidad él tuvo una «conciencia clara y distinta», nacida en la soledad de una celda. «La enumeración razonada» de un Krafft-Ebing –así la llama Bataille, refiriéndose a la *Psychopathia sexualis*– se fundará sobre la misma capacidad de objetivar y de mantener a distancia lo vivido.[11] El libertinaje jocoso de Diderot, desarrollado dentro de un continuo cortocircuito con las formas de la implicación amorosa, intentaba –en neta antítesis con los resultados de Sade– una representación literaria profundamente radicada en la experiencia directa. Al furor analítico y destructivo –me animaría a decir cartesiano– del divino marqués, obsesivamente vuelto al cuerpo concebido como realidad separada y como máquina de desear, se contrapone en el escenario libertino de la época una perspectiva vitalista

---

10. D.A.F. de Sade, *L'«Idea» e altri scritti sul romanzo*, a cargo de A. Marchi, Parma, Pratiche, 1981, p. 20. Las cursivas son mías.
11. G. Bataille, *La letteratura e il male*, trad. italiana, Milán, Rizzoli, 1973, pp. 101 y 114 *(La literatura y el mal*, Madrid, Taurus, 1987).

y antidualista:[12] el hombre no encuentra en la naturaleza, como deseaba Sade, una potencia hostil y enemiga; le pertenece profundamente, si bien con la especificidad y la complejidad de sus niveles de organización; situado dentro de la «gran cadena de los seres» –y por lo tanto dentro de lo que Diderot definía como «la materia universal y heterogénea»–[13] él podría ser comprendido en su individualidad, y con exactitud científica, sólo por una «medicina física igualmente aplicable al cuerpo y al alma», sólo por una «fisiología» capaz de ir «del todo a los órganos», y de éstos hasta la «molécula elemental». Pero una medicina semejante –afirma Diderot en los apuntes conclusivos de sus inconclusos *Élements de physiologie*– «la considero casi impracticable».[14]

En tal planteo filosófico, tendente a destacar la originalidad, la complejidad y el carácter unitario de los hechos vitales y psicológicos, no puede haber espacio para una visión que renuncie a considerar la relación amorosa como experiencia humana total: es decir, que incluya, sobre el trasfondo de una fusión entre erotismo y ternura, también la creatividad, las aventuras del intelecto, las actividades de la razón. La cifra más elevada del pensamiento libertino del siglo XVIII –es decir, lo que podríamos definir como su diferencial sadiano– nos lleva entonces a considerar la pasión amorosa como armonía entre los sentidos, corazón y razón, en neto e irreductible contraste con toda lógica de la escisión, aunque esté recubierta por propósitos morales y pedagógicos. Entre los enemigos de Sade se

---

12. Respecto del surgimiento, en el siglo XVIII y en Diderot, de la perspectiva vitalista, véase el fundamental trabajo de J. Roger, *Les sciences de la vie dans la pensée française du XVIIIe siècle*, París, Colin, 1971, pp. 585-682. Permítaseme una referencia a M. Galzigna, *Conoscenza e dominio. Le scienze della vita tra filosofia e storia*, Verona, Bertani, 1985, pp. 100-144. No es este el lugar para desarrollar adecuadamente el análisis del monismo vitalista y materialista de Diderot: un análisis, encarado en los dos textos que se acaban de citar, que debe considerarse como el trasfondo filosófico de nuestro discurso.
13. D. Diderot, *Élements de physiologie*, a cargo de J. Mayer, París, Librairie Marcel Didier, 1964, p. 7. Para una evaluación «neurobiológica» de la actualidad del Diderot «biólogo», véase J.-P. Changeux, *Ragione e piacere. Dalla scienza all'arte*, trad. italiana, Milán, Cortina, 1995, pp. 111-114.
14. D. Diderot, *Élements de...*, cit., pp. 301-302.

debe recordar al torrencial pornógrafo Restif de la Bretonne, que en su *Anti-Justine* (1798) definirá al divino marqués como «infame», como un «perverso»: tipógrafo, escritor versátil, Restif se convierte en el cantor de una sensualidad popular, inmediata y desbordante, portadora de vida y de energía reproductiva; en el interior de su naturalismo ingenuo y rico en proyecciones utópicas –fácilmente vinculable con el influjo de Rousseau, pero por cierto distante del erotismo culto y refinado de un Diderot– hallamos una visión antidualista del placer y del amor, abiertamente hostil a la lógica sadiana de la escisión. Al presentar su *Anti-Justine*, Restif dice que ha escrito «un libro en el que *los sentidos le hablarán al corazón,* donde el *libertinaje* no tenga nada de cruel para el sexo de las Gracias y le dé al mismo la *vida,* en lugar de causar su *muerte;* donde el *amor* reconducido a la *naturaleza,* libre de escrúpulos y prejuicios, no presenta más que imágenes sonrientes y voluptuosas. Al leerlo adoraremos a las mujeres»; pero «sobre todo –agrega luego, refiriéndose a Sade– despreciaremos aun más al Vivisector, aquel mismo cuya larga barba blanca fue hecha salir de la Bastilla el 14 de julio de 1789».[15] Donde Sade, el «Vivisector», propone y exacerba un profundo conflicto de la vida y de la virtud –es decir, del bien– con la naturaleza, con el vicio y con la muerte –es decir, con el mal–, Restif y Diderot, para citar sólo a ellos, se demuestran igualmente hostiles a todo dualismo maniqueo entre vida y naturaleza, no obstante la abismal distancia que separa su sensibilidad, su cultura y su obra. A veces de manera implícita, otras de modo problemático, otras a veces aun de manera descubierta y declarada, circula en el discurso libertino del siglo XVIII la idea de una *pasión amorosa* proclive a estrechar dentro de un único círculo los juegos de la transgresión, las dimensiones del erotismo, las manifestaciones de la ternura, los itinerarios de la razón. No es fácil, por cierto, que el círculo se cierre: no es fácil que esas instancias tan disímiles

---

15. N. Restif de la Bretonne, *L'Anti-Justine*, a cargo de F. Bruno, Milán, Guanda, 1980, p. 43. Las cursivas son mías.

entre sí convivan armoniosamente. Sin embargo, no es raro que se plantee el problema de su relación, o bien que se proponga, habitualmente en clave narrativa, algún ejemplo más o menos claro de su interacción posible. Si eso es cierto, entonces es preciso atisbar, dentro del discurso libertino, un pensamiento sobre la diferencia: un pensamiento que descubra, en su mismo despliegue, los rumores de la disimilitud, la subversión de la alteridad, la irrupción de una multiplicidad nómada, irreductible a la tiranía de lo idéntico y a la fuerza normativa de las categorías. Si el platonismo occidental, como ha dicho Michel Foucault, ha construido por medio de las categorías una especie de «*a priori* de la bestialidad excluida»,[16] entonces podemos decir que el concepto sadiano de deseo ha sido, pensándolo bien, un cómplice paradójico de la misma escisión, de la misma exclusión, aunque de signo invertido. La máquina de desear sadiana excluye *a priori* el alma. No puede ser pensada ni puesta en escena sin esa elisión constitutiva, que implica la liquidación de toda trama relacional que no se funde en los placeres y en las vicisitudes de la carne. Si el *erotismo,* en su versión sadiana, es violencia y violación, es caída en el infierno de la alteridad –es percepción de la alteridad mediante la carne: dimensión anónima, impersonal, indiferenciada–, el *amor* es en cambio esa experiencia personalizada que transforma la alteridad en otro; y «junto al otro, en el amor, huyo de la destructividad».[17]

La cúspide del discurso libertino –ésta, por ahora, es la hipótesis de trabajo– se alcanza cuando el estremecimiento de la alteridad se conjuga con el reconocimiento del otro. La posibilidad misma de percibir la alteridad en el otro y al otro en la alteridad emancipa al erotismo de la hipoteca de la violencia, proyectán-

---

16. Véase el fulgurante texto de M. Foucault, «Theatrum philosophicum» *(Theatrum philosophicum,* Barcelona, Cuadernos de Anagrama, 1978), que aparece como introducción a G. Deleuze, *Differenza e ripetizione,* trad. italiana, Bolonia, Il Mulino, 1971, pp. VII-XXIV (para la cita, véase p. XVII).
17. F. Saba Sardi, *La perversione inesistente, ovvero il fantasma del potere,* Milán, La Salamandra, pp. 196-197: es un libro valiente, al mismo tiempo erudito y apasionado, donde la apología del erotismo y de las sexualidades periféricas acompaña a una crítica de los procesos de psiquiatrización, que han transformado al libertino en el perverso, el enfermo.

dolo en una atmósfera lúdica y creativa, en la cual deseos y pasiones se entrelazan y se multiplican. El interés por la hipótesis de trabajo aquí presentada nace de cierta lectura de nuestro presente histórico: de cierto modo de estar implicados y participar en él. Hay muchas señales, hoy, de una multiplicación de los registros de la pasión, de una profunda inclinación a vivir conjuntamente lo otro y la alteridad, el amor y el erotismo, el reconocimiento y la pérdida de identidad. El ser amado, ha escrito un poeta, se convierte así en un cuerpo, «una forma que oculta una alteridad irreductible», y por lo tanto «una sustancia que se anula y nos anula».[18] Esta posibilidad de reconocerse, y luego de perderse, en el éxtasis del encuentro amoroso –donde el Yo se afirma para luego negarse y disolverse– abre la experiencia de la pasión a una dimensión potencialmente «perversa» y polimorfa, dentro de la cual los amantes resuelven su única individualidad, y su misma fusionalidad erótica, en la *alteridad absoluta* de lo colectivo; surge, a ese nivel, una *instancia dionisíaca*, neotribal, bajo el signo de la vagancia y del dispendio, que nuestra cultura en vano ha intentado castigar, medicar, cancelar, o bien canalizar, mediante momentos ritualizados de agregación social: las grandes fiestas, los megaconciertos, las discotecas, etcétera.[19]

Los gérmenes de este fértil polimorfismo anidan a veces en el discurso libertino, aun cuando las alternativas narradas parecen gobernadas por una férrea lógica del cinismo y de la simulación: es decir, donde la *seducción* es vivida como instrumento de *conquista*, que evita al sujeto que desea «el peligro ridiculísimo» (el *ridicule)* del enamoramiento.[20] También en un texto como *Las amistades peligrosas* (1782) surge acá y allá la insidia casi imperceptible de la implicación emotiva y pasional. En un

---

18. O. Paz, *La duplice fiamma. Amore ed erotismo*, trad. italiana, Milán, Garzanti, 1994, p. 160 (*La llama doble. Amor y erotismo*, Barcelona, Seix Barral, 1993).
19. Véase, al respecto, M. Maffesoli, *L'ombra di Dioniso. Una sociologia delle passioni*, Milán, Garzanti, 1990.
20. P. Choderlos de Laclos, *Les liaisons dangereuses*, París, Booking International, 1990, p. 28 (*Las amistades peligrosas*, Madrid, Cátedra, 1989) (la cita corresponde a la carta IV). Me sirvo también de la reciente y óptima traducción al italiano de A. Calzolari: P. Choderlos de Laclos, *Le amicizie pericolose*, Milán, Mondadori, 1989, p. 73. Las otras citas del texto han sido tomadas de esa edición.

tiempo que la novela ubica en el pasado, los dos cínicos protagonistas, Valmont y Madame de la Merteuil, ahora cómplices en las tramas de la seducción, se han amado tiernamente. Y ahí está el vizconde que le confiesa a su amiga que no puede pensar «sin conmoción» en aquel «tiempo feliz»; ahí está lleno de nostalgia por la época en que la amada lo llamaba con los nombres más suaves, al punto, según afirma él, que a menudo siente deseos de volver a merecerlos: de este modo, agrega, podríamos brindar a todos «un ejemplo memorable de constancia». La oración inmediatamente sucesiva pone en evidencia los matices inquietantes de la personalidad de Valmont: «Pero más grandes destinos nos llaman: ¡conquistas, siempre nuevas conquistas! ¿Acaso nos será dado reunirnos al fin de nuestra carrera?».

El movimiento perpetuo y la repetición obsesiva del seductor, perceptibles mediante la reiteración de una única palabra clave –una especie de metáfora bélica del libertinaje–, hallan en la frase final un momento de contradicción: un desplazamiento significativo, que podría reconducir al personaje de los vértigos de la alteridad al reconocimiento del otro. Ulteriores resquebrajaduras minan la coherencia del cinismo libertino puesto en escena por Laclos: la carta de resentimiento y celos que el vizconde le escribe a la marquesa, después de sorprenderla en un coloquio íntimo e inesperado con Danceny (carta CLI); la inmediata réplica de la amiga, que le contesta a su cómplice que le ha escrito una misiva conyugal, de «auténtico marido» (carta CLII); y al fin su lúcida denuncia del vínculo que une a Valmont con la «delicada y sentimental» Madame de Tourvel: «Es amor, amor del puro» (carta CXXXIV). Podrían recordarse muchos otros textos eróticos del siglo XVIII, en los cuales esa conjunción entre pasión amorosa y libertinaje es mucho más explícita, si no directamente deseada y pragmática: por ejemplo *Thérèse philosophe* (1748), de Boyer D'Argens, atribuida a veces a Diderot,[21] donde

---

21. Es el caso de Riccardo Reim, que estuvo a cargo de la edición italiana: D. Diderot (atribuido a), *Thérèse philosophe*, Roma, Lucarini, 1991. Es convincente la atribución de G. Pigeard de Gurbert: Boyer D'Argens, *Thérèse philosophe*, Arles, Babel-Actes Sud, 1992.

la protagonista, libertina y filósofa, concluye su historia con una feliz relación de pareja, bajo el signo de una libre búsqueda del placer recíproco, ajena a toda finalidad procreativa. Otro buen ejemplo nos lo proporciona un delicado relato de Restif de Bretonne, en el cual una gran pasión, coronada directamente por el matrimonio, parte de una predilección «fetichista» del protagonista masculino por el pie gracioso y pequeño –*Le joli-pied*, justamente– de su amada.[22]

Los perversos y la pasión recluida

¿Cómo transformar deseos y placeres en perversiones? Si se lo observa bien, Sade ya había abierto el camino a esa metamorfosis, que luego será recorrido coherentemente por la literatura y la psiquiatría de la era romántica. En el divino marqués, la obscenidad de las descripciones y el rigor apático de las demostraciones, para decirlo según Deleuze,[23] presuponen el predominio de lo que hemos denominado una lógica de la escisión. En esta perspectva, Sade representa ya un inicio de ese proceso de desmembramiento y de desmantelamiento del humanismo radical libertino, expresado a sus niveles más elevados, como se ha dicho, por el pensamiento de Diderot.

Aun antes de que la psiquiatría se constituya como región autónoma del saber médico, el concepto protorromántico de pasión revela su profunda y paradójica complicidad con la escisión sadiana. Considérese, por ejemplo, un escrito juvenil de Madame de Staël, *De l'influence des passions sur la félicité*, de

---

22. Hemos consultado una edición del siglo XIX: N. Restif de la Bretonne, *Les contemporaines*, París, Lemerre, 1875 (para *Le joli-pied* véase pp. 171-198). Fue muy caro a Restif el tema de lo que los psicopatólogos de la segunda mitad del siglo XIX denominaron «el fetichismo del zapato y del pie», que le dedicó una novela entera: *Le pied de Franchette* (1768). Restif es leído en clave patológica por los psiquiatras. Véase, por ejemplo, R. Kraft-Ebing y A. Moll, *Psychopathia sexualis*, Milán, Schor, 1931, p. 319.
23. G. Deleuze, *Presentazione di Sacher-Masoch*, trad. italiana, Milán, Bompiani, p. 138 *(La presentación de Sacher-Masoch*, Madrid, Taurus, 1974).

1796:[24] a propósito del amor, la autora afirma haber «tomado en consideración sólo el sentimiento, porque *sólo el sentimiento hace de esa inclinación una pasión*». El amor, así mutilado, así erradicado de la corporeidad, abre en quien lo vive el abismo de la nada, de la «melancolía» y de la «muerte». En cambio, unido a la «voluntad» y al «frenesí» de los sentidos, el amor termina por convertirse en «una *enfermedad* antes que en una pasión del alma». Sin embargo, impulsado el erotismo como dimensión patológica, también ese sentimiento *puro* corre continuamente riesgo, precisamente porque está signado por la experiencia de la carencia y de la pérdida, de transformarse de pasión del alma en *enfermedad del alma*. En efecto, no por azar en los comienzos del romanticismo fue justamente Madame de Staël la que inauguró una lectura en clave «sentimental» y antiluminista del gran «best-seller» de la época, el *Werther* (1774);[25] una lectura que le atribuye al amor los caracteres de la embriaguez, de la fiebre, del exceso de sensibilidad, del drama sentimental que empuja al protagonista –así como impulsó a numerosos camaradas, contagiados por la *Wertherkankheit*– hacia el camino del suicidio.

El joven Werther dice experimentar la sensación de un vacío horrendo *(entsezliche Lükke)*,[26] que podría colmarse si su pasión por Lotte no encontrara obstáculos. Madame de Staël, a su vez, habla del amor como de un «sentimiento devastador» que, cuando se lo traiciona o engaña, «deja tras de sí el abismo de la nada». ¿Es en verdad suficiente, para explicar los caracteres destructivos del amor, la presencia en ambos textos de una clara mención de los impedimentos que lo hacen inaccesible? ¿O son más bien sus características intrínsecas –el hecho de que esté habitado por la escisión, de estar consagrado a la ca-

---

24. Mme. de Staël, *L'influenza delle passioni sulla felicità*, Roma, Il Melograno, 1981: para la parte dedicada al amor, véanse pp. 69-88; las citas fueron tomadas de esas páginas. Las cursivas son mías.
25. Véase la óptima introducción de M. Fancelli a una reciente edición bilingüe de la obra, que ella cuidó: J.W. Goethe, *I dolori del giovane Werther*, Milán, Mondadori, 1983 *(Poemas del joven Werther*, Madrid, Alianza, 1989, 8.ª ed.).
26. *Ibíd.*, pp. 138-139.

rencia– las que lo hacen tan peligrosamente próximo a la melancolía[27] y a la muerte? A partir de la primera escisión macroscópica, aquella entre amor y erotismo –una escisión que por obvias razones implica automáticamente la existencia de una pérdida–, el texto de Staël poco en foco otras dos fracturas consistentes, que definen de manera más cabal el perfil del *amor-pasión:* su distancia de la razón y su autosuficiencia respecto del mundo. Emancipado del erotismo carnal, contrapuesto a la razón y distanciado del consorcio humano, el amor-pasión, así fuertemente mutilado, se desliza con facilidad hacia el dolor de la carencia, hacia los abismos de la enfermedad, hacia el callejón sin salida de la muerte. También Stendhal, en *Del amor* (1822), pondrá en escena las mismas fracturas. El *amour-passion* se debe distinguir rigurosamente del *amor-capricho* de los libertinos –donde «siempre tiene gran parte la inteligencia»– y del *amor físico,* considerado efímero, superficial y atribuido sobre todo a las primeras y acerbas experiencias juveniles.[28] No sólo esto. El mismo concepto clave del tratado de Stendhal, el de *cristalización* –según el cual «un hombre apasionado ve *cada perfección* en quien ama»– [29] implica de hecho una sustancial disociación entre sentimientos y racionalidad. Valdría la pena detenerse ulteriormente en el hecho de que el romanticismo ha elaborado, también en el terreno filosófico, una verdadera cultura de la escisión y de la fragmentación del Yo.[30] Pero por ahora es más interesante limitarse a con-

---

27. Me permito remitir a M. Galzigna, «Malinconia romantica e rovine dell'Io», en *Psicoanalisi e narrazione,* de varios autores, Ancona, Transeuropa-Il lavoro editoriale, 1987.
28. Stendhal, *L'amore,* a cargo de M. Bontempelli y P.P. Trompeo, Milán, Mondadori, 1990, p. 53 *(Del amor,* Madrid, Alianza, 1990).
29. *Ibíd.,* p. 57.
30. Véase Galzigna, «Malinconia romantica...», cit., donde he tratado de sostener este punto de vista. Sobre ese mismo problema, visto en el ámbito de la psiquiatría naciente pero siempre tratado en relación con la cultura literaria y filosófica, remito a M. Galzigna, *La malattia morale. Alle origini della psichiatria moderna,* Venecia, Marsilio, 1992, y sobre todo pp. 273-316. Remito a ese libro también para una visión más amplia y documentada de la psiquiatría naciente. Para el *traité* pineliano de 1800 y para la *thèse* esquiroliana sobre las pasiones, de 1805, remito a las dos recientes (y únicas) ediciones italianas: P. Pinel, *La mania,* edición de F. Fonte-Basso y S. Moravia, Venecia, Marsilio, 1987; J.E.D. Esquirol, *Delle passioni,* a cargo de M. Galzigna, Venecia, Marsilio, 1982. Para una lectura sociopolítica de este último texto, sigue siendo fundamental el

siderar esa misma cultura como una especie de trasfondo, que hace más evidente e inteligible el perfil de la psiquiatría naciente, y sobre todo su modo de abordar las pasiones y las pulsiones eróticas.

En oposición al discurso prepsiquiátrico sobre la locura, que la considera una enfermedad casi incurable, provocada por la pérdida casi total de la razón, se afirma el descubrimiento pineliano de una nueva constelación psíquica: el paciente nunca está totalmente enfermo; siempre es posible individualizar una parte sana de su yo, que Hegel, admirador y lector de Pinel, interpreta correctamente como un residuo de racionalidad y como un «punto de apoyo» indispensable para el «tratamiento psíquico».[31] En su *Filosofía del espíritu*, que es luego la parte tercera de la *Enciclopedia* (1817), el filósofo de Stuttgart demuestra haber asimilado bien la lección de la psiquiatría naciente y el sustancial dualismo filosófico que la caracteriza. Una «pasión», afirma él, se transforma en locura en el momento mismo en que se vuelve «violenta» y «mezquina» e invade al sujeto, que ya no está en condiciones de expresar un «dominio de sí mismo».[32] En ese punto, agrega él, su «sentimiento» se vuelve «corpóreo». El «mal genio del hombre», no controlado ya por la «fuerza de la ponderación y de lo universal», se expresa, «se libera», en su «naturalidad» y en su inmediatez. Ese mal genio, ese «elemento terrenal», ya no «frenado» por la razón, coincide para Hegel con «las determinaciones egoístas del corazón, la vanidad, el orgullo y las otras pasiones».[33] Así, la caída en el abismo de la alienación se verifica en el momento mismo en que la corporeidad, como componente natural e inmediato del

---

ensayo de M. Gauchet y G. Swain, *La pratique de l'esprit humain. L'institution asilaire et la révolution démocratique*, París, Gallimard, 1980. Sobre la relación entre psiquiatría y perversiones, véase G. Lantéri-Laura, *Lecture des perversions. Histoire de leur appropiation médicale*, París, Masson, 1979.
31. G.W.F. Hegel, *Enciclopedia delle scienze filosofiche in compendio*, Bari, Laterza, 1967, vol. II, p. 381 (*Enciclopedia de las ciencias filosóficas*, Madrid, Alianza, 1997).
32. *Ibíd.*, p. 380.
33. *Ibíd.*, p. 381. Al respecto, véase G. Swain, «De Kant à Hegel: deux époques de la folie» en *Libre* núm. 1, 1977, pp. 174-201.

sujeto, no es ya filtrada y dominada por la razón. Pero la caída, según el descubrimiento de Pinel, padre fundador de la psiquiatría moderna, casi nunca es total e irreversible. El *delirio* –término técnico de la *medicina mentis,* que indicaba una disfunción de las facultades intelectuales y del razonamiento– es *parcial,* o bien, en ciertos casos de manía, no existe en absoluto, porque la alteración de la conducta es provocada por perturbaciones de la voluntad y de la esfera afectiva.

Al lado del delirio parcial se coloca así la *manía sin delirio,* que puede considerarse la auténtica innovación nosográfica de la psiquiatría naciente. La categoría de la manía sin delirio (o *manía razonadora)* es retomada y vuelta a articular por Esquirol, que la coloca en posición estratégica dentro del grupo de las monomanías, definiéndola como *monomanía afectiva.* La transformación terminológica evidencia al mismo tiempo una continuidad y una ruptura; se ha mantenido, con el sustantivo, la idea de una parcialidad de la alienación, pero también se ha desplazado netamente, como lo indica el adjetivo, el centro de gravedad de la observación médica: de la inteligencia a la afectividad, de la razón a las pasiones. «A veces –afirma Esquirol– los monomaníacos no razonan mal, pero sus *afectos* y su carácter están pervertidos; con motivos plausibles, con explicaciones muy bien argumentadas, justifican el estado actual de sus *sentimientos* y excusan la extravagancia y la inconveniencia de su conducta; es lo que los autores han denominado *mania razonadora,* pero que yo desearía llamar *monomanía afectiva*».[34] Ya en su tesis de 1805 Esquirol les había asignado a las pasiones un rol estratégico respecto de la individualización de las causas, de los síntomas y de las terapias de la alienación mental. Llevadas al exceso, las pasiones determinan el surgimiento de la locura; observadas en su manifestación, proporcionan al psiquiatra un conocimiento detallado de la sintomatología; utilizadas en la terapia, es decir, en el «tratamiento moral», produ-

---

34. J.E.D. Esquirol, *Des maladies mentales,* Bruselas, Meline-Cans, 1838, t. I, p. 332. Las cursivas y la traducción son mías.

cen en el paciente saludables «sacudidas morales», que a menudo hacen posible la curación.[35] Las pasiones excedentes, que escapan al control de la razón, representan el aspecto humano de la locura; vuelven al enfermo más accesible, no sólo al médico sino también al hombre común o al «filósofo» que por azar se aventure en una «casa de locos».[36]

El *exceso pasional* representa el tejido conectivo de la relación terapéutica y al mismo tiempo el hilo rojo que une el espacio de la locura recluida con el resto del mundo; y no sólo por su semejanza estructural con la experiencia y las emociones de quien vive fuera del recinto del asilo, sino también y sobre todo porque hunde sus raíces en factores subjetivos y objetivos que lo influyen y lo modifican: por un lado –así reza la *thèse*– los climas, las estaciones, la edad, el sexo, el temperamento, el régimen, la manera de vivir; por el otro, el estado de las facultades mentales, el progreso de la civilización, las pasiones, las costumbres, los usos, las leyes y la situación política de un determinado pueblo.[37] Para gobernar y curar al sujeto presa de esa desmesura es preciso ante todo contenerlo, aislarlo, recluirlo. sustraerlo a ese «tumulto del mundo»[38] que tan profundamente lo ha herido y golpeado. Es víctima de la pasión precisamente aquel que queda expuesto a los tumultos del mundo: no sabe oponer barreras a su impacto devastador, no sabe mediarlos y decantarlos a través del filtro de su conciencia reflexiva. Mediante la reelaboración filosófica de la enseñanza de Pinel, como ya se ha visto, Hegel había logrado describir mucho mejor que los psiquiatras de su época la condición subjetiva del alienado: el individuo sano y reflexivo siempre logra *mediar*, con su «conciencia concreta», todo «contenido particular» proveniente del mundo externo y trasladado por «sensación, representación, apetito, tendencia»; la pasión se vuelve violenta, y

---

35. J.E.D. Esquirol, *Delle passioni*, cit., pp. 145-150.
36. J.E.D. Esquirol, *Des maladies...*, cit., t. I, p. 1.
37. J.E.D. Esquirol, *Delle passioni*, cit., p. 56.
38. J.E.D. Esquirol, *Des maladies...*, cit., t. I, p. 1.

por lo tanto portadora de enfermedad, cuando actúa *directamente*, «contra la totalidad de las mediaciones» que la conciencia concreta logra producir. En este caso sensaciones, emociones, sentimientos y pasiones invaden al sujeto como determinaciones particulares, naturales y corpóreas, libres y desordenadas: se ha desvanecido, en fin, el «genio» positivo de la conciencia, que «domina sobre esas particularidades» mediante «la fuerza de la ponderación y de lo universal».[39]

En la *thèse* de Esquirol ya había surgido un enfoque sustancialmente análogo, si bien ajeno, como es obvio, a los estilos y al léxico de la tradición filosófica. Las impresiones morales fuertes –por ejemplo el odio, la ternura, el amor, el terror– golpean *directamente* las fibras orgánicas del que está alienado, o de quien está por serlo: actúan así sobre el plexo cardíaco, sobre el plexo del diafragma, sobre la zona epigástrica, sobre el plexo genital. El cerebro no filtra estas impresiones, pero se ve influido por ellas de manera indirecta, es decir, «simpáticamente». Los tumultos del mundo se reflejan de inmediato sobre los «órganos esenciales a la vida, con independencia de toda alteración primitiva del centro sensitivo», es decir, del sistema nervioso central. El «espasmo de los intestinos, del diafragma, de las vísceras epigástricas, de los órganos reproductores» produce «desórdenes simpáticos» en el encéfalo, que sufre así una alteración funcional reversible y por lo tanto curable (es el caso de la *manía* y de la *melancolía*), y no una lesión estructural irreversible y por lo tanto incurable (es el caso de la *demencia* y del *idiotismo*).

Las impresiones morales fuertes se traducen en pasiones violentas y patógenas cuando el sujeto, emancipado de la esfera de las «primeras necesidades», ligadas a su «conservación y reproducción», trata de satisfacer sus «necesidades secundarias», fundadas «únicamente en nuestras relaciones sociales», en nuestro «funesto don de la perfectibilidad», que lleva a cada hombre a «multiplicar sus propios *goces*». La satisfacción de las necesidades secundarias excita «los deseos», que a su vez deter-

---

39. G.W.F. Hegel, *Enciclopedia delle scienze...*, cit., vol. II, pp. 379-381.

minan las que Esquirol define como «las pasiones ficticias». El famoso psiquiatra de la Salpêtrière, heredero directo de Pinel, el médico de Tolosa que inaugura, en el gran manicomio parisino, la clínica psiquiátrica europea, es también un atento observador de las «sublevaciones políticas» que habían trastornado a la Europa de su época. Y son precisamente las «agitaciones políticas» el terreno privilegiado sobre el cual crecen y se multiplican las pasiones: ellas «dan libre desahogo a las pasiones ficticias, exageran las pasiones del odio, multiplican las necesidades», y por ello «aumentan el número de los alienados: es eso lo que se ha observado después de la revolución de Inglaterra; es eso lo que se observa en Francia después de nuestra tormenta revolucionaria».[40] El impacto de la historia, del mundo, sobre la conciencia, cuando no es filtrado y decantado por las actividades racionales del intelecto, produce incomodidad, laceración, enfermedad. Si Esquirol logra captar la cadencia destructiva de esa relación observando sobre todo una situación histórica dramática y efervescente, Hegel trata de profundizar la comprensión de esa laceración, de esa *Zerrissenheit*, de ese desmembramiento del yo: tal fractura se produce también en situaciones histórico-sociales no revolucionarias; es sobre todo la moderna *era del trabajo*, en su totalidad, lo que exaspera esa fragmentación, lo que produce una *conciencia infeliz escindida dentro de sí misma*.[41] También en su *Estética* insiste Hegel en el tema de la era del trabajo, que quiebra la condición originariamente poética del mundo, cuando el individuo vivía en armonía con las normas externas; ahora él choca con el ordenamiento prosaico de las cosas, con la *prosa del mundo:* «un mundo hecho de finitud y de cambios, envuelto en lo relativo,

---

40. J.E.D. Esquirol, *Delle passioni,* cit., pp. 62-66 (todas las citas del texto fueron tomadas de esas páginas).
41. G.W.F. Hegel, *Fenomenologia dello spirito,* Florencia, La Nuova Italia, 1963, vol. I, p. 174 (*Fenomenología del espíritu,* México, FCE, 1966). Sobre el concepto de conciencia infeliz, véanse las pp. 174-190. Sobre el tema, véase J. Hyppolyte, *Genesi e struttura della «Fenomenologia dello spirito» di Hegel,* trad. italiana, Florencia, La Nuova Italia, 1977, pp. 231-260 (*Génesis y estructura de la fenomenología del espíritu,* de Hegel, *Estética,* Barcelona, Península, 1991).

oprimido por la necesidad, a la cual el individuo no está en condiciones de sustraerse».[42]

En su dureza y en su complejidad, la prosa del mundo agrede al sujeto, demuele toda capacidad de mediar racionalmente la particularidad y la determinación de los contenidos empíricos. Al tomar distancia mediante la observación privilegiada de los acontecimientos revolucionarios, Esquirol había estado en condiciones de expresar con diferente lenguaje la misma idea, por otra parte ya presente en la «neurología» del siglo XVIII, entre Heller y Tissot: cuando la civilización es más avanzada, las pasiones se vuelven más vehementes, más impetuosas, más variadas; se tornan precisamente «pasiones ficticias», y en ese caso «la alienación en todos sus matices asedia al hombre».[43]

El pasaje –que puede ser patógeno– de las necesidades primarias –vinculadas con la necesidad de la conservación y de la reproducción– a las pasiones ficticias –consideradas como el revés opaco del proceso de civilización– está signado por el surgimiento y la proliferación de los *deseos*.

Cuando surgen los deseos fuera de la lógica de las necesidades primarias, atacando la voluntad que podría encauzarlos y superando al intelecto, que tendría la tarea de mediarlos y seleccionarlos, diría Hegel que es señal de que las determinaciones naturales y corpóreas se han impuesto a la razón y se han sustraído a su comprensión y a su dominio. Es señal, afirma Esquirol, de que «el hombre ya no tiene la facultad de dirigir sus acciones, porque ha perdido la unidad del *yo;* es el *homo duplex* de San Pablo». Tal laceración, agrega el médico de Tolosa, puede concebirse precisamente porque la condición de desdoblamiento pertenece también a la constitución del hombre sano: «puede concebirse gracias a la duplicidad del cerebro, cuyas dos mitades, al no excitarse igualmente, no actúan simultáneamente».[44]

---

42. G.W.F. Hegel, *Estetica*, a cargo de N. Merker, Turín, Einaudi, 1967, p. 171.
43. J.E.D. Esquirol, *Delle passioni, op. cit.*, p. 66.
44. J.E.D. Esquirol, *Des maladies...*, *op. cit.*, t. I, p. 378.

Los tiempos aún no estaban maduros para corroborar experimentalmente esa hipótesis, de ningún modo inactual.[45] Indicada sólo marginalmente, de todas maneras era funcional a la afirmación de una dualidad constitutiva del yo, confirmada y exasperada por la enfermedad. El *moi*, en su estado de salud, se presenta como dimensión aparentemente compacta y coherente, pero en realidad atravesada por una sustancial dicotomía, que la locura vuelve visible e ingobernable.

El artículo «Delire», publicado en 1814 en el *Dictionnaire des sciences médicales* de Panckoucke, se basa todo él sobre ese «*sentiment de moi*», que ni siquiera los desórdenes de la razón, según el autor, logran eliminar de la conciencia del enfermo. No sólo eso: en este contexto, el heredero de Pinel valora también la facultad de la *atención,* condición de posibilidad del diálogo terapéutico, del tratamiento moral, y al mismo tiempo cemento de la individualidad, precisamente porque puede hacer coexistir armoniosamente sensaciones, ideas, afectos, actividades racionales.[46]

Tal vez sea esa insistencia en la unidad del yo, en contraste con la curvatura dualista de toda la doctrina, lo que convence a Esquirol de que el artículo sobre el delirio debía excluirse de la gran y definitiva edición de 1838. La duplicidad representa, en efecto, un verdadero demonio teórico: una especie de filosofía subterránea, más o menos implícita, de toda su obra. Los

---

45. Esta suerte de anatomía imaginaria, que tanta fortuna tendrá en el siglo XIX, será retomada por A.L. Wigan (*The Duality of Mind*, Londres, 1844) y luego por otros, por ejemplo G. Descourtis (*Du fractionnement de opérations cérébrales*, París, 1882) y J. Luys (*Études sur le dédoublement des opérations cérébrales*, París, 1888). Buen especialista en anatomía del sistema nervioso, Luys es también *chef de service* de la Charité, donde exhibe sus pacientes a un público curioso y mundano. Fascinado por los síndromes del desdoblamiento de la personalidad, Luys es un ejemplo de cómo las teorías neurológicas dualistas fueron reforzadas y relanzadas por el enfoque psiquiátrico de la histeria. Esta «mitología» fisiológica dualista, ya evidente en Esquirol (véase sobre esto a G. Swain, «D'une rupture dans l'abord de la folie», en *Libre*, núm. 2, 1977, pp. 195-229) halla confirmación en las modernas teorías de la especialización hemisférica: del «*split-brain*» de Sperry a la tripartición del cerebro-mente en Eccles. Para un enfoque «histórico» de la mente bicameral, y del modo en que se impuso en el curso de los milenios el dominio del hemisferio izquierdo (que preside el lenguaje y la vida consciente) sobre el hemisferio derecho (que preside las emociones), véase J. Jaynes, *Il crollo della mente bicamerale e l'origine della coscienza,* trad. italiana, Milán, Adelphi, 1984.
46. J.E.D. Esquirol, «Delire» en *Dictionnaire des sciences médicales*, t. VIII, 1814, pp. 251-259.

trabajos sobre la anatomía del cerebro –él lo afirmaba ya en la primera página de su *thèse*– aún no podían proporcionarle una base científica creíble. Para salir de la *impasse* y hacer más coherente su clínica de la locura, se apoyará en la medicina vitalista, que había hallado en la escuela de Montpellier uno de sus centros más activos e influyentes. Los Bordeu, los Barthez, los Ménuret de Chambaud –este último ya colaborador de la *Encyclopédie*– son utilizados para volver a poner en circulación una fundamental bipartición de las enfermedades mentales: las enfermedades del pensamiento, que denuncian la presencia de alteraciones funcionales en el cerebro, y las enfermedades de la pasión, que manifiestan la existencia de perturbaciones y tensiones en la denominada región epigástrica.[47]

El legado vitalista se expresa en Esquirol a través de dos opciones conjuntas y complementarias: la adopción, precisamente, de la teoría vitalista relativa al foco epigástrico de las pasiones y la consiguiente disyunción de los correlatos orgánicos de la locura. Al espasmo y a la atonía que se manifiestan en las fibras o, más en general, en la sensibilidad orgánica, corresponden respectivamente la manía (las monomanías) y la melancolía. Las pasiones se expresan así mediante perturbaciones del centro epigástrico; poseen su particular *fisicidad:* un modo propio de manifestarse, que de tanto en tanto asigna a cada problema afectivo su específico y bien visible lenguaje corpóreo. Síntomas físicos y síntomas psicológicos no están entre sí en una relación de causalidad; en cambio hacen evidente, aunque de manera diferente, una única constelación subjetiva, un único modo de ser en el mundo. El exceso pasional, devenido patología, es accesible al médico por medio de los discursos, las ideas manifestadas, las experiencias emotivas comunicadas, es decir, mediante la palabra, pero también con los comporta-

---

47. A partir del tomo VIII de la *Encyclopédie*, los artículos dedicados a la locura están escritos por el médico J.-J. Ménuret de Chambaud, de Montpellier. Para cuanto se dice en el texto, véase Th. Bordeu, *Recherches sur les maladies chroniques*, París, 1775 (véanse sobre todo las *observations*). Es obligatorio aquí remitir al importante estudio de la lamentada R. Rey, *Naissance et développement du vitalisme en France*, tesis doctoral, París, 1987.

mientos del paciente y el lenguaje de su cuerpo, de sus órganos. El *cuerpo de la locura* se vuelve así tan legible y descifrable como una conducta, un gesto, una acción equivocada (lo que a mediados del siglo es denominado un *hecho negativo).*
Es dentro de ese orden teórico que podemos colocar, en torno de la figura de Esquirol, el primer gran intento de psiquiatrizar las pasiones y el erotismo. Conviene entonces releer las páginas que el psiquiatra de la Salpêtrière dedica a la *monomanía erótica* en el largo capítulo «*De la monomanie»,* redactado adrede para la edición de 1838.[48]

La *erotomanía* es una pasión amorosa *casta* y *honesta.* En ella «el amor está en la cabeza»: se puede decir entonces que el erotómano es «víctima de su imaginación». A sus «vivos afectos del corazón» se yuxtapone el «libertinaje desenfrenado» de los sujetos atacados por *ninfomanía* o *satiriasis.* «Los propósitos más bajos *[sales]* y las acciones más vergonzosas y más humillantes desvelan la presencia de la ninfomanía y de la satiriasis». El libertino se ha convertido en un sátiro o en una ninfómana. Un enfermo difícilmente curable, afectado por taras físicas, por alteraciones y disfunciones que habitualmente implican los órganos de la reproducción, y que influyen luego *simpáticamente* en el cerebro, hasta trastornar la imaginación, la voluntad y el pensamiento. También Marc, en su gran tratado de psiquiatría forense, se atiene a la distinción de Esquirol: por una parte el «furor genital», que delimita el ámbito de un erotismo desenfrenado e indiferenciado; por la otra, la «monomanía erótica», atribuida a varios tipos de enfermos pasionales, que suelen dirigir su deseo –casi nunca correspondido– a «personas identificables».[49]

El terreno de la *alteridad,* es decir, del erotismo anónimo impersonal, y el del *otro,* dominado por el principio de la identidad y del reconocimiento, aquí son separados y desarticula-

---
48. J.E.D. Esquirol, «Monomanie érotique», en *Des maladies...,* cit., t. I, pp. 346-355. Las citas que siguen fueron tomadas de esas páginas.
49. C.C.H. Marc, *De la folie,* París, Baillière, 1840, t. II, pp. 182-221.

dos, así como son inscritos sin vacilación en el ámbito de la patología. La psiquiatría separa y asigna a la medicina, de este modo, el mismo continente psíquico que cierto pensamiento libertino había tratado de defender, en su cohesión posible y en su legitimidad social.

Los dos ámbitos distintos, mantenidos bien diferenciados en la psiquiatría primaria, a veces parecen confundirse, sobre todo en los casos más graves, es decir, cuando la erotomanía se desarrolla temporalmente como progresiva pérdida de los niveles de personalización y de reconocimiento del otro. Se convierte entonces en *monomanía instintiva*, que para Esquirol es sinónimo de una alienación siempre parcial, pero dominada por acciones involuntarias, instintivas e irresistibles. Sin embargo, a diferencia del furor genital, que como lo indica el sustantivo parece presentar los caracteres de lo no reflexionado, de la pérdida de sí, y por lo tanto de lo incurable, la erotomanía presupone siempre la presencia de un resto de razón. La conciencia de sí nunca es eliminada del todo de su horizonte. Para el erotómano el horizonte de la norma es inalcanzable: la curación de esa enfermedad de la cabeza, de esa enfermedad «esencialmente cerebral», puede realizarse tal vez mediante el «matrimonio», que para Esquirol es «el único remedio eficaz».

Hasta la década de los sesenta del siglo XIX, el psiquiatra recluye y medica al erotómano, pero se esfuerza por considerarlo, siguiendo a Esquirol, un sujeto comprensible y curable aun en los casos más graves: es decir, cuando su perfil subjetivo lo vuelve muy semejante a aquel que sólo dos o tres decenios más tarde será considerado un enfermo afectado de *perversión moral*. Tomemos, por ejemplo, el caso del sargento Bertrand, famoso necrófilo ascendido a los fastos de la crónica, que Ludger Lunier había seguido desde 1849.[50]

Ese suboficial, siempre consciente y avergonzado de su conducta aberrante, muchas veces había profanado tumbas de

---

50. L. Lunier, «Examen d'un cas de monomanie instinctive», en *Annales médico-psychologiques*, vol. I (1849), pp. 351-379. Véase también Lánteri-Laura, *Lectures des perversiones*, cit., pp. 17-18.

mujeres jóvenes y había actuado con crueldad con los cadáveres: en contacto con ellos, después de haberlos mutilado, alcanzaba de diversas maneras la eyaculación. La condena del tribunal militar, luego cuestionada por Lunier, fue emitida sólo con el fin de castigar la infracción de una norma jurídica que prohíbe la violación de las tumbas. ¡Ningún interés por parte de los jueces, como se ha observado, por la sexualidad desviada del sargento! La conmoción social les interesa mucho más que la anomalía psíquica que la ha hecho posible. Lunier, por su parte, a diferencia de los peritos médico-legales que lo habían precedido, ve en el suboficial no tanto a un transgresor de la ley como, antes bien, a un enfermo afectado de monomanía instintiva, es decir, de una forma de alienación mental curable y por lo tanto incompatible con la pena aplicada. La monomanía instintiva, como se puede comprobar, cubre un territorio psíquico de confines aún inestables, que va de la pasión exclusiva e indominable por un único objeto amoroso al frenesí erótico indiferenciado: que no necesita, entonces, objetos específicos y reconocibles. Entre la pasión exclusiva y personalizada del erotómano y el furor anónimo del sátiro o de la ninfómana –o sea, entre la locura del otro y la locura de la alteridad– se extiende una vasta gama de comportamientos anómalos y extravagantes, que poco después serán definidos como perversiones.

Los excesos del *amor-pasión* parecen confluir entonces en la monomanía erótica, mientras los excesos del *libertinaje* son confinados por el psiquiatra –al que podríamos imaginar como un atento lector de Sade– al ámbito de patologías mentales sólidamente ancladas al cuerpo: signadas las más de las veces por alteraciones particulares que atacan a los órganos de la reproducción.

Si bien los dos polos del exceso parecen inscribibles en una única categoría nosográfica, las diferencias resultan evidentes: como afirma Marc con gran claridad, la erotomanía, al conservar todavía algún residuo de racionalidad, puede ser fácilmente simulada por un paciente, mientras que el furor genital –o *aidoiomanía*–⁵¹ donde, como él afirma, «todo es instinto», casi nunca se convierte en una conducta compatible con las astucias del fingimiento.

En los últimos treinta años del siglo, la psiquiatría mantendrá intacta esa distinción: los desequilibrios del amor-pasión, ya no disociados de los placeres de la carne, pisarán todavía en los escenarios de la clínica en la forma espectacular de la *histeria:* una enfermedad del alma y del cuerpo, que incluye la simulación entre sus síntomas fundamentales.⁵²

El libertinaje desenfrenado, en cambio, convergerá en el ámbito vasto y variopinto de las *perversiones:* enfermedades degenerativas, reconductibles a taras físicas de carácter hereditario, y por lo tanto difícilmente tratables y curables. No es casual que uno de los primeros autores que usa e impone a la comunidad científica la expresión «perversiones sexuales» o «aberraciones sexuales» es justamente Valentin Magnan, gran teórico de la locura degenerativa.⁵³ Siguiendo los pasos de Bénedict Augustin Morel, él la ubica entre las *psicosis* de los «hereditarios-degenerados», distintas de una enfermedad mental de «estado mixto» como la histeria.⁵⁴

Anomalías, perversiones, aberraciones sexuales, es decir, en alemán, *sexuellen Abirrungen,* que es luego la expresión empleada y difundida por Freud: son todas locuciones sinónimas, que hallarán en Krafft-Ebing un equivalente más general, alusivo, como ha observado finamente Georges Lantéri-Laura, en el

---

51. Marc, *De la folie,* cit., pp. 218-221. El neologismo «aidoiomanía» no tendrá suerte en la historia de la psiquiatría del siglo xix. En cuanto a la simulación en psiquiatría, véase M. Galzigna, «Simulazione e follia: la psichiatria di fronte alla sfida della verità», en *L'arco di Giano,* núm. 6, 1994.
52. S. Vegetti Finzi, «Le isteriche o la parola corporea», en S. Vegetti Finzi (comp.), *Psicoanalisi al femminile,* Roma-Bari, Laterza, 1992, pp. 1-50; sobre la histeria en Charcot y entorno, véase entre otros, A. Fontana, *Il vizio occulto,* Bolonia-Ancona, Transeuropa, 1989 (véase sobre todo el cuarto capítulo, «L'ultima scena», pp. 108-145) y también S. Vegetti Finzi, «Il travaglio delle passioni: dal teatro psichiatrico al laboratorio psicoanalitico», en A. Panepucci (comp.), *Psicoanalisi e identità di genere,* Roma-Bari, Laterza, 1995, pp. 13-38.
53. F. Bing, «La théorie de la dégénérescence», en J. Postel y C. Quétel (comps.), *Nouvelle histoire de la psychiatrie,* Tolosa, Privat, 1983, pp. 351-356.
54. V. Magnan, *Des anomalies, des aberrations et des perversions sexuelles,* París, Delahaye-Lecrosnier, 1885.

horizonte normativo del matrimonio y de la procreación: «anomalías de las pulsiones de reproducción de la especie» *(Anomalien der Geschlechtstrieb)*.[55]

Presa de una especie de furor taxonómico, el psiquiatra, botánico de la mente, espía la perversión en todas sus variedades y matices: aísla así las verdaderas especies naturales, que su fantasía clasificatoria no se cansará jamás de detallar y multiplicar.

Tenaces antagonistas de la vida conyugal y de los parámetros de normalidad de la familia burguesa, los perversos son difícilmente tratables y curables. En tanto desviadores, en tanto *infractores* peligrosos de la norma, son consignados por la psiquiatría, con la garantía de una tranquilizadora definición científica, a las medidas de la prevención y a los dispositivos de la seguridad social. Los perversos son, además, sujetos refractarios al tratamiento, precisamente porque son hostiles a toda intervención terapéutica que pretenda sustraerlos a sus itinerarios libidinales. La resistencia que oponen a la cura se duplica con otra resistencia, especular y simétrica a la primera: la del psiquiatra, cada vez más lejano, con pacientes semejantes, de esa relación de empatía que ya había sido propuesta por Esquirol en su tesis. Es necesario *ponerse en armonía,* decía él, con las *ideas-madres* que gobiernan los delirios de los alienados. Una relación imposible con el paciente perverso; o mejor, con el perverso que rechaza obstinadamente constituirse como paciente, manteniéndose cada vez más aferrado a sus placeres y anomalías. El perverso, se dirá entonces, no es tratable, no es curable. Es un *anormal,* un *monstruo* afectado por taras hereditarias. Sólo puede ser reprimido y recluido mediante un arsenal punitivo que va desde la cárcel hasta la castración quirúrgica. Ésta, como se sabe, es una historia que sigue todavía: así como perdura siempre, por parte del psicoanálisis, una gran dificultad para consi-

---

55. Lantéri-Laura, *op. cit.*, p. 27. Es notable aquí la reflexión epistemológica sobre el léxico psiquiátrico.

derar al perverso como un sujeto transformable y accesible a las dinámicas transferenciales.

Los excesos de la pasión, aun antes de confluir en el gran teatro de la histeria preparado por Charcot, seguirán representando un hilo conductor, nunca realmente quebrado, de la mirada clínica; el psiquiatra nutrirá la esperanza de transformar la pasión excedente en pasión bien moderada: no más delirio tumultuoso sino *sentimiento* razonable; no más paroxismo de la carencia sino búsqueda positiva, dentro del horizonte de la curación, de un canal aceptable y socialmente reconocido de satisfacción del deseo: la pasión amorosa, canalizada y domesticada, puede resolverse en el *sentimiento conyugal*. A la realización de ese pasaje, fuera de los muros del asilo, se dedicará con constancia, sin ninguna garantía de éxito, la empresa psicoanalítica.

Bibliografía

AA.VV., «La passion», núm. 21, de la *Nouvelle revue de psychanalyse*, París, Gallimard, 1980.
F. Alberoni, *Genesi*, Milán, Garzanti, 1989.
P. Bercherie, *Les fondaments de la clinique*, París, Ornicar-Seuil, 1980.
H. Blumenberg, *Passione secondo Matteo*, trad. italiana, Bolonia, Il Mulino, 1992.
R. Bodei, *Scomposizioni*, Turín, Einaudi, 1987.
R. Bodei, *Geometria delle passioni. Paura, speranza, felicità: filosofia e uso politico*, Milán, Feltrinelli, 1991 *(Geometría de las pasiones*, México, FCE, 1996).
L. Chertok e I. Stengers, *Il cuore e la ragione*, trad. italiana, Milán, Cortina, 1987.
J. Elster (comp.), *L'io multiplo*, Milán, Feltrinelli, 1991.
F.M. Ferro (comp.), *Passioni della mente e della storia*, Milán, Vita e Pensiero, 1989.
M. Galzigna, «La rappresentazione dei processi interiori», en V. Voltera (comp.), *Melancolia e musica*, Venecia, Il Cardo, 1994.
P. Gay, *The Tender Passion*, Oxford-Nueva York, Oxford University Press, 1986.
G. Gusdorf, *L'homme romantique*, París, Payot, 1984.
A.O. Hirschman, *Le passioni e gli interessi*, trad. italiana, Milán, Feltrinelli, 1979 *(Las pasiones y los intereses*, México, FCE, 1985).
S. Moravia, *Il pensiero degli idéologues*, Florencia, La Nuova Italia, 1974.
E. Pulcini, *Amour-passion e amore coniugale. Rousseau e l'origine di un conflitto moderno*, trad. italiana, Venecia, Marsilio, 1990.
P. Quennel, *La ricerca della felicità*, trad. italiana, Bolonia, Il Mulino, 1992.
D. de Rougemont, *L'amor e l'Occidente*, trad. italiana, Milán, Rizzoli, 1977 *(El amor y Occidente*, Barcelona, Kairós, 1986).
R. Vaneigem, *Trattato del saper vivere ad uso delle giovani generazioni*, trad. italiana, Florencia, Vallecchi, 1973.
J.-D. Vincent, *Biologia delle passioni*, trad. italiana, Turín, Einaudi, 1988 *(Biología de las pasiones*, Barcelona, Anagrama, 1987).
T. Zeldin, *Histoire des passions françaises*, 5 vols., París, Seuil, 1980-81.

Freud: del conocimiento de las pasiones a la pasión por el conocimiento

Silvia Vegetti Finzi

> Un hombre que desea la verdad se hace científico; un hombre que desea darle libre juego a su subjetividad se vuelve tal vez escritor; ¿pero qué debe hacer un hombre que desea algo intermedio entre ambas cosas?
>
> ROBERT MUSIL

La pasión del temor

En *La interpretación de los sueños,* Freud recuerda un episodio de la vida del padre que reviste una función fundamental en su biografía.

«Y sólo ahora me encuentro –escribe– con la experiencia de mi infancia que manifiesta aún hoy su poder sobre todas estas sensaciones y estos sueños. Tenía diez o doce años cuando mi padre empezó a llevarme consigo en sus paseos y a revelarme en las conversaciones sus opiniones sobre las cosas de este mundo. Así, una vez me hizo este relato para demostrarme cuánto mejor que el suyo era el tiempo en que yo había venido al mundo.»

Un mundo dominado por el temor, tanto como el del hijo estará dominado por la esperanza.

«Cuando era joven –me dijo–, un sábado fui de paseo por las calles del pueblo donde has nacido. Estaba bien vestido, y llevaba en la cabeza un gorro nuevo de piel. Pasa un cristiano y de un golpe me tira el gorro al barro mientras grita: "Baja de la acera, judío!".

»"¿Y tú que hiciste?", le pregunté yo.

"Fui al medio de la calle y recogí el gorro", fue su tranquila respuesta.»[1]

¿Quién es el que se inclina a recoger el sombrero del barro? *Si ese es un hombre*, no es por cierto un señor, en el sentido aristocrático del término, que habría respondido con ira a la ofensa desafiando a duelo al adversario, ni un siervo, adiestrado para la obediencia, ni un súbdito para el cual la subordinación es una necesidad, y tampoco un ciudadano, que habría apelado a la ley para obtener justicia. Jacob Freud es otra cosa respecto de esas figuras de la historia de Europa: es un judío, una presencia marginal pero, como veremos, destinada a asumir el valor emblemático de la condición humana. Como el siervo, también el judío sufre prevaricaciones y abusos. Pero no obstante la semejanza aparente de sus comportamientos, su moral es profundamente diferente.

El padre de Freud, hijo de un rabino jasídico, llegó de Lituania y se radicó en la Galitzia austríaca, una región fronteriza particularmente pobre y atrasada, donde muchos judíos, los llamados *Ostjuden*, vivían en pequeños pueblos fangosos, junto a campesinos supersticiosos y hostiles. Los pertenecientes a la minoría judía estaban más unidos entre sí cuanto más amenazada se veía su existencia por progromos recurrentes, edictos arbitrarios y exagerados tributos, así como por la hostilidad general de los cristianos.

El mundo de Jacob Freud está dominado por la «pasión del temor», que –según enseña Spinoza– al inmovilizar los impulsos del alma en la inútil espera del dolor, provoca perversos efectos de libertad y de sujeción. Al describir esa época, Henri F. Ellenberger escribe: «La característica principal era el temor, temor a los padres, a los maestros, a los maridos, a los rabinos, a Dios, y sobre todo a los gentiles».[2]

Pero por cuanto sabemos de aquellas pequeñas comunidades de Europa centroriental, parece que la posibilidad de loca-

---

1. S. Freud, «L'interpretazione dei sogni» (1900), en *Opere*, vol. III, Turín, Boringhieri, 1966, p. 14 *(La interpretación de los sueños*, en *Obras completas*, vol. 1, Madrid, Biblioteca Nueva, 1996).
2. H.F. Ellenberger, *La scoperta dell'inconscio* (1970), Turín, Boringhieri, 1976, vol. 2, p. 485.

lizar la agresividad fuera de sí, en la figura próxima y ajena del gentil, junto con la valoración de aspectos sensuales y emotivos de la existencia, dejan amplio espacio para la fantasía, la creatividad, para una especie de felicidad interior.[3]

Piénsese en la magia de los paisajes de Chagall donde, eliminadas las barreras entre el dentro y el fuera, la realidad cotidiana parece convivir con el sueño, lo necesario con lo posible, el pasado con el futuro, la vida con la muerte.

«El judío es para la alegría y la alegría es para el judío», le escribe Freud a su novia Martha, cuyo abuelo, el famoso Isaac Bernays, jefe de la comunidad de Hamburgo, sostenía: «El judío está hecho para el goce». Un goce predominantemente psíquico, efecto de una lograda elaboración de impulsos sexuales y agresivos que, en el caso de ser expresados libremente, habrían podido amenazar la cohesión y la supervivencia misma de la comunidad.

Carentes de adecuadas formas de representación política de las diferencias sociales, los judíos habían desarrollado una hipertrofia de la interioridad que asignaba al pensamiento la representación y al diálogo la gestión de los conflictos. La mayor parte de los relatos con que Freud ilustra *El chiste y su relación con lo inconsciente* derivan de la subcultura judía de Europa oriental. Síntesis de agresividad y de tolerancia, de intolerancia y de piedad, de proyección y de represión, el chiste *(Witz)* logra, utilizando la irresponsabilidad de la comicidad, descargar las tensiones con una salida deslumbrante. El judío tradicional reside en sí, pero donde el «sí» no está encerrado en la intimidad burguesa, que se distingue por la reserva y el secreto, porque está inserto en una comunidad que vive de modo coral las propias vicisitudes presentes y pasadas. En ese ámbito, el tiempo y el espacio de la vida están signados, mediante las prescripciones capilares del rito, por la inmanencia de lo sagrado. Nada

---

3. D. Bakan, *Freud e la tradizione mistica ebraica* (1958), Milán, Comunità, 1977, p. 113. Véase también I. Epstein, *Il giudaismo* (1959), Milán, Feltrinelli, 1987, p. 239, así como las novelas de I.B. Singer.

es insignificante en un mundo que asume sentido y valor por un sistema de normas y de costumbres que regulan cada gesto de la existencia pública y privada. Una existencia separada respecto de la sociedad dominante, encerrada en una especie de círculo mágico desde que el jasidismo (movimiento religioso fundado en el conocimiento comunitario del saber plurisecular de la cábala) se había difundido en las comunidades judías de Europa oriental.

La cábala (literalmente, «tradición»), en la que confluyen elementos neoplatónicos y gnósticos, había abierto las Escrituras a formas de comentario y de interpretación más cercanas a los sufrimientos históricos de su pueblo. En particular Luria (1534-1572) había ofrecido una nueva visión teosófica en condiciones de proporcionar una fe personal más inmediata y experimental respecto de la normatividad de la ortodoxia. Su versión, que aquí sólo podemos bosquejar, prevé un retiro preliminar de Dios en sí mismo, una contracción que libera el espacio para el no-Dios, para el mundo creado. Principio activo de la creación es una sola letra alfabética, Yod, inicial del Tetragramaton YHWH. Como el nombre de Dios era demasiado potente para que sus mismas palabras pudieran contenerlo, el diseño divino era deflagrado en elementos caóticos y fragmentarios, cada uno de los cuales poseía sin embargo al menos una vislumbre de la fuerza creativa originaria. La palabra de Dios era entendida como un gran criptograma que se debía descifrar con los métodos de una «racionalidad» místico-intuitiva.

Frente a un mundo al parecer insensato pero en realidad regido por un orgánico proyecto divino, la humanidad es llamada a llevar a su realización la creación, reorganizando lo existente según la voluntad primigenia de Dios. Surgió así una cábala práctica que, mezclada con la astrología y la alquimia, dio lugar a la Gematría, la explicación de las palabras basada en el valor numérico directo o mediado por un sistema de equivalencias. Pero más allá de las sugestivas correspondencias con algunos aspectos de la teoría y de la técnica freudiana, es interesante notar el predominio de la tensión cognoscitiva que viene a coincidir con el sentido y el significado de la vida misma: conocer a Dios, a sí mismo y el mundo mediante la lectura, la interpretación, el comentario, la reformulación mitopoyética de la palabra divina, parece el único modo de sobrevivir a la amenaza de la muerte. Mientras las pasiones perjudican al hombre porque lo someten al dolor y al placer, la sabiduría consiste en la coparticipación en la eternidad del diseño divino. Respecto de las tribulaciones cotidianas, la ética del judío jasídico reside, para Harold Bloom, en reconocerse *diferente* y *en otra parte*.[4] Otra parte que, según la psicología mística, no es exterior sino interior a los más íntimos movimientos del alma, porque «al descender a las profundidades de su ser, el hombre atraviesa todas las dimensiones del mundo; en sí mismo elimina todas las barreras que separan mundo de mundo y esfera de esfera; en sí mismo trasciende los límites del ser creado, los anula, para descubrir finalmente –sin salir nunca de sí–, en el denominado mundo superior, que Dios es "todo en todo" y que no hay nada "fuera de Él"».[5]

No obstante la extrema lejanía de esa cultura, tal vez sea posible, como sugiere Walter Benjamin, «apelar a los recursos hermenéuticos del misticismo para descifrar los signos de la contemporaneidad».

La pasión de la esperanza

Cuando Jacob Freud le cuenta al hijo la anécdota de la ofensa sufrida, en la que hemos deseado ver un coágulo de pasión y razón, de temor y de trascendencia, está claro para ambos que ese mundo ha terminado para siempre. El año siguiente, 1867, será publicado en Viena el denominado «Compromiso», según el cual todos los pueblos del Estado son iguales y cada uno posee el derecho de mantener su nacionalidad y su lengua.

4. H. Bloom, *La kabbalà e la tradizione critica* (1975), Milán, Feltrinelli, 1981, p. 54 (*La Kabala y la tradición crítica*, Caracas, Monte Ávila, 1980).
5. G. Scholem, *Le grandi correnti della mistica ebraica* (1982), Turín, Einaudi, 1993, pp. 345-346 (*Las grandes corrientes de la mística judía*, Barcelona, Siruela, 1996).

El decreto representa el punto más alto alcanzado por el constitucionalismo liberal en Austria. Si bien para los judíos –carentes de nacionalidad y de una lengua propia (el yiddish no es reconocido como tal)– la adquisición de los derechos garantizados por la ley no es automática, se abre ante ellos una época de grandes esperanzas.

Viena, donde contrastan los modelos de vida de la aristocracia en el crepúsculo con los de la burguesía naciente, se convierte rápidamente en el punto de elaboración de las grandes contradicciones de la modernidad. Los judíos tienen en él un rol determinante, porque en el lapso de pocos años ocupan posiciones de gran relieve en el ámbito de la sociedad y de la cultura. Imposible reconstruir esa época excepcional –el entusiasmo por el progreso, el sentido del fin inminente, el relativismo ético, el estetismo febril, la hipocresía sexual, el filisteísmo de las relaciones civiles– sin evocar el vertiginoso proceso de emancipación y de homologación de la minoría judía. Como observa Milan Kundera, los judíos constituían el cemento intelectual y el fermento cosmopolita de la cultura centroeuropea. Presa de la devoradora pasión por la integración, en el curso de una generación, en su mayor parte, abandonan la religión de los padres, la lengua sagrada, la cultura del libro, así como el yiddish, el léxico familiar de las comunidades de Europa oriental. Las festividades, los ritos, las tradiciones, que por siglos habían mantenido unidos al pueblo de la diáspora, caen en el olvido. Frente a la nueva representación de sí, los judíos de Galitzia, definidos despreciativamente *Ghettomenschen*, constituyen un pasado odioso, que ya no se desea reconocer como propio.

La pertenencia judía deviene para muchos una imputación que se recibe de fuera, del antisemitismo, y que a veces se transforma en la actitud antiburguesa y antisemita de algunos intelectuales judíos, como Karl Kraus y Otto Weininger. Como bien dice Hannah Arendt: los judíos podían ser hombres sólo en el caso de que cesaran de ser judíos.[6]

---

6. Véase D. Meghnagi, *Il padre e la legge. Freud e l'ebraismo*, Venecia, Marsilio, 1992, pp. 19 ss.

Existe una discusión todavía abierta en cuanto a la condición judía de Freud, pero creo que el psicoanálisis mismo nos ayuda a colocar su identidad histórica en el puesto que más le compete: el inconsciente, en tanto depositario de una dimensión histórica transindividual. Como muchos coetáneos, el joven Freud participa del deseo del padre que quiere, para su «último primogénito», ese éxito al que aspira toda familia judía: el reconocimiento cultural.[7] Como se ve, las pasiones que determinan una biografía no son necesariamente las propias: pueden ser consecuencia de estados pasionales ajenos, de mandatos que se reciben de fuera y que se integran, como obvios, en la identidad personal.

Pero si bien las vicisitudes de la vida lo orientan hacia una actividad científica, el proyecto de Freud es otro: «Después de cuarenta años de actividad médica –escribe– el conocimiento que poseo de mí mismo me dice que nunca he sido propiamente un médico [...] en los años de la juventud se volvió predominante, en mí, la exigencia de entender algo de los enigmas del mundo que nos circunda y de contribuir tal vez de alguna manera a resolverlos».[8] Se percibe aquí el eco de la religiosidad de los padres, pero transfigurada en términos del conocimiento científico.

Tras su ingreso en el prestigioso laboratorio del neurofisiólogo Ernst Brücke, Freud persigue vanamente un descubrimiento que aplaque la expectativa paterna, pero el destino no le será favorable, antes bien, en 1882, en pleno rebrote antisemita, se le aconseja «paternalmente» que abandone la carrera académica que resulta para él, pobre y judío, demasiado incierta y arriesgada. Pero no se puede olvidar que por veinte años (1876-1897) ha sido un neurólogo dedicado a la investigación científica de laboratorio y que ha aplicado su «ansia de saber» a un proyecto, el de la «escuela de medicina de Helmholtz», que

---

7. S. Freud, «Autobiografia» (1924) en *Opere*, vol. X, Turín, Boringhieri, 1978, p. 76 *(Autobiografía,* en *Obras completas,* cit., vol. 3, p. 2762).
8. Freud, «Il problema dell'analisi condotta da non medici» (agregado de 1927), en *Opere, cit.,* vol. X, p. 419 *(Análisis profano. Apéndice,* (1927), en *Obras completas,* cit., vol. 3, p. 2.955).

intentaba explicar todos los comportamientos del organismo por fuerzas químico-físicas traducibles en términos matemáticos. Aunque Freud comparte esa exigencia reductiva, no piensa renunciar a la demanda de significado y de sentido que implica el accionar humano.

Pero para comprender profundamente la complejidad del ánimo humano, que la tradición judía había reflejado en millares de narraciones (Thomas Mann habla al respecto de *espíritu de la narración*), Freud tendrá necesidad de hallar a otra protagonista de la modernidad, de su violento proyecto de integración: la histérica.[9] Gracias a ella, la empresa cognoscitiva de Freud se humaniza respecto de las precedentes investigaciones neurofisiológicas, se acerca al gesto, a la sexualidad, al lugar donde el logos se convierte en *páthos*, el cuerpo.

Como intuyó Otto Weininger[10] en su lúcida locura, la mujer y el judío están unidos al representar, en el alba del siglo XX, dos formas de marginación aún no integradas en lo que Habermas denominará «la urbanización de las pasiones». El modo con el que superarán la «prueba de la civilización» constituirá un curso paradigmático para todos, pero el conocimiento resultante no es ni judío ni femenino, porque la verdad constituye una emergencia respecto del curso por el cual se la alcanza.

La pasión del cuerpo

Tres años después de que Ernst Brücke lo despidiera, cuando ya está encaminado en la práctica de la medicina, una providencial beca llevará por cuatro meses a Freud a París, al hospital psiquiátrico de la Salpêtrière, dirigido por el famoso neurólogo Jean-Marie Charcot, en busca de un saber más ade-

---

9. Véase S. Vegetti Finzi, «Alla ricerca di una soggettività femminile» y el relativo comentario de N. Fusini en M.C. Marcuzzo y A. Rossi-Doria (comps.), *La ricerca delle donne*, Turín, Rosenberg & Sellier, 1987, pp. 228 ss.
10. O. Weininger, *Sesso e carattere* (1902), Milán, Feltrinelli, 1978 *(Sexo y carácter,* Barcelona, Península, 1985).

cuado respecto del experimental, a la comprensión de la naturaleza humana. Su breve estada en la Salpêtrière lo pone en contacto, tal vez por primera vez, con una dimensión nueva y apasionante, con ese campo del conocimiento que denominamos «sexualidad».

Como observa Foucault, el término «sexualidad» –una abstracción generalizadora respecto de la variedad de los comportamientos eróticos– aparece a mediados del siglo XIX como producto de las prácticas de normalización de los cuerpos, como blanco de las maniobras de coerción de las expresiones pasionales, entendidas como excesivas y excedentes. Con ese fin la sociedad del siglo XIX ha dispuesto precisos ámbitos disciplinarios, como el colegio, la cárcel, el hospital y, sobre todo, el manicomio.

Cuando llega Freud, la sección psiquiátrica de la Salpêtrière alberga a miles de mujeres pobres y solas que, por diversas razones, han fracasado en el objetivo de la inserción social. A falta de otras posibilidades de expresión, el malestar de ellas adopta los modos tradicionales del gesto pasional tomado del repertorio tradicional, de la representación sacra, de la estatuaria barroca, de la mística, de la oratoria forense, de la gente vulgar de la calle. Pero la moral y la estética burguesas son ya intolerantes con esas manifestaciones llamativas e inoportunas, síntomas de un cuerpo indisciplinado y de una psiquis incapaz de manejar el ímpetu de las emociones, de una feminidad desbordante que debe ser domada y reconducida al orden requerido por una sociedad que procede triunfalmente hacia el propio progreso.[11]

Los valores de libertad e igualdad que legitiman el poder burgués requieren una homologación de los sujetos sociales, una elisión de las diferencias. En lo que concierne en particular a las mujeres, se trata de insertarlas en la vida pública –respecto

---

11. Véase al respecto el ensayo de M. Galzigna en el presente libro. Véase además M.A. Trasforini, «Corpo isterico e sguardo medico. Storie di vita e storie di sguardi fra medici e isteriche nell'800 francese», en *Aut-Aut*, 1982, núm. 187-188, pp. 175-206.

de la cual siempre habían estado marginadas como ciudadanas de segundo grado– mediante el conocimiento y el control, la manipulación y el adiestramiento de un cuerpo pulsional, percibido como natural y salvaje. Es emblemático, en este sentido, el personaje romántico de Lulú, creado por Frank Wedekind.

En una época simplemente segregados en la institución del asilo, esos incómodos sujetos sociales son reconocidos ahora como enfermos y sometidos a una serie de intervenciones terapéuticas que producen un poder, un saber y... un placer. Las historias clínicas y el archivo fotográfico de las internadas conservan viva la memoria de una verdadera pasión (en el sentido etimológico de «padecer») del cuerpo femenino. Su «mutilación» simbólica consigna las pulsiones a una dramaturgia sin gesto, funcional a la interiorización de sus representaciones. En esa fase, el conocimiento de la sexualidad, tal como sucedía con la pasión en el mundo antiguo, no es preliminar sino sustitutivo de la cura. Procede esencialmente por medio de la vista: «Mirar, mirar y luego también mirar –ordena Charcot a sus fieles asistentes–, ¡porque mirar es entender!»

En el escenario del teatro anatómico de la Salpêtrière, frente a un público internacional de científicos y curiosos, desfilan las «mejores histéricas», imitando los síntomas que el maestro va ilustrando. Antes de que la patologización de las manifestaciones histéricas encierre para siempre la dramaturgia del cuerpo en la interioridad de la psiquis, la enseñanza psiquiátrica hace desfilar las pasiones por última vez en la escena del mundo. Luego no habrá, para sus héroes, más que simulación teatral.[12]

A Freud, que observa los miembros femeninos que se retuercen en el «gran ataque histérico», no se le escapa la coincidencia entre la crisis y el pasaje del médico taumaturgo y, mientras la psiquiatría clásica aísla el cuerpo histérico en sus

---

12. Una diversión de la época consistía en reproducir, en las escenas del Grand Guignol, las relaciones médico-paciente, exasperando los componentes sádicos. Véase F. Petrella, «La lezione di psichiatria da Kraepelin a De Lorde», en *Turbamenti affettivi e alterazioni dell'esperienza*, Milán, Cortina, 1993, pp. 22-36.

espasmos, Freud capta todo su aspecto comunicativo. Es verdad que será precisamente el lema de Charcot –«*c'est toujours la chose génitale, toujours...*»– lo que le hace entrever el componente erótico del síntoma. Pero para el psiquiatra francés se trata de identificar y describir un síndrome; la histeria, para Freud, en cambio, se trata de comprender a un sujeto: la histérica.

Las histéricas que Freud tratará apenas regresado a Viena son muy diferentes de las subproletarias parisinas: pertenecen en su mayoría a la burguesía judía, donde por cierto no faltan la inserción familiar y la pertenencia social. Antes bien, su intolerancia nace precisamente del hecho de sentirse inducidas a asumir una identidad idealizada que obliga a las pasiones –inhibidas en el gesto, en la acción y hasta en el pensamiento– a expresarse en la enfermedad. Por medio de las historias de vida de ellas, reconstruidas en el interior de una intensa relación intelectual y afectiva, Freud devuelve la sexualidad abstracta a su contexto vital: el cuerpo y la fantasía. No debemos buscar en lesiones anatómicas o en disfunciones fisiológicas las causas de la histeria; antes bien, son los «nervios del alma», las fantasías, las que inducen al cuerpo a expresar en el síntoma el conflicto entre el deseo y sus interdicciones. Con ese reconocimiento, las pasiones, rechazadas por la sociedad y la cultura, hallan un espacio de acogida y de escucha en el estudio psicoterapéutico. Un espacio más semejante a la escena intimista del teatro burgués, a los silenciosos personajes de Ibsen, a su enajenada autocontemplación, que al teatro trágico, al que grotescamente aludía la exhibición de la Salpêtrière.[13]

En tanto terapeuta, la premisa de Freud, en la que no es difícil entrever el influjo de la hermenéutica judía, consiste en considerar el síntoma histérico como un discurso, un «lenguaje de órgano» semejante al ideográfico del sueño que, si se lo interpreta correctamente, permite remontarse a las fantasías

---

13. S. Vegetti Finzi, «Il travaglio delle passioni: dal teatro psichiatrico al laboratorio psicoanalitico», en A. Panepucci (comp.), *Psicoanalisi e identità di genere*, Roma-Bari, Laterza, 1995, pp. 13-38.

correspondientes, deformadas por las instancias censorias. En esa empresa Freud no está solo porque sus pacientes resultan coartífices de la terapia y de la teoría, como lo atestiguan los *Estudios sobre la histeria*.[14] Son ellas las que le indican el camino a recorrer, hacia atrás, hacia las experiencias de la primera infancia donde permanece, oculto por el olvido, el trauma sexual: la seducción, sufrida o fantaseada, por parte del padre. Pero es necesario, para que Freud modere el ímpetu cognoscitivo que provoca la implosión de su epistolario con Fliess, no sólo que muera Jacob Freud sino también que su luto sea elaborado convenientemente. Desde ese momento el hijo, al fin libre de las pasiones del temor y de la esperanza, que enajenan al hombre de sí mismo, podrá emprender el lento, fatigoso camino que lo llevará, por medio del autoanálisis y el trabajo terapéutico con las histéricas, a individualizar el «camino principal hacia el inconsciente»: *La interpretación de los sueños*.

El libro que inaugura el siglo desempeña una función crucial en nuestra cultura, por cuanto condensa el pasado y se abre al futuro. Si bien analiza la experiencia de una minoría, la comunidad judía vienesa, será recibido como una adquisición universal porque entretanto el judío ha sido asumido como paradigma de la condición humana. Uno de los mayores historiadores del mundo judío, León Poliakov, sostiene que con la civilización tecnológica el mundo «se ha hecho judío», adquiriendo una serie de atributos típicos de esa minoría: separación del trabajo rural en los campos, intensa movilidad territorial, decidida tendencia al urbanismo, adaptabilidad a las transformaciones, espíritu competitivo, actitud desprejuiciada hacia el dinero, internalización de las relaciones económicas y comerciales.[15] Pero debe agregar pasión por el conocimiento, anima-

---

14. Véase S. Vegetti Finzi, «Le isteriche o la parola corporea» en *Psicoanalisi al femminile*, Roma-Bari, Laterza, 1992, pp. 1-50.
15. L. Poliakov, *Storia dell'antisemitismo* (1968), 3 vols., Florencia, La Nuova Italia, 1975 *(Historia del antisemitismo*, Barcelona, Muchnik, 1989). Véase también S. Vegetti Finzi, «The Jew as an Ethical Figure», en D. Meghnagi (comp.), *Freud and Judaism*, Londres, Karnac Books, 1993, pp. 96 y ss.

da por el misticismo, articulada por la teosofía, motivada por la búsqueda de una nueva identidad, respaldada por la fe en la racionalidad científica.

En la difusión del psicoanálisis, el mito de Freud ha tenido un rol determinante porque, en cierto sentido, se reconocen en él todos aquellos que luchan por la emancipación, la asimilación y la promoción social mediante la propia aculturación, como lo revela el éxito mundial del psicoanálisis «según Woody Allen». Pero la antropología psicoanalítica no se reduce a la biografía de la empresa freudiana. Su modelo de funcionamiento del aparato psíquico se convertirá en la representación dominante del hombre contemporáneo, lesionado por las tres heridas narcisistas causadas por la ciencia al ideal humanístico: por la revolución copernicana que descentró la Tierra, por la darwiniana que lo expropió de la ascendencia divina, y por último por la psicoanalítica, que lo separó de sí mismo, demostrándole que el Yo no es amo en su propia casa.[16]

Por lo tanto, la recomposición de la subjetividad significa una búsqueda preliminar de sí en los lugares de la alteridad más radical, un descenso en los infiernos de la mente, donde según la tradición filosófica, domina el sueño de la razón.

La pasión por el saber

La frase «Flectere si nequeo Superos, Acheronta movebo», puesta en exergo en *La interpretación de los sueños* (1900), está tomada del canto VII de *La Eneida*. Los dos miembros del quiasmo forman una antítesis doble: invierten el presente impotente *(nequeo)* en la acción futura *(movebo)* y reemplazan lo alto con lo bajo, el cielo con el infierno. El libro se anuncia así bajo el signo de un viaje iniciático, de una *catabasis*, tal como sucede con otras obras fundamentales de nuestra cultura, como *La Re-*

---

16. S. Freud, «Una difficoltà della psicoanalisi» (1916) en *Opere*, vol. VIII, Turín, Boringhieri, 1976, pp. 657 y ss. ("Una dificultad del psicoanálisis", cit., vol. 3, pp. 2.432 ss.)

pública de Platón y *El Infierno* de Dante. Por su planteamiento radical, la empresa pone a Freud en confrontación con el tema de la verdad. Y la verdad del hombre parece consistir en el reconocimiento del deseo inconsciente y de sus interdicciones.

El «yo deseo, o mejor, espero» reemplaza al «yo pienso» cartesiano no para sostener las pretensiones de la razón sino para debilitarlas en favor de una dimensión inconsciente de la cual parecen provenir los significados determinantes de todo destino, con la paradójica consecuencia, relevada por Lacan, de que: «yo estoy allá donde no pienso».

Existe, para Freud, un vínculo necesario entre los pensamientos elementales del sueño –simples votos de amor y de muerte dirigidos a las figuras parentales– y la censura que impide que lleguen a la conciencia, como no sea en formas desviadas y distorsionadas. Pero la interpretación nos devuelve el mapa de nuestro inconsciente, permitiéndonos –al fin de un itinerario de conocimiento y de cura– sustituir la restricción con una condena consciente y la enfermedad con una «infelicidad común». Freud es consciente de que la grandeza de su «descubrimiento» no consiste tanto en la cura como en la verdad y, si bien llegó a ella mediante la tradición judía y la elaboración de su conflicto familiar personal, prefiere presentarla al mundo mediante el *Edipo rey* de Sófocles.

La cultura griega le ofrece, en efecto, un horizonte más universal y más «laico», pero también existe otro factor decisivo: la identificación que estalla entre el moderno científico del sueño y el antiguo «desvelador de enigmas». En el curso de la investigación se hace evidente que las raíces del mal no son externas sino internas al hombre y que sólo enfrentando con coraje el conocimiento de sí mismo, mediante un lento y difícil curso indiciario, es posible que la culpa y el castigo recuperen el propio sentido, convirtiéndose en fundamento del pacto social *(Edipo en Colono)*. Pero la desvelación de la trama edípica (amor por el padre de sexo opuesto y rivalidad con el del mismo sexo) no nos vuelve más libres para actuar porque acompaña al reconocimiento de su imposibilidad, al predominio de la interdicción sobre el deseo, a la prioridad de la Ley que, al prohibir el incesto, introduce el orden de las relaciones en la promiscuidad animal.

La renuncia al ejercicio ilimitado de las pulsiones eróticas y agresivas constituye el precio pagado, en términos de «incomodidad de la civilización», para la adquisición de una relativa seguridad social. Sin embargo, cada uno de nosotros ha sido durante la infancia un Edipo en miniatura. Las pasiones de amor y de odio que hemos sentido en una época por nuestros padres han sido verdaderas y reales. En esos años, no la prohibición sino la inmadurez nos ha impedido realizar nuestro deseo. Paradójicamente, las grandes pasiones inmortalizadas por el mito, por el teatro trágico, por la literatura, por la música, por las artes visuales, se verifican en toma directa sólo en el cuarto de juegos, en la *nursery*. Son los niños los últimos héroes pasionales, los pequeños edipos de la tragedia familiar. Impulsados por el mismo desarrollo de la libido, por su curso impetuoso a lo largo de las zonas eróticas del cuerpo, se ven obligados a canalizar las pulsiones anárquicas y parciales en la triangulación edípica desde siempre predispuesta para acogerlas y socializarlas, conectándolas inescindiblemente con la culpa y la prohibición.

La imposibilidad que signa el primer tiempo de la sexualidad humana, su florecimiento prematuro, destina la satisfacción de las pulsiones, ya articuladas en el tejido de las pasiones, para después y en otra parte. De ese modo, la economía endogámica de las relaciones domésticas, su cerrada consanguineidad, se abre a la comunidad externa, contrayendo un pacto de alianza sobre el cual se basa todo contrato social. Al mismo tiempo, el ansia de poder, expresión de la omnipotencia inconsciente, se declina en el orden «dinástico» de las generaciones.

Pero el proceso se mantiene abstracto y formal hasta que Freud lo correlaciona con la castración. Llamado a elegir entre una pérdida narcisista (el corte del apéndice fálico que representa su Yo) y una renuncia objetal, el niño sale del conflicto edípico sometiéndose a la prohibición del incesto encarnado por el padre. Sin embargo, el rival de una época no será abandonado, sino introyectado hasta convertirse en una parte de sí, el Superyó, fuente de toda prescripción moral. Desde ese momento, la experiencia más determinante de la vida pasa al inconsciente, donde se mantendrá sepultada bajo la inexorable amnesia que concluye toda infancia. Pero como los deseos incestuosos nunca han sido realizados (salvo por Edipo) ni han conocido catarsis, constituyen siempre un contenido no elaborado de la psiquis que, eludiendo la censura, busca el camino del retorno a la escena del mundo.

Desde su exilio, el paradigma edípico orienta todas nuestras futuras pasiones, plasmándolas con las figuras, los modos y los tonos de una época. Por primera vez el conocimiento de sí mismo se define como conocimiento del pasado. Es la infancia la que traza los sucesivos itinerarios de la vida, diferentes según haya predominado el deseo o la prohibición. En este sentido, los adultos son sólo réplicas, actores teatrales, respecto del niño que, a su debido tiempo, ha enfrentado con el coraje del héroe las pasiones que le impuso el destino. La prioridad de las pulsiones incestuosas redimensiona el amor romántico, demostrando que el mismo no es *más que* amor infantil vuelto a nueva vida, un intento de colmar ese primer gran deseo por la madre destinado a permanecer insatisfecho, por lo cual el amor es sustancialmente nostalgia: «*on revient toujours à ses premièrs amours*».

Hasta el amor propio, narcisista, es un reflujo del amor imposible por el objeto incestuoso que, al replegarse sobre el Yo, se hace disponible para otros fines. Podemos proyectarlo, como en el enamoramiento, en un objeto sustitutivo, que se mantendrá hipervalorizado, acrecentando de esa manera nuestra pasión. O bien reinvertirlo en un proyecto de alto contenido cultural o social, mediante un proceso de sublimación que nos compense de la renuncia real. Pero también nos está concedido amarnos a nosotros mismos, manteniendo la carga libidinal en el circuito de la economía personal, en ventaja del Yo, que de ese modo se volverá más seductor, como lo demuestran los felinos y las mujeres más bellas. Sólo en el caso en que el amor a sí mismo prevalezca sobre el amor por el objeto, el narcisismo se torna patológico.

Existe un contraste de fondo entre la libido del Yo o de autoconservación y la libido sexual, dirigida a la procreación. Es uno de los tantos conflictos (como aquel entre el Ello y el Yo, entre el Superyó y el Yo y entre imperativos contrastantes del Superyó) que Freud resuelve con una moral débil, basada en la equidistancia de los extremos, la moderación o, como él mismo dice, el «punto intermedio entre Escila y Caribdis».

En todo caso, la economía libidinal se complica cuando, con el complejo de Edipo, al abandonar la originaria gestión perversa y polimorfa, las pulsiones confluyen en la trama de las pasiones, de la cual cada época proporciona el planteamiento dramático y el estilo retórico. Pero más allá de la multiplicidad de situaciones y de reacciones que toda tragedia pone en escena, el psicoanálisis reconoce en Edipo «la pasión de las pasiones», frente a la cual todas las otras manifestaciones empalidecen o se revelan, como la envidia, corolarios de su paradigma fundamental.[17] Reemplazando la semántica plurisecular y multiforme del accionar pasional con una «gramática» de los deseos, el saber del inconsciente lleva a unidad de sentido una serie dispersa de rastros. Pero al mismo tiempo realiza una reducción que empobrece la representación del hombre y del destino tal como nos ha sido transmitida por el teatro trágico o por la poesía romántica. Aunque Freud intenta recuperar en poder explicativo lo que se pierde en capacidad representativa.

El esquema edípico es, en efecto, atemporal, universal, necesario, válido para la humanidad y para cada hombre individual, de los que organiza los pensamientos, las acciones y las producciones culturales. Además, como toda descripción es

---

17. A. Green, *Un oeil en trop. Le complexe d'Oedipe dans la tragédie*, París, Minuit, 1969.

siempre prescriptiva, el psicoanálisis no sólo capta la interiorización de las pasiones y la simplificación de sus variedades en un único catálogo, sino que también concurre a producir al «hombre psicoanalítico» del que habla. Cuando Freud, al conocer al pequeño Hans comenta: «tanto tiempo antes de que él viniera al mundo yo ya sabía que nacería un pequeño Hans que amaría tanto a su madre que tendría miedo, por eso, del padre»,[18] formula una previsión destinada a autoverificarse. Frente a tal «a priori», nos vemos inducidos a preguntarnos: si el complejo edípico, «arquitrabe del inconsciente», es una estructura que preexiste a nuestras experiencias fenoménicas, ¿cómo podemos sustraernos a sus determinaciones? ¿En qué consiste la libertad del hombre?

En tanto héroe mítico, con su misma historia Edipo demuestra la ineluctabilidad del destino. Cuando en busca de su identidad trata de rehuir al oráculo de Apolo marchándose a Tebas en lugar de retornar a Corinto, va hacia su destino llevándolo, como era inexorable, a su realización. Su dimensión es la acción: existe en tanto actúa. Pero Edipo no es un sujeto psicológico sino una función de la psiquis. Como tal tiene la plenitud del símbolo y la opacidad de las metáforas absolutas. No es posible avanzar más allá porque la interpretación encuentra un zócalo duro.

Sólo con Hamlet, el otro gran héroe de la mitología psicoanalítica, el conflicto edípico se psicologiza, deviene una turbación de la mente, una pasión del cuerpo y del pensamiento, así como el «complejo nuclear de la neurosis». Pero para ello es preciso que el sujeto reconozca no sólo la polisemia de los acontecimientos sino también su opacidad, la frustrada pertenencia a sí mismo, el imposible dominio de sus pensamientos y sus afectos.

---

18. S. Freud, «Analisi della follia di un bambino di cinque anni (caso clinico del piccolo Hans)» (1908) en *Opere*, vol. V, Turín, Boringhieri, 1972, p. 508 *(Análisis de la fobia de un niño de cinco años, (caso "Juanito")*, en *Obras completas*, cit., vol. 2, p. 1.384).

Conocimiento de sí y dominio de las pasiones

Como afirma Freud en *La interpretación de los sueños*, Edipo y Hamlet se ubican en el mismo terreno de fantasmas, pero su vicisitud, en muchos sentidos análoga, se revela analíticamente diferente porque refleja el progreso de la restricción en la vida psíquica de la humanidad.[19] Mientras Edipo está lejos de nosotros como arquetipo, Hamlet se nos asemeja porque la incertidumbre, las dudas, la pusilanimidad que manifiesta frente al mandato de las pasiones son las mismas que debilitan nuestros actos.

Goethe atribuye la debilidad del melancólico príncipe a un desarrollo oprimente de la actividad mental («La palidez del pensamiento infecta el color vivo de la resolución»). Pero Hamlet demuestra, en algunas situaciones difíciles, que sabe actuar con la desenvuelta maestría del príncipe renacentista. «Hamlet puede todo –reconoce Freud– salvo realizar la venganza sobre el hombre que ha eliminado a su padre y tomó su puesto junto a la madre, el hombre que le demuestra realizados sus deseos infantiles reprimidos».[20] La debilidad que lo caracteriza no pertenece a su naturaleza sino que es un conflicto psíquico entre el deseo y su interdicción, que concentra dentro de él toda energía, por lo cual en cierto sentido «su acción es la pasión».[21] En consecuencia, la inacción no es más que el lado externo de un tempestuoso accionar interior. «Un nuevo héroe se instala en el interior del héroe enigmático: el inconsciente [...] La conciencia que nos separa del mundo se convierte en un enigma para sí misma».[22]

Según Starobinski, el drama shakespeariano es contemporáneo a la época en la cual se disuelve la imagen tradicional del cosmos, al momento en que la subjetividad delimita su reino,

---

19. *Ibíd., L'interpretazione dei sogni*, cit., pp. 246 y ss.
20. *Ibíd.*
21. Al respecto, se remite al ensayo de Nadia Fusini en este mismo libro.
22. J. Starobinski, *Amleto e Freud*, prefacio de E. Jones, *Amleto e Edipo* (1949), Milán, Mondadori, 1987 (traduzco aquí de la edición francesa, París, Gallimard, 1967, pp. XI y ss.).

que se hace inaccesible por principio. El ser de las cosas y su parecer no coinciden más. Hamlet denuncia esa ambigüedad que al mismo tiempo lo contamina y su historia nos presenta una serie de acontecimientos, discursos, monólogos, que develan sólo en parte el sentido global, porque quedan vacíos, lagunas, sobrentendidos, postergaciones que parecen reclamar una interpretación. Y el psicoanálisis tiene preparado el esquema interpretativo capaz de reintroducir en su propia y confusa interrogación sentido y necesidad: el complejo edípico. Edipo expresa, mediante la transgresión y el castigo, la ley universal que preside la génesis del ser moral, pero Hamlet manifiesta la íntima revuelta que cada uno contrapone a sus edictos, la pretensión de satisfacción que incansablemente presenta el niño que no ha salido victorioso del conflicto infantil. Mientras la emblemática pasión de Edipo se desarrolla en torno de la encrucijada de Tebas, la de Hamlet resuena dentro de él, en una dimensión del sufrimiento, donde convergen las simulaciones del teatro en el teatro,[23] los fantasmas del pasado y las sombras del presente. En la atormentada indagación que lo sustrae al accionar heroico, la pasión por el conocimiento se transmuta en conocimiento de la pasión, en anatomía del alma. En Hamlet, Freud individualiza al neurótico que sufre las imposiciones de la moral, que no se resigna a las prohibiciones que él mismo interpone a su accionar. Así entendida, concluye Starobinski, su vicisitud constituye el paradigma de la modernidad, la representación del abismarse en el mundo de la interioridad de la psiquis.

A comienzos de siglo, conocerse a sí mismo, entrar en el espacio interno para armonizarlo, se convierte en la perspectiva de una cultura del malestar, cada vez más incierta en cuanto a las propias capacidades para comprender y cambiar políticamente la realidad externa. Visto que las pasiones nacen de una debilitada conexión de la libido sexual con los objetos incestuo-

---

23. Es interesante observar que el primer actor de la compañía teatral llegada al castillo de Elsinore recita, ante Hamlet, un fragmento de *La Eneida*, texto del cual está tomado el famoso lema de *La interpretación de los sueños*.

sos de la primera infancia, es preciso contraponer a ese círculo vicioso un círculo virtuoso. Se trata de un proceso de sublimación que implica dos movimientos opuestos: retraer sobre el Yo las energías precedentemente dirigidas a los objetos edípicos, reinvertirlas luego fuera de sí, en metas sexualmente neutras y socialmente reconocidas. El doble movimiento de introyección y de proyección produce un sujeto fuertemente autocentrado pero debilitado en sus recursos energéticos. Porque, como sucede en todos los fenómenos físicos de transformación, el balance de la sublimación es pasivo, la insatisfacción es una característica intrínseca del hombre civilizado. No sólo la pulsión sexual está destinada, como hemos visto, a no alcanzar su objeto,[24] sino que también el conocimiento no estará nunca en condiciones de satisfacer el deseo omnipotente que lo impulsa más allá de lo pensable, sobre todo cuando, como en la psicología, coinciden sujeto y objeto, provocando un movimiento en espiral que contrasta con el progreso lineal de las ciencias clásicas.

Pero es en el psicoanálisis donde la perturbación del pensamiento se hace particularmente evidente. La paradoja del «conocimiento del inconsciente» relaciona, en efecto, la razón con la locura, la lógica aristotélica con la que Ignacio Matte Blanco denomina «alógica de los conjuntos infinitos», de la cual provienen las connotaciones emotivas del conocimiento, el color irrepetible de cada experiencia.[25] A los opositores que acusan al psicoanálisis de irracionalidad, Freud les responde que irracional es el objeto, no el método que reconoce la incidencia de la pasión y que constantemente se propone despotenciar los aspectos deformantes.

Con ese fin deslegitima al sujeto de la introspección y desplaza la lente analítica a la relación terapéutica, donde el Yo se puede captar en los efectos comunicativos, sean manifestacio-

---

24. S. Freud, «Sulla più comune degradazione della vita amorosa» (1912), en *Opere*, vol. VI, Turín, Boringhieri, 1974, p. 431 ("Sobre una degradación general de la vida erótica", en *Obras completas*, cit., vol 2, p. 1.710).
25. I. Matte Blanco, *L'inconscio come insiemi infiniti. Saggio sulla bi-logica* (1975), Turín, Einaudi, 1981.

nes de presencia o de ausencia, de subjetividad o de sumisión. En todo caso, en el curso del análisis, las pasiones son reactivadas frente a un espectador partícipe, gracias a su disponibilidad para escuchar. Pasiones habladas, naturalmente, porque gesticular y actuar quedan fuera del sitio donde se realiza el análisis, como accidentes inoportunos e impertinentes. En cierto sentido, la cura que se produce mediante el conocimiento de sí realiza la coincidencia platónica de verdad y de bien, la convicción de que de alguna manera el saber es por sí mismo transformativo. Como Freud considera que la «estupidez» es el peor de los males, la verdad se configura como el mejor de los bienes. Una verdad que coincide con su formulación, con la palabra mitopoyética de la interpretación.

Pero no se trata de una adquisición meramente intelectual, sino de recuperar, revivir y reorganizar esos restos de la pasión infantil que han quedado aprisionados en el rastrillo edípico. Sólo así el Yo narrador puede reanudar los hilos interrumpidos, restaurar las carencias de la identidad, hacer refluir las energías bloqueadas por la represión hacia nuevos proyectos de vida. El trabajo del análisis *(Arbeit)* sustituye la atemporalidad del inconsciente –que prevé sólo la compulsión a repetir– por el tiempo del futuro, el horizonte del accionar humano. El resultado es una ética negativa, porque frente a la necesidad de dedicarse al conflicto edípico, de experimentar hasta el fondo su gramática de amor y de muerte, no queda más que llevar al agotamiento, en el espacio virtual de la transferencia, todas las posibilidades de nuestra vida. Sólo al término de ese curso será posible recuperar, como sostiene Lacan, los grados residuales de libertad que nos son concedidos. La libertad asume así un estatuto predominantemente cognoscitivo, que libera el pensamiento más que la acción. La enigmática frase de Freud «donde estaba el Ello debo entrar el Yo»[26] puede entenderse de dos

---

26. S. Freud, «Introduzione alla psicoanalisi (nuova serie di lezioni)» (1932), en *Opere*, vol. XI, Turín, Boringhieri, 1979, p. 190 *(Nuevas lecciones introductorias al psicoanálisis*, en *Obras completas*, cit., vol. 3, p. 3146).

modos: como imperialismo de la razón o como renuncia del Yo a la propia centralidad supuesta, para reconocerse radicado en las oscuras regiones del Hades.

La economía psicoanalítica, que hace surgir tanto las pasiones como los procesos cognoscitivos que a ellas se oponen por el mismo Aqueronte de la libido, parece autorizar esta segunda hipótesis. Respecto de la radical contraposición entre pasión y razón propuesta por la moral tradicional, el psicoanálisis muestra más bien la mezcla entre los dos polos, porque la diferencia no consiste en la composición de las fuerzas en juego o en su origen sino en la especificidad de los cursos y de las metas. También los procesos cognoscitivos más elevados proceden del voyeurismo infantil, de la curiosidad de «ver» la sexualidad parental. La imposibilidad de acceder a la «escena primaria» impulsa el ansia de saber hacia los recorridos intransitables de la sublimación.[27] En este sentido, la razón es apasionada y la pasión es razonable («¡existe un método en la locura!»).

Dominio de sí y control del mundo

El psicoanálisis se plantea la tarea principal de conocer, controlar y dirigir hacia metas socialmente útiles las pasiones que perturban el ánimo humano.

Adentrándose en los territorios de lo desconocido, su investigación se conmensura sin embargo con lo originario psíquico y lo arcaico cultural y en ciertos sentidos queda implicada. Por otra parte, no se desciende al infierno sin quemarse las alas, sin que el ímpetu de lo racional arriesgue perturbar el controlado curso de la razón. Después de haber descubierto en Edipo la gramática generativa de los enunciados humanos, Freud trata de transformar esa adquisición de saber en un resultado de poder: poder sobre el Ello, poder sobre el mundo. Es-

---

27. S. Vegetti Finzi y M. Catenazzi, *Psicoanalisi ed educazione sessuales*, Roma-Bari, Laterza, 1994, pp. 3-82.

cribe en *Análisis terminable e interminable*: «Sabemos que el primer paso para obtener el dominio intelectual de lo que nos rodea es descubrir las generalizaciones, reglas y leyes que ponen orden en el caos».[28] La prioridad atribuida al conocimiento de sí lo autoriza a considerar la organización de la realidad y su representación simbólica como proyecciones del mundo interior, de su intrínseca estructura jerárquica, según una analogía entre micro y macrocosmo, onto y filogénesis que tiene una historia antigua y una urgencia nueva. Como sostiene Musil, dando voz al componente místico de la búsqueda contemporánea: «Es preciso dejar de lado el saber y el querer, liberarse de la realidad y del deseo de volverse a ella. Concentrarse en sí hasta que mente, corazón y miembros sean todo un silencio. Si se logra así la suprema abnegación, entonces al fin el fuera y el dentro se tocan, como si hubiese desaparecido la cuña que divide el mundo».[29] Para el psicoanálisis, en efecto, mundo interior y mundo exterior no sólo son comunicantes sino también interactuantes, aunque con una asimetría: es sobre todo la realidad psíquica la que se proyecta fuera de sí para animar y conformar la objetiva. Encontramos escrito en las anotaciones fragmentarias y tardías realizadas por Freud en 1938: «La espacialidad podría ser la proyección de la extensión del aparato psíquico. Ninguna otra derivación es probable».[30]

Por otra parte, la prioridad del pensamiento sobre las cosas se verifica en la evolución misma de los procesos cognoscitivos. En el recién nacido, así como en el primitivo, la alucinación precede el doloroso conocimiento de la realidad objetiva. En la regresión que realiza Freud hacia el pasado infantil y sus fantasmas de amor y de muerte, el mundo entero parece precipitarse en la interioridad del hombre. En esa perspectiva determinista, el análisis de los productos simbólicos más insignifi-

---

28. S. Freud, «Analisi terminabile e interminabile» (1937), en *Opere*, vol. XI, cit., p. 511 *(Análisis terminable e interminable,* en *Obras Completas,* Madrid, Biblioteca Nueva, 1996, vol. 3, p. 3.347).
29. R. Musil, *L'uomo senza qualità,* ed. a cargo de E. Wilkiens y E. Kaiser, Turín, Einaudi, 1962, vol. I, p. 96.
30. S. Freud, «Risultati, idee, problemi» (1938) en *Opere*, vol. XI, *cit.,* p. 566.

cantes nos revela que nada es arbitrario, tanto que hasta un número elegido al azar se conecta, por vía asociativa, con el deseo inconsciente y con su representación edípica.

En *Psicopatología de la vida cotidiana* la superstición, el mito, la metafísica, la religión son equiparados con el mecanismo paranoico de proyección de contenidos internos sobre la realidad externa en el intento de producir una extrema racionalización de los acontecimientos.[31] Como se presume que la estructura de la psiquis se corresponde con su contracara social, Freud puede afirmar: «La psicología individual tiene, en efecto, que ser por lo menos tan antigua como la psicología colectiva».[32]

Es verdad que en la especulación freudiana, la orgullosa pretensión del pensamiento parece subyacer en la informe, silenciosa e impersonal determinación de la pulsión de muerte que regula, en resumidas cuentas, todo movimiento de los seres vivientes hacia lo originario inorgánico.[33] Pero su filosofía deja esta dimensión biológica sobre el trasfondo, como límite al conocimiento y al accionar humanos. En tanto psicólogo, en cambio, él queda convencido de la prioridad de la mente sobre la realidad factual. Dado que corresponde a las fuerzas psíquicas construir, animar, comprender, explicar y modificar el mundo, ellas también pueden «crear» acontecimientos, como sucede en *Totem y tabú*, donde Freud produce en laboratorio el mito del asesinato del padre primigenio. No se trata de una realidad histórica sino de un hecho hipotético que, justificado por sus capacidades explicativas de fenómenos individuales y colectivos, le permitir sostener que «en el complejo de Edipo coinciden los comienzos de la religión, la moral, la sociedad y el arte».[34]

---

31. S. Freud, «Psicopatologia della vita quotidiana» (1901) en *Opere*, vol, IV, Turín, Boringhieri, 1970, pp. 279 y ss. *(Psicopatología de la vida cotidiana*, en *Obras completas*, cit., vol. 1, p. 755 y ss.).
32. S. Freud, «Psicologia delle masse e analisi dell'Io» (1921) en *Opere*, vol. IX, Turín, Boringhieri, 1977, p. 261 *(Psicología de las masas y análisis del "Yo".* en *Obras completas*, vol. 3, p. 2.597).
33. S. Freud, «Al di la del principio di piacere» (1920) en *Opere*, vol. IX, cit. *(Más allá del principio del placer,* en *Obras completas*, cit., vol. 3, p. 2.507).
34. S. Freud, «Totem e tabù» (1912-13) en *Opere*, vol. VII, Turín, Boringhieri, 1975, p. 159 *(Totem y Tabú,* en *Obras completas*, cit, vol 2, p. 1.847).

Es interesante observar que a la concluyente pregunta: «¿el parricido originario fue un hecho o una fantasía?», Freud responde evitando contraponer los dos órdenes de posibilidades, porque vale para ambos el lema: «en principio era la acción». La frase asume un valor decisivo en el *Fausto* de Goethe, donde el término *Tat* («acción») tiene el poder mágico de hacer aparecer a Mefistófeles y de dar así el inicio a la *metamorfosis* del conocimiento contemplativo en conocimiento transformador del mundo. El proceso de civilización, observa Freud, atenúa progresivamente el accionar en el decir. Para que suceda eso es necesario que el ímpetu del gesto se haya transformado en pasión del pensamiento, que las imágenes mentales se hayan hecho relativamente autónomas de las cosas, que el lenguaje nos represente mejor que el cuerpo del cual proviene. Pero esa transmutación no carece de residuos: «La palabra –escribe al tratar la especificidad de la terapia analítica– fue primitivamente un conjuro, un acto mágico, y conserva aún mucho de su antigua fuerza».[35]

El psicoanálisis, definido como «una magia lenta», al recuperar la incidencia factual del decir transforma la ambivalencia del discurso, su capacidad de dañar y de curar, en fármaco del cuerpo y del alma. La palabra se torna verdadera al conectarse no con la cosa sino con el deseo inconsciente que la ha generado. Gracias a ese vínculo, el sujeto se coloca en la posición gramatical del Yo narrador que maneja el hilo de su biografía. Un resultado del análisis personal que Freud trata de extender a la sociedad y a la historia.

En *Construcciones en el psicoanálisis,* Freud atribuye al trabajo psicoanalítico el «privilegio extraordinario» de integrar la anamnesis personal y la historia colectiva con construcciones verosímiles que, como el delirio, conservan un «elemento de *verdad histórica* que han traído desde la represión de lo olvidado y del pasado primigenio».[36] El psicoanálisis, que procede en

---

35. S. Freud, «Il problema dell'analisi condotta da non medici», *op. cit.*, pp. 355-356.
36. S. Freud, «Costruzioni nell'analisi» (1937), en *Opere*, cit., vol. XI, p. 552 *(Construcciones en psicoanálisis,* en *Obras completas,* cit., vol. 3, p. 3.373).

sentido contrario a la represión, puede no sólo desvelar la verdad oculta, sino también traducirla en una nueva narración, en una conjetura que se verifica gracias a su conexión con el deseo. Se puede captar aquí una consonancia, por cierto no intencional, con una tardía expresión romántica, el surrealismo, que entiende el arte como voluntad y no como representación. Hermann Bahr, uno de los primeros teóricos del movimiento, después de citar a Nietzsche había declarado: «...[el artista] ya no se contenta con que el arte embellezca la vida [...] quiere que él mismo lleve el arte, lo cree por sí mismo, como el acto primigenio del hombre».[37]

El privilegio del arte, que Freud extiende al psicoanálisis, nos permite tal vez comprender su obra más enigmática, *Moisés y la religión monoteísta*. En vísperas de la segunda guerra mundial, no obstante muchas y autorizadas opiniones contrarias, Freud decide llevar a la imprenta una «novela histórica» sumamente atormentada, en la cual afirma (basándose en pruebas evidentemente insuficientes) que el Moisés bíblico era en realidad un egipcio aristócrata muerto por los judíos, a los cuales él les había suministrado el ideal monoteísta. El objetivo de esa fatigosa construcción analítica parece consistir en universalizar la historia judía y en reconocer que el parricidio, como sabemos por *Tótem y tabú*, constituye una culpa de todos los hombres. Si el pueblo judío ha sido perseguido por haber ocultado el delito que está en la base de toda religión, esa dolorosa admisión debería rescatarlo para siempre de la condición que lo ha convertido en chivo expiatorio de la civilización.[38] Con un gesto de pasión cognoscitiva que contrasta con su declarado escepticismo, Freud, ya viejo, enfermo y exiliado, intenta formular las palabras de verdad que devuelvan el orden a la irracionalidad de la historia. Si bien los tres ensayos que componen *Moisés...* siguen cursos tan tortuosos que esconden su motiva-

---

37. H. Bahr, *Expresionismus*, Munich, 1916, por L. Vinca Masini, *Arte contemporanea. La linea dell'unicità*, Florencia, Giunti, 1989, vol. I, p. 9.
38. Meghnagi, *Il padre e la legge*, cit., pp. 59 y ss.

ción última, podemos captar el *ethos* en la carta de felicitación que, en esos mismos años, le escribe Freud a Thomas Mann por su sexagésimo cumpleaños: «(...) en el nombre de incontables de sus contemporáneos debo manifesarle nuestra convicción de que usted nunca haría ni diría –*las palabras del poeta son, en efecto, acciones*– nada que fuese cobarde o mezquino; de que usted, ni siquiera en épocas y en situaciones susceptibles de confundir el juicio, dejará de seguir el camino recto y de guiar por él a los demás».[39] En la reiterada equiparación de la palabra con la acción podemos captar el eco de la tradición religiosa, del misticismo, del esoterismo de la cábala y de la alquimia, dramáticamente representadas por el *Fausto* de Goethe, pero también la violencia de las pasiones que, confluidas en el conocimiento, tratan desesperadamente de oponerse a la inminente destrucción de la *Kultur*. Las inhibiciones que bloquean, como en *Hamlet*, las pasiones del individuo no valen para la comunidad, observa Freud. La prohibición de matar decae si, como en la guerra, el homicidio se ejerce en nombre del estado. En las sociedades modernas, fuertemente institucionalizadas, la dimensión de lo trágico, que Aritóteles atribuía a la familia, se desplaza más bien a la esfera pública.

Mientras Freud trata de realizar, gracias al poder que él deriva del conocimiento del inconsciente, una de las funciones esenciales de nuestro pensamiento, la de dominar psíquicamente la materia del mundo externo equiparándola con la del mundo interno, avanzan sobre la escena del mundo las grandes pasiones «rojas» de los movimientos revolucionarios (democráticos radicales y socialistas), las «grises» de la democracia liberal y, por fin, las «negras» del pensamiento reaccionario fascista y nacionalsocialista.[40] La dimensión del conflicto será tal que trastornará toda ilusión residual del psicoanálisis de com-

---

39. S. Freud, «A Thomas Mann per il suo sessantesimo compleanno» (1935) en *Opere*, vol. XI, cit., p. 467 («A Thomas Mann, en su sesenta aniversario», en *Obras completas*, cit., vol. 3, p. 3.327).
40. Los términos fueron tomados del ensayo de Remo Bodei comprendido en el presente libro.

prender y orientar la naturaleza humana, como proponía Platón, con la sola fuerza del «discurso verdadero».

Si a nivel intencional y consciente las dictaduras de la década de 1930 imponen a las masas infantilizadas la figura del padre omnipotente, la retórica expresada por la iconografía de los totalitarismos fascistas y nazis hace surgir otra matriz más profunda. Las representaciones con que se celebra el poder absoluto del estado expresan un imaginario diferente, constituido por la identificación de la madre con la tierra, por la convergencia del poder político con la potencia generativa de la naturaleza, por la polarización de la vida con la muerte, por el primado de la consanguineidad sobre el pacto social. Figuras que remiten a esa dimensión que Freud denomina «pre-edípica», destinada a constituir el ámbito privilegiado del psicoanálisis posfreudiano.[41] Como si un componente no elaborado de la cultura y la identidad modernas, un arcaísmo insuficientemente simbolizado, un más allá del inconsciente, volviera a la escena del mundo instrumentalizado para la legitimación prepolítica del poder estatal.

La segunda guerra mundial (que con la monstruosa, burocrática institución de los campos de exterminio hace surgir lo irracional en el núcleo mismo de la racionalidad occidental) pondrá en jaque la utopía freudiana, su intento de controlar los acontecimientos mediante la rectificación narrativa de sus historias.

Reexaminada a fin de siglo, la hipótesis osada que subyace en la escritura de *Moisés y la religión monoteísta* parece la consecuencia de un itinerario particular de teoría y de praxis que converge con una corriente larga, a menudo subterránea y nunca concluida de nuestra cultura. Marginal en la obra de Freud, no será nunca retomada por sus sucesores. No obstante, desvela el desplazamiento que impulsa al pensamiento moderno a actuar con más prisa y más allá de cuanto habría deseado y podido.

---

41. Véase P. Bellesi, *L'arte «laica»: un contributo antropologico agli studi sui totalitarismi europei di inizio secolo*, Lugano, Alice, en curso de publicación.

Como todo investigador original, Freud ha tratado de ensayar todas las potencialidades de su descubrimiento y, precisamente adentrándose en esa tarea, ha alcanzado los límites que él mismo se había impuesto.[42] En cierto sentido, el intento de «proteger al pueblo judío», sustrayéndolo a su destino, reactiva la filosofía romántica de la historia, cuando trata de cambiar el curso de los acontecimientos con la fuerza de sus enunciados. La pasión que lo anima, tal vez la última, expresa una tendencia que, en otros campos, permanece oculta por la presunta objetividad impersonal del progreso técnico-científico. El psicoanálisis, que vuelve transparentes sus itinerarios, nos permite en cambio detectar, con particular evidencia, la conexión entre procesos cognitivos y afectivos, entre consciente e inconsciente, así como entre investigación individual y trayectorias históricas del saber y del poder. En su proceso, el sondeo analítico ha permitido aproximarse, como nunca antes había sucedido, al núcleo oculto de las pasiones y captar la última conexión que une la omnipotencia del deseo con la prohibición y la culpa. En la teoría, Freud muestra que la obra de civilización procede hacia la remoción de los deseos, la interiorización del gesto, la despotenciación de la acción en la palabra. Pero su biografía intelectual revela que la pasión sobrevive más potente que nunca en el pensamiento y en sus tentaciones prometeicas.

La determinación de captar las estructuras profundas que rigen tanto la realidad fenoménica como nuestro mundo interno es propia de la magia, de la alquimia, de la mística, pero también de la filosofía, así como de la ciencia más formalizada. Observa al respecto Lacan: «Creo que en el curso de este período histórico, el deseo del hombre, largamente sondeado, anestesiado, adormecido por los moralistas, domesticado por los educadores, traicionado por las academias, muy simplemente se ha refugiado, desplazado en la pasión más sutil, y también la más ciega, como nos demuestra la historia de Edipo, la pasión

---

42. S. Freud, «Perché la guerra? (Correspondencia con Einstein)» (1932), en *Opere*, vol. XI, cit., p. 297 ("El porqué de la guerra, (carta a Einstein)", en *Obras completas*, cit., vol. 3, p. 3.207).

por el saber. Es ella la que está tomando un curso del que no conocemos la última palabra».[43]

El proceder del conocimiento, lejos de contentarse con sus conquistas, lleva inexorablemente consigo un ímpetu que tiende a hacer coincidir el saber con el poder, el principio de verdad con el de eficacia. Frente al anónimo e inexorable proceder del pensamiento y de la acción en la época de la técnica, en el intento de resubjetivar lo humano, el psicoanálisis se pregunta: ¿quién desea? Una pregunta que encuentra, más que la profunda y trágica división del sujeto, su evanescencia en los grandes aparatos de saber y de poder.

Mientras la ciencia positivista, a la cual Freud se impone adherir, mantiene clara la distinción entre sujeto y objeto, así como entre racional e irracional, la posterior no puede dejar de registrar una perturbadora contaminación de sus polos. Nuestra misma imagen resulta radicalmente cambiada respecto del ideal clásico, debilitada y reforzada por una identidad que ha incorporado su sombra.

Probablemente, como individuos, hayamos ganado en conciencia lo que hemos perdido en términos de inmediatez, tanto que estamos en condiciones de mirar críticamente, si no de frenar, hasta ese proceso de civilización que parecía intrínseca y automáticamente perfectible. Sabemos que la verdad es una conquista difícil y parcial y que, en lo posible, debemos regir nuestra vida personal y colectiva mediante un conocimiento de los componentes irracionales que no decrete su exilio.

La crisis de las grandes utopías del siglo nos remite a la tarea de reconocer, entre las otras causas, las pasiones que las han alimentado: tanto las expresadas como las invisibles por estar sepultadas en los infiernos del pensamiento nocturno. No por eso nos será concedido controlar para siempre. La confianza en que Eros pueda prevalecer sobre las oscuras potencias de Thanatos ilumina el horizonte freudiano de la historia, pero sin

---

43. J. Lacan, *Il seminario. Libro VII: L'etica della psicoanalisi 1959-1960* (1986), Turín, Einaudi, 1994, pp. 407-408 (*Ética del psicoanálisis*, Buenos Aires, Paidós, 1988)

sustraernos al conflicto y a la cura, como lo revela la conducción interminable del análisis.

Dado que las tensiones emotivas impregnan toda experiencia humana y nada de lo vivido puede considerarse al resguardo de las perturbaciones de los afectos, no existe un «más allá de la pasión», un ejercicio incontaminado del pensamiento. Afortunadamente, la razón desapasionada sigue siendo un ideal regulativo más que una práctica de vida.

Con su habitual eficacia lapidaria, Lacan define el saber del inconsciente como «imposible y necesario». Tanto más necesario en cuanto de ningún modo se ha agotado la pretensión (expresión del desplazamiento pasional del conocimiento humano) de dominar los movimientos de vida y de muerte que constituyen la trama secreta del mundo. La tentación de traducir en acto, sin mediaciones, sin rémoras, el deseo inconsciente, caracteriza a la ciencia moderna donde la técnica, que tiene como fin la eficiencia y el éxito, supera a menudo el conocimiento teórico, ocultando bajo la apariencia imperturbable del científico el rostro inquietante del aprendiz de hechicero, trastornado por la autonomía impersonal de sus mismos poderes. Adorno, que capta la *hybris* íntima, nos exhorta por el contrario a la demora, a la suspensión de la urgencia pasional, porque «la contemplación sin violencia, de la que deriva toda la felicidad de la verdad, impone al observador no incorporarse al objeto: proximidad en la distancia».[44]

---

44. Th.W. Adorno, *Minima moralia. Meditazioni della vita offesa* (1951), Turín, Einaudi, 1994, p. 97 *(Mínima moralia,* Caracas, Taurus, p. 1.987).

BIBLIOGRAFÍA

Para los escritos de Freud se remite a: S. Freud, *Opere*, edición de Cesare Musatti y Renata Colorni, 12 vols., Turín, Boringhieri, 1967-1980 *(Obras completas*, Madrid, Biblioteca Nueva, 1996).

Además de los textos citados en las notas, sobre la historia de la cultura judía y la biografía de Freud se señalan:

D. Anzieu, *L'autoanalisi di Freud* (1959), 2 vols., Roma, Astrolabio, 1976. *(El autoanálisis de Freud y el descubrimiento del psicoanálisis*, México, Siglo XXI, 1988, 4a. ed.).

S. Bernfeld, *Per una biografia di Freud* (1981), Turín, Bollati Boringhieri, 1991.

B. Bettelheim, *La Vienna di Freud* (1900), Milán, Feltrinelli, 1990.

M. Cacciari, *Dallo Steinhof,* Milán, Adelphi, 1980.

R. Canestrari y P.E. Ricci Bitti, *Freud e la ricerca psicologica,* Bolonia, Il Mulino, 1993.

E. Funari, *Il giovane Freud. Sigmund Freud e la scuola di Vienna,* Turín, Loescher, 1981.

E. Jones, *Vita e opere di Freud* (1953-57), 3 vols., Milán, Garzanti, 1977 *(Vida y obra de Freud*, Barcelona, Salvat, 1995).

M. Krüll, *Padre e figlio. Vita familiare di Freud* (1979), Turín, Boringhieri, 1982.

J. Le Rider, *Modernité viennoise et crises de l'identité,* París, Presses Universitaires de France, 1990.

D. Meghnagi, «L'immaginario ebraico e la psicoanalisi», en M. Aletti (comp.), *Religione o psicoterapia?,* Roma, Las, 1994.

F. Petrella, *Turbamenti affettivi e alterazioni dell'esperienza,* Milán, Cortina, 1993.

G. Ricci, *Le città di Freud,* Milán, Jaca Book, 1994.

M. Robert, *Da Edipo a Mosè. Freud e la coscienza ebraica* (1974), Florencia, Sansoni, 1981.

A. Schnitzler, *Sulla psicoanalisi,* Milán, SE, 1987.

S. Vegetti Finzi, «Psicoanalisi e potere: storia di un misconoscimento», en A. Voltolin y M. Cirlà (comps.), *Il gioco impari,* Milán, Angeli, 1983, pp. 53-68.

R.S. Wistrich, *Gli ebrei di Vienna 1848-1916* (1989), Milán, Rizzoli, 1994.

S. Zweig, *Il mondo di ieri* (1946), Milán, Mondadori, 1994 *(El mundo de ayer,* México, Diana, 1963).

Para una interpretación cultural de la histeria se remite a:

E.D. Bleichmar, *Il femminismo dell'isteria* (1985), Milán, Cortina, 1994.

D.M. Bourneville y P.M. Regnard, *Tre storie d'isteria* (1876-80), edición de A. Fontana, Venecia, Marsilio, 1982.

R. Braidotti, *Soggetto nomade. Femminismo e crisi della modernità,* Roma, Donzelli, 1995.

G. Buzzatti y L. Percovich, *Verso il luogo delle origini,* Milán, La Tartaruga, 1992.

A. Cavarero, *Corpo in figure. Filosofia e politica della corporeità,* Milán, Feltrinelli, 1995.

J. Forrester, *Il linguaggio e le origini della psicoanalisi* (1980), Bolonia, Il Mulino, 1984.

A. Nunziante Cesaro (comp.), *L'enigma della femminilità,* Turín, Centro Scientifico Torinese, 1988.

F. Petrella, *La mente como teatro*, Centro Scientifico Torinese, Turín, 1985.
S. Tubert, *La sexualidad femenina y su construcción imaginaria*, Madrid, El Arquero, 1988.
S. Vegetti Finzi, *Il bambino della notte. Divenire donna, divenire madre*, Milán, Mondadori, 1990.
Entre los textos que constituyen el trasfondo de referencia, véanse:
L. Althuser, *Sulla psicoanalisi, Freud e Lacan* (1993), Milán, Cortina, 1994 *(Sobre el psicoanálisis. Lacan y Freud*, Barcelona, Cuadernos de Anagrama, 1979).
R. Bodei, *Geometria delle passioni. Paura, speranza, felicità: filosofia e uso politico*, Milán, Feltrinelli, 1991 *(Geometría de las pasiones*, México, FCE, 1996).
G. Dalmasso (comp.), *La passione della ragione*, Milán, Jaca Book, 1990.
J. Derrida, *Essere giusti con Freud* (1992), Milán, Cortina, 1994.
P. Fabbri y M. Sbisà, «Passioni, Rileggendo *l'Encyclopédie*; Appunti per una semeiotica delle passioni», en *Aut-aut*, núm. 208, julio-agosto de 1985, pp. 73-83 y 101-118.
M. Foucault, *Storia della sessualità, I: La volontà di sapere* (1961), Milán, Feltrinelli, 1978 *(Historia de la sexualidad. 1: La voluntad de saber*, México, Siglo XXI, 1995, 22.ª ed.).
U. Galimberti, *Gli equivoci dell'anima*, Milán, Feltrinelli, 1987.
G. Gargani, *Sguardo e destino*, Roma-Bari, Laterza, 1988.
A. Giddens, *La trasformazione dell'intimità. Sessualità, amore e erotismo nelle società moderne* (1992), Bolonia, Il Mulino, 1995 *(La transformación de la intimidad. Sexualidad, amor y erotismo*, Madrid, Cátedra, 1997).
J. Kristeva, *Les nouvelles maladies de l'âme*, París, Fayard, 1993 *(Las nuevas enfermedades del alma*, Madrid, Cátedra, 1995).
J. Lacan, *Il seminario. Libro II: L'io nella teoria di Freud e nella tecnica della psicoanalisi 1954-1955* (1978), Turín, Einaudi, 1991 *(El yo en la teoría del psicoanálisis*, Buenos Aires, Paidós, 1983).
J. Lacan, «Conferenze sull'etica della psicoanalisi», (1960) en *La psicoanalisi*, 1994, n° 16, pp. 15-38 *(Conferencia sobre la ética del psicoanálisis*, Buenos Aires, Paidós, 1988).
G. Macchia, *Il teatro delle passioni*, Milán, Adelphi, 1993.
M. Mancia, *Percorsi*, Turín, Bollati Boringhieri, 1995.
G. Marramao, *Minima temporalia? Tempo spazio esperienza*, Milán, Il Saggiatore, 1990.
C. Merchant, *La morte della natura* (1980), Milán, Garzanti, 1988.
S. Moravia (comp.), *Atlante delle passioni*, Roma-Bari, Laterza, 1993.
L. Preta (comp.), *La passione del conoscere*, Roma-Bari, Laterza, 1993.
E. Pulcini, *Teorie delle passioni*, Bolonia, Topia, 1989.
F. Rella, *La battaglia della verità*, Milán, Feltrinelli, 1986.
P.A. Rovatti, *Abitare la distanza. Per un'etica del linguaggio*, Milán, Feltrinelli, 1984.
D.N. Stern y M. Ammaniti (comps.), *Psicoanalisi dell'amore*, Roma-Bari, Laterza, 1993.

La pasión de la diferencia

Adriana Cavarero

> Tristessa no conocía, en este mundo, otro rol que el de representar una idea de sí; carente de un estatuto ontológico, poseía sólo uno iconográfico...
>
> ANGELA CARTTER, *La pasión de la nueva Eva*

Amigas de Querubín

«Ya no sé qué soy, que hago», canta el Querubín mozartiano. Trastornado por la pasión amorosa, siente su joven cuerpo que ora arde y ora parece de hielo, por lo que se dirige a las mujeres, pensando justamente que hallará comprensión: «vosotras que sabéis qué es el amor; mujeres, ived si lo tengo en el corazón!».[1]

¡Pobre mariposa amorosa! Las mujeres están, por cierto, en condiciones de comprenderlo, aun más, de compadecerlo en el sentido literal de la palabra. Pero está excluido que puedan darle buenos consejos para salir del tormento pasional. En efecto, según la tradición, a las mujeres les sucede algo de verdad curioso: son el objeto natural de los impulsos de la pasión pero, a diferencia de los hombres, no tienen ninguna competencia, ni conceptual ni disciplinante, sobre la pasión. El de ellas es un puro sufrimiento específicamente femenino, un sufrimiento típico de la víctima y de quien cae en el vórtice de los sentidos y, en realidad, caen a tal punto que son sólo uno con el flujo que irrumpe: no pueden salir por medios propios y reflexionar des-

---

1. Sobre Querubín, que es una figura compleja, se puede consultar la estupenda obra de M. Mila, *Lettura delle «Nozze di Figaro»*, Turín, Einaudi, 1979.

apasionadamente sobre el hecho de la pasión, para elevarlo al menos a concepto.

«Ya no sé qué soy, qué hago»: la constatación de Querubín denuncia, en el fondo, el estupor que le sobreviene al que ignora el propio ser y el propio accionar. Donde no sólo es probable que el no saber qué se está haciendo sea una consecuencia directa del no saber qué se es, pero también es algo sintomático que la ignorancia del propio ser se exprese en términos objetivadores. Dicho de otra manera (y descuidando el debido respeto por las exigencias métricas de Da Ponte, así como el ambiguo tono femenino de la voz), Querubín no dice «ya no sé *quién* soy» sino «ya no sé *qué cosa* soy». La diferencia no es de poca monta, pues en el *qué cosa* se anuncia el sí mismo en el rol del objeto. Por otra parte, la diferencia viene a señalarnos un aspecto decisivo del fenómeno: el que une la pasión al imposible reconocimiento del sujeto pasional en el propio sí mismo objetivado. Como si Querubín imprevistamente ignorara qué es (¿un jovencito? ¿un paje?) y ya no supiera dar cuenta de su identidad. Lo que aquí se nos sugiere es que cuando irrumpe la pasión, se perturba el juego del espejo entre el Yo y la propia imagen. El apasionado queda ante una imagen de sí mismo que él ignora, que no le corresponde *ya*, y de la cual por lo tanto no sabe.

También por ese aspecto parecería justificarse la apelación que Querubín hace a las mujeres. En efecto, es típico de la mujer apasionada una especie de abandono, mejor dicho, de violenta salida de esa imagen del género femenino que la cultura plasma sobre el modelo doméstico de la hija, de la esposa y de la madre.

Pero si quien dice «ya no sé qué cosa soy» es una mujer trastornada por la pasión, ¿podemos considerar que su mensaje refleja cabalmente el sentido del de Querubín? Crucialmente no es así, y por razones que conciernen al sexo de la hablante, debiéndose entender por sus palabras que lo que ella era antes y sabía que era (precisamente, una hija obediente o una esposa hábil o una madre ejemplar) ya no lo es: y *sin em-*

bargo sabe muy bien, al contrario de lo que le sucede a Querubín, qué es ahora. En efecto, si antes de la irrupción pasional que desencadena sobre todo el amor, ella coincidía con la imagen doméstica del género femenino, ahora coincide con una imagen femenina igualmente acreditada: la de la mujer, que por naturaleza es pasión. Se ha producido simplemente el pasaje de una identidad a otra, que la historia regala al sexo femenino.

Las identidades de género que la tradición dispone para las mujeres son al menos dos: la que, sintentizando el modelo doméstico, podríamos denominar la mujer-madre, y aquella de la mujer-pasión. Sea cuando se queda tranquilamente en su casa para cumplir su rol, o bien cuando delira presa de la pasión, una mujer sabe qué es, o al menos debería saberlo. El problema decisivo tiene que ver justamente con el estatuto de ese saber. Porque, si con él se entiende el conocimiento de las imágenes del género femenino proporcionadas a las mujeres por la cultura androcéntrica desde hace algunos milenios, el saber entonces existe y posee la fuerza del orden simbólico que soporta y transmite esas imágenes. En cambio, si con el término saber, aquí referido a la identidad, se entiende algo que tiene que ver con el juego del espejo y con la lógica del reconocimiento,[2] el problema, como es sabido, se complica mucho y merece una investigación suplementaria. La cual, al fin de cuentas, se preanuncia apasionante.

---

2. Esta referencia mía a la temática lacaniana de la identidad, del espejo y del reconocimiento, si bien se realiza a partir de una lectura directa de los textos, tiene explícitamente en cuenta la variada crítica feminista a las teorías de Lacan. Véanse, por ejemplo, J. Mitchell y J. Rose (comps.), *Feminine Sexuality: Jacques Lacan and the Ecole Freudienne*, Londres, Macmillan, 1984; E. Grosz, *Jacques Lacan: A Feminist Introduction*, Londres, Routledge, 1990; y el núm. 13 (enero-junio de 1993) de la revista *La psicoanalisi*, enteramente dedicado a «Lacan... ou pire, sulla femminilità». Es fundamental el libro de L. Irigaray, *Speculum. L'altra donna*, trad. italiana, Milán, Feltrinelli, 1975 (*Speculum. De la otra mujer*, Madrid, Saltés, 1978), al que agregaría J. Butler, *Bodies That Matter*, Nueva York-Londres, Routledge, 1993.

La pasión de la imagen

En la lista de las pasiones hay una que concierne exclusivamente a las mujeres y que toma el nombre de pasión de la diferencia sexual. Podemos indicarla, por ahora, como una pasión especial que las mujeres experimentan «por» su sexo: donde el «por» entre comillas está aquí como el síntoma de un problema de no fácil planteamiento, o sea como el indicio de un vínculo un tanto complicado, si bien tradicionalmente expiado, entre el simple hecho de ser mujer y sentir una pasión por ello.

Por otra parte, el dictado de una cultura más que milenaria parece ayudarnos de manera hasta demasiado convincente a solucionar el problema del «por». En la descripción antropológica del sujeto que toda época proporciona, es conocido el celebradísimo discurso androcéntrico que desea a la mujer como pasión tanto cuanto desea al hombre como razón, proporcionando para cada uno de los dos sexos una precisa identidad en el juego bipolar. De modo que, al menos en primera instancia, un principio parece ya bien adquirido: es el mismo nacimiento en cuerpo femenino lo que consigna a las mujeres a la esfera de la pasión, prohibiendo al mismo tiempo que tal esfera pueda ser superada mediante un acercamiento a la razón más alta, disciplinante pero sólo masculina.

En tal perspectiva, entonces, la pasión *de la* diferencia sexual vendría a indicar un genitivo posesivo, antes bien, una especie de perfecta coincidencia, al mismo tiempo natural y del destino: la mujer *es* pasión. La pasión que las mujeres experimentan «por» su sexo parece haber llegado así a una primera definición posible: el problema del «por» se disuelve en un «a causa de», y significa precisamente que, a causa de su sexo, ellas, las mujeres son sujeto específico (o, mejor, objeto) de los movimientos de la pasión. En resumidas cuentas, y no por azar, el horizonte simbólico que aquí se activa es el que va a definir un aspecto decisivo de la identidad femenina, o sea el que llega a representar la naturaleza de las mujeres como específica naturaleza pasional. La cual es considerada desordenadora, peligrosa y autónomamente incapaz de enmendarse desde el *interior,* y por lo tanto se ve necesitada de que se la discipline desde el *exterior,* lo que en general suele estar a cargo de hombres en condición de padres o maridos, una disciplina que la canalice hacia comportamientos éticamente correctos y sobre todo socialmente útiles. Es decir, que la canalice hacia una segunda identidad del género femenino: la del modelo doméstico.

El discurso, aparentemente simple, de una identidad opuesta reservada a los dos sexos según la elemental diferencia entre razón y pasión, se funda en una lógica precisamente androcéntrica (o patriarcal, o falocrática, o faloegocéntrica si se quiere) y que por otra parte es muy conocida en la cultura contemporánea para que se la examine aquí en los pliegues del detalle y en las precisas argumentaciones de la crítica feminista. De todos modos, una rápida indicación de sus articulaciones fundamentales podrá resultar provechosa para el tema que nos interesa.

El planteamiento general de tal discurso es sustancialmente dicotómico y evidentemente desequilibrado en su estructura binaria: porque se articula sobre la diferencia de los dos sexos, si bien está ideado por uno solo de los dos, a partir de la presupuesta centralidad de sí mismo. Desde la época griega, procede a la definición de toda la especie humana sólo sobre la base del sexo masculino, colocando generosamente a las mujeres en el interior de la especie misma pero como género carenciado, incompleto, inferior. Es así que en el cuadro la diferencia sexual femenina resulta el índice de una carencia y de una incompletud respecto del género masculino que sirve de paradigma de la humanidad en general,[3] o sea de aquella humanidad que no por azar indican las lenguas aún hoy con el término «hombre». En el cuadro la mujer está opuesta al hombre en un orden je-

---

3. Sobre este tema, ya clásico para la teoría feminista, son decisivas las reflexiones de L. Irigaray (por ejemplo, *Sessi e genealogie,* trad. italiana, Milán, La Tartaruga, 1989, pp. 128 y ss.). Pero véase también A. Cavarero, «Per una teoria della differenza sessuale», en AA.VV. *Diotima. Il pensiero della differenza sessuale,* Milán, La Tartaruga, 1987, pp. 43-79.

rárquico, pero al mismo tiempo es una especie de estadio incompleto del hombre mismo, difiere *de* él por carencia. En lo que respecta al tema de la razón y de la pasión, sucede por lo tanto que a la autorrepresentación del hombre como sujeto sometido a los desordenadores movimientos pasionales y sin embargo capaz de disciplinarlos mediante la facultad de la razón, corresponde una representación de la mujer como sujeto humano incompleto. De ese modo, por un lado, en el cuadro el hombre resulta el que experimenta el trastorno de las pasiones pero sabe construir por sí mismo el orden, formal y ético, mediante el disciplinamiento de las pasiones. Pero, por otro lado, es él quien también logra insertar en ese mismo orden de autoplasmada identidad logocéntrica –en esta obra de estilización de sí mismo, para decirlo con Foucault– la identidad del sexo diferente como mero e incontenible flujo pasional necesitado de una racionalización externa. Se instaura así «una moral viril, en la que las mujeres no entran sino a título de objetos o a lo sumo de socios a los que es oportuno formar, educar y vigilar».[4]

El juego representativo es entonces faccioso: asumida prejudicialmente la diferencia sexual femenina como signo de falta de plenitud, la mujer es opuesta al hombre tanto como la pasión es opuesta a la razón, pero al mismo tiempo la mujer está sometida y es disciplinable por el hombre tanto como la pasión está, *en el hombre,* sometida y es disciplinable por la razón. El ejercicio masculino de autodominio se revela también como una óptima gimnasia para el dominio sobre las mujeres, y el adiestramiento de los músculos espirituales, para la contención interna de la parte pasional de sí mismo, también pue-

---

4. M. Foucault, *Storia della sessualità, II: L'uso dei piaceri,* trad. italiana, Milán, Feltrinelli, 1991, p. 27 *(Historia de la sexualidad. 2. El uso de los placeres,* México, Siglo XXI, 1984). Mi análisis tiene evidentemente en cuenta otras obras de Foucault (sobre todo, *L'ordine del discorso,* trad. italiana, Turín, Einaudi, 1972; *La volontà di sapere,* trad. italiana, Milán, Feltrinelli, 1991 *(Historia de la sexualidad. 1. La voluntad de saber,* México, Siglo XXI, 1977); *Tecnologie del sé,* trad. italiana, Turín, Bollati Boringhieri, 1992 –leídas en el horizonte crítico indicado por S. Vegetti Finzi, «L'animale femminile» en G. Buzzatti y L. Percovich (comps.), *Verso el luogo delle origini,* Milán, La Tartaruga, 1992, pp. 49-72.

de aplicarlo el hombre a la contención externa de la pasionalidad femenina. Triunfan así en los siglos ejércitos de padres y maridos con la natural virtud del mando, a los cuales corresponden hijas y esposas cuya salvación del desorden de las pasiones está en la natural virtud de la obediencia. En efecto, en este punto las identidades propuestas al género femenino son al menos dos: la que define a la mujer indomesticada como pasión, y la que la reordena en el modelo del comportamiento doméstico.

Pasión es, en su misma raíz, *sufrir*, y en lo que concierne a la pasión de la diferencia sexual, parece ser que eso es cierto en muchos sentidos. Existe, en efecto, un primer significado por el cual las mujeres, así como los hombres, sufren la irrupción de las pasiones, convirtiéndose en presa, objeto, víctima de ellas, predestinadas a «tempestades de sentimientos, éxtasis y delirio» como le sucede a Emma Bovary al apasionarse en su amor, según la malévola caricatura flaubertiana[5] (¡y qué lejos estamos de los tonos jocosos de Querubín!). Significado de un sufrimiento profundo –y no sólo de tipo de amoroso– pero que se revela desesperante solamente del lado femenino, cuando se considera que las mujeres, al contrario de los hombres, no poseerían recursos racionales para oponer resistencia al asalto de las pasiones.

Hay luego un segundo significado, también muy conocido y del todo coherente con el primero, según el cual, en el juego sexual estereotípico entre elemento activo y pasivo, a las mujeres les toca en suerte (siempre por naturaleza) este último. De modo que la pasividad constitutiva es una especie de predisposición a la esencia de la pasión, casi una duplicación, dócil y sin reservas, del hecho de sufrir.

Pero todavía hay un tercer significado, tal vez justamente el que estamos buscando, el que permite que la pasión de la diferencia sexual se revele al fin como aspecto originario del sufrir. Nos habla de una identidad femenina que es sufrida en la sus-

---

5. Véanse las consideraciones de D. Maraini, *Cercando Emma*, Milán, Rizzoli, 1993.

tancia de su génesis, es decir, de una representación del propio sexo impuesta a las mujeres por el imaginario del otro sexo. En este significado decisivo la pasión de la diferencia sexual es en efecto el sufrimiento constitutivo de una imagen de sí no producida por el sí, es decir, de una identidad femenina en tanto género no producida por las pertenecientes al género mismo. Tampoco vale aquí apelar a la obvia relación de dependenca que los individuos mantienen con el estereotipo del *género*. Porque si es cierto que el peso de tales representaciones vale individualmente para todos, mujeres y hombres, también es cierto que la producción histórica de las identidades de género surge, para los dos sexos, de un juego impar que tiene un solo sujeto y reglas trucadas. En el caso de las mujeres, por lo tanto, la adhesión singular a la identidad históricamente acreditada del propio sexo, a despecho de la devolución necesariamente biunívoca del espejo, viene a disponerse en una sola dirección obligatoria: es coercitiva, es decir, va de la imagen al referente sin vías de retorno.

En otros términos, la imagen de lo femenino no se sigue de ninguna manera de la autoexposición a la refracción de quien en ella debiera reconocerse, sino que es más bien producida por los reflejos secundarios que se componen al margen por los ejercicios autorepresentativos del sujeto masculino dispuesto a la propia estilización. La pasión de la identidad sexual es así, para las mujeres, contemporáneamente pasión por una presencia y por una ausencia, es decir sufrimiento de una imagen, presente pero sufrida, que llama a una adhesión enajenante en su misma dinámica reflexiva, y sufrimiento de la falta de una imagen verdadera de sí que *se* vincule de modo directo con los ejercicios de estilización de *su* referente especular. El sufrimiento de la mujer se podría definir entonces como una especie de coacción a la reproducción de una falsa identidad: donde lo falso está precisamente en la lógica genética de la imagen, o sea en ese sujeto masculino que, reservándose exclusivamente el registro histórico del imaginario, impone a las mujeres la representación que él tiene de su género.

Respecto de los dos esterotipos clásicos, tantas veces celebrados por la literatura, el de la amante y el de la madre, la contradicción entre identidad pasional e identidad doméstica, aun debiéndose leer como aquella entre un desorden inquietante y un orden tranquilizador, es por lo tanto sólo aparente. Aquí hallan representación simplemente los dos lados, por así decir complementarios, de una naturaleza pasional y de la necesaria imposición de la disciplina en la esfera doméstica. Los cuales, no por azar, funcionan sobre todo en relación con las exigencias de ese varón que es su autor y gozador. Porque en tanto imagen de la pasión (por lo demás de tipo sensual), encarnan el objeto del deseo masculino, o sea el fantasma de sus ritos de transgresión; mientras, en tanto imagen de la madre oblativa, de la mujer honesta, etcétera, sustancian el modelo útil, de servicio y de cuidado, de un orden doméstico igualmente necesario para el hombre.

Aquel saber que aparecía en el «ya no sé qué soy», pronunciado por nuestra hipotética mujer presa de la pasión, finalmente puede llegar así a aclarar su estatuto, que es de un tipo en verdad extraño. Por un lado, sostiene un saber que se satura de imágenes demasiado conocidas en los procesos de identificación coercitiva experimentados por las mujeres, y que termina por falsificar el enunciado: una mujer apasionada sabe muy bien *qué* es, en tanto conoce perfectamente esa imagen de mujer trastornada, tantas veces narrada y rediseñada por la tradición, a la que se la adhiere como a una supuesta naturaleza originaria. Pero, por otro lado, alude a un saber que le restituye al enunciado su significado oculto, pero más verídico: el que revela la pasión femenina como conocimiento del no poseer imágenes propias, es decir, como saber de un sí mismo que sabe que no es la cosa representada en la escena del orden patriarcal.

Este saber de la carencia, por lo tanto, es también saber de un deseo. El cual, en este punto de la narración –aquí donde el espejo no devuelve imágenes fieles sino imágenes prediseñadas por el otro sexo– es deseo de un cuerpo que busca *su* imagen.

En cualquier dirección que nos movamos, la pasión de la diferencia sexual parece llevarnos al problema de una imagen que evoca la especularidad, verdadera o falsa pero en todo caso necesaria, de su vínculo elemental con el cuerpo. Lo que entre otras cosas viene a confirmar un aspecto clásico del tema de la pasión, muchas veces relacionado por la tradición filosófica con la corporeidad y con la facultad humana de imaginar. En efecto, es habitual en filosofía el discurso que describe la pasión como algo que concierne al cuerpo en contraposición con la mente, así como lo es aquel que indica en el trabajo de la imaginación una respuesta, más o menos confiable, al *páthos* suscitado. El aspecto interesante es que, de alguna manera, para los filósofos la pasión parece tener que ver con una especie de pulsión a la imagen y, al mismo tiempo, con una corporeidad que interpreta un rol negativo –o por lo menos subalterno, y a la vez desordenador– respecto de una facultad racional totalmente desmaterializada.

Es por tanto curioso notar cómo, en referencia a la imagen y al cuerpo, la pasión de la diferencia sexual termina por reorganizar de un modo diferente el cuadro filosófico habitual. La coacción al reconocimiento en la imagen falsa del propio género lleva a las mujeres a una existencia que corre el riesgo de coincidir con una pura y muda corporeidad dada, carente de una transposición *suya* en el registro simbólico. Tal vez no haya cuerpo más irredento de su mera fisicidad que aquel que no se traduce en autorepresentación, en imagen, en figura, o sea en un orden simbólico propio. Y, por otra parte, no hay cuerpo más mortificado, en su necesidad de autorrepresentación, que el que sufre una imagen producida por quien vive en un cuerpo de sexo diferente.

Se crea así una especie de cortocircuito implosivo. Por un lado, la cultura androcéntrica prepara para las mujeres un proceso de identificación en el cual las imágenes de su cuerpo, en general desnudo y multiplicado desmesuradamente hasta los límites de la tolerancia de lo visible, son ofrecidas obsesivamente y, antes bien, obscenamente impuestas. De ello dan actual e «itálico» testimonio las tapas ilustradas que, totalmente fuera de contexto, ofrecen mujeres desnudas en los semanarios de política y cultura. Por otro lado, el cuerpo femenino mismo, excluido de la producción de figuras y por ella aplastado, viene a encontrarse en la bien conocida necesidad de expresar directamente sus signos: autosignificándose, por así decir, en la carne y sin la mediación de una imagen de sí separable del Yo corpóreo.

¿No es precisamente en este estado de significación directa, después de todo, que el psicoanálisis encuentra en la época moderna el síntoma de la histérica?[6] Por otra parte, el estudio de Freud, aun como lugar físico, no es más que el escenario moderno de una historia mucho más antigua. La que narra desde hace mucho tiempo acerca de cuerpos femeninos que saben elevarse al registro de la significación mediante el signo directo de la carne: sobre todo cuando para consolar la humana pasión del dolor, y para redimirla del mutismo, está la experiencia vivida en el cuerpo de una divina Pasión.

La «Pasión» del cuerpo

En la Galería de Capodimonte, en Nápoles, se puede ver una de las obras más célebres de Massaccio: *La crucifixión*. Sobre un fondo dorado campea el Cristo crucificado, al que circundan tres mujeres. En primer plano, de espaldas y arrodillada, está la Magdalena, con una capa roja y los cabellos rubios sueltos, también ellos una masa dorada. Estamos, en efecto, a comienzos del siglo XV, período en el cual la cabellera de la pecadora invade la iconografía sacra. Es sobre ella, entonces, que la pintura basa su equilibrio. Y es precisamente esa mancha ro-

---

6. Véase S. Vegetti Finzi, «Anna O., la primadonna della psicoanalisi», en S. Vegetti Finzi (comp.), *Psicoanalisi al femminile*, Roma-Bari, Laterza, 1992, pp. 5-50; Id., «Il travaglio delle passioni: dal teatro psichiatrico al laboratorio psicoanalitico», en A. Panepucci (comp.), *Psicoanalisi e identità di genere*, Roma-Bari, Laterza, 1995.

ja y dorada lo que vemos primero y lo que, aun después, logra retener nuestra mirada.

Magdalena, roja como la sangre de la pasión, nos vuelve las espaldas a nosotros y está de frente a Cristo. Como Él, casi su figura especular, tiene los brazos separados y la cabeza gacha. En Él, justamente, se refleja: en el cuerpo sufriente, ensangrentado de Él reconoce la propia imagen.

El arte vigoroso de Masaccio logra evocar así con gran eficacia ese singular proceso de identificación entre una mujer y el Cristo crucificado, que de modo diverso ha venido a manifestarse en el ámbito de la cultura medieval, pasando luego, sobre todo por vía mística, a todo el imaginario de Occidente. El hecho de que, aun a primera vista, el fenómeno tenga algo de extraño, resulta muy fácil de advertir: dado que es masculino el cuerpo que pende de la cruz y en cambio es una mujer la que en él se refleja. De modo que es crucialmente la diferencia sexual la que es aquí transgredida y confundida en la especularidad del planteamiento.

Una específica atención al origen medieval de esa figura puede ayudarnos a comprender la paradoja. Con el Medioevo estamos en una época que hereda del pasado, y directamente radicaliza, la habitual asociación entre la mujer y el cuerpo, que ya se señalaba marginalmente en el tratamiento clásico del tema de la pasión. Ahora, en realidad, la mujer es pecadora y, por definición, pecadora en la carne: de modo que la habitual valencia negativa de una corporeidad percibida como sustancialmente femenina reinscribe por enésima vez su signo misógino. Sin embargo, justamente esa misma carne logra conquistarse un rol positivo en el Medioevo. El horizonte teológico de la época tiene como referencia obligatoria el dogma de un Dios encarnado, y por lo tanto es obvio que no puede ser descuidado, ni resuelto en términos despreciativos, el problema de la materia participante en tal divina encarnación. Desde el punto de vista del debate filosófico, el lado fundamental del problema reside en decidir *de quién* ha venido el cuerpo de Cristo, o sea en indicar quién le proporcionó la carne al hijo de Dios. Cuestión que los sabios de la época, remitiéndose entre otras cosas a una doctrina de matriz aristotélica, resuelven en el sentido de un origen exclusivamente materno del cuerpo del Salvador. Sucede, por lo tanto, que la idea de una corporeidad ya de por sí asociada con las mujeres, y además considerada en términos positivos en el hecho de llegar al Hijo desde María, desemboca a veces en una explícita feminización del cuerpo de Cristo. Es frecuente la alusión a la función salvadora de su desangrarse y nutrir, tan semejante a los fenómenos experimentados por el cuerpo femenino: donde no falta ni la atribución al cuerpo de Cristo del útero y de la leche, ni el nombre de «madre» dado al Salvador. No sorprende entonces que, en la iconografía sacra, el chorro de sangre, que sale del costado de Cristo para nutrir a la cristiandad, se identifique con la leche que brota del seno materno. La habitual bipolaridad entre los dos sexos se traduce en un horizonte teológico que simboliza en el polo masculino la divinidad de Cristo y en el femenino su humanidad: de modo que el cuerpo, en tanto lado humano del Dios encarnado, encuentra a la mujer en su mismo concepto y le permite una imprevista relación con lo divino.[7]

7. Gran parte de mi discurso parte del fundamental estudio de C. Walker Bynum, «The Female Body and Religious Practice in the Later Middle Ages», en AA. VV., *Fragments for a History of Human Body. 1*, Nueva York, Zne, 1989, pp. 161-219 (versión italiana, «Corpo femminile e pratica religiosa nel tardo Medioevo», en L. Scaraffia y G. Zarri [comps.], *Donne e fede*, Roma-Bari, Laterza, 1994, pp. 115-156); de la misma Walker Bynum véase también *Holy Feast and Holy Fast: The Religious Significance of Food to Medieval Women*, Berkely, University of California Press, 1987. Sobre la mística femenina, ya objeto de enorme literatura especializada de gran interés, se puede consultar útilmente: M. Craveri, *Sante e streghe*, Milán, Feltrinelli, 1984; P. Dronke, *Donne e cultura nel Medioevo*, trad. italiana, Milán, Il Saggiatore, 1986; D. Regnier-Bohler, «Voci letterarie, voci mistiche», en G. Duby y M. Perrot (comps.), *Storia delle donne in Occidente. Il Medioevo*, Roma-Bari, Laterza, 1990, pp. 463-539 *(Historia de las mujeres en Occidente. La Edad Media*, t. 3, Madrid, Taurus, 1993); M. Modica Vasta, «La scrittura mistica» en Scaraffia y Zarri (comps.), *Donne e fede*, cit., pp. 375-398; el segundo capítulo de B.S. Anderson y J.P. Zinser, *Le donne in Europa, I: Nei campi e nelle chiese*, trad. italiana, Roma-Bari, Laterza, 1992; y sobre todo la antología *Scrittrici mistiche italiane*, Génova, Marietti, 1988. Sobre la cuestión del cuerpo en la devoción mística de las mujeres, aparte del libro clásico si bien discutible de R.M. Bell, *La santa anoressia. Digiuno e misticismo nel Medioevo*, trad. italiana, Roma-Bari, Laterza, 1987, véase el capítulo sobre Catalina de Siena en G. Raimbault y C. Eliacheff, *Le indomabili*, trad. italiana, Milán, Leonardo, 1989.

La pasión de Cristo, en la peculiaridad del lenguaje medieval, es por otra parte sustancialmente pasión del cuerpo. Aquí el cuerpo asume un rol de sufrimiento que tiene sentido, y al cual le atribuye su sentido más verdadero. Aquí, en otros términos, cuanto más se abate sobre lo inerme la pasión del cuerpo, más es rescatada por las razones de una esfera trascendente que la salvan de una mera gratuidad y del destino de sufrimiento meramente sufrido. La carne culpable, la carne pecadora que Eva inaugura y la Magdalena confirma,[8] manifiesta así, en la pasión de Dios encarnado, su lado salvador. Sufrir como Él significa rescatar el cuerpo mediante el cuerpo.

La imitación del sufrimiento del Crucificado en su carne humana pasa a ser una práctica habitual de la espiritualidad medieval. Con autoflagelaciones y torturas de todo tipo, hombres y mujeres, repitiendo la experiencia de Cristo e imitando la pasión de manera realista, al mismo tiempo mortifican el cuerpo y lo elevan a medio para acceder a lo divino. Se trata de una forma intensa de devoción al Crucifijo que es compartida por los dos sexos, aunque –como es obvio esperar y posible documentar– asume para hombres y mujeres significados y modalidades diversos. Ello se sigue del hecho elemental, ya antes señalado, de que una *imitatio Christi*, de naturaleza explícitamente corpórea, en el caso de una mujer pone en evidencia crucial el dato de la diferencia sexual.

Cuando la imitación se hace perfecta convirtiéndose sin residuos en identificación total, o sea cuando los estigmas florecen espontáneamente de modo que el cuerpo envía por sí solo los signos de su coincidencia con el cuerpo del Cristo crucificado, son sobre todo las mujeres las que se hacen protagonistas. Como destaca autorizadamente Caroline Walker Bynum,[9] en desmedro de la fama de Francisco de Asís y del padre Pío,

---

8. Sobre la figura de la Magdalena, véase J. Dalarum, «La donna vista dai chierici», en Duby y Perrot (comps.) *op. cit.*, pp. 41 y ss., y desde el punto de vista iconográfico, S.F. Matthews Grieco, «Modelli di santità femminile nell'Italia del Rinascimento e della Controriforma», en Scaraffia y Zarri (comps.) *Donne e fede*, cit., 311 y ss.
9. Véase Walker Bynum, *The Female Body...*, cit., p. 165.

ellos tal vez sean los únicos hombres en los que se mostraron de manera espontánea las cinco heridas sacras. En cambio, según los testimonios históricos, las mujeres que experimentaron el fenómeno de los estigmas resultan muchas, sobre todo en la época medieval. Obviamente, no se trata aquí de reivindicar una especie de primacía de base estadística, sino más bien de destacar el dato, un tanto indicativo, de un acceso más fácil a la directa significación corpórea por parte de las mujeres.

En el Medioevo, la espiritualiad femenina es notablemente, si no exclusivamente, de tipo somático, y revela los caracteres de un proceso de identificación con la pasión de Cristo que conoce varios grados de intensidad. Se va del reconocimiento de la devota en la imagen del Crucifijo (como sugiere el cuadro de Masaccio) –o sea de una relación especular que prevé una distinción entre la mujer y la imagen en la que también ella se reconoce– a una imitación corpórea directa de la imagen misma que, de ese modo, se vuelve identificación. En este caso, la imitación anula la distancia entre el referente y la imagen, y alcanza el grado perfecto de la coincidencia.

Las protagonistas más conocidas de ese proceso de identificación, o sea las místicas (y bastaría citar a Catalina de Siena), describen reiteradamente la experiencia extática más alta como un fenómeno de perfecta unión en que su cuerpo y el cuerpo de Cristo se convierten en *uno*. Uno es el sufrimiento, una es ya la carne que sufre, en una fusión salvadora que se transforma en beatitud y en la alegría del acceso directo a lo divino. La experiencia de la mística, en efecto, es de tipo explícitamente corpóreo, y está impregnada de sentimientos de un profundo erotismo en el que se mezclan, y a veces coinciden, la identificación de la devota con el Crucifijo y su conjunción carnal con el cuerpo sacro. Se confunden a la vez pasión dolorosa y pasión amorosa, permitiendo así que la inaudita potencia de la corporeidad quiebre e invada los códigos lingüísticos, creando directamente un nuevo tipo de género literario.

La lengua, la escritura de las místicas testimonian efectivamente una identificación del cuerpo femenino con el cuerpo de

Cristo que se hace unión y coincidencia, y que tiende a traducirse en códigos expresivos anómalos y peculiares.[10] Por otra parte, el problema de la narración está vinculado aquí con la disolución del Yo en la materia, fusional y unitiva, que se narra: lo que se aniquila en la experiencia de la fusión es precisamente la singularidad y la finitud en que consiste el sujeto narrador. También en la figura erótica de la unión, el escenario es el de quien sale de los límites de la propia corporeidad y por lo tanto supera los confines materiales de un Yo, que se funde y se confunde en el amado, experimentando una especie de embriaguez de la despersonalización. No por azar el lenguaje de las místicas recurre a menudo a los oxímoron que asocian la nada al todo, la vida a la muerte, el sí mismo al otro, atravesando todo umbral.

Más allá del lenguaje, es interesante notar cómo la pasión de la diferencia sexual –que anteriormente definimos como pasión de la imagen– se traduce para las místicas en un ensimismarse en la pasión de Cristo que se verifica sobre dos vertientes. Por un lado, cauteriza en la unidad la lógica dual de la especularidad y, por el otro, reemplaza la medida de Dios por la del hombre. Con la facilidad que les da un aparato simbólico que de diversas maneras vincula a la mujer con el cuerpo en general tanto como con el cuerpo de Cristo en particular, de ese modo las místicas resuelven el proceso de identificación en el exceso de la fusión, pero también y sobre todo deciden que lo que oriente tal proceso sea la imagen de un cuerpo divino.

Dicho en otros términos: en el orden simbólico tradicional es el hombre el que les impone a las mujeres las imágenes del género femenino, de modo que la coacción al reconocimiento –y por lo tanto la pasión de la diferencia sexual– se sigue de la lógica impositiva del otro sexo. En cambio, en el orden simbólico que las místicas ponen en acción, la imagen elegida por la devota, por su incoercible deseo de identificación, es justamente la imagen del Otro (divino) que impide al otro (sexo) cualquier intervención o intromisión. De una alteridad referida a lo

---

10. Véase Modica Vasta, *La scrittura...*, cit., pp. 376-398.

finito se pasa así a una alteridad que habita el infinito. La mística mira directamente el cuerpo divino, o sea a una alteridad que, respecto de ella, no se pone en el plano de la diferencia de género, sino en el plano de la diferencia entre lo humano y lo trascendente. Todo el proceso de identificación, aun en sus consecuencias fusionales, se desarrolla en un horizonte que está centrado en la diferencia sexual de signo femenino. De modo que la mística, si bien «sale» de los límites de su cuerpo, no sale nunca del signo de su sexo.

No es que no haya padres espirituales y clérigos de variado rango encargados de guiar y controlar la experiencia de las místicas (muy a menudo absolutamente conquistados por el carisma ascético de ellas). Sin embargo, las místicas logran evitar la intromisión del poder patriarcal, a causa de la peculiaridad de una relación con Cristo exclusiva y directa –además de íntima en tanto experimentada por la carne–, y a la vez eluden los roles tradicionales previstos para el género femenino. En efecto, en su mayoría son mujeres que, como Catalina de Siena, se rebelan a un destino matrimonial y, en general, a los códigos de la vida doméstica. Con frecuencia son mujeres que viajan, que actúan públicamente en socorro de los humildes y se reúnen con los poderosos, que hablan, predican y sobre todo escriben. Su transgresión respecto de las reglas de la sociedad patriarcal es semejante a la fuerza –extraordinaria aun en el plano de la resistencia física– de su pasión.

Se crea así una especie de paradoja: una actitud femenina, decididamente libre y de carácter afirmativo, aparece ligada a un tipo de experiencia ascética que consiste sustancialmente en una anulación del Yo. En efecto, el proceso de identificación con el Crucificado, si bien le confiere sentido al cuerpo femenino de la devota a la vez que la salva en un orden trascendente, es al mismo tiempo un exaltador itinerario de aniquilación de ella en Dios. Es como si en la particular dialéctica entre autonegación y autoafirmación, el deseo femenino de una imagen propia se confiara aquí obligatoriamente a la gramática del exceso.

Como prueba de la extraordinaria capacidad de esta vía femenina a la significación, podemos notar cómo exceso, aniquilación y transgresión del orden dado están presentes también en la escritura mística de algunas narradoras contemporáneas de nosotros. En la extraordinaria escena mitológica de la *Passione della nuova Eva* de Angela Carter, por ejemplo, es posible rastrear el modelo de la pasión de Cristo tanto como un itinerario de la representación del sí mismo que elige radicarse en la materialidad corpórea, evocando y consumiendo, en el ritmo febril del exceso, las infinitas imágenes de los estereotipos sexuales hacia el renacimiento de Eva en una nueva identidad.[11]

Aun más interesante es la escritura de Clarice Lispector. En su libro más célebre, *La pasión según G. H.*, Lispector recorre explícitamente la experiencia de la pasión ambientándola, por así decir, en la banalidad del mundo moderno. El itinerario pasional se desarrolla en este caso en el departamento burgués y confortable de una metrópolis brasileña, y comienza por el cuarto de la doméstica, que G. H. ha decidido limpiar.

La protagonista aparece en el texto sólo con las iniciales de su nombre: G. H. Bien grabadas en las maletas de cuero, son el símbolo de una existencia cómoda y justamente banal, o sea el símbolo del tipo de vida de una mujer blanca emancipada. Sin problemas aparentes, se identifica cómodamente con los códigos sociales, o para decirlo con Lispector, con la «organización» del mundo humano. Sistema bien organizado en roles y formas, por otra parte no es sólo el orden social sino, dentro de éste, esa idea de persona organizada que encarna la misma G. H.

El itinerario pasional de G. H. consiste en una progresiva salida del sistema de su Yo y del sistema social y lingüístico que lo define. Eso se realiza mediante un singular proceso interior de desorganización que lleva finalmente a la protagonista a ex-

---

11. Sobre Angela Carter, *La passione della nuova Eva*, trad. italiana, Milán, Feltrinelli, 1984, véanse los artículos de P. Bono, «The Passion for Sexual Difference on (Re)Reading Angela Carter's "The passion os New Eve"», en *Tessera*, 1991, núm. 11, pp. 31-46 y W. Balzano, «Mitopografia di una passione: "La passione della nuova Eva" di Angela Carter», en *DWF*, 1994, núm. 1, pp. 37-57.

perimentar la propia aniquilación para disolverse en la dimensión cósmica y primaria de «una carne infinita». Tal dimensión le permite entonces reconocerse como simple parte del «tejido prohibido de la vida»[12] que desde siempre sustenta y precede a lo humano, y respecto del cual lo humano mismo, en tanto sistema logocéntrico del Yo, no es más que un ridículo acto de sentimentalización de la vida misma. Aquí la pasión del cuerpo lleva, sí, a un acceso a lo divino, pero lo que merece al fin el nombre de Dios es precisamente el devenir cósmico de la materia como vida ilimitable e inexpresiva, o sea el ciclo metamórfico en el que «la materia vibra de atención, vibra de proceso, vibra de actualidad inherente».[13] El itinerario pasional consiste en una experiencia que, según los cánones de la tradición mística, es a un tiempo desindividualizadora y deshumanizadora, y llega a una inmensa y vibrante materia, en la cual lo que singularmente vive es sólo expresión temporal de un núcleo más profundo, donde cada nacimiento y cada muerte se realizan en un inocente asesinato de las formas individuales. Precisamente «el temor de quedar sin límites» es en efecto lo que, en la cotidianidad, obliga a G. H. a la necesidad de la forma.[14] Pero es justamente ese temor el que rige el sistema que impide la visión del tejido primario de una vida, en la cual, desmintiendo el privilegio antropocéntrico y su ética de dominio, una profunda interconexión de los seres transforma en relación de reciprocidad cada umbral entre un viviente y el otro.

Resulta interesante en el texto de Lispector (cuya complejidad no puede analizarse aquí) el rol de la imagen en el itinerario de pasión. Como mujer emancipada, escultora de profesión, G. H. se identifica al comienzo con un rol que la «sitúa en un área socialmente intermedia entre hombre y mujer».[15] Se trata, enton-

---

12. Cito de la edición ya inhallable de C. Lispector, *La passione secondo G.H.*, trad. italiana, Turín, La Rosa, 1982, pp. 8-9. El libro está disponible ahora en la edición de Feltrinelli, 1991 *(La pasión según G. H.*, Barcelona, Península, 1988).
13. *Ibíd.*, p. 126.
14. *Ibíd.*, pp. 8-9.
15. *Ibíd.*, p. 20.

ces, de la identidad de género que viene a las mujeres de la época moderna, en realidad, contemporánea: la emancipada se sitúa en una zona intermedia entre las imágenes tradicionales de lo femenino y la imagen de un sujeto masculino, altamente civilizado y logocéntrico, que le exige un esfuerzo de asimilación. Es decir, le exige que sea como un hombre, y que no obstante sea una mujer.[16] La falsedad de esta imagen es del todo coherente con la organización social en la que el Yo de G. H. toma forma en tanto sistema de la persona decidido por códigos patriarcales.

Un segundo enfoque del tema de la imagen se presenta en cambio en el cuarto de la doméstica –una indígena de color– que G. H. se dispone a reordenr («una de mis actividades preferidas: poner en orden»).[17] Sobre la pared blanca la doméstica ha trazado con carbonilla los contornos de la figura de un hombre, de una mujer y de un perro. Al sentirse llamada a identificar una de esas tres figuras, G. H. comprende entonces que ella es el hombre, porque intuye que la doméstica la ha pensado y representado como tal. La pasión de la diferencia sexual como pasión de la falsa imagen, aquí modernamente actualizada por una emancipación femenina «virilizante», está de nuevo presente en el contexto.

En cambio, resulta más complicado definir la falsedad de un tercer tipo de imagen que aparece en la narración. En este caso se trata de algunas fotografías que retratan a la protagonista. G. H. ve en ellas un rostro inexpresivo que, sin embargo, precisamente por eso, resulta más cercano a la verdad intencional de la vida que la persona retratada. El Yo que vive en el sistema del mundo humano es una especie de reproducción que restringe en la forma del sistema individual el mar de la vida infinita. En el caso de G. H., que es mujer agradable y refinada, el Yo social es entonces «una bella reproducción»;[18] exactamente,

---

16. No pudiendo desarrollar aquí el argumento, me permito remitir a A. Cavarero, «Il modello democratico nell'orizzonte della differenza sessuale», en *Democrazia e diritto*, 1990, núm. 2, pp. 221-241.
17. C. Lispector, *op. cit.*, p. 27.
18. *Ibíd.*, p. 25.

como dice la protagonista, una imagen de lo que ella no es, una imagen de su no ser. Asistimos así a la inversión de la relación elemental entre el Yo y el propio retrato: aquí, en efecto, está el Yo como sistema autocentrado en ser reproducción, o sea imagen falsa, de la auténtica realidad preindividual, antes bien, antindividual de lo viviente. En cambio, la imagen fotográfica, en tanto inexpresiva y con los ojos llenos de silencio,[19] es ya un indicio de la inconsistencia del Yo, o sea que es ya un signo de su ser forma superficial, organización postiza, del inmenso tejido orgánico de la materia viva. Esos ojos llenos de silencio, que miran desde la instantánea, parecen venir de un abismo de tranquilidad sin tensión y sin intención: como los ojos del animal, y sobre todo como los ojos del escarabajo que G. H. encuentra en su itinerario de pasión.

El encuentro con un escarabajo, con lo inmundo y lo abyecto que el insecto encarna, se revela como un punto de inflexión del acceso de G. H. a lo divino: «yo estaba a punto de saber que el animal inmundo de la Biblia está prohibido porque su origen es inmundo»,[20] escribe Lispector. En el desierto polvoriento y árido del cuarto de la doméstica, el insecto representa entonces el origen de lo viviente como materia húmeda que vive de modo inexpresivo e inmediato, sin nombre ni preguntas, como un simple e inocente ser vivo que es «compacta indiferencia»,[21] inintencional manifestación del ciclo ininterrogable de la materia. Porque es precisamente a esa vida animal –en su grado más abyecto y capaz de entregarse por completo al puro hecho del vivir– que Dios permite la gracia de «provenir de lo infinito y pasar directamente a la bóveda de lo infinito, del todo inconsciente y sin discontinuidad».[22]

---

19. *Ibíd.*, p. 18.
20. *Ibíd.*, p. 64.
21. *Ibd.*, p. 156.
22. *Ibd.*, p. 116. No puedo dejar de señalar aquí una notable asonancia entre la especulación de Lispector y el pensamiento de Georges Bataille (sobre todo *L'erotismo*, trad. italiana, Milán, Mondadori, 1969). Asonancia en la cual se destacaría la originalidad de Lispector al marcar precisamente en femenino el curso teórico de la disolución en la vida infinita, a despecho del androcentrismo, no carente de estereotipos misóginos, del análogo curso batailleano.

El encuentro con el insecto lleva a la visión de un cosmos primario «donde los seres se existen mutuamente»,[23] y en el cual la identidad personal aparece como un residuo y como una oposición al tejido de irresistente reciprocidad de los cuerpos. Al comer el cuerpo del insecto, como las místicas comían el pus de los enfermos, es decir, al reconocer que la carne, cualesquiera que sean sus formas visibles, es una e infinita, G. H. descubre que «la nada está viva y es húmeda»,[24] precisamente como el cuerpo femenino. Descubre que ella misma es «animal de grandes profundidades húmedas»,[25] y que su cuerpo, respecto del cual el Yo no es más que una redundancia, pertenece desde siempre al ritual de la vida, tanto más en cuanto cuerpo de una mujer. En efecto, «lo que está constreñido en vida es mujer», porque es en la mujer que la vida se procrea, es en su cuerpo que nacen los «quince millones de hijas»,[26] en el presente absoluto del ritual de una vida, continua e indiferente, que se regenera en el discontinuo de seres singulares, tendidos entre nacimiento y muerte. El asesinato del propio Yo como sistema se traduce así, para la protagonista, en una despersonalización que, justamente en el desmantelamiento de los fundamentos logocéntricos del sujeto por la centralidad del cuerpo, recupera para un nuevo sentido, esta vez divino, el signo femenino del sexo, sea ése el lugar de humedades profundas o el secreto de una carne generadora.

Ahora, finalmente, G. H. está en condiciones de identificarse con la imagen de la mujer esbozada por la doméstica sobre la pared y, en particular, con lo arcaico de un dibujo que se limita a mostrar el perfil de un cuerpo de mujer. Un dibujo que es neto pero al mismo tiempo vacío, preciso pero al mismo tiempo genérico, o sea que ofrece una figura femenina que es a la vez despersonalizada pero significativa de la especie humana en uno de sus dos géneros. Esa desnudez en la pared, en la cual

---

23. C. Lispector, *op. cit.*, p. 68.
24. *Ibíd.*, p. 54.
25. *Ibíd.*, p. 105.
26. *Ibíd.*, p. 85 y p. 58.

la mujer aparece en su forma elemental e invariada en el tiempo como un bajorrelieve arcaico, se revela así crucialmente también como una imagen de Dios. Es precisamente divina la vida que se manifiesta en las diversas especies y que pone a la par, en la recíproca gloria de lo viviente, las formas animales con la humana: vibrando, en cada caso y en todos, el secreto de una carne profunda que, para la mujer, se convierte en privilegiada inherencia al ciclo infinito de la regeneración.

En ese libro de Lispector la pasión de la diferencia sexual parece entonces confirmarse como pasión de la imagen, además de reiterar la vía corpórea elegida por las místicas para la conquista de una identidad de género. Tampoco se puede descuidar aquí el factor de la lengua, cuya originalidad está relacionada con una materia corpórea que impregna, en los contenidos y en los ritmos, el medio expresivo de la escritura, reconduciéndola, como dice Hélène Cixous, a una experiencia primaria del cuerpo materno.[27] También la lengua, en tanto ruptura de la «organización» falocéntrica y expresión de un cuerpo femenino profundo, húmedo y ritmado, se convierte en una especie de imagen que el deseo de identidad logra atesorar crucialmente.

Como las místicas, Lispector es interesante en muchos sentidos. Pero para la moderna pasión de la diferencia sexual –que ya mancomuna a muchas mujeres en el proyecto de elaborar imágenes propias– surge en este punto un problema no poco importante: por significativo que sea el modelo místico, por cierto no se lo puede considerar exclusivo y, sobre todo, generalizable. La vía mística, en su típico itinerario de despersonalización, parece requerir un sacrificio de la individualidad que resulta al fin demasiado grande o directamente contradictorio

---

27. Véase H. Cixous, «L'approccio di Clarice Lispector», en *DWF*, 1988, núm. 7, pp. 35-45. Además de Cixous, para una lectura feminista de ese texto, véanse: L. Muraro, «Commento alla "Passione secondo G. H."», en *DWF*, 1988, núm. 5-6, pp. 65-78; A. Cavarero, *Nonostante Platone*, Roma, Editori Riuniti, 1990, pp. 116-122; R. Braidotti, «Femminismo, corporeità e differenza sessuale», en P. Bono (comp.), *Questioni di teoria femminista*, Milán, La Tartaruga, 1993, pp. 93-111.

respecto de esa pasión por la imagen que muchas mujeres sienten hoy radicada en un deseo singular de afirmación. Si según su propia etimología, la pasión es un sufrimiento, no obstante, como saben ya todas las apasionadas por el valor de la propia diferencia, es también un gran deseo de existencia que orienta una acción de tipo afirmativo.

La pasión de la diferencia

En los archivos colectivos y personales de la memoria feminista se conservan las imágenes de una gran pasión que nos hacía acudir a las plazas. En diversas partes del mundo, lo que significaba una inaudita explosión era ante todo un fenómeno de visibilidad. Muchas mujeres, diferentes y juntas, andaban en filas que no eran la figura admisible de devotas procesiones, sino la imprevista exhibición a la luz de una diferencia sexual precisamente llevada en cortejo. Más felices que enojadas, más alegres que reivindicadoras, gozábamos del sentido del espectáculo en tanto tal. Porque si bien es cierto que motivos precisos habían dado la ocasión, también es cierto que eran millares de cuerpos femeninos los que se hacían visibles en el juego figurativo entre lo individual y lo semejante, entre yo y las otras. «El cuerpo es mío y lo manejo yo», decía un célebre eslogan con el cual, más allá de la libertad personal en materia procreativa, se afirmaba la necesaria adhesión al cuerpo sexuado de cada existencia y su deseo de mostrarse.

Que el existir, en su declinación concreta, o sea individual, adhiera a un cuerpo sexual, parecería algo obvio. Pero no es obvio para el discurso de Occidente, que narra esto de un sujeto, neutro/universal y al mismo tiempo masculino, que se arroga el *ser* como idéntico al pensar, en desmedro de la *viviente* singularidad. Dicho de otra manera, por lo menos son dos los efectos del sujeto filosófico que sobresale en la tradición. Por un lado, en tanto fundamento masculino, él engloba y desplaza a su interior la alteridad femenina y cancela su irreductibilidad. Por otro lado, en tanto logocéntrico, como lo demuestra su apoteosis cartesiana, cancela y margina la corporeidad. De modo que, hallándose del mismo lado de la cancelación, lo femenino y el cuerpo se hacen buena compañía en la nómina de lo inesencial, o sea en la nómina del vacío que justifica lo pleno de la palabra. Decir el sentido de la propia existencia singular mediante esta sintaxis se torna así, sobre todo para una mujer, casi imposible. A tal operación se oponen tanto la universalidad neutro/masculina del sujeto como la insignificancia del dato de la corporeidad.

No es entonces por azar que el cuerpo, ya en el centro de la experiencia mística de la pasión de la diferencia sexual, se reafirme en el centro de una pasión, de nuevo totalmente femenina, por medio de la visibilidad. Aquí, apelando libremente al lenguaje de Hannah Arendt,[28] podríamos decir que el *ser* se realiza totalmente en el *aparecer* y radica, además, en la unicidad singular. La pasión por la visibilidad, tan cara al movimiento de las mujeres y muy pronto archivada por los bienpensantes como mero folclore, no tarda en revelar su naturaleza de pasión ontológica: en efecto, se trata de un deseo de ser que, aun por medio de una antigua amistad entre las mujeres y el cuerpo, sabe que el ser otro no es sino el existir y es idéntico al aparecer.

Volvemos a encontrar, y por fin del lado positivo, la cuestión de la imagen. La cual, en el caso de la diferencia sexual «exhibida» en un cortejo, donde cada una es diferente de las otras y al mismo tiempo semejante a todas, coincide con la realización del «espectáculo» mismo. Aquí la imagen es inmediata, y la representación se hace verdadera de manera directa, mejor dicho se produce en el presente ese deseo de ser que es idéntico al aparecer. Aquí, en otros términos, está el hecho mismo de mostrarse para concretar la imagen de una subjetividad

---

28. Véase el capítulo I de H. Arendt, *La vita della mente*, trad. italiana, Bolonia, Il Mulino, 1987 *(La vida del espíritu*, Madrid, Centro de Estudios Constitucionales, 1984), y el capítulo V de *Vita attiva*, trad. italiana, Milán, Bompiani, 1988.

femenina que ha luchado para eliminar el discurso y la mujer por él figurada, así como domada cual objeto. Tanto es así que a menudo, en nuestra memoria, la imagen de aquella subjetividad inmediata se conserva junto al recuerdo de la emoción. Como si se tratase de una «*passio impressa*», para decirlo con Dante: una pasión que ya es un sello, signo impreso en el alma por el deseo que llegó a mostrarse.

Las plazas, por otra parte, son obviamente menos intransitables para el deseo femenino de significación que las trampas patriarcales del discurso. Junto a un lugar físico, donde la visibilidad puede hacerse inmediata en el gesto colectivo que las pone materialmente en escena, hay siempre un lugar *lógico*, donde persiste lo que la falsifica y la desmiente. Se trata precisamente de un lugar bien conocido: de estrictas genealogías masculinas, presidido por un saber y por un poder que se alimentan mutuamente, así como subsumido por la filosofía para la formalización de las reglas de su juego. El cual no es otro que el habitual y antiguo juego discursivo productor de imágenes, de símbolos y de posicionamientos: donde la mujer está del lado del cuerpo y de la pasión, a menos que se adhiera a la figura doméstica, mientras que el hombre se reserva la razón y el estremecimiento de sus ritos transgresores. Un juego a tal punto tenaz que hasta soporta, en la época posmoderna, la disolución del rol fundante del sujeto pero no de sus proyecciones androcéntricas. Y bastaría citar a Lacan, en cuya teoría un falo, como principal significante, sigue regulando el orden simbólico sobre su centralidad, posicionando tanto al hombre como a la mujer en la división de un imaginario androcéntrico.[29]

Por otra parte, no es éste el lugar adecuado para un breve compendio filosófico desde los griegos hasta el postestructuralismo. Para el problema bastará el simple registro de las vicisitudes del feminismo contemporáneo. Ellas nos muestran cómo, en plena lucha para gozar del espectáculo directo de la propia imagen, la subjetividad femenina no tardó en desafiar

---

29. Véase R. Braidotti, *Dissonanze*, Milán, La Tartaruga, 1994, p. 206.

radicalmente la tradición patriarcal también en el terreno hostil del discurso, ocupando las diversas regiones de los saberes con su pasión y plegando también la filosofía a su deseo. Apelando siempre a la urgencia de la visibilidad, se puede decir entonces que el movimiento de las mujeres pasó, en estos últimos años, de una espectacular militancia en las plazas a una presencia capilar en los campos del saber. Donde no se intenta, obviamente, una mera presencia numérica debida a la emancipación como mecanismo de acceso (aunque éste sea instrumentalmente útil) sino antes bien una apropiación del saber por parte de un sujeto de sexo femenino que, en él, desea pensarse y representarse, trastornando inevitablemente los órdenes. Mediante modelos epistémicos diversos (que van de la categoría de *gender*, utilizada en el área anglo-norteamericana,[30] a la categoría de *diferencia sexual*, que tiene en Luce Irigaray su primera fuente) llegó así a crecer un saber femenino que demuestra que puede trabajar sobre dos vertientes: sobre la negativa de la crítica, para desconstruir los fundamentos patriarcales del discurso, y sobre el propositivo, para componer las imágenes de una nueva subjetividad sexuada que es justamente capaz de dar cuenta de su encarnación en un cuerpo de mujer. Precisamente en esa vertiente propositiva, el pensamiento de la diferencia sexual, también por su capacidad de desafío al reducto filosófico del logocentrismo, llegó a cubrir un rol de la mayor importancia. En efecto, se ha impuesto como la respuesta más adecuada –tanto teórica como política– al deseo de ser que alimenta la pasión femenina por la visibilidad del sí individual y del propio género.

Dada la natural potencia representativa del discurso –y por lo tanto del simbolismo que el discurso alimenta al configurar órdenes y roles– es obvio que la decibilidad constituye la forma más eficaz de la visibilidad. Decirse, aparte de pensarse,

---

30. Véase R. Braidotti, «Il paradosso del soggetto "femminile e femminista". Prospettive tratte dai recenti debattiti sulle gender theories», en AA. VV. *La differenza non sia un fiore di serra*, Milán, Franco Angeli, 1991, pp. 15-34.

también implica siempre un representarse, es decir, producir una imagen del sujeto que se pone en juego en el discurso, plegando su poder simbólico a su posicionamiento. En este caso se trata de un sujeto que es nuevo y sobre todo imprevisto, y que podemos denominar, siguiendo una sugerencia de Rosi Braidotti, «sujeto femenino feminista».[31] El cual, invirtiendo al positivo una especie de destino histórico que asocia desde siempre a la mujer con la corporeidad, atribuye su originalidad a la decisión de radicarse en la dimensión del cuerpo, haciendo de él el lugar primario de la representación. En resumidas cuentas, el núcleo del pensamiento de la diferencia sexual consiste precisamente en esto: en una representación no logocéntrica conquistada por un sujeto que proclama su corporeidad y su condición sexual, denunciando el falso universalismo y la abstracción del sujeto tradicional. De modo que, en el discurso, el cuerpo, y por lo tanto el sexo de quien habla, son constitutivos y fundantes, no aditivos.

Lo que en general cae bajo las acusaciones de esencialismo o biologismo en el pensamiento de la diferencia sexual es, entonces, la radicación del sujeto en una concreta materialiad asumida como intrascendible horizonte de sentido. El ser cuerpo, signado por la diferencia, responde directamente a un deseo de traducibilidad en el orden simbólico, y en consecuencia en el juego de la imagen. La materialidad, en la que se encarna el existir del sujeto femenino, es así, por un lado, lo que históricamente ha sufrido las falsas imágenes venidas del patriarcado pero, por otro lado, es el lugar mismo del deseo de imágenes propias que alcanzó la potencia de su manifestación. De modo que la pasión de la diferencia sexual, más allá de poco creíbles distinciones entre naturaleza y cultura, se declina aquí en negativo y en positivo, llamando a cada una a construir una subjetividad que es punto de intersección entre esfera física y simbólica, entre memoria y proyecto, entre condición social y apuesta de libertad.

---

31. Véase Braidotti, *Dissonanze*, cit., p. 187. La misma Braidotti toma este término de T. de Lauretis, *Technologies of Gender*, Bloomington, Indiana University Press, 1986.

En efecto, tal subjetividad femenina –según la acepción del feminismo posestructuralista contemporáneo–[32] debe entenderse como un punto de pasaje y de dispersión, reiterable según juegos infinitos,[33] antes que como una categoría capaz de producir la imagen de la mujer comprendiendo en ella a todas las mujeres. Por otra parte, sólo de este modo la singularidad de cada una, ya mortificada por el Uno patriarcal, puede evitar que la Una venga por enésima vez a capturarla en el mecanismo de un reconocimiento coaccionado. Aquella bien conocida hermana de la pasión femenina que es la compasión, se transforma así, de un sufrir juntos que comparte la miseria, en un desear común que libera y legitima el deseo de cada una en la activa pasión de la imagen. La que finalmente ahora puede nombrarse en plural: tantas imágenes, señales múltiples y no homogéneas de un mosaico abierto a infinitas recomposiciones.

En este juego de la invención no se debe perder ninguna imagen. Ni la fantástica mitología revisada por Angela Carter, que nos proporciona terribles madres para poner en prueba nuestra pasión por el origen, ni las húmedas profundidades generadoras, que cobran figura en la voz de Clarice Lispector. Es lógico que pretenda un rol central en la producción femenina de imágenes, la de la madre y la del cuerpo generador: de modo que, entre cuerpo real y cuerpo fantasmal, pueda descubrirse al fin también el sueño omnipotente del «niño de la noche» que toda mujer lleva dentro.[34] Y aun menos deben perderse las representaciones de las místicas medievales y su reserva de metáforas corpóreas. Para no hablar del mundo literario que la

---

32. Para un enfoque esencial de la teoría feminista postestructuralista, véanse: J. Butler, *Gender Trouble*, Londres-Nueva York, Routledge, 1990; J. Butler y J. Scott (comps.), *Feminists Theorize The Political*, Londres-Nueva York, Routledge, 1992; R. Braidotti, *Dissonanze*, cit.; D. Elam, *Feminism and Deconstruction*, Londres-Nueva York, Routledge, 1994.
33. Ésta es precisamente la posición teórica desarrollada por Rosi Braidotti. Véase, aparte de los textos ya citados, «Modelli di dissonanza: donne e/in filosofia», en P. Magli (comp.), *Le donne e i segni*, Urbino, Age, 1985, pp. 23-37.
34. Véase S. Vegetti Finzi, *Il bambino della notte. Divenire donna, divenire madre*, Milán, Mondadori, 1990.

obra de las grandes escritoras pone a nuestra disposición desde hace ya algún siglo. O también de los tesoros, no más escondidos, del macrotexto patriarcal que, después de todo, está siempre abierto a incursiones que deseen arrebatarle al contexto las figuras femeninas que encierra, tal vez para volver a jugarlas libremente en *otra* escena de invención.[35]

La pasión de la diferencia, de la que en muchas partes del mundo participan literatas, filósofas, psicoanalistas, historiadoras, antropólogas, artistas y escritoras, ya se ha atesorado en un capital simbólico creciente. Una es la pasión, pero múltiples y heterogéneas son las imágenes que produce. De modo que el juego, ya no obligado, del reconocimiento puede librarse entre una subjetividad femenina, que impulsa hacia el centro el deseo de existir, y las múltiples figuras, que singularmente le responden. Desplazarse en este intercambio interminable de la imagen queda al gusto de cada una, a sus estrategias discursivas y a sus recorridos textuales. Después del padecimiento de la autoridad ajena, que por milenios se ha pretendido natural, nada parece apasionar más ahora a las mujeres que el gesto inventivo de las libres figuraciones.

Como lo atestigua la historia de la imagen trazada hasta aquí, la empresa no puede dejar de implicar una vertiente ética. El ejercicio de autodominio racional sobre las pasiones, puesto en acción por el sujeto de la tradición, produce desde el inicio la figura de una estilización del sí mismo que es, al mismo tiempo, el modelo de una ética viril. El mismo ejercicio, como se ha dicho, es capaz de producir también el modelo de una ética femenina en la imagen doméstica de la mujer, sobre todo de la madre. Se puede decir, antes bien, que las dos imágenes basales de lo femenino presentes en el macrotexto occidental –la mujer-pasión y la mujer-madre– vienen a definir la máxima inmoralidad y la máxima moralidad de que la mujer puede ser protagonista. Lo que, de alguna manera, sucede con no pocas complicaciones.

---

35. Para los posibles resultados de esta estrategia, remito a A. Cavarero, *Nonostante Platon*, cit. y *Corpo in figure. Filosofia e politica della corporeità*, Milán, Feltrinelli, 1995.

También la maternidad termina por asumir caracteres pasionales. Ello sucede sobre todo en la vertiente -constitutiva para la maternidad- de la filiación. Leemos, por ejemplo, en una célebre página del *Timeo* de Platón, que el útero se asemeja a un animal empecinado en tener hijos,[36] al punto que circula peligrosamente por todo el cuerpo cuando no se satisface su indómito deseo de generar. De manera análoga, Hesíodo había hablado de un vaso, en el vientre femenino, siempre deseoso de llenarse de semen masculino para fructificar a su debido tiempo.[37] En tanto capacidad generativa, la maternidad entra entonces en los cánones de la pasión. Por otra parte, la vulgata moderna del «instinto materno», edulcorada hasta donde se lo desea, no se aparta demasiado de ese antiguo escenario.

Tener hijos es el primer paso; nutrir, criar y cuidar son la consecuencia. Se trata de actividades que entran en el modelo ético de la madre y que corresponden a un comportamiento, típicamente femenino, que podríamos denominar pasión de la oblatividad. Una pasión cálida y sin embargo buena, que las místicas transportan a una esfera de autoaniquilación en lo divino y que puede separarse útilmente de su objeto natural (los hijos) para dirigire a todos los que necesitan cuidado. La de la madre oblativa es, en efecto, una figura en la cual el orden ético -impuesto por los cánones de la sociedad patriarcal- y la pasión «natural» coinciden perfectamente. Dicho de otra manera: la madre, como máximo modelo ético del comportamiento femenino, es aquella que domina las malas pasiones del natural desenfreno femenino, mediante la buena pasión, igualmente natural, de la oblatividad. Donde la naturaleza no llega o falla, se sabe, se hace necesaria la educación impartida por el modelo social. Pero una cosa es clara y nada sorprendente: la ética del hombre es de sustancia racional, la de la mujer es de sustancia pasional. ¿Acaso una excelente madre no escucha los dictámenes de su corazón antes que los de la razón?

---

36. Platón, *Timeo*, 91c.
37. Véase G. Sissa, *La verginità in Grecia*, Roma-Bari, Laterza, 1992, pp. 144-146.

Entonces es fácil entender por qué, en el juego de la polifónica reinvención feminista, la figura materna puede ser, al mismo tiempo, la más urgente y la más arriesgada. En efecto, la imagen de la madre es, por un lado, una especie de pasaje obligado para el sujeto femenino que ha decidido radicarse en la materialidad corpórea y reconstruir su genealogía; pero, por otro lado, está demasiado cargada de sedimentadas valencias oblativas como para no seducir peligrosamente a ese mismo sujeto a su enésima celebración.

Carol Gilligan ofrece un ejemplo.[38] Su célebre libro *Con voce di donna* funda sobre la figura materna una ética del cuidado y de la responsabilidad –basada en la idea de la interdependencia y de la relación entre sí y el otro– que se contrapone al individualismo y al igualitarismo abstracto de la ética masculina, oscilando entre una pretensión de superioridad y otra de integración. Como se ha observado ampliamente, Gilligan se atreve así a transformar en virtud un rol histórico de subordinación, que tiene como fin el servicio doméstico del cuidado, sin que se perjudiquen sustancialmente los códigos patriarcales. Ni aun radicalmente fuera de estos códigos y en un ámbito teórico de efectiva originalidad, parece menos problemática la figura materna a la que llega Luisa Marano, al sostener que «la superioridad de la madre y la necesidad de su traducción en autoridad simbólica [...] deben reconocerse por principio».[39]

Resulta interesante, en este sentido, *Etica della differenza sessual*, de Luce Irigaray, que inserta la figura materna en el interior de un tejido complejo, y con diversos detalles, de la relación. Ante todo, para Irigaray es de alcance ético el acto teórico fundamental: el que desvela la culpa ética del dominio sexista y trata de restituirle un sentido, no jerárquico, al hecho de la sexuación humana en la diferencia. Es precisamente en este respeto por la realidad elemental del viviente, en la aco-

---

38. C. Gilligan, *Con voce di donna*, trad. italiana, Milán, Feltrinelli, 1991. Para una reseña sobre la discusión de este texto, véase B. Puka, «The Liberation of Caring. A different Voice for Gilligan's "Different Voice"», en *Hypatia*, V/1, pp. 58-82.
39. L. Muraro, *L'ordine simbolico della madre*, Roma, Editori Riuniti, 1991, p. 101.

gida espiritual de la naturaleza, que pueden pensarse éticamente las diversas formas de la relación: entre las mujeres, entre la hija y la madre, entre la mujer y el hombre. La figura materna, si bien decisiva respecto del matricidio simbólico sobre el que ha crecido el «vampirismo metafísico»,[40] no es aislada, hipostatizada, sacralizada por Irigaray en desmedro de otras figuras de la subjetividad femenina, sino que viene a insertarse en el tejido relacional de un orden simbólico abierto a la transformación.

Es en tal apertura a la figuración múltiple de la relación que el feminismo contemporáneo en sus diversas voces ha podido proceder con gran impulso. Liberadas del reconocimiento obligado, «las pasiones éticas del proyecto feminista»[41] desean ya narrar con muchas voces el deseo interminable de tener figura. Demasiado desencantadas para pretender saber, de una vez para siempre, «qué soy», muchas mujeres del mundo saben perfectamente, al contrario de Querubín, «qué hacen» en esta apasionante escena del fin del milenio.

---

40. Véase Irigaray, *Sessi e genealigie*, cit., p. 139.
41. Véase Braidotti, *Dissonanze*, cit., p. 280.

BIBLIOGRAFÍA

Una bibliografía sobre el pensamiento de la diferencia sexual, al menos en lengua italiana, debería comprender al menos:

AA.VV. *Diotima. Il pensiero della differenza sessuale*, Milán, La Tartaruga, 1987.

P. Bono (comp.), *Questioni di teoria femminista*, Milán, La Tartaruga, 1993.

R. Braidotti, «Il paradosso del soggetto "femminile e femminista". Prospettive tratte dai recenti debattiti sulle "gender theories"», en AA.VV., *La differenza non sia un fiore di serra*, Milán, Franco Angeli, 1991.

R. Braidotti, *Dissonanze*, Milán, La Tartaruga, 1994.

R. Braidotti, *Soggetto nomade. Femminismo e crisi della modernità*, Roma, Donzelli, 1995.

A. Cavarero, *Nonostante Platone*, Roma, Editori Riuniti, 1990.

A. Cavarero, «Il modello democratico nell'orizonte della differenza sessuale», en *Democrazia e diritto*», 1990, núm. 2, pp. 221-241.

A. Cavarero, *Corpo in figure. Filosofia e politica della corporeità*, Milán, Feltrinelli, 1995.

L. Irigaray, *Speculum. L'altra donna*, trad. italiana, Milán, Feltrinelli, 1975.

L. Irigaray, *Questo sesso che non è un sesso*, trad. italiana, Milán, Feltrinelli, 1978 (*Este sexo que no es uno*, Madrid, Salfes, 1982).

L. Irigaray, *Etica della differenza sessuale*, trad. italiana, Milán, Feltrinelli, 1985.

L. Irigaray, *Sessi e genealogie*, trad. italiana, Milán, La Tartaruga, 1989.

L. Irigaray, *Parlare non è mai neutro*, trad. italiana, Roma, Editori Riuniti, 1991.

L. Irigaray, *Amo a te*, trad. italiana, Turín, Bollati Boringhieri, 1993 *(Amo a ti*, Barcelona, Icaria, 1994).

C. Marcuzzo y A. Rossi Doria (comps.), *La ricerca delle donne*, Turín, Rosenberg y Sellier, 1987.

L. Muraro, *L'ordine simbolico della madre*, Roma, Editori Riuniti, 1991.

El rojo, el negro, el gris: el color de las modernas pasiones políticas

Remo Bodei

Cromatismos emotivos

Encuadraré algunas pasiones vinculadas con la relación entre dimensión individual y política, a partir del período de la Revolución francesa para llegar casi a nuestros días. Privilegiando algunos autores y puntos de vista específicos, sostengo que no son sólo los principios y las ideas los que distinguen formas y valores de la vida civil, sino también el régimen de las pasiones: sea de las violentas y explosivas, de las sordas y viscosas, o de las «frías», es decir, las que asociadas con la mayor satisfacción de los intereses mediante el cálculo.

Antes de examinarlas de modo más analítico y contextual según los contenidos y las formas, delineo sus contornos sobre la base del simbolismo cromático con el que históricamente se han acreditado –a menudo por oposición recíproca– al nivel del imaginario colectivo, del lenguaje y del sentido común. Los «colores» atribuidos a las pasiones deben entenderse en su carga sucesiva de «sobredeterminaciones», es decir, teniendo en cuenta las eventuales superposiciones y los entrelazamientos de sentido. Por ejemplo, el negro pasa de los mazzinianos –que llevaban luto por la patria dividida– a los fascistas. Éstos dicen haberlo tomado de los uniformes de los Arditi de la primera guerra mundial, obligados a mimetizarse para realizar acciones nocturnas, pero le agregan luego, inventándolos, nuevos estratos de significado: de la manifestación de pesar por la «victoria mutilada» a la ostentada asunción de un color que, referido tradicionalmente a la muerte, muestra de manera provocativa que no se la teme.

Al ser arbitrarios por naturaleza, todos los símbolos funcionan como conspicuas señales de identificación y de movilización de grupos humanos organizados y a la vez como medio para orientar y condicionar «masas» aún relativamente amorfas. Al mismo tiempo, tales símbolos intimidan con exhibiciones de potencia –imponentes desfiles, eslóganes ritmados, actos de feroz vandalismo– tanto a los adversarios irreductibles como a los partidarios tibios. Según una expresión de Walter Lipman, la misión de los símbolos es *to siphon emotions*, es decir, aspirar e inspirar emociones; o mejor, agregaría, hacer pasionalmente visibles, de manera clara y transparente, ideas, consignas y perspectivas políticas. Es obvio que las pasiones y los sentimientos considerados son, en general, comunes a todos los hombres y a todas las mujeres que tienen siempre una dimensión doble: privada y pública. En la óptica aquí elegida se hace valer su específica polarización, acentuación o desviación respecto de objetivos determinados, así como sus combinaciones en reconocibles constelaciones emotivas. Según un modelo de «muestreos» provisorios y de drásticas simplificaciones, para la época moderna haría las siguientes distinciones:

Están las *pasiones rojas*, típicas de los movimientos revolucionarios (democráticos-radicales y socialistas), es decir, las que están suscitadas y alimentadas por las expectativas de cambios profundos, por la visión del surgimiento de un «mundo» y de un «hombre nuevo», forjadas por el «fuego en la mente de los hombres», nutrido a su vez por las esperas y por las energías de una forma de amor por la posteridad vestido con el «color de llama viva». Sus valores, entonces, resultan predominantemente orientados hacia el futuro y la libertad. Pero como deben atravesar fases de incertidumbre y de exaltación, de derrotas y de victorias, para coagularse adecuadamente necesitan perseguir formas de consolidación institucional y de aliento psicológico mediante la acelerada realización de los programas políticos. Por lo tanto suelen ser participativas, militantes, impetuosas, pero también flexibles y adaptables al cambio de las circunstancias. Además, la guerra y la lucha de clases son concebidas como obstáculos inevitables y tremendos, pero provisorios y no queridos en tanto tales.

La esperanza, el temor, el sentimiento de solidaridad y de fraternidad entre «ciudadanos» o «compañeros» son incesantemente orientados y replasmados según ascienda o descienda el horizonte de las expectativas. Se aceptan derogaciones temporales y renuncias a la propia felicidad y a la de las generaciones a las que se pertenece en vista de la certidumbre de una emancipación futura y de un bienestar generalizado de la posteridad. Dado que se apoyan en proyectos considerados «científicos» y están respaldadas por inexorables leyes históricas, tales pasiones requieren vínculos estrechos con una racionalidad calibrada según situaciones efectivas. Precisamente porque apuntan a la liberación definitiva de la humanidad en su conjunto, poseen inicialmente un generoso impulso universalista que se basa en poderes particulares existentes (estados, partidos, clases). Por este motivo, semejantes pasiones presentan también un carácter más «abstracto» y declaradamente conflictivo respecto de las pasiones «negras», más dependientes de la potencia unificadora de la imaginación y del mito, menos divididas por la oposición entre la fidelidad respecto de la patria y la atribuida al internacionalismo, y más unificadoras. Además, parecen paradójicas ya que, al repudiar lo que es «viejo» y al poner el acento en la indispensable velocidad de los cambios (según la hegeliana «furia de la disipación»), proyectan sus raíces hacia lo alto, hacia el futuro incierto.

Al lado de ellas están las *pasiones negras,* típicas del pensamiento reaccionario y conservador, vinculadas con la autoridad, con la disciplina indiscutida, con el orden rígido, con la obediencia, con la jerarquía. Se caracterizan por la condena de la felicidad individual y de la propensión a los consumos, por el repudio de la «americanización del mundo», por la doctrina de la igualdad como *Gleichschaltung* (o achatamiento de la base de los gregarios, de modo que sólo el que manda pueda sobresalir). Y también por la apología de la guerra como estado permanente de toda la naturaleza, por la valoración de los sentimientos enfervorizantes suscitados en el individuo por el «baño de multitud», por el éxtasis de las «reuniones oceánicas» o por los desfiles en uniforme. El *ethos* del anonimato funciona aquí como contrapeso a la personalización extrema de los jefes carismáticos. Todas esas energías sin rostro (en las que el «pueblo» muestra su cohesión indiferenciada, «metálica») son dirigidas a la restauración de un supuesto orden natural violado, a la salvación de Occidente del ocaso, de la decadencia, del envejecimiento.

Instintos de autoconservación, odio, deseo de venganza y crueldad se juzgan medios necesarios para una misión redentora que elimine de la faz de la Tierra toda posible fuente de mal y de corrupción. El mundo no debe ser renovado sino vuelto a poner en su lugar. Del *páthos* por el pasado y por la restauración de la autoridad –en el sentido de De Bonald, De Maistre o Donoso Cortez– se pasa en el siglo XX al «modernismo reaccionario», a la utilización de la técnica y de la ciencia para defenderse del caos producido por las democracias y por el bolcheviquismo. Fidelidad a la palabra dada y a las creencias tradicionales, coraje para ir contra la corriente, desprecio por los valores y las exigencias del individuo no regimentado en lo colectivo, violencia disciplinada desde arriba y atracción por la muerte son sus características específicas. Si bien me he limitado a un esbozo, tengo en la mente también el largo período que va del catolicismo reaccionario de comienzos del siglo XIX a los movimientos de la derecha radical y a los propulsores de la «revolución conservadora» de la primera mitad del siglo XX. En cambio, examinaremos más de cerca el nacionalismo en su surgimiento, y el fascismo italiano sobre todo en el momento que precede a su derrumbamiento.

Tales movimientos comparten con el pensamiento democrático-revolucionario una aversión respecto de las «pasiones frías», de los intereses y del «individualismo» (término este acuñado casi contemporáneamente en la década de 1820 por De Maistre, para condenar la moderna revolución del individuo contra las legítimas autoridades de la tradición religiosa y política, y por Saint-Simon, para indicar al antagonista del «socialismo»).[1] Los estados y los pueblos se conservan mediante el terror hecho legal y permanente, a la «sombra del verdugo» y/o de los esbirros de los campos de concentración.

Mientras las «pasiones rojas» exigen que la renuncia a los intereses y a la felicidad individual sea temporal (en tanto inserta en la perspectiva de una emancipación del individuo de los mecanismos sociales ciegos y opresivos), estos movimientos políticos, en cambio, la consideran definitiva. Una antropología negativa, fundada en la idea del hombre pecador o el ser sustancialmente instintivo, que puede ser domado –sometido físicamente por medio de la fuerza e intelectualmente con el mito– pero no mejorado, predomina en tales concepciones. En consecuencia, resulta indispensable combatir todas las pasiones y todos los intereses que induzcan a los individuos a acciones y a pensamientos autónomos, no públicamente controlables, haciendo valer la versión acreditada de la máxima kantiana «actúa de modo que si el Führer viera tu acción, la aprobara».

Estas pasiones toman cuerpo sobre todo en épocas de destrucción y de descompaginación de los precedentes órdenes psíquicos y sociales, en la incapacidad de la mayoría para orientarse entre los escombros de un mundo perdido y dar un sentido cabal a acontecimientos que pasan por encima de su cabeza y que por lo tanto tienden a hallar más fácilmente explicaciones míticas que sacan fuerza del temor al futuro.

Enfocaré, por último, las *pasiones grises*, atribuidas a la democracia liberal, a partir de Tocqueville –en el cual me deten-

---

1. Sobre el término, Véase S. Lukes, *Individualism*, Oxford, Blackwell, 1971 y A. Laurent, *Histoire de l'individualisme*, París, Presses Universitaires de France, 1993; trad. italiana *Storia dell'individualismo*, Bolonia, Il Mulino, 1994.

dré, consciente de la unilateralidad de sus posiciones– hasta llegar a hoy, a las que dedicaré menos espacio. Son aquellas inspiradas en los sentimientos que descienden de los ideales de libertad moderada (en particular sustraída a las interferencias externas) y de igualdad en expansión: no fanáticas, no heroicas, sino cotidianas y normales. Asociadas de manera predominante con el presente, con el sentido de los derechos y los deberes, con la conciencia y la honestidad, con la ganancia y los negocios, con la profesionalidad y la moderación, se podrían condensar, en cuanto a algunos aspectos, en el antiguo y noble ideal de la *aurea mediocritas*. Favorecidas por los tiempos de paz y de relativa tranquilidad social, sin embargo no huyen ni siquiera ante los desafíos cruentos. Relacionadas con los valores de un «individualismo de masas», parecen «lívidas» a sus enemigos y «grises» a cuantos, aun considerando a la democracia indetenible y justa, la ven dominada por gustos vulgares, por opiniones superficiales de la mayoría o por las virtudes modestas de Monsù Travet. Además, parecen «lívidas» precisamente en tanto vinculadas con la «envidia» o el «resentimiento» de los mediocres contra los «mejores», y «grises» porque están signadas por mezquinas ambiciones o por la búsqueda del éxito ante el público (se olvida a menudo cuánto las movilizan hoy más rosados impulsos de felicidad y de autonomía, aunque a veces sea en la forma del consumo de bienes, de experiencia y de vida).

Ya enteramente desvinculadas de la intrínseca connotación etimológica con el «sufrimiento», las características distintivas de tales pasiones están representadas por un individualismo «bien moderado», que separa la vida pública de la privada, que aborrece los extremos y niega la ética de los sacrificios en favor de hombres o instituciones a los que no les reconoce íntimamente autoridad o dignidad alguna. Las pasiones del *homo aequalis* son reguladas y «civiles», antes que excesivas y militarizadas como las requeridas al *homo hierarchicus*. Por lo tanto, plasman oficialmente formas de sensibilidad y aptitudes prácticas que no derivan de la preparación ideológica y práctica para las luchas sin cuartel contra enemigos por definición inconciliables, sino de la confianza en la negociabilidad y compatibilidad de intereses y opiniones divergentes y de la atención reservada a una realidad que, para ser lógica y empíricamente comprendida, exige que se frenen las pasiones más encendidas y nos dediquemos a intereses y conceptos más «fríos».

Las pasiones rojas

El 20 de septiembre de 1792, Goethe se alejó del fuerte La Lune y pudo asistir de cerca a la batalla en curso entre el ejército republicano francés y la coalición europea de sus enemigos. Ese día se efectuaron millares de disparos que hacían temblar la tierra y destrozaban las nubes en el cielo:

«Había llegado precisamente a la región que tenían como mira los proyectiles enemigos. Su sonido es más bien extraño, como si estuviera compuesto por el zumbido del trompo, el gorgoteo del agua y el silbido de un pájaro [...]. Me pareció estar en un lugar muy caluroso, sentirme enteramente penetrado por el calor mismo, hallarme en consecuencia en perfecta armonía con el elemento que me circundaba. La vista no perdía nada de su fuerza y de su claridad, pero me parecía que la atmósfera hubiera tomado un tinte rojizo, que [bien] expresaba la situación, como también los objetos».[2]

Esa jornada de Valmy –según las palabras del mismo Goethe– inauguraba una época nueva: «Hoy, desde este lugar, se inicia una nueva era en la historia del mundo».[3] Sólo han transcurrido diez días de las «matanzas de septiembre», en las que empiezan a correr «torrentes de sangre». El temor se dispone a ser institucionalizado en las modalidades del Terror, mientras la esperanza de un mundo mejor, que nutre expectativas

---

2. J.W. Goethe, *Campagne in Frankreich* (1792, pero modificado y publicado en 1822); trad. italiana *Incomincia la novella storia*, Palermo, Sellerio, 1981, pp. 64-65.
3. *Ibíd.*, p. 66.

de perfección para todo el género humano, ya está incubando inéditas expresiones de religión cívica.[4]

Fuego, sangre, atmósferas rojizas anuncian la aurora de esa «era nueva». En el momento en que la historia cambia de sentido por efecto de la suma de guerra y revolución, se metamorfosean rápidamente contenidos y objetivos de las pasiones. Se forman así nuevos compuestos en Francia a partir del amor por la república o por la «virtud», entendidos como salvaguardia del interés general y como disponibilidad del individuo a inmolarse por el triunfo de valores universalmente humanos: el amor exclusivo por la patria se combina en la época napoleónica con la ambición, la búsqueda del *honneur* y la *gloire*.

Respecto de las demandas precedentes de una compacta colectividad en el sentido de remitir a un futuro indistinto la satisfacción de las aspiraciones individuales, se reconocen explícitamente los derechos de los individuos al goce de una vida que ha atravesado el círculo de fuego de la muerte. La verdadera nobleza pertenece no a quien la hereda por el solo hecho de nacer, sino a quien la conquista en el campo de batalla mediante el coraje. Al poner el coraje al servicio de un estado que no oculta sus miras de *grandeur* (propenso por ello a hacer compromisos con los antiguos adversarios de la revolución, pero manteniéndose como portador de valores inconciliables con los del *ancien régime)* el individuo está seguro de que será adecuadamente premiado.

La diferencia entre la fase jacobino-igualitaria y la napoleónica se capta muy bien mediante la confrontación elíptica entre dos autores, expresivos de actitudes que, si bien derivan del tronco común de la revolución, luego se ramificaron en direcciones muy divergentes.

Consideremos la última carta que Caio Gracco Babeuf, condenado a muerte después del fracaso de la «Conjura de los

---

4. Por este aspecto y por ulteriores referencias bibliográficas, remito a R. Bodei, *Geometria delle passioni. Paura, speranza, felicità: filosofia e uso politico*, Milán, Feltrinelli, 1994, pp. 369 y ss. (*Geometría de las pasiones*, México, FCE, 1996).

Iguales», escribe a su esposa y sus hijos en 1797, el día previo a la ejecución. Dice así:

«Queridos míos, espero que os acordéis de mí y que os refiráis con frecuencia a mí. Espero que creáis que os he amado mucho a todos. No concebía otra manera de haceros felices sino mediante la felicidad común. He fracasado; me he sacrificado; muero también por vosotros [...]. El único bien que te quedará de mí será mi reputación. Y estoy seguro de que tú y tus hijos, al gozar de ella, tendréis un gran consuelo. Os será grato oír decir a todos los corazones sensibles y rectos, al hablar de vuestro esposo, de vuestro padre: *Fue perfectamente virtuoso*. Adiós. Ya sólo me liga a la tierra un hilo que se quebrará mañana».[5]

En el presente, afectos y pasiones privadas están íntimamente ligados a la felicidad pública y sólo por su intermedio devienen legítimos y queridos. El honor del revolucionario, su pasión dominante, es precisamente la «virtud», la adhesión sin residuos de sí mismo al bien compartible por todos. Los soldados descalzos y mal armados, que derrotan en Valmy y en las campañas de Italia a ejércitos regulares mucho más numerosos, disciplinados y aguerridos, lo logran precisamente porque los impulsa la pasión por los nuevos ideales, que creen exportar a las «repúblicas hermanas».

Con el advenimiento del Imperio, el coraje ya no es entendido como instrumento de afirmación de la igualdad en el ámbito de una guerra que es también civil, sino como factor de ascenso –a través de los conflictos entre estados– hacia los peldaños más altos de la estima y del poder. Al exasperado y proclamado desinterés por sí mismos lo reemplazan la ambición y la vanidad que, si bien legitimadas, para no suscitar envidias excesivas tienden a realizarse ocultando a los otros los motivos más directamente egoístas de las acciones individuales, acentuando en cambio el vínculo con fines de interés colectivo.

---

5. «Dernière lettre de Gracchus Babeuf assassiné para la prétendue Haute Cour de Justice, à sa femme et ses enfants», en F. Buonarroti, *Conspiration pour l'égalité dite de Babeuf, suivi du procès aunquel donna lieu, et des pièces justificatives*, Bruselas, 1828 (reedición en París, Éditions Sociales, 1957); trad. italiana *Cospirazione per l'eguaglianza, detta di Babeuf*, Turín, Einaudi, 1971, p. 417.

«*The most secret of all passions, ambition*» –como la definía Herman Melville– es, en general, un ardiente deseo de estatus social, de riqueza o de poder. Pero en este caso, sobre todo de reconocimiento de las propias cualidades de coraje militar y de buen uso de la astucia y de las pasiones socialmente empleables en el mundo infiel de la corte y de la metrópoli. La bandera roja del barrio obrero de Saint-Antoine de 1794 es reemplazada por la cinta roja y la rosa de la Legión de honor.

Por otra parte, como lo confirmará en Santa Elena, Napoleón sabe bien que la mayoría de sus conciudadanos no están en condiciones de perseverar en la forma de gobierno republicano. Al día de hoy, recuerda, que por uno dispuesto a sacrificar todo al bien público hay millares y millones que no conocen más que sus goces y su vanidad: en París se considera a la gente no por su propia virtud sino por su propia carroza. En este sentido, su «operación alquímica» sobre las pasiones individuales consiste en el intento de transformar, al menos parcialmente, la vanidad en abnegación, y la tendencia de los individuos a valorarse a sí mismos en ambición política capaz de incrementar el poder y el bienestar de Francia.

Stendhal, que había experimentado en sí mismo esos cambios, pone de relieve la especificidad de las pasiones suscitadas por Napoleón, sobre todo en el momento posterior a la derrota de su proyecto político, cuando a la luz rasante del ocaso esas pasiones se recortan con mayor nitidez. *La cartuja de Parma* describe al joven Fabrizio del Dongo que, tras haber participado afortunadamente en la batalla de Waterloo, asiste a la degradación de las audaces y generosas pasiones políticas de los italianos (hasta de los mejores, como el conde Mosca) en cínica connivencia con lo existente. *Lo Rojo y lo negro* muestra en cambio a Julien Sorel que, si bien tentado por las pasiones «negras» de la Restauración, muere entre mil perturbaciones y contradicciones, pero reafirmando su fidelidad al emperador y su desprecio por el mundo en el que se ha visto obligado a vivir, un *milieu* social gobernado por el poder del dinero y por la influencia de la nobleza y del clero, impulsado por la más refinada vanidad de la aristocracia de sangre y por la más sutil hipocresía de los jesuitas, de los vencidos de ayer que han vuelto a ser influyentes.

La primera imagen que ofrece Stendhal de Julien lo pinta mientras lee el *Mémorial de Sainte-Hélène*. Su mente está colmada de recuerdos de los actos de heroísmo de los soldados del entonces general Bonaparte, que un viejo cirujano militar (que ha participado en las batallas de Lodi, Arcole y Rivoli) no deja de repetirle. Hijo de un modesto talador de árboles y carpintero de provincia, al ver cerrados los caminos para llegar al reconocimiento de sus propios méritos, a menudo lamenta no haber nacido antes: «Desde hacía muchos años, Julien no pasaba quizá una sola hora de su vida sin que se dijera que Bonaparte, teniente desconocido y sin fortuna, se había hecho dueño del mundo con su espada».[6] Y como en ese momento sólo la carrera eclesiástica permite todavía a los pobres el ascenso social, Julien, si bien íntimamente perplejo e inseguro, decide emprenderla. Ese ambiente lo seduce –después de haberle parecido desde el comienzo sórdido y mezquino– cuando tiene la oportunidad de descubrir la fascinación, la estudiada elegancia y la riqueza del «negro» en la figura del joven obispo de Adge: «Julien estaba anonadado de admiración por una ceremonia tan bella. La ambición excitada por la joven edad del obispo, la sensibilidad y la exquisita educación de ese prelado, se disputaban su corazón». De manera espontánea observa que cuanto más nos elevamos hacia la cima de la pirámide social, con mayor frecuencia nos es dable hallar tales ejemplares seductores de humanidad. Ahora no fantasea ya con «Napoleón y sus gloria militar». Se repite: «¡Tan joven y ya es obispo de Adge! –pensaba– ¿Pero dónde queda Adge? ¿Y cuánto le produce? ¿Tal vez doscientos o trescientos mil francos?»[7] Ha concluido la época de la que, ya en 1817, se lamentaba De Maistre, la que veía al orden sacerdotal débil y pobre, desacreditado y despro-

---

6. Stendhal, «Le rouge et le noir», en *Romans et nouvelles*, edición de H. Martineau, París, Gallimard, 1952, vol. I, p. 239 *(Lo rojo y lo negro*, Buenos Aires, Losada, 1979, vol. 1, p. 239).
7. *Ibíd.*, p. 317 (Vol. 1, pp. 123-124).

visto de ese *analogon* de la soberanía laica que es el dogma de la infalibilidad papal: «La revolución la ha despojado, masacrado: ha atacado de todas las maneras a los defensores naturales de los preceptos que abominaba. Los antiguos atletas de la santa milicia han descendido a la tumba; jóvenes reclutas se disponen a ocupar sus puestos; pero el número de esos reclutas es forzosamente escaso, porque el enemigo, con funesta habilidad, les ha cortado los víveres».[8]

Ingresado en la sociedad por la puerta de servicio y mantenido siempre sustancialmente en los márgenes, Julien encuentra al fin, mediante el delito, el valor del heroísmo y de la temeridad. Si bien corruptos, estos últimos constituyen el antídoto extremo contra la prepotencia, la vulgaridad, la avidez de ganancias y el aburrimiento de los dominadores del presente. Vuelve a su imaginación el deseo de exhibir, en el momento supremo, esas dotes de impasible firmeza tantas veces demostradas por Napoleón, como cuando en Eylau –mientras estaba a punto de ser rodeado por los soldados rusos– se mantuvo inmóvil en la espera de que, desde lejos, llegaran los granaderos de la Guardia.[9]

Liberar a la clase de los oprimidos, levantarla de la humillación, hacerla llegar al cenit de la historia, al par del «sol que surge» en la parte inferior de un horizonte rojo para elevarse hacia un futuro radiante. Este programa, que lleva el anuncio del alba de un nuevo día para toda la humanidad, lanza otro ciclo de las pasiones insubordinadas en el presente y proyectadas hacia el futuro. Con la reconquista del «cuarto estado», la bandera roja flamea una vez más en 1870 durante el breve período de la Comuna de París, para convertirse luego, con el desarrollo de los movimientos socialistas, en sinónimo de emancipación, además de todo aquello con lo que se relaciona el rojo (los jazmines del primero de mayo, los carnets del partido, los caracteres tipográficos de los manifiestos).

---

8. J. de Maistre, *Du pape*, trad. italiana *Il papa*, Milán, Rizzoli, 1995, pp. 17-18; véase también pp. 33 y ss.
9. **Véase** E. de Las Cases, *Mémorial de Sainte-Hélène*, París, Garnier, 1961, t. I, p. 340.

Con el pretexto de captar sólo unos pocos rasgos de esas vicisitudes complejas, vale la pena notar cómo, en situación de renovada superposición de guerra internacional y guerra civil, pasiones e ideas son expresa y exclusivamente utilizadas por Lenin para defender el triunfo de una clase, puestas sin vacilaciones al servicio de lo que «sirve a la destrucción de la antigua sociedad de los explotadores y a la unión de todos los trabajadores en torno del proletariado [...]. La base de la ética comunista es la lucha por la consolidación y el perfeccionamiento del comunismo».[10] Esta especie de sinécdoque política, por la cual la parte representa el todo en el devenir, es decir, por la cual el partido se convierte en el lugarteniente provisional de toda la humanidad presente y futura, enciende en general entre las «masas» ardientes pasiones, aunque moderadas en especial en los jefes y en los «cuadros intermedios» por un gélido realismo y por una cuidadosa ponderación de las relaciones de fuerza. Para que triunfe la causa –sostiene Brecht en «Trasforma il mondo», de la colección *Poemas y canciones*– se debe estar dispuestos a ir en contra de las propias convicciones e inclinaciones más sentidas, a subordinar las pasiones personales a un fin más alto, que rescate y haga aceptable el amargo disgusto por los despreciables comportamientos actuales:

¿Con quién se sentaría el hombre justo
para ayudar a la justicia?
¿Qué medicina sabe demasiado amarga al moribundo?
¿A qué bajeza no llegarías, para
exterminar la bajeza?
Si tú pudieras transformar el mundo, ¿por qué
ser demasiado bueno contigo mismo?
¿Quién eres tú?
Húndete en la suciedad,
Abraza al verdugo, pero
Transforma al mundo: ¡lo necesita!

---

10. V.I. Lenin, «I compiti delle associazioni giovanili», (1920); trad. italiana en *Opere complete*, Roma, Editori Riuniti, 1967, vol. XXXI, pp. 278, 280.

Cuando el sacrificio extremo acompaña al compromiso y a la mimesis demasiado realista de la «bajeza», en vista de un mundo a construir con la fatiga de más generaciones, surge entonces una renovada «conciencia infeliz»: se desencadena la guerra civil del alma y se acepta que el rojo de la propia sangre se sume, como testimonio indeleble, al rojo de la bandera que representa las pasiones y la razón de la revolución. Es este, ejemplarmente, el destino de Bujarín, que manifiesta la propia fe inderrumbable en el progreso de la historia, comparada con un río que avanza de manera indetenible en dirección al mar, superando tortuosamente cada obstáculo. Únicamente la convicción de que está por afirmarse un nuevo orden universal tal que permitirá a cada hombre sentirse en su casa, justifica el sacrificio supremo del inocente capaz de aceptar una muerte injusta siempre que sirva eventualmente a la «causa», que trasciende las historias y los sufrimientos de los individuos. Acusado por Stalin de los delitos más feroces y absurdos (desde los asesinatos múltiples hasta la instrucción de mezclar fragmentos de vidrio en sustancias alimenticias «destinadas a la población urbana») aún tiene la fuerza para decir: «En estos días, tal vez los últimos de mi vida, confío en que tarde o temprano el filtro de la historia barra inevitablemente la suciedad que se ha acumulado alrededor de mi cabeza [...]. Sabed, compañeros, que en la bandera que vosotros llevaréis adelante en la marcha victoriosa hacia el comunismo, también hay una gota de mi sangre».[11]

Moral e historia se funden al plasmar la ética y las pasiones «rojas». La historia se convierte en un tribunal de apelación de los errores del partido y la «rehabilitación» póstuma en el reconocimiento de la inocencia ofendida. También se refuerza así la antigua idea trágica de la culpa de la inocencia.

Las «manos sucias» se hacen indispensables para las manos limpias. Como argumenta Sartre en este significativo diálogo

---

11. N. I. Bujarín, citado en S.F. Cohen, *Bucharin and the Bolshevik Revolution. A Political Biography 1888-1938*, Nueva York, Alfred Knopf, 1973, trad. italiana *Bucharin e la rivoluzione bolscevica. Biografia politica 1888-1938*, Milán, Feltrinelli, 1975, p. 367 *(Bujarin y la revolución bolchevique. Biografía política 1888-1938*, Madrid– Buenos Aires, Siglo XXI, 1976).

–que cito completo, en razón de su fecundidad– no es lícito al revolucionario ni llevar los «guantes rojos», haciendo de la violencia casi un signo de distinción profesional, ni mantener tampoco las almas ingenuas. En una de las escenas centrales de *Las manos sucias* –drama que alude al asesinato de Trotski por orden de Stalin, a cargo de su secretario– se ilustra el choque entre dos bloques diferentes de pasiones revolucionarias:

«HOEDERER: ¡Cómo te importa tu pureza! Qué miedo tienes de ensuciarte las manos. Bueno, ¡sigue siendo puro! ¿A quién servirá y para qué vienes con nosotros? La pureza es un ideal de faquir y de monje. A vosotros los intelectuales, anarquistas burgueses, os sirve de pretexto para no hacer nada, permanecer inmóviles, apretar los codos contra el cuerpo, usar guantes. Yo tengo las manos sucias. Hasta los codos. Las he metido en excremento y sangre. ¿Y qué? ¿Te imaginas que se puede gobernar inocentemente?

»HUGO: Quizás algún día se verá que no temo a la sangre.

»HOEDERER: Diablos, los guantes rojos son elegantes. El resto es lo que te asusta. Es lo que hiede a tu naricita de aristócrata.

[...]

»HOEDERER: Tú no quieres a los hombres, Hugo. Tu sólo amas los principios.

»HUGO: ¿A los hombres? ¿Y por qué había de quererlos? ¿Acaso me quieren ellos?

»OEDERER: ¿Entonces, por qué viniste con nosotros? El que no quiere a los hombres, no puede luchar por ellos.

HUGO: Entré en el Partido porque su causa es *justa* y saldré cuando cese de serlo. En cuanto a los hombres, lo que me interesa no es lo que *son*, sino lo que podrán llegar a ser.

HOEDERER: Y yo los quiero por lo que son. Con todas sus porquerías y sus vicios. Quiero sus voces y sus manos calientes que agarran, y su piel, la más desnuda de todas las pieles, y su mirada inquieta, y la lucha desesperada que cada uno a su vez libra contra la muerte y contra la angustia. Para mí, lo que importa es un hombre más o un hombre menos en el mundo. Es preciso. A ti te conozco bien, chico, eres un destructor. Detestas a los hombres porque te detestas a ti mismo; tu pureza se parece a la muerte, y la Revolución que sueñas no es la nuestra; no quieres cambiar el mundo, quieres hacerlo saltar».[12]

Pero si la «oscuridad a mediodía» tornará al fin casi invisible ese rojo de sacrificio, confundiéndolo con las atrocidades perpetradas en su nombre, ¿se puede decir que hayan desaparecido, en general, las pasiones políticas evocadas por su intermedio? Parece más probable la hipótesis de que hayan cambiado de aspecto y de lugar y que se hayan modificado paralelamente las relaciones entre pasión y racionalidad. La ilusión de que se hayan atenuado estas (pero en general todas) pasiones políticas en Occidente nace también del hecho de que se siga imaginando la política –en la época de los medios– en su forma canónica más conspicua de movilización de masas en lugares públicos.

En este caso, a las pasiones –mantenidas siempre encendidas a fuego lento– se las hacía alcanzar, por orden o después de acontecimientos accidentales, una temperatura más elevada. Pero no es el vínculo entre la política y las pasiones «rojas» lo que se ha quebrado, sino más bien se transformó el vínculo entre pasiones y universalidad. Es decir, se ha debilitado la pasión por lo universal tal como la hemos conocido hasta ahora, encarnada en macro-sujetos particulares, autoproclamados portadores de racionalidad, de solidaridad de largo alcance y de emancipación de todo el género humano (clases, partidos, estados-guías). Esos protagonistas desde hace tiempo han reunido a su alrededor el consenso emotivo sobre proyectos que se presentaban como «científicamente» planificables. Una vez fijado desde arriba el fin «racional» a conseguir, según ritmos determinados, no quedaba más que realizarlo mediante la energía de las emociones.

---

12. J.-P. Sartre, «Les mains sales», cuadro V, escena III, trad. *Morti senza tomba. Le mani sporche*, Milán, Mondadori, 1990, pp. 210-212 (*Las manos sucias. Kean*, Buenos Aires, Losada, 1996, 6.ª edición, pp. 84-85).

Las pasiones negras

El soldado de la primera guerra mundial, que sobrevivía a los campos de batalla, a las insidias de los abismos marinos o a los peligros de un cielo recién conquistado por la técnica, se convertía en otro hombre. Marcado por la visión y por el olor de la muerte, por el dolor de la mutilación de cuantos habían sido sus únicos vecinos y confidentes, separado de la familia de origen, de los lugares, de los amigos y de los ritmos de los tiempos de paz, perdía su identidad anterior. El ejército, la comunidad de todos los posibles *morituri*, lo incluía en un colectivo, una numerosa familia autoritaria, que reforzaba su individualidad precisamente mientras la disolvía: «Cada individuo asistía a una ampliación del propio yo, es decir, no era ya una persona aislada sino que se sabía bien inserto en una masa, formaba parte del pueblo, su persona insignificante había adquirido una razón de ser».[13]

La experiencia extrema a la que la mayoría de los combatientes han estado sometidos la constituye la vida escondida de las trincheras, donde dominan la oscuridad, la suciedad, la escualidez y la proximidad, a pocos metros de distancia, de cadáveres insepultos que el temor a los tiradores impide remover. Se vive escondidos «como conejos», arrastrándose «como gusanos», excavando «como topos», usando más el oído que la vista, bajo una continua «tempestad de acero» en la que el metal insensible desgarra la carne doliente,[14] frente a un enemigo casi siempre invisible e imprevisible en sus movimientos. De ahí la sensación de pasividad y de abandono preventivo a la propia desaparición prematura que tienen muchos: «La muerte deviene en el símbolo de la discontinuidad y de la distancia que caracterizaba la relación entre frente y patria. Pero al mismo tiempo la muerte simbolizaba una experiencia de impedimen-

---

13. S. Zweig, *Die Welt von Gestern* (1942), trad. italiana «Il mondo di ieri», en *Opere scelte*, Milán, Mondadori, 1961, vol. II, p. 806 *(El mundo de ayer,* México, Diana, 1963).
14. Véase E. Jünger, *Stahlgewittern* (1920), trad. italiana *Tempeste d'acciaio*, Roma, Ciarrapico, 1983 *(Tempestades de acero,* Barcelona, Tusquets, 1987).

to, de imposibilidad de movimiento, la sensación de terminar encerrados e inmovilizados en un espacio mínimo. El temor más común del soldado era el de quedar sepultado vivo en un refugio a causa de la explosión de una granada».[15]

La vida subterránea lleva a encerrarse en sí mismos, a una especie de ininterrumpida meditación sobre el fin de todas las cosas. El enfrentar juntos los riesgos en tales condiciones de forzada convivencia con los propios compañeros crea, sin embargo, fuertes vínculos emotivos, consolida la camaradería, exalta la amistad viril del que ha compartido la misma formación mediante vicisitudes análogas, transformando el miedo en coraje. Se comprueba también, con estupor, que se pueden superar pruebas que nunca se había pensado que se deberían afrontar, pero que -al mismo tiempo- sólo la organización, la disciplina y el espíritu de sacrificio tanto de los oficiales como de los soldados hace posible la supervivencia y el éxito.

De ahí, para muchos, la necesidad de autoridad (incluso arbitraria, en tanto hecha aun más plausible por haber jugado a menudo a la igualmente caprichosa lotería de la muerte). Las virtudes de la vida militar siempre han sido las de la obediencia, de la pronta y automática ejecución de las órdenes, de la disponibilidad al sacrificio de sí mismo. Lo que ahora se agrega es el culto y la estetización de la muerte, «atlética y recubierta de tinieblas», como la representaba Marinetti. Ella restablece un vínculo afectivo ininterrumpido con el pasado, en la memoria de los caídos, y -en naciones derrotadas, como Alemania, o convencidas, como Italia, de haber sido defraudadas en la victoria por la avidez de los aliados- se convierte en el presupuesto de un futuro resarcimiento mediante nuevos conflictos.

El deseo de estar siempre en algún «frente», enviados a combatir, a arriesgarse y si es necesario a sucumbir, la voluptuosidad de infligir la muerte y de sufrirla no se pierden con el

---

15. E.J. Leeds, *No Man's Land. Combat and Identity in World War I*, Cambridge, Cambridge University Press, 1979, trad. italiana *Terra di nessuno. Esperienza bellica e identità personale nella prima guerra mondiale*, Bolonia, Il Mulino, 1985, p. 34.

retorno del Hades de las trincheras a la luz de la vida civil. El burgués y el obrero «rojo» son los «emboscados», aquellos que, aun no habiendo participado en la guerra, indebidamente han gozado de sus ventajas. Su opaca existencia, la *routine* de la cotidianidad carente de acontecimientos significativos, contrasta con la excepcional y mágica experiencia de lo extracotidiano, con la fulgurante sucesión de *shocks* y con la alternancia de exaltación y desesperación. En un mundo donde los horizontes de sentido se han vuelto confusos, la guerra ha indicado una concreta esperanza de redención de la banalidad insatisfactoria de vidas desprovistas de emociones fuertes, ha ofrecido un sustituto de lo sacro, de lo «divino». Nacen así el aventurerismo, la inquietud, la incitación a la ilegalidad y el «coraje negro», con sus peculiares formas de agresiva melancolía, de exasperado exhibicionismo de la violencia y, a veces, de desprecio, intencionalmente grosero, por la «cultura» y por los «intelectuales».

La guerra parece devolver a la superficie aquellas pasiones elementales, esos «instintos primordiales» y bastos que la paz y los nacientes movimientos de emancipación –herederos de Rousseau al considerar «perfectible» al hombre– habían negado o cubierto con un sutil estrato de optimismo y de fe en el progreso. Las ideologías de la «revolución conservadora» contienen, en cambio, la convicción de que no sólo las pasiones (de por sí sometidas a largos procesos de elaboración histórica e individual) sino más bien los instintos poseen una fuerza irrefrenable. Según Hitler, por ejemplo, éstos terminan infaltablemente por triunfar contra los meros intereses económicos, contra las retóricas pedagógicas de la opinión pública y, sobre todo, contra las pretendidas evidencias de la razón. Se abre camino un darwinismo político tendente a desencadenar conflictos continuos, considerados ineludibles, entre el pueblo del planeta más apto para la supervivencia y el mando y todos los otros.

Al dirigir los instintos y remodelar las pasiones, la política no hace más que seguir las inexorables leyes del universo:

«La naturaleza pone [...] al ser viviente sobre el globo terráqueo para luego asistir al libre juego de las fuerzas. El más fuerte, el que tiene más coraje y perseverancia, ve que se adjudica, como hijo predilecto, el derecho al dominio sobre lo que existe [...]. Al fin, es siempre la voluntad de autoconservación la que triunfa, frente a la cual el denominado humanitarismo, en tanto expresión de una mezcla de estupidez, vileza y falsa sabiduría, se diluye como nieve al sol de marzo. La humanidad se ha hecho grande en el curso de una lucha sempiterna; en una paz sempiterna iría a la ruina».[16]

El desprecio por la vida y por el individuo, por otra parte, no es más que el corolario del teorema precedentemente enunciado: «No se debe dar excesivo valor a la vida individual; si la existencia de uno de nosotros fuera indispensable, no estaría sometida a la muerte. Una mosca pone millones de huevos que desaparecen todos. Pero las moscas permanecen. No deben sobrevivir las invenciones y los descubrimientos del individuo, sino la sustancia biológica de la cual derivan».[17]

Para movilizar los ánimos, el recurso principal de un país «apuñalado por la espalda» que ha llegado tarde a la cita con la modernización es, para Hitler, las pasiones fanáticas. En efecto, «las máximas revoluciones mundiales habrían sido imposibles si hubieran tenido, como fuerzas motivadoras, en lugar de las pasiones fanáticas, incluso histéricas, las virtudes de la ley y del orden».[18] Se debe confiar en ellas, más que en los

---

16. A. Hitler, *Mein Kampf*, Munich, F. Eher Nachf, 1933, pp. 147, 148, 312. Existe también una traducción italiana, de la que no siempre me sirvo: *La mia battaglia*, Roma, La Busola, sin fecha. Véase también este pasaje: «Un ser bebe la sangre de otro. Y la muerte de uno permite al otro alimentarse. Es inútil vanagloriarse de humanitarismo» *(Adolf Hitler in Franken. Reden aus der Kampfzeit,* a cargo de H. Preiss, p. 144). Sería interesante estudiar a través de qué vías –si es que existen– se pasa de las tesis aparentemente semejantes del marqués de Sade a tales concepciones.
17. A. Hitler, *Tischgespräche im Führerhauptquartier 1941-1942,* Stuttgart, Seewald Verlag, 1965; trad. italiana *Conversazioni de Hitler a tavola,* Milán, Longanesi, 1970, p. 249.
18. Citado en A. Stein, «Adolf Hitler und Gustav Le Bon», en *Geschichte in Wissenschaft un Unterricht,* 1955, p. 367: véase también G. Mosse, *The Nationalization of the Masses. Political Symbols and Mass Movements in Germany from the Napoleonic Wars through the Third Reich*, Nueva York, Howard Fertig, 1974, trad. italiana *La nazionalizzazione delle masse. Simbolismo politico e movimenti di massa in Germania dalle guerra napoleoniche al Terzo Reich,* Bolonia, Il Mulino, 1975, p. 224.

principios teóricos, sin temor de ir contra la evidencia. En esa posición, Hitler sostiene que sigue la sabiduría de la iglesia católica que, aun entrando en evidente contraste con los resultados de las ciencias positivas, rehúsa por completo modificar sus enseñanzas. Tiene perfecta conciencia del hecho de que una fe inexorable y continuamente machacada en la mente de los adeptos, posee mayor fuerza de persuasión que doctrinas rigurosas, pero abstrusas y lejanas de las preocupaciones de la mayoría.

Como lo han demostrado los espartanos y los jesuitas, tomados como modelo por Hitler, es necesario negar de raíz la libertad individual, instilando sistemáticamente en los individuos el hábito de la obediencia ciega y pasiva a las órdenes de quien manda. El objetivo se alcanza atizando determinados instintos gregarios y modelando continuamente algunas pasiones agresivas particulares hacia los enemigos indicados en cada oportunidad, y pasiones dóciles hacia los propios jefes. Tales instintos y pasiones deben ser activados al máximo en el momento oportuno y según la agenda política establecida por el partido, que se hace cargo de los destinos del individuo desde la infancia. De ese modo, es cierto, se corre el riesgo de conducir a la regresión incluso al *Herrenvolk*, el pueblo que debería dominar el mundo. Pero ese es el precio a pagar para que el Führer pueda parecer un «héroe» y las jerarquías sean reverenciadas y temidas.[19] Un precio aceptado abiertamente, en especial en privado, como resulta de la admisión de Goebbels: «es cierto, la propaganda nacionalsocialista es primitiva. Pero es primitivo el pensamiento del pueblo».[20]

Las consecuencias las extrae lúcidamente Elias Canetti:

---

19. Véase, por ejemplo, la tarjeta postal con estampillas que representan a Hitler, en 1937, en ocasión de su cumpleaños, sobre las que aparece impresa la leyenda *«Wenn ein Volk retten will, kann nur heroisch denken»* («Quien desea salvar a un pueblo, debe pensar sólo de manera heroica») (reproducido en F.V. Grunfeld, *Hitler File*, Londres, Book Club Association-Weidenfeld & Nicholson, 1974; trad. italiana *Il caso Hitler. Storia sociale della Germania e del nazismo 1918-1945*, Milán, Bompiani, 1975, p. 243).

20. Citado en D. Guérin, *Sur le fascisme, I: La peste brune*, París, Maspero, 1965; trad. italiana *La peste bruna. Sul fascismo I*, Verona, Bertani, 1975, p. 112.

«La orden es más antigua que el habla, si no los perros no podrían entender. El amaestramiento de animales descansa precisamente en el que éstos, sin que conozcan un habla, aprenden a comprender qué se quiere de ellos [...]. El poder de la orden no debe ser puesto en duda; si ha menguado debe estar dispuesto a reafirmarse para combatir. La mayor parte de las veces se lo reconoce durante mucho tiempo. Es sorprendente cuán pocas veces se exigen nuevas decisiones; los efectos de las antiguas duran. Combates victoriosos siguen viviendo en órdenes; en cada orden se renueva una antigua victoria».[21]

Para Hitler, los jefes deben convertirse en amos de la mayoría, a la que debe permitirle pensar sólo de manera intermitente y funcional a las órdenes recibidas e incitándola, durante el resto del tiempo, a actuar según un ánimo artificialmente «perturbado y conmovido» por el influjo de fuerzas externas: «¡Es una gran fortuna para los hombres de gobierno que las masas no piensen! Se piensa sólo cuando se trata de impartir una orden o de asegurar su ejecución».[22] Por otra parte, «la libertad individual no es el signo de un grado de civilización particularmente elevado, sí lo es en cambio la libertad individual por obra de una organización que comprende el número más alto de individuos de la misma raza [...]. Cuanto más se aflojan los frenos de la organización estatal y se deja libre el campo a la libertad individual, tanto más la historia de un pueblo avanza sobre los carriles del regreso civil».[23]

Misión de los símbolos, de los mitos y de los ritos es canalizar las emociones y darles forma estable y repetible, organizar miedos y expectativas, odios y amores. En este caso se trata de utilizar, por una parte, los antiguos e inventar, por la otra parte, otros nuevos. Todo ello con el fin de reforzar la obediencia y suscitar instintos y pasiones dirigidos a determinados blancos,

---

21. E. Canetti, *Masse und Macht*, Hamburgo, Claassen Verlag, 1960; trad. italiana *Massas e potere*, Milano, Rizzoli, 1972, pp. 331, 333 *(Masa y poder*, Madrid, Alianza, 1987, pp. 299-301).
22. Hitler, *Tischgespräche...*, cit., trad. it. p. 163.
23. *Ibíd.*, p. 62.

sin permitirles que se unan con formas activas de autocomprensión, de inteligencia y de racionalidad.

Como es notorio que la oscuridad favorece el debilitamiento de la voluntad, la obnubilación de la conciencia y la pérdida de la lucidez del pensamiento crítico, las liturgias del nacionalsocialismo (las veladas, las piras de libros, las fiestas en los aeropuertos berlineses, donde los faros apuntados en la oscuridad hacia lo alto creaban cúpulas de luz) se desarrollaban preferentemente de noche según montajes perfectos en los que el público se convertía en el componente del espectáculo mismo, porque se sentía participante de acontecimientos que parecían elevarlo por encima de su nornal nivel psíquico de existencia y de experiencia. La paradoja –por otra parte presente en otros regímenes políticos contemporáneos– es que las personas se habitúan a considerarse protagonistas de un fúlgido destino colectivo precisamente mientras se les expropia su voluntad y su inteligencia política sustancial.[24]

Típico de su mentalidad y de su táctica es el hecho de que Hitler –pintor aficionado con pretensiones artísticas– hubiera utilizado al comienzo el color rojo en los manifiestos del partido nacionalsocialista. Así había logrado asustar a la burguesía por el «hecho de que nosotros usábamos el rojo de los bolcheviques», pero había provocado y también atraído, con astucia mi-

---

24. En este sentido es tal vez un tanto reductivo el análisis por otra parte esclarecedor de Kracauer según el cual la masa se reduce a mero «ornamento», porque son indirectamente politizados, se hace participar en manifestaciones públicas a niños, mujeres y también hombres que tradicionalmente sólo experimentaban pasiones y pensamientos privados. Pero véase, de todos modos, S. Kracauer, «Das Ornament der Masse», en *Das Ornament der Masse. Essays,* Francfort, Suhrkampf, 1977; trad. italiana *La massa come ornamento,* Nápoles, Prismi, 1983. Según algunos estudiosos, con el nazismo Hitler habría creado la «obra de arte total» *(Gesamtkunstwerk)* por cuanto habría concebido la política como arte plástica del estado, el modo de forjar un pueblo, que se convertía en yeso entre sus manos, según procedimientos mitopoyéticos, es decir, yendo más allá del bien y del mal y de lo verdadero y lo falso. Con las palabras de Goebbels: «La política es también un arte, tal vez el arte más elevado que exista, y nosotros, que le damos forma a la política alemana moderna, nos sentimos como artistas a los que se les ha confiado la alta responsabilidad de formar, a partir de la masa burda, la imagen sólida y plena del pueblo» (palabras de Goebbels citadas en Ph. Lacoue-Labarthe, *La fiction du politique,* París, Bourgeois, 1987; trad. italiana *La finzione del politico,* Génova, Il Melangolo, 1991, p. 80, con que se defiende la tesis general del nazismo como «obra de arte total» en la «época de la absoluta indigencia de Occidente»).

mética, a los adversarios socialistas y comunistas: «Después de una atenta y prudente reflexión, elegimos para nuestros manifiestos el color rojo, para incitar a la violencia a los partidos de izquierda, para impulsar a sus adeptos a venir a nuestras reuniones, también sólo para obstaculizar. Así hallábamos la manera de discutir con esos hombres».[25] El rojo (como ocurrió también con el nombre del partido que se acababa de fundar: NSDAP, Nazionalsozialistische Deutsche Arbeiter Partei) fue entonces conscientemente sustraído al socialismo y utilizado, en combinación con otros símbolos cromáticos y figurativos, para crear una bandera que orientase de una manera diferente expectativas y pasiones políticas preexistentes. En efecto, se desarrollaron encendidos debates sobre el diseño de la bandera del partido, presentada oficialmente en el verano de 1929: «En el rojo reconocemos la idea social del movimiento, en el blanco la idea nacionalista, en la cruz gamada, la decisión de combatir por la afirmación del hombre ario y por la difusión de la tendencia al trabajo creativo, que fue y será siempre antisemita».[26]

Sabemos bastante del negro de la cruz gamada, de la *Nacht und Nebel* que rodeaba y escondía los horrores de los campos de concentración, así como conocemos la historia de los principales cuerpos militares de carceleros que allá operaban (los *Totenkopfverbände*, grupos especiales de SS con uniformes negros y calavera de metal en el birrete).[27] Pero un análisis ulterior reconoce también la atracción por el negro como símbolo de la disponibilidad a la propia muerte sacrificial, típica del fascismo italiano. Y esto no en el período de su triunfo (cuando, después del «bienio rojo», la patria fue puesta en «camisa negra»)[28] ni, tanto menos, en el de su estabilización y del consenso de masas, sino en la fase de conclusión de la República Social Italiana.

25. *Mein Kampf*, cit., trad. italiana, p. 104.
26. *Ibíd.*, p. 115.
27. Véase H. Höhne, *Der Orden unter den Totenkopf*, Hamburgo, Der Spiegel Verlag, 1966; trad. italaiana *L'ordine nero*, Milán, Garzanti, 1968.
28. Véase E. Gentile, «La patria in camicia nera», cap. II de su libro *Il culto del littorio*, Roma-Bari, Laterza, 1993, pp. 61-103.

Así, en los años de la década de 1930, las invitaciones al heroísmo convivían bastante tranquilamente con las tiernas notas que exaltaban los valores de la familia politizada por campañas demográficas («Yo quiero un niño rosado / más bello que todo, / que cante en mi corazón / la canción del amor. // Un angelito rubio / con una carita redonda / y con ojazos celestes como el cielo...») y si los italianos, durante y después del imperio, seguían soñando con las «mil liras por mes» y la casa propia («Hay una casita pequeña que surgió entre las flores / donde sólo se espera que llegue el amor.»),[29] ya los «voluntarios» de la guerra civil española habían oído resonar e interiorizado el lúgubre grito de batalla falangista: «¡Viva la muerte!».

En el momento en que la situación política y militar parece ya desesperada, cuando desde el invierno de 1944-1945 se combate con decrecientes esperanzas de victoria, pero con lúgubre dedicación a los valores del «honor» y de la fidelidad al «aliado germánico», los soldados de la RSI entonan su canto de desafío:

> Las mujeres ya no nos quieren
> porque llevamos la camisa negra
> han dicho que somos de galera
> han dicho que somos de cadenas...
> El amor con los fascistas no conviene,
> mejor un bellaco que la bandera

---

29. Véase las canciones *Io sogno un pupo rosa* de Borella-Mariotti y *C'è una casetta piccina* de Valabrega-Prato, ahora en la colección discográfica *Fonografo italiano (1840-1940)*, Roma, Fonit-Cetra, serie IV, núm. 5 (nr 3545), sin fecha: *Il fascino quotidiano*. Pero véase también, en el mismo disco, las canciones *Signorine sposatevi* (de Confaloni, que aconseja servirse del amor-seducción para acabar con «la felicidad de los solteros»), *Omettino, è tempo di dormire* (de Frati-Wayne, que aparte de la ternura materna insinúa «viriles» sentimientos guerreros: «Pero esta mañana ganaste / jugando a los soldaditos, / la guerra con tus vecinos / y el enemigo expulsado fuera del patio / ha perdido todos sus fusiles») y, en fin, como ejemplo del intento de conciliar casa y estado, los afectos privados y los públicos, aun en el predominio de los segundos, véanse el comienzo de *Ritorna il legionario*, de Pellegrino-Ciavarro: «Mamá vuelvo otra vez a la casita / en la montaña donde nací, / y estoy pleno de gloria, viejecita mía amada, / he combatido en Africa Oriental».

uno que conserve la piel entera
uno que no tiene sangre en las venas.
¡No nos importa! La señora Muerte
coquetea en medio de las batallas
se deja besar sólo por los soldados.
¡Fuerza, muchachos, hagámosle la corte
démosle un beso bajo la metralla
dejemos las otras mujeres a los emboscados![30]

De estilo diferente –sin la jactancia de los «bravucones» fascistas, pero con análogo sentido de fatalista abandono al riesgo de las armas– había sido la canción de las guardias suizas de Luis XVI, las primeras que fueron muertas en masa durante los «estragos de septiembre» en el mes y en el año que inauguran, en el curso de la Revolución francesa, la «época nueva» y las modernas pasiones «rojas». Sus palabras, ya puestas en epígrafe por Louis-Ferdinand Céline en *Viaje al fin de la noche*, suenan así:

Nuestra vida es un viaje
En el invierno y en la noche,
Nosotros buscamos nuestro camino
Bajo el cielo donde nada resplandece.

También Vincenzo Cardarelli escribirá en Pistoia en 1944 una poesía titulada *Camicia nera*, donde trata de devolver el fascismo a sus orígenes más humildes y «sociales», pero recordando también cómo la juventud que en ella se reconoce se ha lanzado a la muerte para seguir «utopías desesperadas»:

Sin duda has nacido en Toscana,
camisa negra.
Arriba, por esos montes donde cayó Ferruccio
y se abren los valles

---

30. Citada por G. Pisanò, *Storia della guerra civile in Italia*, Milán, Fpe, 1965, 1410.

del Infierno de Dante
yo te vi (y no eras
más que una humilde camisa
de carboneros),
admirablemente fresca
de lugares boscosos
nativa y pura como aquella gente
que vigila sobre las altas fuentes.
¡Suaves montes en los crepúsculos místicos!
Allá arriba te vi y ya con tu color
se vestían los años del rescate,
la Joven Italia y Mazzini.
Luego fuiste manto
de duro trabajo,
de utopías desesperadas
[...]
en tu color de muerte
se reconoce ya la audaz juventud.[31]

Pasiones grises

En el segundo volumen de *La démocratie en Amérique (La democracia en América)*, de 1840, Tocqueville trata de imaginar cuáles serán en el futuro los efectos de la aparición de una nueva especie: el hombre americano, el defensor de la democracia moderna. Desde su punto de vista de aristócrata europeo –que se esfuerza, aunque sin lograrlo siempre, por combatir sus propios prejuicios, los de *«un vaincu, qui accepte sa défaite»*, según la definición de Guizot–, él ilustra así los rasgos característicos de tales mutantes. En el futuro, prevé, el viento de la igualdad difundirá sus esporas en muchos continentes, dando comienzo a

---

31. V. Cardarelli, «Camicia nera» en *Tempo nostro* (1944), citada en P. Lazzero, *Le brigate nere. Il partito armato nella Repubblica di Mussolini*, Milán, Rizzoli, 1983, p. 19.

una competencia por el dominio del globo en competencia con los partidarios de la autocracia rusa.

Con la modificación en profundidad de las estructuras antropológicas precedentes, la moderna democracia ha hecho nacer en Estados Undos «una infinidad de sentimientos y de opiniones desconocidos a las viejas sociedades aristocráticas europeas».[32] Cambian, entonces, tanto la naturaleza y la intensidad de los sentimientos, cuanto la calidad de las opiniones (que expresan la voz anónima y conformista de una colectividad, ya condicionada por la actividad de los «vendedores de ideas» y por la «industria cultural»).

Las pasiones y los valores típicos de tal variante antropológica surgen del hecho de que cada uno se encierra «estrictamente en sí mismo y pretende, desde ahí, juzgar al mundo». Su diferencia específica está dada por el «individualismo», un concepto del cual es preciso captar el significado originario. Se trata, en efecto, de «un término reciente, originado por una idea nueva. Nuestros padres no conocían más que el egoísmo». A diferencia de este último, «antiguo como el mundo», el individualismo es «un sentimiento ponderado y tranquilo, que impulsa a cada ciudadano a apartarse de la masa de sus semejantes y a mantenerse aparte con su familia y sus amigos; de modo que, tras haberse creado una pequeña sociedad por sí mismo, abandona voluntariamente la gran sociedad a sí misma».[33] Él instaura exclusivamente relaciones blandas y relajadas, que por una parte resultan menos vinculantes, pero que no obstante se pueden unir, por otra parte, con mayor facilidad y fluidez (carentes como están de los impedimentos interpuestos en otras partes por diferencias de rango o por rígidas etiquetas). El individualismo sólo puede surgir cuando se aflojan y se hacen menos compro-

---

32. A. de Tocqueville, «La démocratie en Amérique», en *Oeuvres complètes,* bajo la dirección de J.-P. Mayer, París, Gallimard, 1951; trad. italiana «La democrazia in America» en *Scritti politici,* a cargo de N. Matteucci, Turín, Utet, 1968-1969, vol. II, p. 487 *(La democracia en América,* Madrid, Alianza, 1980). Para algunos aspectos del debate más reciente sobre la democracia en relación con la igualdad, pero en defensa de la necesidad de crear elites en su interior, véase L. Ornaghi y V.E. Parsi, *La virtù dei migliori,* Bolonia, Il Mulino, 1994.
33. A. de Tocqueville, *op. cit.,* p. 569.

metidas las relaciones afectivas con los propios semejantes, mientras se anuncian también en Europa los primeros resplandores del inevitable ocaso de la aristocracia, entendida como paradigma influyente de estilos de vida que sobreviven a la pérdida de peso político. En su interior, los vínculos se conservan no sólo en el espacio del presente, sino a lo largo de todo el eje del tiempo: «Entre los pueblos aristocráticos, las familias permanecen durante siglos en la misma posición y, con frecuencia, en el mismo lugar. Esto hace a todas las generaciones, por así decir, contemporáneas. Un hombre conoce casi siempre a sus antepasados y los respeta; cree ver ya a sus nietos y los ama; se crea de buen grado una serie de deberes hacia unos y otros, y con frecuencia le sucede que sacrifica sus propios placeres personales a esos seres que ya no están o no están todavía».[34]

En una democracia en la que cada uno se siente sustancialmente igual a los otros, también se atenúa la carga emotiva del vínculo familiar, que surge de la percepción de un desnivel codificado. Falta el respeto y la atención hacia alguien que –por íntima convicción sedimentada por la costumbre– se reconoce socialmente superior. Pero paralelamente también se atenúa el sentido personal de responsabilidad y de obligación hacia cuantos dependen del que ocupa posiciones más elevadas.

La fractura de la escala jerárquica provoca una reacción en cadena que modifica sentimientos y pasiones con efectos paradójicos, por cuanto el aumento de la igualdad incrementa la infelicidad de los hombres. Si las desigualdades son en efecto abismales, su aceptación resulta más fácil y espontánea, justamente porque parecen por completo insuperables. Al que está en los peldaños más bajos de la escala social ni siquiera se le ocurre que pueda escalar muchos otros y, menos que nada, llegar a la cima. Donde disminuyen las desigualdades, se las interpreta como fruto de una intolerable injusticia y, en consecuencia, crece el descontento.[35]

---

34. *Ibíd.*, p. 549.
35. Véase Tocqueville, *op. cit.*, pp. 629-630.

Aumenta así la envidia, pronta a corroer el corazón de todos y a sugerir que quien está socialmente más alto sólo es más afortunado o más deshonesto. De ese modo, toda autoridad tiende a ser íntimamente deslegitimada en su pretensión de absoluto y en la demanda de respeto incondicionado. A menos que sus representantes se humillen y se camuflen con las ropas ordinarias del ciudadano común, compartan con él públicamente las inclinaciones, los gustos y sobre todo los defectos más «humanizantes», los que al quitarles la aureola de superioridad, los hacen más semejantes a los otros. Si se analiza bien, el fenómeno deja de sorprender. Con la igualdad política y, en parte, también de las fortunas, se afirman individuos independientes y celosos de su posición social alcanzada: «Ellos no le deben nada a nadie, no esperan, digamos, nada de nadie: se acostumbran a considerarse siempre separadamente y se complacen al pensar que todo su destino está en sus manos. Así, no sólo la democracia hace que el hombre olvide a sus antepasados, sino que le esconde también a sus descendientes, lo separa de sus contemporáneos y lo reconduce continuamente hacia sí mismo, amenazándolo al fin con encerrarlo en la soledad de su corazón».[36] En un mundo donde es avaro el reconocimiento ajeno y son débiles los recuerdos y las expectativas, terminan por prevalecer el autorreconocimiento, sustentado por signos visibles de poder económico, y la envidia hacia los otros.

Esa última pasión halla en América un fértil campo de desarrollo, debido a la triste necesidad de sentirse realizados mediante el acrecentamiento de las riquezas, que provoque a su vez ulterior envidia en los otros. Por eso la búsqueda del bienestar está signada por la inquietud, típica de las adquisiciones recientes y de su estatus social no consolidado: «La mayor parte de esos ricos fueron pobres: han experimentado el aguijón de la necesidad, han combatido largamente la suerte enemiga y ahora que la victoria se ha obtenido, las pasiones que acompa-

---

36. *Ibíd.*, p. 590.

ñaron la lucha la sobreviven».[37] Al crear en los individuos enormes tensiones emotivas, la ambición en el perseguimiento del bienestar –públicamente alentada como manifestación de competencia lícita y saludable–, más que un antídoto para la envidia, se convierte en su amargo complemento.[38]

Por medio del *Manuale del demagogo* de Frary, las ideas de Tocqueville pasarán a Nietzsche y le proporcionarán el punto de partida para la elaboración del concepto más general de «resentimiento» de las masas respecto de los «mejores» (de esa aristocracia, independiente de la sangre y de la herencia, que él desearía contribuir a hacer nacer, estableciendo nuevas jerarquías). A diferencia del democrático, que vive cada día en la espera de un ilusorio paraíso en la tierra, tal «espíritu libre» ha decidido sentirse integralmente responsable de su pasado y de su futuro. Afirmando la idea del eterno retorno, expresa su solidaridad con todo lo que ha sido, diciéndose a sí mismo: «así quise que fuera». Declara su proyección en el futuro al considerarse un puente suspendido entre el hombre y el «superhombre». La nueva *elite* deberá elevarse por encima de la «grey» de los mediocres, abandonándolos a su odio impotente y sus veleidades de venganza hacia aquellos que perciben (a su pesar) como mejores.

La búsqueda de gozos individualistas procede junto con la erosión de las autoridades verticales, de los afectos domésticos y públicos. Se perjudican en particular, dentro de la familia, el respeto, el temor o la veneración hacia la figura paterna. La única ventaja consiste en el hecho de que –si bien la sociedad no gana– el individuo obtiene indudables ventajas, porque las relaciones entre padres e hijos se vuelven «más íntimas y distendidas». Frente a esa carencia de relaciones interpersonales emotivamente intensas, la avidez de patrimonio, la adquisición de bienes materiales, entendidos más como tranquilizantes que

---

37. *Ibíd.*, pp. 620-621.
38. Sobre esta pasión, con referencia a la historia de las grandes familias norteamericanas, véase J. Epstein, *Ambition. The Secret Passion*, Chicago, Ivan R. Dee Publisher, 1980.

como medios para satisfacer necesidades reales, funcionan en los americanos como contrapeso autista.[39] Tal actitud –en contraste con toda la tradición ética de Occidente, que reiteradamente ha condenado el deseo de lucro y de adquisiciones, la *philokerdia* y la *pleonexia*, y que con el cristianismo ha exhortado a los hombres a pensar más en los «tesoros» custodiados en el cielo–, pone ya el «caballo negro» del deseo a la guía de la «biga alada» del alma y pone la razón al servicio de las pasiones.

El peligro principal en que incurren los habitantes blancos de Estados Unidos es el debilitamiento producido no por el deseo de placeres ilícitos, sino más bien por un «materialismo honesto». Impulsándolos sin tregua hacia «goces permitidos» y placeres vulgares, esa actitud los debilita precisamente porque, después de haberlos insertado en un circuito fatigoso de euforia y de depresión, agita ante sus ojos el espectro de la muerte: «Por otra parte, se puede imaginar fácilmente que, aun teniendo deseos intensos, los hombres, que buscan apasionadamente los goces materiales, también deben desalentarse con facilidad: como el objetivo final es gozar, es necesario que el medio para llegar a él esté pronto y sea fácil, sin que la fatiga para el logro del gozo supere al gozo mismo. La mayor parte de las personas son entonces ardientes y blandas, violentas y desganadas, y la muerte con frecuencia es menos temida que la continuidad de los esfuerzos tendentes al mismo fin».[40] De este modo es difícil conseguir alguna satisfacción duradera, para no hablar de aquella felicidad a la cual, según la misma Constitución, tienen derecho los ciudadanos estadounidenses. A diferencia de otros pueblos habituados al bienestar, ellos no parecen contentos ni siquiera cuando se las ingenian para dedicarse a sus placeres: «He visto en Estados Unidos hombres más libres e iluminados, organizados en los modos más felices que existan en el mundo, y me ha parecido que una especie de sombra recubriera habitualmente sus facciones: me han parecido graves y casi tristes

---

39. Véase Tocqueville, *op. cit.*, p. 619.
40. *Ibíd.*, p. 628.

aun en sus distracciones. La principal razón es que los primeros [hombres pertenecientes a pueblos menos afortunados] no piensan en los males que sufren, mientras que los otros piensan incesantemente en los bienes que no poseen».[41] Se produce, de nuevo, una especie de envidia atípica y generalizada: es decir, no dirigida hacia nadie en particular, sino hacia un destino que insiste en privar a algunas personas de cuanto en cambio poseen otras.

A los estadounidenses los consume el pensamiento de que las satisfacciones puedan escapárseles de entre las manos, de no hacer las cosas a tiempo para gozar bastante antes de abandonar este mundo. La idea de la brevedad de la existencia los atormenta, les produce una «trepidación incesante» que los lleva a cambiar continuamente de trabajo, de residencia y de planes de vida. La ambición se multiplica con la amplitud de horizontes y de posibilidades que parecen abrirse a todos en una sociedad que, en el curso de la existencia individual, condena solemnemente los privilegios hereditarios y las ventajas de partida y exalta a aquellos que llegan antes a la meta: «Ante la ambición de los hombres parece abrirse un campo inmenso y fácil, y a ellos les agrada imaginar que están llamados a grandes destinos. Pero es una concepción falaz, que la experiencia corrige cada día: esa misma igualdad, que consiente a cada ciudadano concebir grandes esperanzas, vuelve individualmente débiles a todos los ciudadanos. Permite que se expandan los deseos pero, al mismo tiempo, limita sus esfuerzas por todas partes».[42]

La que así se describe es una comunidad de solitarios, de erradicados de tiempos y espacios precisos, de hombres carentes de afectos íntimamente compartidos, de insatisfechos que temen el acercamiento del fin (no se debe olvidar que la expansión hacia el lejano Pacífico, hacia el Occidente extremo, es decir, la epopeya del Far West con su proyección precursora en dirección al futuro y de la «nueva frontera», aún no ha comen-

---

41. *Ibíd.*, p. 627.
42. *Ibíd.*, p. 629.

zado: tendrá lugar sólo pocos años después de que Tocqueville redacte ese volumen). A él le parece, por ahora, como si la personificación del *Cuidado* –de las preocupaciones, de las amarguras y del vano deseo de vida, como lo describe la gran poesía y la filosofía latina– subiera de nuevo a la silla de montar, sin separarse nunca de quien trata de huir alejándose con el propio caballo. Pero no impresiona, como en una época, sólo a los grandes, a los ricos y a los poderosos. La inquietud, la exasperada y excitante búsqueda de lo nuevo y desconocido, la aguda necesidad de consumir velozmente los bienes arrancados a la existencia fugaz, se extiende también al ánimo de los hombres de fortunas restringidas. Hasta el temor de perder todo con la muerte se ha «democratizado» en el «materialismo honesto».

Los estadounidenses, que viven por su cuenta e ignoran a los otros, no obstante están sometidos a «un poder inmenso y tutelar, que se encarga sólo de asegurarles el goce de los bienes y de velar por su suerte. Es absoluto, minucioso, sistemático, previsor y clemente. Se asemejaría a la autoridad paterna si, como ella, tuviera el objetivo de preparar al hombre para la edad viril, mientras trata de detenerlo irrevocablemente en la infancia; lo alegra que los ciudadanos se distraigan, siempre que no sólo piensen en distraerse. Trabaja de buen grado para la felicidad de ellos, de la que desea ser el único agente y el único árbitro; provee a la seguridad de ellos, prevé y garantiza sus necesidades, facilita sus placeres, guía sus asuntos principales, dirige su industria, regula sus sucesiones, reparte sus herencias; ¿por qué no debería quitarles por completo el fastidio de pensar y la fatiga de vivir?».[43] Se trata de una verdadera regresión al kantiano «estado de minoridad». Con análisis agudos y distorsiones interpretativas esclarecedoras aun para la posteridad, Tocqueville muestra –con perspectivas que en parte serán adaptadas a nuestra época por Adorno, Marcuse y Foucault– cómo el poder político inaugura ahora un despotismo *soft*, que no apunta al temor o a los castigos, sino a las promesas de felicidad, al aliento

---

43. *Ibíd.*, pp. 812-813.

y a la necesaria verificación de los «sueños» para quien de verdad se esfuerza por realizarlos. Sobre la base de su mismo consenso, el pueblo es así transformado en «grey tímida y laboriosa». Pero en lo más íntimo los estadounidenses sufren agudamente esa laceración cuyos síntomas ya se empiezan a advertir incluso en Europa: «Nuestros contemporáneos están continuamente atormentados por dos pasiones contrastantes: sienten la necesidad de ser guiados y el deseo de mantenerse libres. Como no pueden librarse ni de uno ni de otro de esos instintos contrarios, tratan de satisfacerlos al mismo tiempo».[44] En el intento de salvar pasiones divergentes y opuestas, los estadounidenses viven así prisioneros de un *double bind* político, de una insoluble oscilación entre exigencias inconciliables, que envía pendularmente al individuo de la autonomía a la dependencia, del individualismo al conformismo, de la esfera privada a la pública.

Si echamos una última y veloz mirada de despedida sobre algunas «pasiones democráticas» (como se presentan en nuestros días, pero sin enumerarlas y dando sólo algunos rasgos generales), merece que se retome el problema, planteado por Tocqueville, de la metamorfosis que sufren los afectos en el campo político cuando predomina su dimensión «individualista».

Dado que la democracia se basa en los valores «penúltimos» de la tolerancia, de la moderación, del respeto y también de la «clemencia» (en tanto nadie debería arrogarse el monopolio de la verdad), el «relativismo» consiguiente ¿no impulsa tal vez las pasiones más intensas y menos dispuestas a compromisos a la esfera de lo privado, diluyendo y «enfriando» en cambio en el diálogo y en el encuentro regulado con los otros a las pasiones más serias y dominantes?

En el lenguaje de la «teoría de los juegos», las reglas democráticas se fundan en un «juego mixto» de varios participantes, prevén y generan series de situaciones en las que los agentes no cooperan completamente, pero tampoco están en conflicto insanable entre ellos. Los conflictos más graves e intrincados no

---

44. *Ibíd.*, p. 813.

se solucionan ni con la espada de la violencia emotivamente evocada ni con el consenso racionalmente argumentado, sino mediante negociaciones que tratan de satisfacer las exigencias mejor representadas, organizadas o hechas de tanto en tanto más visibles. No se dan, entonces, en estado puro, ni la fuerza bruta ni el acuerdo pleno, sino una peculiar combinación «atenuada», recortada y variable de todos esos factores.

Por lo tanto, muchos tienen la sensación de que, en la democracia, la política se ha vaciado por dentro tanto de sus motivaciones racionales como de sus pasiones civiles. No quedaría más que la cáscara de la espectacularidad rellenada por una emotividad pobre en contenido. Con la amplia difusión de los medios de comunicación masivos, sorprende a menudo la aparente incongruencia por la cual en los sistemas parlamentarios y en la «época de los derechos» la democracia parece emplear en medida creciente las mismas armas de simulación y disimulación «deshonesta» usadas por los regímenes totalitarios. Es cierto, la dosis de violencia física empleada para hacer creer y finalmente obedecer suele ser modesta o nula, pero la de seducción, de atracción y de engaño, ¿acaso no se ha vuelto más sofisticada y eficaz? ¿Y los ciudadanos no están cada más trastornados por un exceso de información y exaltados por una participación gestual en la vida política que se parece más al fervor por un equipo de fútbol o a la admiración por un héroe del espectáculo que al conocimiento razonado y apasionado en busca de soluciones para los problemas que se deben afrontar?

Esta situación presenta aun otro lado: cuanto más la política hace perceptibles en el detalle los mecanismos de sus tácticas y de su funcionamiento, más parece esconder lo que es importante. Y, paralelamente, cuanto más muestra su rostro público, de uso «externo», tanto más «interioriza» y oculta su rostro escondido. En consecuencia, la política oficial parece «drogada» e hiperactiva, mientras la política oficiosa que actúa detrás de las bambalinas confiesa a veces, con más sobria conciencia, no poder estar a la altura de las enormes tareas a las que es llamada actualmente. Tal vez sea ese sentido de relativa impotencia lo que impulsa también a ciertas formas recientes de democracia a compartir medios poco consonantes con su digna imagen ideal y a buscar engañosos atajos para la propia perpetuación por medio de la espectacularización y la sobrecarga emotiva de los mensajes. Arriesgaría, por lo tanto, la hipótesis según la cual los elementos espectaculares tienden, en este caso, a crecer en proporción directa al aumento de las dificultades a superar. Los ingredientes propios de la teatralidad, puramente emotivos, hasta cierto punto pueden considerarse en parte como sustitutos de acciones eficaces y en parte como ceremoniales propiciatorios públicos.

Pero no está dicho que esta terapia sea eficaz a largo plazo y esté destinada a extinguir los razonamientos articulados y las pasiones civiles. A pesar de que todo indica lo contrario, disminuye nuestra capacidad para creer. Un signo indirecto de ello es el encarnizamiento «mediático», la expansión de la voluntad de hacer creer mediante el fortalecimiento y la diversificación de los aparatos de persuasión. Estos orientan las elecciones políticas también, y sobre todo, sin hablar de política, evocando simplemente deseos, temores y esperanzas que se deben modelar según los valores que se desean proponer. Tales «contenedores», virtualmente indiferentes a los contenidos a transmitir, alcanzan de alguna manera efectos duraderos al plasmar las inclinaciones y la sensibilidad de la «gente».

Entonces, si la espectacularización de la política y la dosificación de la emotividad son tanto más empleados cuanto más débil parece –en porcentaje– la capacidad de sedimentar creencias y pasiones políticas de larga duración, las nobles propuestas de eliminar de la política todo elemento de teatralidad (y, por lo mismo, de emotividad), para permitir que se transparente su esencia pura, para transformar la democracia en la proverbial «casa de cristal», tienen pocas probabilidades de éxito y, en sustancia, poco sentido.

Cuando la autoridad ya no es garantizada inmediatamente por Dios, por la tradición, por un aparato administrativo e institucional eficiente o por el carisma del que manda; es decir, cuando el consenso debe ser negociado y conquistado día a día, cuando la «tiranía del espacio» en los periódicos o del tiempo en la televisión o en la radio obliga a mantener discursos breves e incisivos, entra una alta tasa de emotividad casi ineludible en el eslogan (por otra parte, en su origen el término indicaba el grito de incitación a la batalla de los clanes escoceses). Pero como los intereses de quien gobierna, actual o potencialmente, retroactúan sobre los intereses, las pasiones y las opiniones de los ciudadanos-electores, se hace necesario no sólo tenerlos siempre en cuenta, sino también difundir –como alternativa a las fluctuaciones de las emociones y las ideas– una sensación de energía que las afirme y una personalización de la política que produzca una fuerte convicción de pertenencia a un movimiento encarnado por un líder determinado.

Así, las grandes pasiones políticas, en las formas de democracia que parecen delinearse hoy, se hallan ante una nueva encrucijada. Por una parte, son atraídas a la órbita de la incrementada responsabilidad de los ciudadanos, en cuanto el estado descarga periódicamente sobre ellos elecciones graves y delicadas (por ejemplo, las relativas a la vida y a la muerte, confiándolas a referéndum sobre el aborto, la eutanasia, la abolición o la reintroducción de la pena capital). Por otra parte, la desorientación respecto de la complejidad de los problemas es tan amplia y es tan arduo el esfuerzo requerido para darse cuenta de lo que efectivamente sucede, basándose en datos atendibles y en razonamientos profundizados, que la mayoría de los individuos a menudo se sienten inducidos a tomar decisiones importantes sobre la base de informaciones fragmentarias, descontextualizadas, distorsionadas por fuertes tensiones y manipulaciones emotivas y por retóricas de la comunicación en que la habilidad oratoria se impone a la coherencia de los razonamientos y a la factibilidad real de los programas sugeridos. En el *agorà* electrónico, la necesaria simplificación de los argumentos aumenta el peso específico de las pasiones y altera por enésima vez su naturaleza plástica.

¿Acaso también sus colores están destinados a cambiar o a recombinarse en el futuro?

BIBLIOGRAFÍA

Aparte de los textos citados en las notas, se señalan:
AA.VV., «The Sociology of Emotions», número especial de *The Annual Review of Sociology*, 1989, núm. 15; trad. italiana, *La sociologia delle emozioni*, Milán, Anabasi, 1995.

N. Bobbio, *L'età dei diritti*, Turín, Einaudi, 1990 *(El tiempo de los derechos*, Madrid, Sistema, 1991).

N. Bobbio, *Elogio della mitezza*, Milán, Linea d'ombra, 1994.

G. Bosetti, «La democrazia: entrare e uscire dall'impegno politico. Intervista a Michael Walzer», en *Il legno storto*, Venecia, Marsilio, 1991.

S. Ciacotin, *Le viol des foules*, París, Gallimard, 1937; trad. italiana, *Tecnica della propaganda politica*, Milán, Sugar, 1964.

L. Dumont, *Essais sur l'individualisme. Une perspective anthropologique sur l'idéologie de la modernité*, París, Seuil, 1983 *(Ensayo sobre el individualismo*, Madrid, Alianza, 1987).

H.M. Enzensberger, *Aussichten auf den Bürgerkrieg*, Francfort, Suhrkampf, 1993; trad. italiana, *Prospettive sulla guerra civile*, Turín, Einaudi, 1994.

F. Ferraresi, *Minacce alla democrazia. La destra radicale e la strategia della tensione in Italia nel dopoguerra*, Milán, Feltrinelli, 1995.

A. Giddens, *The Transformation of Intimacy*, Cambridge, Cambridge University Press, 1992; trad. italiana, *La trasformazione dell'intimità. Sessualità, amore ed erotismo nelle società moderne*, Bolonia, Il Mulino, 1995 *(Las transformaciones de la intimidad. Sexualidad, amor y erotismo en la sociedad moderna*, Madrid, Cátedra, 1995).

A.O. Hirschman, *The Passions and the Interests*, Princeton, Princeton University Press, 1977; trad. italiana, *Le passioni e gli interessi*, Milán, Feltrinelli, 1979 *(Las pasiones y los intereses*, México, FCE, 1985).

J.G. Kellas, *The Politics of Nationalism and Ethnicity*, Londres, Macmillan, 1991; trad. italiana, *Nazionalismi ed etnie*, Bolonia, Il Mulino, 1993.

Ch. Lasch, *Haven in a Heartless World*, Nueva York, Basic Books, 1977.

M. Maffesoli, *L'ombre de Dyonisos. Contribution à une sociologie de l'orgie* (1988); trad. italiana, *L'ombra di Dionisio. Una sociologia delle passioni*, Milán, Garzanti, 1990.

A. Mazzantini, *A cercar la bella morte*, Milán, Mondadori, 1986.

M. B. Miller, *The Bon Marché: Bourgeois Ideology and the Department Store 1869-1920*, Princeton, Princeton University Press, 1981.

S. Moscovici, *La machine à faire des dieux. Sociologie et psychologie*, París, Fayard, 1988; trad. italiana, *La fabbrica degli dei. Saggio sulle passion individuali e collettive*, Bolonia, Il Mulino, 1991.

S. Natoli, *La felicità. Saggio di teoria degli affetti*, Milán, Feltrinelli, 1994.

J. Sarocchi, *La colère*, París, Desclée de Brouwer, 1991.

M. Viroli, *Per amore della patria. Patriottismo e nazionalismo nella storia*, Roma-Bari, Laterza, 1995.

G. Zagrebelsky, *Il «crucifige!» e la democrazia*, Turín, Einaudi, 1995.

Índice

Introducción / *Silvia Vegetti Finzi*   7

Existencia y pasión / *Sergio Moravia*   25

Pasiones antiguas: el yo colérico / *Mario Vegetti*   61

El amor, pasión absoluta / *Mariateresa Fumagalli Beonio Brocchieri*   97

El héroe trágico, o la pasión del dolor / *Nadia Fusini*   123

La pasión del hombre moderno: el amor a sí mismo /
    Elena Pulcini   155

La pasión de amor y la escritura romántica / *Antonio Prete* . . .   203

El psiquiatra y el libertino / *Mario Galzigna*   235

Freud: del conocimiento de las pasiones a la pasión por el
    conocimiento / *Silvia Vegetti Finzi*   265

La pasión de la diferencia / *Adriana Cavarero*   299

El rojo, el negro, el gris: el color de las modernas pasiones
    políticas / *Remo Bodei*   335

                                                                              375

Impreso en: Emegé Industrias Gráficas, S. A.
Londres, 98 - interior
08036 Barcelona (España)
Depósito legal: B-7177-98